W0266836

Le Dragon des mers

J'AI LU

LAURIE McBAIN	*ŒUVRES*
LUNE TROUBLE	*J'ai lu* 1673****
LES LARMES D'OR	*J'ai lu* 1644****
L'EMPREINTE DU DÉSIR	*J'ai lu* 1716****
SPLENDEUR ET DÉCADENCE	
LE DRAGON DES MERS	*J'ai lu* 2569****
LES CONTREBANDIERS DE L'OMBRE	*J'ai lu* 2604**** *(juin 89)*

Laurie McBain

Le Dragon des mers

traduit de l'américain par Jeanine VASSAS

Éditions J'ai lu

Ce roman a paru sous le titre original :

CHANGE THE WINDS OF FORTUNE

1

Indes occidentales, printemps 1769

Le *Dragon des mers* voguait sur le mince détroit, surnommé « la Gueule du serpent » qui sépare Trinidad du continent américain. Les alizés gonflaient les voiles du navire, un brigantin construit à Boston et utilisé par les Anglais comme bâtiment armé pendant la guerre de Sept Ans. Beaucoup de vaisseaux français connaissaient, pour leur malheur, la figure de proue du voilier avec sa tête rouge, sa langue pendante et son énorme queue dorée. Le navire lâchait sa bordée de canons sur tous les bâtiments qui croisaient dans ses eaux. Le *Dragon des mers* s'était d'ailleurs taillé une réputation terrible, ses attaques n'ayant jamais échoué ; la plupart des navires marchands se rendaient avant d'essuyer le premier feu.

Après la signature du traité de Paris en 1763, le *Dragon des mers* avait navigué pour son propre compte. Maintenant, il sillonnait la mer des Caraïbes en ennemi de ses anciens alliés. C'était au tour des frégates anglaises de pourchasser le monstre grimaçant qui apparaissait et disparaissait mystérieusement.

Le *Dragon des mers* était devenu un navire de contrebande qui hantait les côtes de la Caroline.

En ce jour de printemps, le voilier, vent en poupe, naviguait sur les eaux fuligineuses du golfe de Parià à la recherche d'un trésor englouti.

Debout sur le pont, le capitaine Dante Leighton contemplait l'île de Trinidad. Après avoir jeté l'ancre, il était descendu sur le rivage à la recherche d'une plantation abandonnée. Parmi les ruines du domaine envahies par la végétation tropicale, Dante avait dégagé à la dague une partie du sol. Une terrasse était apparue. Le capitaine avait soulevé une des tuiles du carrelage inégal et extrait une boîte en fer rouillé dont la serrure était pourtant intacte. De retour à bord, devant l'équipage au complet, Dante Leighton avait ouvert la boîte et sorti une liasse de documents. Après avoir inspecté les papiers un par un, il avait découvert, avec un cri de triomphe, une carte sur laquelle une croix indiquait l'emplacement d'un trésor. Il s'agissait d'un galion espagnol chargé d'or et d'argent ; pris dans un ouragan, il avait sombré sur la route de La Havane. Tous les marins connaissent des histoires de bateaux engloutis avec des trésors à leur bord. Dante Leighton n'avait jamais accordé la moindre croyance aux mythes qui couraient sur la mer des Caraïbes. Mais là, devant cette carte, il éprouvait l'émotion de celui qui va réaliser un vieux rêve.

Dante balaya du regard les gréements et les mâts de son navire ; l'équipage était affairé à déployer les voiles.

– Lève un peu, timonier, ordonna-t-il d'une voix assez forte pour couvrir le vent et le claquement des voiles.

» Clarke, serre le vent de plus près !

– Capitaine ! hurla une voix aiguë. Votre café ! Kirby m'a envoyé vous l'apporter.

C'était Conny Brady, le jeune mousse de onze ans. Il s'avançait en prenant soin de ne pas renverser le gobelet du capitaine.

– Merci, Conny, répondit Dante d'un air absent, toute son attention fixée sur le beaupré.

Il avala une gorgée de café brûlant et fit la grimace ; c'était un infâme jus épais et plus noir que l'enfer. Dante prit une profonde inspiration et offrit son visage aux embruns. Chaque fois que le *Dragon des mers* prenait le large, le capitaine se sentait envahi par une immense paix.

– M'sieur ! (Conny Brady tirait son capitaine par la manche.) Vous croyez vraiment qu'on va retrouver le trésor espagnol ? Longacres dit qu'on pourrait se partager chacun des milliers de pièces. C'est vrai, capitaine ? On sera plus riches que le roi George ?

Le gamin ouvrait grands ses immenses yeux bleus. Il faisait partie de l'équipage depuis trois ans et n'avait cessé d'étonner Dante par sa connaissance de la mer.

– J'aimerais bien que vous répondiez au gamin, cap'taine. Je s'rais plutôt soulagé de savoir que je vais me remplir les poches de doublons espagnols.

C'était Alastair Marlowe, le subrécargue. Malgré le ton familier sur lequel il s'était adressé à son supérieur, il éprouvait pour lui le respect dû à un commandant de vaisseau.

Dante Leighton regarda avec curiosité Conny et Alastair, se demandant avec amusement quelle histoire extraordinaire ce vieux pirate de Longacres avait pu leur raconter.

– Ses actes de piraterie ont donné à Longacres une sale réputation, lança Alastair avec une grimace, traduisant ainsi la pensée de son capitaine.

– Quelquefois il dit la vérité, reconnut Dante, presque à regret. Toi, Marlowe, tu es l'homme le plus honnête que je connaisse ; c'est pourquoi tu es mon subrécargue.

L'équipage jugeait même Alastair Marlowe un peu trop sérieux. C'était quelqu'un de réservé, qui se livrait rarement, mais, s'il y avait un homme sur lequel on pouvait compter, c'était bien lui.

Sous le regard scrutateur du capitaine, le matelot, mal à l'aise, passa une main nerveuse dans sa tignasse brune. Depuis neuf ans qu'il connaissait Dante Leighton, il n'était pas arrivé à le comprendre. Marlowe se rappelait le jour où il était monté à bord du *Dragon des mers.* Il avait interrogé le garçon de cabine, Houston Kirby.

– Rien à craindre du capitaine, lui avait répondu ce dernier, à moins que tu fourres ton nez dans c' qui te r'garde pas. Sa Seigneurie...

– Sa Seigneurie ? s'était étonné Alastair. Le capitaine... est noble ?

– Eh que voui ! Tu t'en serais pas douté, hein ? Le capitaine a pas l'habitude de faire des cérémonies ; c'est un capitaine, voilà tout. Si tu fais ce qu'il commande, t'auras pas d'ennuis.

Alastair avait tenu compte des conseils de Kirby et ne l'avait jamais regretté. Il se souvenait du jour où le capitaine lui avait annoncé que le *Dragon des mers* allait prendre le large. Il avait été très triste, debout sur le pont, lorsque s'étaient éloignées les côtes familières de l'Angleterre.

Alastair se sentit tout à coup tiré par la manche. Il chassa les images du passé pour examiner la frimousse du jeune Conny Brady. Les yeux du gamin étaient du même bleu que la mer.

– Ouais ? fit Alastair, ébloui par les rayons du soleil.

Le soleil des Indes occidentales avait remplacé le froid mordant et la pluie hivernale de Portsmouth.

– Le cap'taine a dit qu'vous m'racontiez comment il a gagné la carte du trésor, demanda Conny.

Alastair rougit légèrement. Dante Leighton s'était-il aperçu qu'il rêvassait ?

– Au cours d'une partie de cartes à Saint-Eustache, expliqua-t-il, sur un navire allemand. (Alastair faisait un effort pour se rappeler les visages penchés sur la table de jeu ce soir-là.) Il y avait Bertie Mackay, oui... j'en suis certain, et un planteur de La Barbade. Notre capitaine a gagné le document contre un trafiquant d'esclaves danois. Le Danois n'avait pas eu de chance et, comme il avait perdu tout son argent, il ne lui restait plus qu'à se défaire de son parchemin. Il l'a jeté sur la table. A la grande surprise des autres joueurs, notre capitaine l'a accepté.

– Et qu'est-c' qu'il y avait d'écrit sur ce parchemin,

m'sieur Marlowe ? demanda Conny, le souffle suspendu aux lèvres du subrécargue.

– Le testament d'un vieil Espagnol, membre de l'équipage d'un galion coulé en mer au cours d'un ouragan. Le Danois croyait que le document était un rêve insensé ; il a dû penser que not' cap'taine était fou de le prendre.

– Espérons que l'Espagnol n'avait pas trop le goût des dépenses, lança le mousse avec un regard inquiet, et qu'il aura laissé quelques doublons.

Alastair jeta un coup d'œil vers Dante Leighton, nonchalamment appuyé contre la lisse, perdu dans ses pensées. Il regardait en direction de l'est, ses yeux gris éblouis par l'intense lumière que réfléchissait la mer. Alastair songea que le capitaine avait peu changé durant ces années – tout au moins physiquement, à part ses cheveux châtains striés de fils clairs, décolorés par le soleil. Leighton était un homme d'une remarquable beauté. Ses traits avaient la perfection des statues antiques. Son visage hâlé dégageait une force et une détermination peu communes. Il appartenait à ce type d'homme qui fascine les femmes.

Alastair suivit le regard du capitaine, se demandant ce qu'il cherchait au-delà des verts et des bleus lumineux de la mer et du ciel des Caraïbes. Dante Leighton était un obstiné, et tant qu'il n'aurait pas chassé le pâle fantôme qui le hantait, il ne trouverait pas de paix. Alastair poussa un soupir. Au-devant de quels ennuis allaient-ils en recherchant ce trésor ? Peu à peu, le rouge et l'orange flamboyants des Indes occidentales s'effaçaient devant la grisaille d'un après-midi d'Angleterre. Une pluie glacée ruisselait des branches nues d'un vieux chêne et, au loin... Alastair hocha la tête pour chasser ces souvenirs insensés.

Son premier travail, aujourd'hui, consistait à orienter correctement les voiles par rapport aux vents. Une fois atteint le détroit de Floride, on prendrait une décision au sujet du trésor... si du moins l'on n'était pas inquiétés par les navires de « Sa Majesté ». Les bâtiments de

guerre de la Marine royale patrouillaient le long des côtes. Jusqu'ici, le *Dragon des mers* ne s'était jamais fait prendre en flagrant délit de contrebande. Les yeux mi-clos pour les protéger du soleil, Alastair scrutait l'horizon, souhaitant ardemment ne croiser aucune voile jusqu'à ce que le bateau se trouve en sécurité dans le port de Charles Town. L'équipage était particulièrement soucieux de ne point croiser le *Portcullis* de la Marine royale, un sloop de dix-huit canons commandé par le capitaine Morgan Lloyd. L'Ecossais les poursuivait partout, attendant le moment opportun pour saisir le voilier, les cales pleines de marchandises de contrebande. Pourtant, bien qu'ils ne fussent pas du même côté de la loi, Dante Leighton et Morgan Lloyd se respectaient mutuellement. Leighton prenait soin de ses hommes et de son bateau : c'est pourquoi il avait le même équipage depuis huit ans. Dix hommes au total, parmi lesquels Longacres, le « patron », qui savait des tas d'histoires de pirates ; Cobbs, le maître d'équipage, né à Norfolk ; Mac Donald, le voilier – un Ecossais avec une grosse moustache blonde, toujours en train de nettoyer sa pipe ; Clarke, le maître de timonerie, un vrai dandy ; Seumus Fitzsimmons, le second, un Irlandais qui ne cachait pas ses idées révolutionnaires. Alastair sourit en songeant à Houston Kirby, le garçon de cabine, qui suivait le capitaine comme son ombre, et à Conny Brady, le petit mousse, qui deviendrait un jour un fameux capitaine. Sans oublier Jamaïca, la chatte recueillie à demi morte de faim au cours d'une escale.
« Le *Dragon des mers* a un sacré équipage », se dit Marlowe en contemplant le soleil couchant. Ses yeux furent attirés par un vol d'ibis rouges qui filaient vers le sud à la recherche d'une terre pour la nuit. Ils zébrèrent le ciel de traînées écarlates au moment où le soleil, dans toute sa gloire, s'enfonçait dans les eaux. Un calme absolu s'abattit soudain. Mais Alastair ne s'y trompa pas : à l'est, un orage se préparait. On allait avoir du sale temps, à en juger par l'air qui fraîchissait. Mac Donald luttait désespérément contre le vent pour allumer sa

pipe ; à la fin, une légère fumée odorante s'éleva dans l'air.

– Le capitaine a la main légère sur la barre, déclara Cobbs en observant Dante Leighton au gouvernail. Un bateau, c'est comme une femme.

– Oui, mon vieux, on leur doit le respect, approuva Mac Donald.

– Pour sûr, renchérit Fitzsimmons ; pourtant « elle » voulait mettre le grappin sur le cap'taine, la dernière fois qu'on était au port.

Fitzsimmons parlait tout en ravaudant une paire de culottes usées jusqu'à la corde.

– Ah ! cette fameuse veuve ! ricana Barnaby Clarke qui venait de rejoindre l'équipage. Dommage ! Elle est bien jeune pour être sans mari.

– Pour sûr, approuva Fitzsimmons. Y paraît qu'elle s' trouve trop bien pour un aventurier, grogna-t-il ; elle doit aller à Londres s' dénicher un noble !

– Peut-être qu'elle regardera notre capitaine d'un autre œil quand le trésor lui aura rempli les poches, déclara Cobbs en crachant un jus de tabac noir par-dessus la rambarde.

Alec Mac Donald souffla un nuage bleuté sur le petit groupe.

– Ouais, mais not' cap'taine, il a du sang bleu dans les veines, c'est un type bien ! Il a des titres !

– Bon, déclara Seumus Fitzsimmons en jetant un regard sombre sur le ciel noir, espérons qu'on trouv'ra le trésor et que l' maudit orage qui approche n'est pas un avertissement pour qu'on se tienne tranquilles. Petit, grogna l'Irlandais à Conny, Kirby demande après toi. Il veut qu' tu l'aides à servir l' repas du cap'taine ; file !

Le mousse s'esquiva, abandonnant le reste de l'équipage à la paix traîtresse du soleil couchant. Bientôt, l'orage éclaterait. Un éclair transperça le ventre rebondi d'un nuage à tribord. Les marins savaient que, d'un moment à l'autre, ils devraient se précipiter sur le gréement, hisser le mât, et ferler la grand-voile. Il faudrait fermer les écoutilles avant le déluge.

Peu à peu la nuit, comme par vengeance, avait enveloppé le *Dragon des mers* dans un sombre linceul. Dans la cabine du capitaine, une lumière vacillante éclairait le riche mobilier en acajou. La lueur de la lampe à pétrole créait un îlot de chaleur dans l'obscurité qui envahissait tout.

– Capitaine, vous avez à peine touché à mon poulet, je l'avais préparé tout spécialement pour vous, gronda Houston Kirby en débarrassant la table.

Le garçon de cabine renifla en versant les restes du repas dans un plat de porcelaine ébréché.

– J'espère que vous n'avez pas gardé votre part pour cet animal ! ajouta-t-il avec une grimace à l'adresse de la chatte rousse et blanche qui s'étirait paresseusement sur la couchette.

Après s'être consciencieusement lissé les moustaches, Jamaïca s'approcha tranquillement de la table du capitaine et, installée tout près de lui, elle suivit de ses yeux vert émeraude chacun des mouvements du garçon de cabine.

– Si tu t'imagines que je fais la cuisine pour ta gueule de princesse... déclara Kirby avec une gentillesse bougonne.

Ce disant, le bonhomme avait placé le plat devant la chatte, dont le poitrail blanc ressemblait à une serviette attachée autour de son cou.

Dante s'appuya sur le dossier de sa chaise, son gobelet en argent rempli de vin à la main. Il observait les deux « ennemis » en train de se jauger.

– Qu'est-ce que tu en penses ? lança-t-il soudain.

Le garçon de cabine leva les yeux ; le chiffon mouillé avec lequel il essuyait la table s'égoutta le long de sa manche.

– Elle a l'air d'apprécier ; elle a tout léché, précisa-t-il en regardant l'assiette vide de la chatte.

Dante caressa la douce fourrure de l'animal.

– Je ne parlais pas de Jamaïca ; tu sais très bien ce que je voulais dire. Crois-tu que nous allons trouver le trésor cette fois-ci ?

Houston Kirby passa un dernier coup de chiffon.

– Peut-êt' ben qu'oui, peut-êt' ben qu'non, finit-il par répondre, tout en s'affairant à empiler la vaisselle sur le plateau.

– Cette perspective ne semble pas t'emballer. Sais-tu ce que cela signifie ? demanda doucement Dante, dont les yeux gris brillaient étrangement à la lueur de la bougie.

– Oui, cap'taine, répondit Kirby d'une voix monocorde ; je sais ce que ça signifie.

Cette réponse pleine de tact fit sourire Dante.

– Tu n'as pas confiance en moi, Kirby ?

– J' vous connais plutôt bien, cap'taine, dit Kirby en regardant son capitaine droit dans les yeux. Voilà l' problème, j' vous connais trop bien. N'oubliez pas que j' vous ai aidé à coudre votre première paire de pantalons. Pour sûr que j' vous connais, cap'taine. Je devine vos projets et j'ai bien du souci.

– Kirby, tu le sais, je suis un homme prudent, j'ai l'habitude de prendre tout mon temps, répondit Dante ; de plus, je suis malin comme le diable.

Le garçon jeta sur le capitaine un regard dubitatif.

– Tss ! tss ! fit Dante, ton manque de confiance me déçoit.

– Et moi, j'ai bien peur d'être déçu par vos beaux projets, bougonna Kirby en quittant la cabine.

Dante se mit à rire.

– Je suis sûr que nous ne serons pas déçus cette fois, Jamaïca, chuchota-t-il à l'oreille de sa chatte. Nous trouverons le trésor.

Dante Leighton, marquis de Jacobi, capitaine du *Dragon des mers,* esquissa un sourire amer. Houston avait raison d'être sceptique.

Une semaine plus tard, le *Dragon des mers* faisait voile vers le cap San Antonio. Poussé par des vents favorables, le brigantin approchait de la côte de Cuba. Debout sur le pont, Dante Leighton, les jambes écartées, parcourait l'horizon de sa longue-vue. Il savait pertinemment que ses hommes le désapprouvaient. Il fallait avoir l'esprit égaré pour se hasarder à affronter de nuit les détroits de Floride ; l'endroit était semé de récifs et de bancs de sable.

– Cap'taine, c'est dangereux cette équipée, déclara Alastair avec calme, en venant se placer à côté de son supérieur.

Dante abaissa sa longue-vue.

– Eh ! oui, monsieur Marlowe, mais il faut savoir prendre des risques pour gagner.

– Pardonnez mon indiscrétion, cap'taine, poursuivit Alastair : pourquoi s'aventurer près des rochers en pleine nuit ? A la vitesse où les vents nous poussent, on pourrait facilement s'échouer.

– Crois-moi, c'est nécessaire, répondit Dante, nullement offensé par le reproche de son subrécargue. Je m'attends à voir surgir une voile espionne à chaque instant.

Stupéfait, Alastair scruta le crépuscule, les yeux à demi clos.

– Une voile ? Où donc ? Je ne vois rien.

– Voile ! Ho ! signala la vigie du haut de la mâture.

– Sacré Dieu ! Comment diable avez-vous deviné ? s'exclama Alastair pendant que Dante poursuivait son observation.

– Ce n'est pas un bâtiment anglais, annonça Dante ; je m'y attendais, d'ailleurs !

– Le bateau fait des manœuvres, cap'taine, signala la vigie en constatant que le navire les poursuivait toutes voiles dehors.

– C'est la *Annie-Jeanne*, annonça Alec Mac Donald qui était venu rejoindre le capitaine sur le pont avant ; je reconnais son drapeau irlandais.

– Bertie Mackay ! s'exclama Alastair. Diable, que fait-il par ici ? Il était à Saint-Eustache en même temps que nous. Il devait décharger à Charles Town. Je m' demande ce qui s' passe. A moins qu'il ait des ailes, il devrait pas se trouver dans les parages.

Alastair réfléchissait à haute voix, tout en pensant au capitaine de la *Annie-Jeanne*, l'un des plus fameux contrebandiers des Carolines. Il possédait un équipage de vrais coupe-jarrets.

– Mackay a un sacré flair, remarqua Mac Donald. Je peux pas imaginer... à moins que la *Annie-Jeanne* ait navigué dans notre sillage.

Dante se mit à sourire et fit un clin d'œil à l'Irlandais rusé.

– Tu dis vrai, Mac Donald. Je soupçonne Bertie Mackay de nous avoir suivis depuis Saint-Eustache. Je l'ai aperçu avant-hier, dans la nuit : j'étais monté sur le pont pour le quart. Nous n'avons pas le choix. Faisons demi-tour. Nous renonçons à chercher le trésor.

Le *Dragon des mers* reprit sa course dans les détroits de Floride. Dans le ciel nocturne, au-dessus des grands mâts et des voiles déployées, scintillaient des myriades d'étoiles : l'orage avait fui.

– Quand reviendrons-nous pour le trésor ? interrogea Alastair Marlowe.

Les deux hommes, debout sur le gaillard d'arrière, laissaient les embruns leur balayer le visage.

– S'il y a un trésor, répliqua Dante, à moins que je ne me trompe, Mackay nous pourchassera jusqu'au dernier souffle. Lui aussi, il court après ce galion espagnol. Le brigand ne va plus nous lâcher ; il nous faudra sûrement le couler, lui et son navire : je n'ai pas l'intention de partager le butin avec la *Annie-Jeanne*.

C'était presque un défi que Dante lançait à la côte de Floride, du haut de son navire.

Insensiblement, la forme incertaine du rivage s'éloignait dans l'obscurité, tandis que le beaupré du *Dragon des mers* filait vers la Caroline.

2

Angleterre, été 1769

Le domaine de Camareigh était bâti sur un tertre dominant la campagne environnante. Ses murs en pierre jaune du pays, provenant d'une carrière proche, renvoyaient une douce lumière dorée.

Au début du XVIIe siècle, sur les ruines de l'ancienne demeure érigée trois cents ans plus tôt, avait été posée la première pierre de Camareigh. La maison principale, d'une masse impressionnante, était flanquée à l'est et à l'ouest d'une tour. Deux rangées d'imposantes fenêtres, au rez-de-chaussée et à l'étage, faisaient entrer la lumière à profusion. On accédait au portique central par une large allée bordée de splendides noisetiers et agrémentée par endroits de hêtres roux, d'érables et de bouleaux. Comme c'était l'été, la pelouse, descendant en pente douce jusqu'au lac, s'émaillait de campanules bleues.

Au creux de cette paisible vallée, Camareigh, terre ancestrale de la famille des Dominick, affrontait les siècles. La fortune des Dominick avait subi bien des revers ; mais, depuis près de cent ans, on menait à Camareigh une vie tranquille, avec les joies et les peines de chaque jour. La maison était habitée par le bonheur et résonnait de rires.

– Ooh ! ooh !

Un cri terrible venait de rompre le calme serein du

jardin rempli de roses dont les fleurs jaune d'or embaumaient en ce chaud après-midi. Des abeilles butinaient sur les lys qui bordaient le chemin.

Le couple engagé dans une conversation grave à proximité de l'étang couvert de nénuphars s'interrompit, alerté par ce hurlement à glacer le sang.

Quelques instants plus tôt, composant une scène idyllique, un jeune homme contemplait le profil sans défaut d'une adolescente. Une boucle dorée retombait sur son épaule d'un blanc d'ivoire. Sa robe de soie bleue était garnie, aux manches et au corsage, de dentelle de Chantilly, et s'ouvrait devant sur un jupon en broderie rose pâle. Dernière touche à cet adorable portrait : un panier d'osier rempli de fleurs que la jeune fille tenait au bras.

Le dandy qui l'accompagnait, dans son élégant vêtement cannelle à galon doré, était en parfaite harmonie avec ce tableau. Mais, sous la perruque poudrée, le beau visage n'exprimait qu'horreur. La haie de lilas toute proche venait d'être violemment ébranlée.

– Mon Dieu ! Que se passe-t-il ? demanda-t-il d'un air inquiet.

Un poney pie, monté par un petit garçon, écrasa les massifs dans un piétinement de sabots.

– Qu'est-ce ?... Regardez... Je... poursuivit le dandy.

Mais il fut interrompu au milieu de sa phrase par le poney qui le renversa. Le cavalier, cramponné à la crinière du petit cheval, éclata de rire.

Wesley Cawton, comte de Rendale, se releva en titubant de l'étang où il était tombé, son superbe habit tout dégoulinant, un nénuphar collé à son mollet recouvert d'un bas de soie. Le comte eut une expression d'incrédulité comique ; puis son visage exprima la colère lorsqu'il entendit pour la deuxième fois un rire moqueur.

Lady Rhea Claire Dominick – c'était le nom de la jeune fille – se tenait en sécurité loin de l'eau, les épaules secouées par un fou rire. Pauvre Wesley ! Elle savait qu'en lui offrant son aide elle ne ferait que l'offenser davantage. Il était livide.

– Rhea Claire, si je mettais la main sur ce petit diable, je lui tordrais le cou !

Le comte, au comble de l'humiliation, vociférait, tout en avançant avec précaution sur la berge glissante. Lorsqu'il fut devant la jeune fille, il secoua la jambe pour se débarrasser du nénuphar.

– Oh ! Wesley, fit Rhea Claire d'une voix encore étouffée par le rire, vous étiez si ridicule à agiter votre patte comme un chien mouillé. Pardonnez-moi, je n'ai pu m'empêcher de pouffer.

– Je ne trouve pas amus...

– Lord Robin ! Lord Robin ! revenez immédiatement, je ne vous le dirai pas deux fois.

C'était la voix du jardinier. Il se précipita sur la haie piétinée en brandissant un poing impuissant. Puis il s'immobilisa, bouche bée, devant son superbe massif dévasté, et écarquilla les yeux à la vue du comte de Rendale couvert de vase.

– Dieu ait pitié de nous ! bougonna le vieil homme en ôtant son chapeau. (Son regard se posa sur la jeune beauté qui se trouvait à côté du comte fou de rage. Ses lèvres se mirent à trembler en entendant son rire étouffé.) Pardon, lady Rhea, mais vous avez vu la manière dont lord Robin s'est conduit ?

Rhea Claire montra du doigt l'endroit saccagé.

– J'en suis désolée, Saunders, bien sûr.

Saunders acquiesça de la tête ; son regard en disait long sur son chagrin.

– Milady, j'ai bien peur que mes giroflées ne soient abîmées ; les fleurs préférées de Sa Grâce votre mère ! Je ne sais ce qui va arriver : le duc sera furieux, et la duchesse – Dieu la bénisse – prendra parti pour le jeune lord Robin. Dieu nous aide ! ne cessait de répéter le malheureux jardinier, en tournant autour du massif détruit comme un chien flaire une piste.

– L'impertinent ! pesta lord Rendale ; je ne tolère pas sa manière irrespectueuse de parler du duc et de la duchesse devant moi. Si j'étais vous, Rhea Claire, je remettrais ce bonhomme à sa place, ajouta-t-il en baissant les yeux sur sa culotte maculée.

Lady Rhea Claire Dominick souleva délicatement un sourcil, exactement comme faisait son père.

– Camareigh, commença-t-elle sur un ton hautain, est la maison de Saunders, Wesley. Il y a trente ans qu'il y est jardinier et il connaît parfaitement ma famille. De plus, c'est un homme dévoué et loyal.

– Vous êtes trop familière avec les domestiques, répliqua Wesley en essorant sa cravate avec une horrible grimace. Cette occasion m'a permis de remarquer votre excessive indulgence, envers le jardinier comme envers votre fripon de frère. Si c'était le mien, j'aurais...

– Ce n'est pas votre frère, Wesley, coupa Rhea Claire avec agacement. Dieu merci !

– Tomber dans l'étang ne m'amuse pas du tout, figurez-vous, protesta lord Rendale.

– En effet, monsieur, répliqua Rhea Claire, moqueuse : je vous conseillerais d'aller vous changer, vous êtes ridicule.

Lord Rendale serra les lèvres sous le sarcasme et déversa sa colère sur le jeune lord Robin.

– Où a-t-il trouvé cette sale bête ? Un poney écossais, n'est-ce pas ? Les Ecossais sont des barbares, marmonna le comte avec mépris.

– Cette sale bête, Wesley, commença Rhea Claire avec un sourire, est un cadeau de mon oncle Richard. Vous vous souvenez de lui ? Il vit en Ecosse dans la demeure ancestrale de mon arrière-grand-père qui... (La jeune fille s'arrêta pour donner plus de poids à ses paroles.) Auriez-vous oublié nos origines écossaises ?

– Oh ! s'exclama lord Rendale, le visage cramoisi. (Il venait de comprendre qu'il avait fait un faux pas.) Rhea Claire, pardonnez-moi, je n'aurais jamais dû parler ainsi ; je ne me souvenais pas que votre oncle vivait en Ecosse. Mais... il pourrait habiter dans un pays plus accueillant, l'endroit est tellement déso... (Le jeune homme s'interrompit, de plus en plus écarlate.) Maudite langue, je ferais mieux de la couper.

– Oui, Wesley, je vous conseillerais de le faire avant de creuser plus profondément votre tombe, répliqua Rhea Claire avec un sourire indulgent.

Elle n'était pas du genre à tenir rigueur à quelqu'un de sa maladresse, et Wesley, après tout, n'était pas méchant, même s'il avait parfois l'esprit étroit.

Le comte partit se changer.

– Tu peux sortir maintenant, mon cher petit Robin, dit Rhea Claire à voix basse en s'approchant d'un buisson.

Les branches s'écartèrent devant une tête brune et bouclée, et un visage aux immenses yeux violets, dont la bouche moqueuse n'hésitait pas à ridiculiser certaines personnes... Mais, comme Rhea était indulgente avec son frère, il ne la malmenait jamais.

Lord Robin Dominick, âgé de dix ans, sortit avec précaution de sa cachette. Des brindilles étaient accrochées à sa culotte de velours bleu, et le devant de sa chemise blanche était maculé de jus de mûres.

– Tu sembles très occupé aujourd'hui, fit Rhea pour tout commentaire. (Puis, jaugeant son frère du regard :) Que s'est-il passé avec Saunders et Shoopiltee ? demanda-t-elle en essuyant la poussière sur la joue de Robin. Saunders te poursuivait à travers le jardin.

Robin poussa un soupir.

– Shoopiltee s'est mis en colère ; je n'ai pas pu l'arrêter... à temps. (Robin éclata de rire au souvenir de lord Rendale). Il était plutôt rigolo avec ses bas entortillés autour des chevilles. Je me demande ce que père va dire en voyant entrer dans le vestibule ce pataud de Rendale trempé jusqu'aux os. (Et il ajouta en ricanant :) Je parie que Mason sera horrifié. Il fera sans doute passer le comte par l'entrée de service.

Le petit garçon partit d'un éclat de rire irrépressible. Rhea Claire étouffa son propre rire ; elle aussi songeait à Mason, l'impeccable maître d'hôtel !

– A ta place, Robin, je m'inquiéterais plutôt de ce que père va te dire, à toi.

Rhea Claire donna cet avertissement en pensant à la

froide colère qui altérait parfois l'austère visage du duc. Robin haussa ses frêles épaules, il n'avait pas de souci à se faire.

– Père ne me grondera pas, il n'aime pas le comte. L'autre jour, je l'ai entendu dire à mère que le titre de « comte de Bonnet d'Ane » lui irait mieux que celui de Rendale. Père disait aussi qu'il était (le garçon s'arrêta, les sourcils froncés, pour se rappeler les mots exacts)... « pompeux et borné ».

– Robin ! se récria Rhea Claire, indignée, comment oses-tu répéter...

Mais la jeune fille et le garçonnet savaient que c'était là l'exacte vérité.

– Tu ne vas pas te marier avec le comte, Rhea ? demanda Robin. Personne ne l'aime, et père le déteste.

– Ça suffit, Robin, déclara Rhea, avec sérieux cette fois ; je n'ai pas encore décidé. Peu m'importe que les gens n'aiment pas Wesley. Je prends mes décisions toute seule. Je crois que le comte a besoin d'amis, il est seul. (Rhea défendait Rendale contre ses propres pensées. Elle savait qu'il la demanderait bientôt en mariage.) Wesley ne me déplaît pas, c'est un gentleman. Il est beaucoup plus digne de confiance que les vieux débauchés que j'ai rencontrés à Londres. J'aurais pu trouver pire.

– Ou mieux, j'imagine, rectifia Francis Dominick, fils aîné et héritier de Camareigh. (Il s'approcha de la haie piétinée.) Quel gâchis, Seigneur ! Saunders n'arrête pas de grommeler dans sa barbe. Sans parler du vieux Mason : il est dans une colère noire. Quel remue-ménage ! Je crois que sa chute dans l'étang, plus quelques égratignures, auront fait du bien à lord Rendale. Un peu trop guindé, ton comte, Rhea, ajouta Francis, traçant en un mot le portrait du prétendant de sa sœur.

– Ce n'est pas « mon » comte, s'insurgea violemment Rhea.

Bien qu'elle n'eût qu'un an de plus que son frère Francis âgé de seize ans, il la dépassait d'un pied.

– En tout cas, il aimerait l'être, repartit Francis en

parcourant du regard le jardin qui avait retrouvé son calme.

– Qu'est-ce qui se passe à la maison, Francis ? questionna Robin, incapable de cacher plus longtemps sa curiosité.

Francis jeta à son jeune frère un regard gris-bleu.

– Père est en train de découper une badine pour le fond d'une de tes culottes.

– Wesley a tout raconté à père ! gémit Robin. Je suis bien content que ses vêtements soient abîmés, ajouta-t-il en tapant du pied pour montrer sa colère.

Francis fit une grimace.

– C'est bon. Mais que voulais-tu qu'il dise quand il a rencontré notre père dans le vestibule ? Je crois qu'il aurait préféré affronter le diable !

– Pauvre Wesley ! dit Rhea.

Elle était vraiment désolée pour le malheureux comte.

– Pourvu que le pique-nique de demain ne soit pas annulé, s'inquiéta Robin.

Il songeait aux tables dressées sur la pelouse, croulant sous le poids de ses plats favoris, sans parler des desserts. Et si on l'empêchait de jouer avec ses cousins ? Ce serait trop terrible !

Francis regardait avec amusement Robin tirer sa chemise à l'intérieur de sa culotte, dans l'espoir de rectifier le désordre de sa tenue. Francis eut pitié du petit garçon et décida de le rassurer, tout du moins pour le pique-nique.

– On n'annulera rien du tout, Robin. Tante Mary arrive demain à Camareigh ; tu sais qu'elle et maman adorent les pique-niques. Bon, maintenant père veut te voir dans son bureau, conclut-il en posant son bras sur les épaules de son frère. Père se soucie peu du comte, tu sais ; mais il ne tolère pas que dans sa maison on manque de courtoisie, surtout à l'égard d'un invité.

Rhea Claire regardait tour à tour ses deux frères. Quelle différence... L'aîné était aussi blond que le petit était brun – un vrai diable. Rhea Claire avait souvent entendu son père affirmer que Robin était tout le portrait de sa mère. Francis au contraire était posé, pondéré dans ses gestes, « le vrai fils de son père », disait la duchesse en secouant ses boucles brunes.

– C'est bien, je crois que nous avons épuisé le sujet, déclara Rhea en prenant ses frères par le bras pour traverser le jardin. En tout cas, Robin, je ne te servirai pas de témoin à charge : je jurerai t'avoir vu te retourner pour rire, quand ce pauvre Rendale est tombé dans la mare.

De son salon privé, situé dans l'aile sud de la maison, Sabrina, duchesse de Camareigh, regardait ses trois enfants approcher.

Elle se demandait ce qui les amusait tant. De loin, elle distinguait la chevelure brune de Robin qui jouait à cache-cache entre les têtes blondes de son frère et de sa sœur. Robin serait toujours son « petit », songea la jeune femme ; même si, après lui, elle avait donné le jour à des jumeaux. A sa grande surprise, la duchesse s'était trouvée enceinte après huit ans de stérilité. Mais son étonnement avait été plus grand encore lorsqu'elle avait mis au monde deux enfants. Après ses couches, Sabrina avait traversé une période difficile, en apprenant qu'elle ne pourrait plus avoir d'enfant ; puis elle avait fini par l'accepter et en avait même été soulagée.

La duchesse contempla son aînée, Rhea Claire ; elle avait du mal à croire que la jeune fille avait dix-sept ans. Rhea était devenue une beauté. Sabrina se sentit remplie de fierté. Quelquefois, la jeune fille se montrait volontaire et têtue, mais son arrogance était tempérée par sa gentillesse et sa générosité. Rhea Claire suivait plus son cœur que sa raison. Combien de fois, songea Sabrina avec un soupir, ne lui avait-elle pas rapporté à la maison un oiseau blessé ou un chat perdu... D'ailleurs, la duchesse était persuadée que le cœur tendre de sa fille n'éprouvait que de la pitié pour le comte de Rendale. Sabrina esquissa un sourire. Il lui semblait que c'était hier... Jeune épouse, elle était arrivée à Camareigh, à peine plus âgée que Rhea. Sabrina ressentait encore la panique qui s'était emparée d'elle lorsqu'elle avait découvert la splendide demeure. Rien dans sa vie d'adolescente ne l'avait préparée à assumer le rôle de duchesse. Elle n'était pas prête non plus à affronter cette armée de serviteurs venue l'accueillir. Elle se souvenait de sa rencontre avec l'austère Mason, le maître d'hôtel ; mais son maintien sévère paraissait aimable, comparé aux lèvres serrées, à la mine revêche de la gouvernante qui ne reconnaissait d'autre maîtresse que la duchesse de Dowager.

Sabrina se rappela avec un petit rire le jour où elle avait fait renvoyer les affaires de la vieille mégère avec une lettre à la duchesse de Dowager, lui annonçant que Sabrina, « la nouvelle duchesse », n'avait plus besoin des services de la vieille femme. Malgré tout, serviteurs et maîtres, tous avaient contribué à créer l'atmosphère d'harmonie qui régnait à Camareigh. Ils avaient fait de cette maison une « grande » maison. Il y avait près de vingt ans que la duchesse était devenue la maîtresse de Camareigh. Elle avait mis ses enfants au monde sous ce toit généreux. Combien d'étés avait-elle vus se transformer en automnes à la lumière des murs couleur miel ! Camareigh était sa maison maintenant, elle l'aimait autant qu'elle aimait Lucien, son époux.

Le duc était né et avait été élevé à Camareigh. Le prestige de cette grande maison resterait ancré en lui toute sa vie. Son infatigable et impérieuse grand-mère, la duchesse de Dowager, lui avait transmis ses rêves et ses espoirs. Et elle ne s'était autorisée à mourir qu'après s'être assurée d'une descendance.

– A quoi rêvez-vous, ma chérie ? demanda doucement le duc.

La duchesse sursauta. Lucien déposa un baiser léger sur la nuque de sa femme.

– Etrange, n'est-ce pas : je ne me lasserai jamais de votre parfum, constata-t-il en respirant sa peau odorante.

– Lucien, chuchota Sabrina, étrange que je ne me sois jamais lassée de vos caresses.

Elle avait répondu sur le ton familier dont les époux usaient dans l'intimité. Le duc enlaça la taille fine de la duchesse.

– Pas du tout, ma chère, car j'ai mis ma vie au service de votre plaisir, et en retour je n'attendais pas moins que votre amour et votre adoration.

Sabrina leva les yeux vers son mari. La passion se reflétait dans ses iris mauves qui avaient séduit le duc au premier regard. Les saphirs et les rubis de sa bague jetèrent des éclairs lorsque la duchesse parcourut d'un doigt léger la cicatrice qui traversait la joue gauche de son mari.

– Mon amour, fit-elle simplement.

Lucien pressa ses lèvres sur la douce paume.

– Maintenant, dites-moi, à quoi rêviez-vous ? A moi, peut-être. Votre vœu a-t-il été exaucé ?

Sabrina sourit avec indulgence.

– Les mâles de la famille Dominick sont vaniteux, mais vous êtes tout près de la vérité, cette fois ! Je m'étonnais que Rhea Claire ait dix-sept ans, en la voyant traverser les jardins accompagnée de Francis et Robin, et j'étais très fière de nos enfants.

– Que sont-ils encore en train de manigancer ? interrogea le duc en regardant par la fenêtre.

Mais le jardin était désert.

La duchesse releva l'arc délicat de son sourcil ; elle avait perçu un doute chez son époux.

– Vos soupçons ne sont pas fondés, mon ami, lui dit-elle avec assurance ; je vais vous tranquilliser : ils se contentaient de rire. Que pourraient-ils faire d'autre que se divertir par ce chaud après-midi ?

La duchesse s'installa confortablement sur son sofa préféré, couvert de soie rose.

– Se divertir ? C'est bien ce qui me chagrine. Robin ne riait-il pas plus fort que les autres ? s'enquit le duc.

La petite lueur dans ses yeux ambrés ne présageait rien de bon.

– Qu'a-t-il fait de mal ? demanda Sabrina en riant ; et pourquoi le choisir comme exutoire à votre mécontentement ?

– Je l'ai choisi, lui, ma chérie, pour la bonne raison qu'il mérite une sérieuse correction.

– De quoi s'agit-il ? demanda la duchesse, alarmée.

Elle savait trop bien de quelles frasques son jeune fils était capable.

– Eh bien ! il a donné à Rendale le bain de sa vie, expliqua le duc en s'asseyant à côté de sa femme. Le maudit poney de Robin a heurté notre hôte et l'a fait tomber dans l'étang.

Le rire de sa femme interrompit Lucien.

– Je comprends pourquoi nos enfants s'amusaient tant.

– Robin doit trouver la situation moins hilarante depuis que je l'ai convoqué dans mon bureau.

– Ne vous montrez pas trop dur, Lucien, implora Sabrina à voix basse.

Ses yeux demandaient grâce pour son coquin de fils.

– Vous ai-je jamais refusé quelque chose, Rina ? répondit le duc avec un sourire indulgent.

– Si, très souvent, répliqua la duchesse avec un petit cri. Vous êtes parfois un horrible tyran.

– Petite menteuse, chuchota le duc en se penchant vers elle.

Cette fois, la duchesse lui adressa un sourire provocant. La petite fossette qui se creusa sur sa joue transporta le duc comme au premier jour. Sabrina était encore plus belle aujourd'hui qu'au moment où il l'avait faite duchesse. Avec elle, Lucien avait trouvé l'amour et le bonheur qu'il avait toujours recherchés.

La duchesse avait légèrement rougi sous le regard pénétrant de son époux ; mais, loin de s'y dérober, elle en avait reçu le message d'amour. La porte, en s'ouvrant sur un laquais en livrée, mit fin à cette scène intime.

– Lady Sarah Wrainton, Votre Grâce, annonça-t-il d'une voix de stentor.

Le valet introduisit une toute jeune femme qui eut un

mouvement d'hésitation à la vue du couple enlacé sur le sofa.

– Chère Sarah, approchez donc, s'écria la duchesse en se levant pour accueillir l'invitée.

– Je suis désolée, je ne voudrais pas déranger Vos Grâces, balbutia lady Sarah.

Bien que la duchesse fût sa belle-sœur, elle l'impressionnait terriblement.

– J'ignorais que le duc se trouvait ici ! ajouta-t-elle, confuse, car Lucien l'intimidait.

C'était un très bel homme pour lequel le temps avait usé de sa clémence. Grand et mince, le visage marqué par une cicatrice, il irradiait une sensualité à laquelle même Sarah, jeune mariée et enceinte, était sensible. Elle se demandait comment il était, vingt ans plus tôt, aux environs de la trentaine. Son visage était empreint d'un cynisme hautain, que son mariage pourtant très heureux n'avait pas effacé. Lady Sarah était curieuse de savoir comment la duchesse avait su conserver un tel homme durant toutes ces années. Mais, en regardant mieux sa belle-sœur, elle comprit que sa beauté et sa grâce retiendraient un époux une vie entière. Sabrina avait conservé une silhouette de jeune fille, et les années n'avaient fait que rehausser son charme. Son visage rayonnant reflétait un bonheur que n'aurait pu conserver une joliesse artificielle.

Lady Sarah se ressaisit et esquissa une révérence. La duchesse la retint d'une main douce mais ferme.

– Ecoutez-moi, Sarah, lui dit-elle avec une lueur dans ses yeux mauves. Je ne tolérerai aucune servilité. Vous êtes la femme de mon frère Richard, vous faites partie de la famille. Me suis-je bien fait comprendre ? demanda-t-elle.

Elle se comportait soudain en souveraine impérieuse.

– Vous seriez avisée en l'écoutant, Sarah, fit le duc en guise de commentaire. Au cours des années, j'ai appris à ne pas la contrarier.

– Vous m'avez circonvenue. N'allez pas croire que je ne sois pas au courant de vos stratagèmes, mon chéri, répliqua la duchesse en haussant les sourcils vers son mari.

Le regard de lady Sarah allait de Lucien à Sabrina, émerveillé de leurs taquineries.

– Asseyez-vous, ordonna la duchesse avec un sourire qui démentait l'autorité de ses paroles. Je ne voudrais pas... vous faire perdre l'héritier de Richard. Comment vous sentez-vous ? Pas de nausées, j'espère ? Bon ! Prendrez-vous une tasse de thé ?

L'allusion à son intimité de femme avait mis le feu aux joues de Sarah. Elle détourna la tête.

– Ne vous préoccupez pas de Lucien, déclara la duchesse qui devina l'embarras de sa jeune belle-sœur. Il a trop joué les pères anxieux pour ne pas comprendre. Ecoutez, confia-t-elle, en échangeant avec son époux un regard de connivence, Lucien m'a assistée à la naissance de Francis. Je devais accoucher un mois plus tard et j'étais partie rendre visite à ma sœur. Une journée de voyage, pas moins, et sous l'orage. (Les yeux de la duchesse brillaient à l'évocation de ce souvenir.) Francis est venu au monde dans la calèche, expliqua-t-elle avec un charmant sourire. Je ne sais qui a été le plus surpris, de Lucien, de Francis, de moi, ou du cocher qui a entendu le cri du nouveau-né. Quant à ce pauvre Richard, il croyait que j'allais mourir.

Sarah en restait bouche bée.

– Richard se trouvait avec vous ! s'exclama-t-elle enfin, stupéfaite. (Elle n'avait donc rien compris à son intellectuel de mari.) Il ne m'en a pas parlé, reprit-elle, je savais seulement qu'il s'était installé à Camareigh avec vous après votre mariage.

– Il n'y avait pas d'autre possibilité, expliqua Lucien. D'ailleurs, c'est grâce à Richard que nous nous sommes réconciliés, Sabrina et moi ; oui, à cause de graves malentendus, j'ai cru perdre Sabrina pour toujours, confia le duc. Ces Verrick sont des gens indépendants et têtus, Sarah, un tantinet excentriques, mais je n'ai jamais regretté d'être entré dans leur famille, ajouta-t-il.

La façon aimable avec laquelle le duc avait prononcé

son prénom rassura Sarah ; elle commençait à se sentir acceptée à Camareigh, et c'était important pour le bonheur de son mariage. Camareigh avait été le foyer de Richard, et celui-ci idolâtrait le duc et la duchesse.

C'était à Green Willows – la propriété de sir Fletcher, beau-frère de Sabrina – que Sarah avait rencontré Richard Verrick, marquis de Wrainton, son futur époux.

Avec ses épais cheveux roux, le jeune homme ressemblait plus à lady Mary qu'à la brune duchesse. Son maintien était calme mais, derrière ses lunettes cerclées d'or, ses yeux bleus pétillaient d'humour et il avait l'esprit vif de Sabrina.

Lady Sarah Wrainton parcourut du regard l'élégant boudoir de la famille Dominick. Elle ne pouvait s'empêcher d'admirer le plafond décoré d'oiseaux à chaque angle, la tapisserie bleu et or, les tableaux aux cadres sculptés, les fauteuils recouverts de soie, les chandeliers en cristal, les rideaux damassés.

– Où est Richard ? demanda la duchesse en agitant la cloche pour appeler le maître d'hôtel. Il m'avait promis de nous rejoindre pour le thé, non ?... (Avant que Sarah ait pu répondre, Sabrina leva sa fine main couverte de bagues.) Ne me le dites pas : il est dans la bibliothèque !

Sarah approuva de la tête :

– Comment le savez-vous ?

– Dans quel autre endroit se trouverait-il ? Mon frère prétend qu'il vient me rendre visite, mais je le soupçonne de passer son temps devant les livres de Lucien. Nous avons fait ajouter des rayons supplémentaires depuis la dernière visite de Richard, aussi risquons-nous de ne pas le voir souvent ! L'ingrat ! ajouta la duchesse en haussant la voix juste au moment où la porte s'ouvrait sur un jeune homme maigre.

Il traversa la pièce à grandes enjambées.

– Tu es en train de monter Sarah contre moi, Sabrina, se plaignit le frère de la duchesse sur un ton badin. Diffamer un mari devant sa femme ! (Il montrait quelque reproche dans sa voix et lui décocha un regard moqueur avant de déposer un baiser sur la joue rose de son épouse.) En vieillissant, Rina devient une langue de vipère ; pourtant je croyais qu'avec l'âge les gens s'adoucissaient. (Richard aperçut alors les lèvres de Sabrina qui tremblaient. Il tendit la main en un geste conciliateur.) La paix ? demanda-t-il sur un ton cajoleur, en s'approchant de la duchesse pour l'embrasser à son tour. (Puis il se laissa tomber sur le divan à côté de Sarah.) Rina fait de moi tout ce qu'elle veut. Figure-toi, Sarah, que je ne serais jamais parvenu à me marier sans les conseils de « Sa Grâce ».

– Le croyez-vous, Sarah ? demanda le duc avec une expression moqueuse. Richard s'est débrouillé tout seul. Maintenant, je vous prie de m'excuser, j'ai une petite affaire à régler. Et ne vous inquiétez pas, Sabrina, je promets de ne pas être trop dur avec Robin. D'ailleurs, comment le pourrais-je ? Il vous ressemble.

La duchesse poussa un soupir imperceptible. Par moments, le duc se montrait vraiment sévère.

– Robin se calmera, Lucien, il est juste un peu excité. Après tout, Mary et ses enfants seront ici demain. Il aura des compagnons de jeux, insista la duchesse pour rassurer son mari.

– C'est pourquoi, précisément, je veux avoir une discussion avec lui, répliqua Lucien en hochant la tête. (Il se dirigea vers la porte au moment où Francis, son fils aîné, suivi de sa sœur, s'y engouffraient en riant, suivis par un serviteur qui portait le plateau à thé.) Pauvre Rendale, il n'échappera pas à leurs griffes, gémit Lucien ; maintenant, Robin a des complices ! (Le duc s'arrêta dans l'embrasure de la porte ; ses yeux se rétrécirent en se posant rapidement sur ses deux enfants.) Je vous fais confiance pour surveiller votre frère : s'il provoque des ennuis, c'est vous qui subirez ma colère.

Le duc les mettait en garde sans vouloir entendre leurs protestations. Au moment où il quittait la pièce, Francis l'interpella :

– Père ! Ce n'est pas juste. Si jamais Robin apprend que nous devons l'empêcher de faire des bêtises, il s'empressera de nous désobéir, s'insurgea le jeune homme en prenant une assiette de gâteaux.

– Que signifie cette mise en garde? demanda Richard à son neveu qui dégustait un gâteau nappé de crème.

Rhea Claire rapporta alors l'incident de l'après-midi, et les remarques moqueuses de Francis firent paraître le comte de Rendale plus ridicule que jamais.

– Je t'avais prévenue, ma chérie, déclara Richard à sa femme, tu es entrée dans une maison de fous. Les craintes de Lucien concernant la sécurité du comte sont tout à fait justifiées, crois-moi.

La duchesse sirotait son thé en silence, en regardant tous ces visages joyeux. Elle sourit d'un air songeur ; ce serait bon de se retrouver, avec Mary, en famille une fois encore. La duchesse remplit les tasses qu'on lui tendait.

Rhea avait une chambre dans des tons bleu pâle ; les grandes fenêtres donnant sur le jardin, au sud, étaient garnies de tentures de damas turquoise. Dans un coin se nichait un lit à baldaquin du même tissu. Sur le tapis d'Aubusson étaient disposés, d'un côté, un secrétaire et une chaise assortie, de l'autre, une coiffeuse en bois de rose devant laquelle Rhea Claire était assise. Le miroir reflétait sa chevelure d'or satiné dont une servante brossait les lourdes mèches.

– Quelle robe Mademoiselle veut-elle mettre aujourd'hui? demanda Canfield en enroulant d'une main experte les lourdes tresses blondes.

– Celle de brocart vert pâle, répondit Rhea en lui tendant un long ruban de velours vert.

– Je serais chagrinée que Mademoiselle gâche cette belle robe au pique-nique, répliqua la servante avec un visage désapprobateur.

Elle venait de remarquer une boucle qui refusait de rester en place.

– Le pique-nique, c'est pour demain, Canfield, déclara Rhea en glissant son doigt mince dans un anneau orné de diamants et de saphirs – cadeau de ses parents pour ses dix-sept ans.

Canfield s'approcha de la penderie et ouvrit la porte sur une quantité impressionnante de robes de différentes couleurs.

– Sir Terence et lady Mary sont arrivés cette nuit.

– Ils sont déjà là ! C'est merveilleux ! s'exclama Rhea Claire. Je mettrai donc ma robe de brocart vert. (La jeune fille tenait bon, sachant qu'avec Canfield il ne fallait pas céder d'un pouce.) Je ne suis pas un bébé, pour renverser du chocolat sur mes vêtements !

– C'est bien, milady.

La domestique avait capitulé à la vue du menton têtu de sa jeune maîtresse. Rhea Claire se hâta d'enfiler sa robe, et retint sa respiration lorsque Canfield serra les lacets du corset autour de sa taille fine. La brave femme ne l'autorisa pas à quitter les lieux avant d'avoir pudiquement enfoui l'échancrure de son corsage sous une étole en dentelle. Il ne fallait pas attirer les regards masculins. Rhea réussit enfin à échapper aux soins excessifs de Canfield et fut heureuse de quitter sa chambre où régnait un ordre trop parfait.

Dans la « grande galerie », la jeune fille s'arrêta devant les portraits de famille, dont la collection avait été complétée le mois précédent. Le dernier tableau, entouré d'un cadre en bois sculpté doré à l'or fin, représentait un paysage. Sur un fond de brume se tenait, au premier plan, la famille Dominick rassemblée autour d'un énorme chêne. Le duc de Camareigh était appuyé contre le tronc rugueux, le pied posé sur une grosse branche tombée à terre. Son fils Andrew était juché sur la cuisse de son père. En contrebas, assise sur un petit banc, se tenait la duchesse de Camareigh avec Arden, la jumelle d'Andrew, sur ses genoux. Son jupon de dentelle rose mettait une tache lumineuse sur les tons de vert dominants. Rhea Claire examina son propre portrait, elle était assise aux pieds de sa mère, sa jupe de satin bleu étalée autour d'elle. Francis se tenait debout, en retrait ; Robin posait accroupi à côté d'un couple d'épagneuls qui folâtraient à ses pieds.

La jeune fille continua de descendre la galerie et s'immobilisa devant son portrait favori : un ancêtre vêtu d'un pourpoint et d'un haut-de-chausses.

– Il a la beauté du diable, murmura Rhea en songeant à la mauvaise réputation de cet homme.

Le bruit courait qu'il avait été corsaire, au service de la reine Elisabeth Ire, et qu'il avait ajouté à la fortune des Dominick de l'or espagnol de provenance inconnue. Rhea Claire rêvait à cet aventurier qu'elle aurait aimé connaître.

La jeune fille secoua sa tête couronnée de fleurs comme pour se faire une remontrance. Il lui fallait se dépêcher. Elle regarda sa montre en or et songea que le déjeuner allait être froid. Comme elle atteignait l'extrémité de la galerie, une porte s'ouvrit avec fracas sur sept enfants qui poussaient des cris. Lorsqu'ils reconnurent leur cousine, ils se précipitèrent vers elle.

– Rhea ! Rhea !

Un chœur de voix aiguës l'accueillit joyeusement.

– Bonjour, répondit-elle en leur adressant un regard curieux.

Les bambins arboraient une mine coupable. Rhea les connaissait suffisamment pour les soupçonner de...

– Que cachez-vous derrière votre dos ? demanda-t-elle en essayant d'y glisser un œil.

– Un secret ! hurla Margaret, une petite fille de sept ans.

L'enfant se couvrit aussitôt la bouche de sa petite main sale.

– Maggie ! gronda son frère dont les yeux gris brillaient sous des sourcils roux.

– Je ne dirai rien, chantonna John, le plus jeune.

– Allons, fit Rhea d'une voix enjôleuse en tendant la main, dites-le-moi : vous savez que je garde les secrets.

– C'est vrai, reconnut Anna, une fillette de neuf ans.

Son visage criblé de taches de rousseur exprimait une admiration béate pour sa cousine.

– C'est bon, déclara Stuart avec un sérieux plutôt comique, tu promets de ne rien dire !

– Je le jure sur ma tête, déclara solennellement Rhea Claire.

Elle écarquilla les yeux à la vue des quatre mains ouvertes et présentant sur leurs paumes tendues des tartelettes aux cerises encore chaudes.

– C'est pour Robin, chuchota John avec une voix de conspirateur.

Stuart lui ferma la bouche d'un coup de coude.

– Mon Dieu ! Je n'en crois pas mes yeux, pouffa Rhea Claire.

– On a gagné une promenade sur Shoopiltee en échange de chaque tarte, déclara Maggie, les yeux brillants.

Elle savourait à l'avance son plaisir.

– Le petit bandit, protesta Rhea avec indignation. (Elle savait que la veille on avait privé Robin de dessert à cause de ses bêtises.) Si père est mis au courant, il fouettera Robin jusqu'au sang. Quel sacripant ! Vous faire payer pour monter son poney !

– Tu as promis, Rhea : pas de commérages, rappela son cousin Stuart qui n'aimait pas la petite lueur qui brillait dans les yeux de la jeune fille.

– Entendu, mais dites à Robin que je ne suis pas de son côté, ajouta Rhea tandis que ses cousins se pressaient autour d'elle. Et maintenant, sortez : il y a quelque chose de bon pour vous dans le jardin.

Les enfants se dispersèrent aussitôt.

Lady Mary Fletcher était tranquillement assise à l'ombre d'un vieux marronnier. Les branches horizontales la protégeaient du chaud soleil qui brillait dans un ciel sans nuages. Ses doigts maniaient de façon mécanique l'aiguille sur le tissu qu'elle brodait. Mais ses pensées étaient ailleurs, tandis qu'elle contemplait les douces pelouses de Camareigh qui s'étendaient au loin jusqu'à la splendide maison. Mary n'en finissait pas de regarder la demeure ducale, comme si elle lui apparaissait pour la première fois. Tant de splendeur et d'élégance, un passé si prestigieux : tout cela était impressionnant ! Cependant elle n'avait jamais envié le domaine et le train de vie de Sabrina. Green Willows, la propriété de son mari, était bien assez confortable.

Lady Fletcher s'était souvent demandé comment Sabrina avait, au cours des années, assumé les responsabilités de duchesse. Non ! Lady Mary refoula cette interrogation en souriant. Sabrina était forte et volontaire. Elle réussissait ce qu'elle entreprenait. Mary se rappelait une autre époque...

Des rires la tirèrent de sa songerie. Ses yeux gris regardèrent en direction d'un petit groupe de jeunes gens qui jouaient au croquet. Ewan, son fils aîné, George et James, ses deux frères, se trouvaient en compagnie de leur cousin Francis. Les jeunes gens avaient empilé négligemment leurs gilets et redingotes sur la pelouse. Et, comme ils étaient à peu près du même âge, on les distinguait à peine les uns des autres, avec leurs manches de chemise relevées jusqu'aux coudes.

Puis le regard de lady Mary glissa sur la silhouette familière du général Fletcher, son époux. Terence gravissait la pente d'une pelouse, son pas réglé sur celui du duc avec lequel il se trouvait engagé dans une discussion sérieuse. Mary n'avait pas de peine à imaginer leurs propos : des rumeurs de guerre circulaient ces derniers temps. Lady Fletcher poussa un profond soupir, elle n'avait jamais tout à fait accepté que Terence soit militaire. On parlait alors d'une rébellion dans les colonies ; Terence était trop âgé pour rejoindre son régiment, Mary s'en réjouissait.

D'autres éclats de voix et des rires de plus en plus hauts attirèrent son attention. Elle tourna la tête vers les plus jeunes enfants qui se poussaient sur des balançoires fixées à de grosses branches d'arbre. Leurs petites jambes ballantes s'agitaient dans le ciel, un peu plus haut à chaque tour.

– Adorable, n'est-ce pas, lança paresseusement la

duchesse qui avait suivi le regard de sa sœur. J'aimerais passer tous les après-midi ici sous les arbres, ajouta-t-elle en lissant une boucle qui retombait sur le front de Mary.

– Tu as toujours souhaité l'impossible, Sabrina, et... (Mary s'interrompit, songeuse.) ... Et tous tes désirs se sont réalisés tôt ou tard. (Lady Fletcher jeta un coup d'œil attendri au fils endormi de Sabrina, dont les cheveux dorés s'étalaient sur la cuisse de sa mère. Elle effleura la joue satinée de l'enfant.) Les jumeaux ont dû être une surprise pour Lucien.

– C'est son œuvre, affirma la duchesse avec une malice qui la faisait ressembler à ce diable de Robin.

– Il fut un temps, reprit Mary, où je croyais que Rhea serait votre seule enfant. C'était le bébé le plus adorable que j'aie jamais vu. Elle tient beaucoup de toi, Rina. Les yeux surtout.

– Mais elle a les cheveux dorés de son père. Lucien est soulagé, prétend-il, qu'elle n'ait pas hérité de mon sale caractère. Quoique je me demande s'il ne vaut pas mieux faire éclater sa colère plutôt que de la laisser bouillir à l'intérieur. C'est ce qui arrive à Lucien et il le paye cher. Rhea lui ressemble : docile en apparence, mais révoltée au fond d'elle-même.

– Toi et Lucien, allez-vous permettre ce mariage avec le comte de Rendale ? demanda Mary avec curiosité.

Le visage de la jeune femme s'était brusquement assombri.

– Rhea est en âge de se marier, mais je la trouve si jeune. Nous n'avons pas besoin de précipiter cette union ; d'ailleurs, je ne suis pas sûre que Lucien approuve ce parti.

Lady Mary ne put retenir un sourire.

– Je ne crois pas qu'aucun homme soit jamais accepté par Lucien ! Wesley me semble un jeune homme tout à fait bien, ajouta-t-elle en apercevant le jeune couple qui se promenait au bord du lac en compagnie de Richard et de sa femme.

» Tout se passe à merveille pour notre frère. J'aime beaucoup Sarah.

– Moi aussi, reconnut la duchesse. Je suis heureuse qu'il l'ait amenée à Camareigh pour la naissance de leur premier enfant. Avec notre bonne Rawley, il ne peut rien arriver : elle est plus savante que tous les médecins de Londres.

» Richard me manque, confessa la duchesse, mais il aime vivre en Ecosse. Grand-père en serait très heureux, je crois. Quant à Rhea, nous avons le temps. Beaucoup d'hommes ont demandé sa main. Il nous a été facile de rejeter leur offre, aucun ne plaisait à notre fille. Toutefois, je crois que Lucien sème la terreur dans les cœurs. Les noceurs repentis font de terribles pères.

– Oui, Lucien est plutôt intimidant, surtout pour celui qui ne se sent pas la conscience tout à fait pure.

Mary ponctua ces mots d'un rire de bonne humeur. Insensiblement, ses yeux glissèrent sur la surface ridée du lac. Comme un ciel ensoleillé soudain obscurci par un nuage, le visage de lady Fletcher s'assombrit. Ses yeux furent envahis par des images troubles. Des visages étranges mais familiers, des scènes étonnantes tourbillonnaient dans son esprit à une vitesse vertigineuse.

– Quelque chose ne va pas ? questionna la duchesse avec anxiété. (Elle avait remarqué une expression singulière sur les traits habituellement sereins de sa sœur.) Tu ne te sens pas bien ? Peut-être une gorgée de vin... (La duchesse laissa sa phrase en suspens. Une pensée soudaine venait de lui traverser l'esprit, qui la glaçait.) Tu as eu une vision, n'est-ce pas, Mary ?

Lady Fletcher tourna lentement son visage vers sa sœur. Elle maudissait depuis trop longtemps ce don de seconde vue pour ne pas en comprendre la gravité. D'ailleurs elle ne pouvait ni ne voulait mentir à Sabrina. Plus que quiconque, elle avait droit à la vérité.

– Oui, Rina, répondit Mary dans un souffle, confirmant ainsi les pires craintes de sa cadette. J'ai eu une vision.

– Mon Dieu, il y a si longtemps que tu n'avais rien « vu », j'avais presque oublié, répondit la duchesse plus pour elle-même que pour sa sœur dont le front s'était plissé d'inquiétude.

– Je sais, répondit tristement lady Fletcher ; j'espérais être débarrassée de ces hallucinations. (Une larme perla à ses cils.) La vie était simple, trop peut-être. Si seulement je pouvais te dire exactement ce que je redoute. (Mary serrait le poing, comme si elle voulait se défendre d'une accusation.) Je me sens tellement impuissante, comme toujours. Ce don de seconde vue ne fait que me terroriser. Je préférerais affronter une catastrophe imprévisible plutôt que prévoir sans avoir la possibilité d'agir. (Un sanglot monta dans la gorge de la malheureuse jeune femme.) Sais-tu qu'il y a cent ans on m'aurait brûlée comme sorcière ?

– Oh ! Mary, chère et douce Mary, murmura Sabrina. Si je pouvais t'aider, si je pouvais bâillonner l'être qui voit à l'intérieur de toi... je le brûlerais ! Mais tu sais qu'il nous est impossible de contrôler cette faculté de voyance. Mary, poursuivit doucement Sabrina pour essayer de réconforter son aînée, songe aux moments où tu nous as aidés, lorsque tu nous as sauvés, Richard et moi, d'une mort certaine. Aujourd'hui peut-être, grâce à tes avertissements, préviendrons-nous un accident terrible. S'il te plaît, ma chérie, supplia Sabrina en prenant dans la sienne la main glacée de sa sœur, dis-moi ce que tu as vu, partage-le avec moi.

– De l'eau, Rina, commença Mary d'une voix pleine de larmes. Je vois de l'eau, profonde. De l'eau sombre m'entoure de toutes parts. Au fond, de l'or... qui brille – une étoile dans les profondeurs. Et sur l'eau (la voix de la jeune femme se brisa de terreur) j'aperçois un dragon. Dieu me vienne en aide ! Tu dois me croire folle, Rina : voir un dragon ! Il gronde, il est dangereux. Ce monstre m'apparaît souvent, rouge et vert, il me hante. Quelquefois... j'ai l'impression de le chasser ; à d'autres moments, je meurs de peur. Je suis si déroutée, Rina ! (Au bout d'un temps, Mary releva son visage désolé et l'offrit à la chaleur de l'après-midi d'été. Elle prenait de profondes aspirations, comme si elle manquait d'air.) Tu dois me mépriser, me haïr, d'apporter des prémonitions démoniaques à Camareigh. Mais, Rina... poursuivit Mary en étreignant désespérément la main de sa sœur, c'est ton visage que j'aperçois, bouleversé, tes yeux que je vois remplis de terreur. Comment pourrais-je ne rien dire, ne pas te prévenir ?

Sabrina, duchesse de Camareigh, avala sa salive pour faire passer l'émotion qui lui étreignait la gorge. Son bras serra instinctivement l'enfant innocent qui dormait sur son ventre. Ses yeux fouillèrent l'horizon, à la recherche... de quoi ? Quel danger menaçait ? A qui s'en prendrait-il ?

Lucien traversait la pelouse et s'avançait vers elle, accompagné de Terence. Sabrina souhaita désespérément trouver auprès de lui de la force, du réconfort. Mais elle était incapable de bouger, de crier. La vision de Mary l'avait comme enveloppée d'un filet d'épouvante. Elle regardait, paralysée, les êtres qu'elle aimait.

Une tragédie allait s'abattre au cœur même de Camareigh, et Sabrina, impuissante, ne pouvait que rester là, assise, à attendre l'inéluctable malheur.

3

Venise, automne 1769

Sous le pont des Soupirs, les eaux sombres du Rio de Palazzo clapotèrent dans le sillage d'une gondole noire qui glissait en silence sur sa coque plate. Les arcades dentelées, les colonnes en marbre rose et blanc du palais des Doges surgissaient des profondeurs tel un mur de lumière. De l'autre côté du canal, aussi déplacée qu'une tache noire sur un fond blanc, se détachait la masse compacte des *pozzi*, les prisons vénitiennes. Leur existence justifiait parfaitement l'appellation de « pont des Soupirs », car les prisonniers qui le traversaient pour pénétrer dans les cachots humides ne revoyaient jamais la lumière.

Dans la gondole, apparaissait une silhouette de femme en deuil. La légère embarcation traversait le bassin Saint-Marc proche de l'église de Saint-Georges-le-Majeur où la femme éplorée venait de dire adieu à celui qu'elle aimait. A grands coups de perche, le gondolier, juché à l'arrière, guidait sans heurts la gondole le long des étroits canaux qui serpentaient au cœur de Venise. Les dômes majestueux de la basilique Saint-Marc irradiaient une douce lumière dorée sous le soleil d'Italie. La plupart des palais de marbre étaient habités par les rares gentilshommes fortunés qui pouvaient encore se permettre de tuer le temps en plaisirs coûteux. La gangrène dévorait la ville et sa population.

La décadence de l'esprit et de l'intelligence rongeait les corps et était aussi destructrice que l'eau nauséabonde qui sapait les fondations de Venise.

La « Rosa Triste » ajoutait sa noirceur à cette décrépitude. La Rosa Triste était la courtisane la plus impopulaire mais aussi la plus recherchée de tout Venise. Les Vénitiens l'avaient surnommée ainsi parce qu'elle était toujours vêtue de noir et arborait une rose rouge dans sa chevelure. Cette femme était un mystère. Personne n'avait jamais pu voir ses traits. Dans une ville où le port du masque était courant, où aristocrates et paysans, dames et putains, ducs et gigolos se mêlaient en toute liberté, la Rosa Triste demeurait à part. Son visage et son nom restaient un secret pour ses admirateurs les plus passionnés. Elle était divinement belle. Une madone, disait-on, et tout Venise savait que cela était vrai. Une ou deux fois, lors d'un bal ou d'un carnaval, la Rosa Triste avait abandonné le domino noir qui lui dissimulait la face et s'était présentée d'une étrange façon – la moitié du visage, du front au menton, cachée par un masque de soie noire, l'autre moitié découverte. Ses traits avaient la perfection classique d'une vierge et, avec ses yeux d'un bleu pâle et ses cheveux blonds, la Rosa Triste ressemblait à une étoile brillant dans un ciel sombre.

Personne ne savait pourquoi la Rosa Triste ne portait que du noir et des roses rouges. Certains, jaloux de son succès, prétendaient que c'était pour se donner en spectacle. D'autres affirmaient que sa famille et son amant avaient été assassinés lors d'une vendetta. Mais, cette fois, le chagrin de la Rosa Triste était réel : son frère bien-aimé, le « principe biondo », ainsi surnommé par les nobles dames auprès desquelles il avait joué le Casanova, était mort. On avait découvert, dans les eaux sales, son cadavre flottant, une dague dans le dos. Ses airs princiers et son visage admirable enchantaient les femmes volages. Il était toujours là pour les escorter lorsque leurs époux s'ébattaient ailleurs. Le prince blond était également réputé pour mépriser et railler ses inférieurs, ou ceux dont il n'avait pas besoin pour lécher ses bottes. Peu de gens avaient échappé à sa morgue, excepté sa sœur peut-être. D'ailleurs, personne ne connaissait leurs relations privées ni leur mode de vie dans le luxueux palais qu'ils louaient tout près du Grand Canal.

– *Lui è morto ! Il principe biondo è morto !*

Un cri perçant avait retenti dans les épaisses ténèbres du canal au moment où la gondole de la Rosa Triste glissait sous un pont qui croulait sous la foule. Plusieurs personnes portaient le deuil. Des roses jetées du pont flottaient autour de l'embarcation lorsqu'elle réapparut. Soudain un rire étouffé s'échappa de la silhouette vêtue de noir, un rire qui monta crescendo et s'acheva en un accès d'hilarité incontrôlable. Le gondolier se signa, le temps du fou rire, mais peu à peu celui-ci se transforma en sanglots de désespoir qui laissèrent la sombre pleureuse pantelante. Alors, d'une main tremblante, la Rosa Triste saisit une rose sur sa cuisse et en respira le doux parfum. Il était mort. Elle l'avait vu, enterré aujourd'hui même. Il l'avait laissée à son exil. Comment avait-il osé ? Comment avait-il osé l'abandonner à sa souffrance, solitaire ? Il n'avait pas le droit de mourir !

La gondole venait d'accoster devant un élégant et étrange palais baroque. Les marches de l'escalier en marbre qui descendait jusqu'au bord de l'eau étaient occupées par des laquais en livrée, venus accueillir leur maîtresse. Ils attendaient l'instant où son pied chaussé de satin sortirait de la gondole pour se poser sur le tapis. « Jamais les marches ne m'ont semblé aussi hautes », songea la Rosa Triste en titubant. Aussitôt, un valet attentionné lui fit reprendre l'équilibre. Alors, d'une démarche assurée, elle gravit l'escalier et entra chez elle, comme une reine, par les portes sculptées à double battant. Ses jupes bruissant sur les froides dalles de marbre, la Rosa Triste posa une main ferme sur la balustrade et gagna ses appartements privés.

– *Mi scusi, signora.* (Sofia, la dévouée domestique, discrète comme une ombre, s'adressait à sa maîtresse à voix basse, craignant de l'importuner.) Je lui ai dit que vous ne receviez pas, mais il insiste, dit-elle en se tordant les mains. Je lui ai expliqué que vous enterriez votre frère... que vous étiez malheureuse.

– Qui ose me déranger ? demanda la Rosa Triste en levant les yeux.

– Moi en personne.

Le comte Niccolo Rasghieri se dressa de son siège, dont le haut dossier en velours le dissimulait à la vue de la Rosa Triste. Il s'avançait en homme qui possède tous les droits : son arrogant port de tête en disait long sur son histoire et ses privilèges de noble. Pourtant, la femme en noir ne le renvoya pas et le garda auprès d'elle dans son palais pour l'aider à oublier son chagrin.

Au cours des semaines qui suivirent la mort du *principe biondo*, on aperçut la Rosa Triste en compagnie du comte Rasghieri aux bals, carnavals, soirées de Venise. La sœur en deuil goûta à tous les plaisirs. Même après le départ du comte qui s'était rendu dans ses propriétés à l'intérieur des terres, la Rosa Triste rechercha infatigablement tout ce qui pouvait lui procurer l'oubli.

Un jour, les hasards du destin l'entraînèrent dans une folie de destruction. Une conversation surprise fortuitement provoquèrent une terrifiante succession d'événements dont les acteurs n'auraient pu concevoir l'horreur, même dans leurs pires cauchemars.

Cela survint au cours d'un bal masqué au palazzo Chalzini. Le grand salon était rempli de masques sous lesquels se dissimulaient des vies très différentes – prêtres cachant leur vœu de chasteté sous des nez crochus et des capuchons noirs, aristocrates ruinés, mendiants, mais aussi gens immensément riches qui perdaient des sommes considérables aux tables de jeu, tous se mêlaient impunément dans la cohue.

La Rosa Triste, vêtue de velours noir, une rose rouge sang piquée dans ses cheveux d'or pâle, allait d'un groupe à l'autre avec une assurance pleine de grâce. On parlait français, italien, anglais avec la même aisance.

La jeune femme taquina un comte français qui avait perdu de l'argent en jouant avec un matelot italien et s'offusqua de la hardiesse d'un lord avec qui elle aurait pu avoir un rendez-vous galant au petit matin.

Comme une « veuve noire » qui tisse sa toile dans un coin sombre, la Rosa Triste se laissait courtiser. Chacun de ses admirateurs briguait l'immense avantage de passer une heure avec elle. Quelle meilleure façon de proclamer sa virilité que de vivre une nuit d'amour avec une courtisane qui repoussait les faveurs des gentilshommes les plus titrés ? D'une main tenant un verre en cristal rempli de vin, de l'autre agitant nonchalamment un éventail de plumes noires, la Rosa Triste surveillait son royaume d'un œil cynique. Ce décor tapageur et ces gens bruyants l'ennuyaient souverainement. Tout à coup, un rire rauque attira son attention. La jeune femme posa avec mépris ses yeux bleu pâle sur la personne qui avait osé troubler sa méditation. C'était une matrone imposante dont le masque ovale ne parvenait pas à cacher le double menton. La dame, une comtesse, désignait un timide jeune homme.

– Mon fils est le demi-frère d'une duchesse anglaise, figurez-vous.

Ces mots parvinrent jusqu'à la Rosa Triste qui tendit l'oreille avec intérêt.

– Par malheur, poursuivait la comtesse, feu mon mari le marquis s'est fâché avec sa fille la duchesse. Je vous dis la stricte vérité, ajouta-t-elle avec emphase, tandis que son auditoire lui jetait un regard incrédule. La fille de James, mon pauvre époux, est une beauté, elle ressemble à son père. Vous imaginez. Elle a épousé le duc de Camareigh ! Je suis la belle-mère d'un duc anglais, un des hommes les plus influents d'Angleterre. Rien n'est plus vrai !

La Rosa Triste se figea, pareille à une colonne de marbre. Elle venait d'entendre le nom qu'elle s'était juré, dix ans auparavant, de ne plus jamais prononcer. Ce nom lui serrait le cœur, lui empourprait le visage.

– Maintenant mon James bien-aimé est parti, soupira la comtesse en essuyant avec un mouchoir de dentelle des larmes imaginaires. Je croyais, à présent... que son père n'est plus un obstacle, que la duchesse chercherait à rencontrer son frère. Selon elle Camareigh, la demeure ancestrale de la famille, est aussi magnifique que Versailles !

– Pourquoi n'avez-vous pas rendu visite à votre duchesse, depuis deux ans que le marquis est mort ? demanda insidieusement une vieille commère, la signora Perelli.

La comtesse haussa les épaules pour signifier que cette question ne l'intéressait pas.

– Ma belle-fille, la duchesse, et son mari le duc ont fait un véritable mariage d'amour. Etonnant ! Figurez-vous que le duc a une cicatrice – elle lui traverse le visage... et lui donne un air diabolique. (La comtesse se croisa les mains comme pour dire une prière.) Les Anglais sont étranges – si froids la plupart du temps –, sans parler de leur pays. Ah ! oui, je voulais dire qu'au moment où je m'apprêtais à écrire à ma belle-fille pour la rencontrer, elle venait d'accoucher. Des jumeaux, des jumeaux ! Vous imaginez ! Pourtant, le duc et la duchesse ne sont pas de jeunes époux, ils sont mariés depuis bientôt vingt ans.

– *Si ?* Alors qui est le père ? demanda une voix anonyme.

– Le duc ! répliqua la comtesse offusquée... On raconte, et des amis de Londres me l'ont confirmé, que la famille Dominick produit des jumeaux depuis des générations. Des faux, garçon et fille. Les derniers ont les cheveux blonds de leur père, il y a peu de doute sur la paternité. Voilà pourquoi mon voyage à Londres a été ajourné, conclut la comtesse en passant devant le coin retiré que venait de quitter la Rosa Triste.

– *Signora ! Signora ! che cosa c'è ?*

Sofia se demandait pourquoi sa maîtresse montait en trombe le grand escalier, laissant les serviteurs éberlués loin derrière elle. La domestique s'approcha de la porte de l'appartement et hésita à ouvrir. Ses yeux roulèrent dans leurs orbites. Elle entendit un fracas épouvantable et des bruits de verre brisé.

– *Dio mio !* gémit Sofia tout essoufflée d'avoir monté les escaliers quatre à quatre.

Quelque chose ébranla la porte. L'Italienne fit un saut en arrière et se signa. Pourquoi diable, chez sa maîtresse, cette folie furieuse ?

Derrière les portes closes, la Rosa Triste regardait fixement son élégante chambre dévastée... La malheureuse femme tenta de reprendre son souffle, mais la respiration lui manqua et elle s'effondra sur le bord de son lit. Le salon était également sens dessus dessous.

– Des jumeaux ! hurla la Rosa Triste, révoltée. Il a osé ! Des jumeaux ! (Elle roula sur son lit et étouffa ses cris dans la couverture de fourrure qu'elle martelait de ses poings.) Qu'il soit maudit ! Que son âme pourrie aille au diable ! Tout est sa faute. Je le déteste, je le déteste ! Il m'a tout pris, tout. Je te hais, Lucien !

Secouée d'énormes sanglots, la Rosa Triste quitta son lit. D'un geste rageur, elle jeta sa cape sur le miroir accroché à l'un des murs et, les mains tremblantes, commença à dénouer les cordons qui fixaient son masque.

Pas une fois en dix-huit ans elle ne s'était regardée sans cet écran protecteur, mais aujourd'hui...

La jeune femme libéra son visage qui apparut à nu. Un cri de douleur inhumain retentit dans la pièce. La Rosa Triste fixait avec horreur l'affreuse cicatrice qui, du menton à la tempe, avait détruit à jamais ses traits parfaits. La marque était ignoble, formant un bourrelet rouge vif sur toute sa longueur. La blessure se perdait dans le coin de la bouche, la déformant en une grimace grotesque. Plus la malheureuse regardait, et plus la marque prenait la forme d'un L majuscule. Maudite, elle portait pour l'éternité l'initiale de Lucien.

La Rosa Triste ne parvenait pas à détacher son regard du miroir. Elle ne pouvait accepter d'être ainsi défigurée. Combien de charmants Vénitiens, et d'autres, auraient donné leur fortune pour soulever ce masque ? Une fois ou deux, un amoureux entreprenant ou un amant ivre avait tenté de... Mais le garde du corps de la « Vénitienne » qui veillait sur elle en permanence derrière une porte, avait jeté les deux imprudents à la rue. Personne ensuite n'avait cherché à lui manquer de respect. Elle avait beaucoup d'amis très puissants. Quelques-uns avaient été ses amants. Il suffisait d'un mot glissé à l'oreille, et l'indésirable disparaissait à jamais.

Pourtant, une nuit, au cours d'un dîner en tête à tête, un homme, avant qu'elle ait pu comprendre ce qu'il allait faire, arracha le masque. Son regard rempli d'horreur foudroya la Rosa Triste d'une douleur insupportable. Elle ne se rappelait plus ce qui s'était passé ensuite... sinon que Percy était entré dans la chambre pour découvrir sa sœur penchée sur l'homme qui gisait là, un couteau dans la poitrine. Percy avait aidé Kate à se débarrasser du cadavre, et personne n'avait cherché à faire le jour sur cette disparition.

Cet incident avait servi de leçon : plus jamais on n'avait pris la Rosa Triste au dépourvu. Le comte lui-même n'avait pas vu son visage. Il respectait l'intimité de sa maîtresse et sa façon de la préserver. Peut-être d'ailleurs avait-il trouvé excitant de faire l'amour avec une femme voilée ?

Ainsi la Rosa Triste était Kate ! Lady Katherine Anders, petite-fille du septième duc de Camareigh, cousine de Lucien. Kate et son frère Percy auraient dû hériter de Camareigh, le frère et la sœur auraient dû vivre à Camareigh – non Lucien. Percy, Percy, le frère jumeau de Kate. Et maintenant, Lucien avait des jumeaux.

Les gens se demandaient pourquoi la Rosa Triste était habillée de noir. Elle portait le deuil, le deuil de ce qu'elle avait perdu – trahie par son cher cousin. La perte de Camareigh serait éternelle, et maintenant Kate pleurait la mort du seul être qu'elle eût aimé : Percy. Cher et tendre Percy...

Et les roses ? Les roses rouges ? En souvenir de l'Angleterre, bien sûr, pays tendrement chéri, où se trouvait sa demeure. Le pays d'où Kate avait été exilée.

Lucien lui avait tout pris. Kate ressassait cette pensée en fixant, hébétée, la hideuse balafre. Kate promena son doigt sur la chair boursouflée. Percy n'était plus là. Kate se le répéta en apercevant le portrait du *principe*, échappé par miracle à la destruction. Le tableau était entouré d'un crêpe noir. On aurait pu croire qu'il s'agissait là du visage de Kate, tant la ressemblance était frappante. Souriant et charmeur, le jeune homme, habillé de velours bleu, avait des lèvres délicatement modelées. Ses yeux couleur d'ambre reflétaient une ironie cachée. Percy avait été si beau, si parfait. La réplique masculine d'elle-même, songeait Kate à travers ses larmes. Elle se rappelait les moments passés ensemble, et tout particulièrement l'époque de Camareigh. Une violente colère, un profond ressentiment grondèrent en elle à l'évocation de ces merveilleuses journées vécues dans l'insouciance. Avant qu'on les ait chassés de Camareigh, puis d'Angleterre.

La douce lady Anne, femme de Percy, les avait suivis en Italie. Elle croyait prendre la place de Kate dans le cœur de Percy et avait tenté de détourner le frère de la sœur. Elle s'était trompée. Les jumeaux avaient besoin l'un de l'autre pour vivre, ils respiraient ensemble. Percy avait épousé Anne pour sa fortune, mais l'argent s'était rapidement épuisé après leur installation à Venise. Lorsque les temps étaient devenus difficiles, la jeune femme était retournée dans sa famille en Angleterre, abandonnant le frère et la sœur l'un à l'autre.

Les deux exilés avaient lutté durement pour passer les premiers mois d'hiver à Venise. Kate savait que tout aurait pu être différent si Lucien n'avait jamais vu le jour. Elle et Percy auraient été, de plein droit, les héritiers de Camareigh.

Immobile devant la glace, Kate se remémorait une fois encore la tragédie qui s'était déroulée dans une petite auberge d'Angleterre. Du pistolet dont Lucien et

Percy cherchaient à s'emparer au cours d'une altercation, un coup était parti par accident. La balle avait arraché la joue de la jeune femme, la laissant étendue dans une mare de sang. Un sang qui aurait dû être celui de Lucien.

Leur plan avait échoué. Rien d'étonnant en ce qui concernait Lucien : il déjouait toutes les embuscades. Kate se mit à ricaner sauvagement en pensant au nombre de fois où Percy et elle avaient tenté de mettre fin aux jours de leur cousin. Il avait toujours survécu. Lucien devait avoir sept vies, comme les chats. Avec un soupir fatigué, Kate s'approcha lentement de son lit et se laissa tomber sur la fourrure moelleuse. Elle se sentait lasse, avait sommeil. Cependant elle ne pouvait pas dormir, pas encore. Il fallait réfléchir. Percy mort, Lucien vivait toujours. Son frère avait disparu et Lucien était père de jumeaux. Kate frotta ses tempes bourdonnantes. Ses yeux se posèrent avec douleur sur le désordre de la chambre. En réfléchissant, elle trouverait un moyen pour faire payer à Lucien ses crimes. Percy serait vengé. Oui, se répéta Kate en enfouissant son visage dans la fourrure, Lucien paierait et paierait cher. Il existait sûrement un moyen... Pour l'instant, il fallait dormir. Demain, Kate aurait tout le temps de penser au châtiment.

4

Le crépuscule d'un automne tardif languissait sur les cieux lourds de l'immense capitale londonienne. Une fumée noirâtre s'élevait en volutes au-dessus des milliers de cheminées en briques rouges et grises. A l'intérieur de la ville, les habitants se protégeaient de l'humidité froide qui montait de la Tamise. La chaleur fragile du jour était insensiblement balayée par la tombée de la nuit. Toutefois, les marchands s'activaient dans les rues, les colporteurs agitaient leurs sonnettes pour attirer les passants. Une odeur âcre d'huîtres fraîches étalées sur des brouettes se mêlait à la puanteur des déchets entraînés par les égouts. L'endroit aurait eu besoin d'une bonne pluie qui aurait tout emporté dans la Tamise. Non loin, le long des quais, une forêt de mâts ondulait au rythme de la marée montante et marquait en pointillé la surface de la Tamise. Londres était rempli de navires du monde entier qui faisaient commerce avec l'empire britannique, alors en pleine expansion. Il y avait au mouillage des bateaux marchands saisonniers battant pavillon étranger, des barques avec leurs filets étalés, des goélettes qui avaient déjà déchargé et attendaient qu'on les remplisse pour le retour. Des parfums exotiques de café, cacao, mélasse et poivre de Cayenne se mélangeaient aux senteurs de tabac en provenance des colonies et aux variétés innombrables de thés de Chine. Pendant la journée, les docks londoniens étaient une ruche d'où montait le vrombissement des charrettes lourdement chargées, tirées par des attelages de bidets gallois. Mais, au fur et à mesure que le brouillard s'élevait en tourbillonnant du fleuve, le trafic ralentissait. Bientôt les travailleurs regagneraient la chaleur de leurs tavernes favorites.

Un silence soudain venait de s'abattre sur les quais, aussi assourdissant que le tintamarre qui l'y avait précédé. Les docks résonnaient de voix emmitouflées et de rires provenant des auberges enfumées. Le craquement des mâts et le doux clapotis de l'eau sur les coques servaient de bruit de fond à ce vacarme.

Le *Stella Reale*, un navire marchand en provenance de Venise, avait jeté l'ancre, déchargé sa cargaison et débarqué ses derniers passagers. Un étrange couple de voyageurs venait de mettre pied à terre. La femme, habillée de noir, dissimulée sous un voile épais, était accompagnée d'un énorme valet de pied qui se mouvait avec une légèreté étonnante compte tenu de sa corpulence. Les étrangers louèrent un fiacre. Dès qu'il eut quitté le port, il roula à travers les étroites ruelles pavées de cailloux du vieux Londres. Sous ses épais sourcils, le cocher jetait des regards curieux à la silhouette silencieuse assise à côté de lui. L'homme paraissait ne rien voir et ne rien entendre de ce qui se passait alentour.

– Vot' maîtresse, commença le cocher en tournant la tête, elle a une drôle d'allure. Pardonnez-moi, j' voudrais pas êt' impoli, mais elle a pas un' têt' d'Anglaise ! Les étrangers ! fit-il en crachant avec mépris. Tu comprends pas un traît' mot d' ce que j' te raconte, hein ? continua le bonhomme à l'adresse de son passager silencieux.

A l'intérieur de la voiture, lady Katherine Anders souriait derrière son voile, à l'écoute des bruits familiers de Londres. Les paroles méprisantes du cocher résonnaient à ses oreilles comme une musique. Le spectacle de la capitale, ses bruits, ses couleurs n'avaient nulle part leur pareil au monde. « Comme tout cela m'a manqué », songea-t-elle en écartant le rideau de la fenêtre. Elle regardait avidement, les yeux brillants, sa ville natale. Elle ne la regarderait jamais assez pour apaiser sa douleur.

Les rues passantes étaient bondées de boutiques étroites, avec des fenêtres à guillotine et des enseignes aux couleurs vives qui se balançaient au-dessus des portes. Apothicaires, charpentiers, imprimeurs, bourreliers, marchands de tableaux, tous étaient à l'écoute de la petite cloche qui s'agitait sous le flot régulier des clients.

Le fiacre s'arrêta à un carrefour encombré. Kate s'appuya contre le dossier en cuir du siège. Elle se rappelait les lieux qu'elle fréquentait autrefois. Les agréables jardins de Ranelagh et Vauxhall étaient fermés en hiver. Mais, en dehors de cette saison, on venait écouter des concerts de Haendel dans le pavillon et dîner dans des niches retirées. On allait même à des rendez-vous d'amour sur les sentiers obscurs.

Kate enfouit son visage dans le bouquet de roses acheté à une petite mendiante près de la cathédrale Saint-Paul. Le dôme de la splendide église, telle une couronne de pierres précieuses, dominait la ville. Avec un soupir de plaisir, Kate respira la douce senteur des roses anglaises. Kate se trouvait enfin en Angleterre !

Le cocher enfila le Strand jusqu'à la vieille ville, avec ses boutiques de style Tudor et ses voies sinueuses. Soudain, Kate ordonna au cocher de s'arrêter devant une demeure nichée dans un square, tout près d'un petit parc. Elle contempla avec émotion la maison de brique rouge, avec son toit aigu et sa double rangée de fenêtres à guillotine, sa façade sévère, et son unique porte en acajou. Derrière – Kate le savait – se trouvait un vestibule au sol marbré et un escalier massif à la rampe sculptée. Le vestibule donnait, de l'autre côté, sur un jardin. Un jardin autrefois planté de roses. Son jardin.

Lady Katherine pressa ses doigts tremblants sur ses tempes qui battaient ; elle détestait l'idée que quelque chose ait pu changer depuis son départ de Londres. Elle voulait que tout resurgisse intact. En fait, l'essentiel était là. La maison où avait vécu sa famille, où elle avait habité avec Percy, n'avait pas bougé. En ville, il y avait bien quelques nouvelles constructions, et certaines rues avaient été élargies. Mais, aux yeux de cette exilée, tout était resté identique. D'un coup sec frappé sur le toit de la voiture, Kate ordonna au cocher de fouetter ses chevaux : en route pour la destination prochaine – l'immense demeure de Berkeley Square. C'était là la résidence de la duchesse de Dowager, où logeait Lucien lorsqu'il venait à Londres. « La maison elle aussi est intacte », remarqua Kate lorsque le fiacre s'arrêta, en grand tintamarre, devant la façade plongée dans l'obscurité.

– Eh bien, ne lambinez pas, bonhomme ! Je ne vais pas rester ici à attendre que vous ayez fini de méditer sur les péchés du monde !

Kate houspillait le cocher qui ne faisait pourtant qu'exécuter ses ordres. Cette impatience était la marque de son extrême agitation.

Lady Katherine ordonna d'une voix aiguë :

– Conduisez-nous à l'auberge du *Messager du Roi*, tout près de Saint-Martin-des-Champs ; je suppose que vous connaissez ?

– Ben oui, milady, répondit le conducteur sans hésiter.

Il se faisait un devoir d'être capable de situer la moindre taverne ou le plus modeste salon de Londres. En outre, il était poussé par un désir pressant de se débarrasser de ses inquiétants passagers. Il lança donc sa calèche droit sur Piccadilly. Pendant ce temps, la nuit recouvrait la ville de son manteau sombre. Le brouillard devenait si dense qu'on ne distinguait rien au-delà de la tête des chevaux.

L'auberge du *Messager du Roi* était une petite bâtisse bien entretenue, dans la rue tranquille de Saint-Martin Lane. Elle était surtout fréquentée par des étrangers. A proximité des festivités qui se déroulaient à Covent Garden, des boutiques d'Oxford Street, des squares et des parcs à la mode du West End, elle restait un endroit commode si l'on avait à faire à Londres. Pourtant, en dépit de ces avantages, *le Messager du Roi* n'était pas une auberge très sélecte. C'est pourquoi Kate l'avait choisie ; il aurait été inopportun d'y rencontrer d'anciennes connaissances de Londres ou des visages familiers vénitiens. C'était là que le comte Rasghieri descendait quand il se rendait à Londres.

Lorsque Kate pénétra à l'intérieur, une vague de chaleur et de lumière la submergea. De la vaste salle à manger, située à gauche du hall d'entrée, montaient les tintements de verres et d'assiettes. Ces sons semblaient merveilleusement gais aux oreilles de Kate. Une jeune servante s'avançait avec un lourd plateau de verres remplis de bière mousseuse.

– Vous voulez une chambre, j'imagine ? demanda une femme obèse en tanguant vers les nouveaux arrivants.

Sa volumineuse personne passait tout juste, en s'écrasant, par la porte. Les rubans du bonnet froissé qu'elle portait haut perché sur sa tête disparaissaient dans son double menton.

– La règle, ici, c'est de payer d'avance. Et pas avec de la monnaie étrangère ! (La propriétaire montra avec son doigt épais les shillings qu'elle tenait dans la main.) Anglais vous comprenez ? (Mains sur les hanches, elle se raillait des voyageurs. Et comme le géant qui accompagnait Kate demeurait silencieux, la propriétaire lança entre ses dents :) Des étrangers ! S'ils s'imaginent qu'on va comprendre leur langue ici à Londres !

– Je vous comprends parfaitement, ma bonne dame, répliqua Kate sur son ton le plus hautain. Je n'avais pas l'intention de vous payer autrement qu'en devises anglaises.

La propriétaire resta bouche bée, mais se reprit aussitôt : n'étant pas sotte, elle avait compris qu'elle avait affaire à une dame.

– Pardonnez-moi, milady, je vous croyais étrangère. La plupart de mes pensionnaires viennent de l'autre côté de la Manche. Et si vous saviez le diable de temps que je perds à me faire payer en monnaie du pays... Laissez-moi vous expliquer.

– De grâce, n'en faites rien, l'interrompit Kate d'un air ennuyé, votre situation domestique ne nous intéresse nullement. J'arrive de Venise, je me sens très lasse. (Lady Katherine leva une main impérieuse.) Avez-vous des chambres ?

– Bien sûr, milady ; *le Messager du Roi* a une excellente réputation de propreté, se vanta la propriétaire en les conduisant elle-même en haut de l'escalier dont les marches gémissaient et craquaient sous son énorme poids. Ma meilleure suite : elle donne sur la rue ; côté cour, il y a trop de bruit. J'ai idée que vous désirez être au calme. (Son regard aigu avait remarqué le vêtement de deuil de sa pensionnaire.) Vous êtes venue à un enterrement, n'est-ce pas ? demanda-t-elle en faisant claquer sa langue en signe de sympathie.

Sous son épais voile, Kate eut un rictus.

– Oui, je suis venue enterrer César, et non faire son éloge, ricana Kate en paraphrasant le texte classique.

– De qui s'agit-il ? César ? Etrange nom. C'est un Italien ? (La propriétaire avait eu un drôle de regard en entendant Kate rire ; puis elle avait haussé les épaules. Tant que l'étrangère aurait du vrai argent, elle serait la bienvenue au *Messager du Roi.*) Je vais faire venir une servante ; elle vous allumera un bon feu pour chasser cette humidité. Vous prendrez votre dîner dans vos chambres ou en bas ? demanda-t-elle en parcourant la pièce du regard pour s'assurer que tout était en ordre.

Kate se plaça devant la petite fenêtre à meneaux, les épaules lourdes de fatigue.

– Je prendrai mes repas ici, déclara-t-elle en examinant la chambre.

Son atmosphère confortable l'impressionnait favorablement.

– Oh ! je voudrais un dîner très anglais. Un repas de bienvenue dans mon pays, avec des spécialités de Grande-Bretagne.

– Comme milady voudra, répondit la propriétaire du

Messager du Roi avec un sourire nerveux à l'adresse du valet de pied qui tournait dans la chambre comme un fauve en cage. Il n'est pas très causant, constata-t-elle, en secouant la tête.

Kate suivit le regard de la matrone.

– Ce n'est pas ce que je lui demande. De solides épaules, c'est tout ce dont il a besoin. (Puis, sur le ton de la confidence, Kate chuchota :) Il était une fois si furieux contre un fermier qui battait une pauvre dinde sans défense qu'il a tordu le cou au paysan !

– Non ! s'étrangla la propriétaire en fixant avec une fascination terrorisée les énormes mains de Rocco. (Elle s'attendait à être étranglée sur-le-champ !) Doux Jésus ! Qui aurait cru ! Il paraît doux comme un agneau. Je vais vous faire monter votre dîner, promit-elle en se dirigeant vers la porte avec une agilité surprenante pour une femme de sa corpulence.

Kate se chauffait devant le feu lorsque deux servantes apportèrent le repas. Elles jetèrent des regards craintifs vers Rocco, assis, les yeux rêveurs, devant le feu. Nell Farguhar, la propriétaire, n'avait pas perdu de temps avec sa langue. Exactement ce que Kate voulait.

– Excu... sez-nous... mi... milady, bredouilla l'une des servantes.

La jeune fille serrait le plateau vide contre sa poitrine comme un bouclier.

– Votre valet mange ici ? Nous devons lui apporter quelque chose ?

Kate eut un geste excédé.

– C'est trop pour moi : il terminera les restes. Ne vous tracassez pas, Rocco ne descendra pas. Bien sûr... – Kate s'arrêta un instant– si vous désirez qu'il se joigne à vous, je suis certaine qu'on pourrait arranger ça.

Kate éprouvait un plaisir sadique devant l'embarras des domestiques.

– Oh ! non, milady ! se récrièrent-elles à l'unisson en se bousculant à la porte. On demandait juste pour savoir. On n'a pas beaucoup de temps pour souper ; on se contente de grignoter par-ci, par-là, si vous voyez ce qu'on veut dire.

– Je vois parfaitement ce que vous voulez dire. Maintenant filez, je suis lasse de cette conversation, et mon repas refroidit.

Lorsque la porte se fut refermée sur les filles terrorisées, la jeune femme huma avec délices la tranche de rôti arrosée de sauce qui se trouvait dans l'assiette. La propriétaire l'avait prise au mot. Du pâté de pigeon et du pudding, des rognons, une alouette et des huîtres, le tout accompagné de légumes, sauces, tartes et gelées. Pour la première fois depuis le départ de Venise, Kate constata, surprise, qu'elle avait faim. Elle se versa un verre de vin et, après avoir soulevé son voile, observa le décor de la chambre, qui lui était à la fois étranger et familier. C'était curieux : lorsque Kate vivait en Angleterre, elle ne supportait que la cuisine française. Alors qu'à Venise elle aurait donné une fortune pour du pudding. Lady Katherine en était à sa deuxième bouteille de vin lorsque Nell Farguhar frappa à la porte. Elle s'avança et se planta devant sa pensionnaire, mal à l'aise, en se balançant d'un pied sur l'autre.

– Tout va bien, milady ?

– C'est parfait, madame Farguhar, répondit Kate poliment. (Ses yeux bleus brillaient sous le masque.) J'aimerais, madame Farguhar, que vous me donniez un avis.

Très habilement, Kate commençait par flatter la bonne femme.

– Je ne vois pas très bien comment je pourrais conseiller milady, répondit Nell Farguhar avec une modestie exagérée.

Ce disant, elle posa ses mains sur ses hanches dans une pose avantageuse.

– Chère madame Farguhar, reprit Kate sur le même ton aimable, vous vous sous-estimez. Bien entendu, je vous récompenserai largement pour les renseignements ou l'aide que vous me fournirez.

La face lunaire de Nell Farguhar se fendit d'un large sourire.

– Eh bien, milady, dans ce cas je me ferai un plaisir de vous satisfaire.

« J'en étais sûre », murmura Kate pour elle-même. Puis, à haute voix, elle dit :

– Je voudrais que vous me recommandiez quelqu'un. Voilà, j'ai besoin d'un homme sur lequel je puisse compter, et de qui je pourrais exiger la plus entière discrétion, déclara-t-elle sur le ton d'une conversation banale. Il n'a pas besoin de...

– D'avoir une réputation irréprochable, termina Nell Farguhar.

Kate eut un ricanement réprobateur ; elle n'aimait pas être dévoilée.

– Oui, voilà mon exacte pensée, madame Farguhar. Il s'agit d'une affaire personnelle. (Elle poursuivit sur un ton confidentiel :) Ma chère, je serai honnête avec vous ; je veux jouer un tour à quelqu'un et j'ai besoin d'un comparse... pas trop scrupuleux – il pourrait faire échouer ma farce !

Nell Farguhar dévisageait avec appréhension l'étrange dame au masque noir et aux vêtements de deuil. La grosse femme avait une certaine expérience de la cruauté dans le monde, mais cette fois un frisson lui parcourut tout le corps. Le tintement des pièces lancées sur la table ramena Nell à la réalité.

– Un nom, madame Farguhar.

Kate la pressait d'une voix douce mais ferme. La propriétaire hésita un court instant avant de saisir l'argent d'une main avide.

– Edward Waltham. Il tuerait sa mère pour un penny. Teddy Waltham est votre homme. Un vrai diable, un bâtard, il a du sang royal dans les veines. Il descend de Charles II, et son père est duc. (La bonne femme poussa un gloussement derrière sa main grassouillette.) Pas plus vrai que je m'appelle Nell Gwyn ! Le père de Teddy est pêcheur, mais il ferait croire n'importe quoi. Il a appris à parler à Newgate*.

(*) Prison pour les criminels.

– Tout à fait remarquable, votre Teddy Waltham, approuva doucement Kate. Où pourrais-je le rencontrer ?

– En bas, milady, dit Nell Farguhar dans un énorme éclat de rire. Mais je ne suis pas certaine que ce soir il soit très « délicat » ; il a déjà bu mon meilleur rhum et mon plus mauvais gin.

– Bien, madame Farguhar. Pour ne pas décevoir notre homme, donnez-lui une excellente bouteille et prévenez-le que j'ai un mot à lui dire.

– C'est bon, milady, approuva Nell, ravie de se faire quelques shillings supplémentaires. Oh ! mais qui dois-je lui annoncer ?

La patronne se rendait compte qu'elle ne connaissait même pas le nom de sa cliente.

– Dites-lui qu'une dame lui propose un travail, dit Kate. C'est tout.

Cette réponse fut loin de satisfaire la curiosité effrénée de l'aubergiste.

– Il sera payé grassement pour les services rendus.

Nell Farguhar dut se contenter de cette information ambiguë et quitta la chambre en tenant serrée dans sa main rondouillarde la bourse de cuir remplie de pièces.

A 9 h 30 sonnantes, Edward Waltham cogna à la porte. Il faillit faire demi-tour lorsqu'il se trouva en face de l'énorme masse silencieuse du valet, et manqua prendre les jambes à son cou en découvrant la femme masquée, assise auprès du feu. Son vêtement noir frappa Teddy comme un présage de mauvais augure. Mais, comme il avait les poches vides et qu'il entrevoyait au loin l'ombre terrifiante de la prison, il décida qu'il n'avait rien à perdre. En y réfléchissant, il avait peut-être même tout à gagner.

– Je suis Edward Waltham. Nell m'a dit que vous vouliez m'embaucher, expliqua-t-il en essayant d'éclaircir son esprit embrumé par le rhum. (Ce soir, il avait besoin d'avoir toute sa tête.) Peut-êt' que j' pourrais être votre homme... peut-êt' qu' non, ça dépend de c' que vous voulez, déclara-t-il crûment en gardant un œil sur le nommé Rocco dont l'ombre ne cessait de grandir au point de remplir toute la pièce.

– Excellent, monsieur Waltham ! s'extasia Kate. Vous ne me décevez pas ! Aucune question sur le « boulot », ou sur ses difficultés. Nous allons nous entendre à merveille.

Elle désigna au bonhomme une chaise en face d'elle et lui offrit une bouteille de rhum. A travers les fentes de son masque, lady Katherine observait, de ses pâles yeux bleus, Edward Waltham. Il lui semblait d'un esprit effronté et batailleur. Exactement ce que Kate attendait d'un complice.

Waltham était vêtu comme un dandy. Il arborait des couleurs claires, mais sa redingote en velours n'était pas de la veille et son plastron en dentelle jaunissante lui pendait lamentablement au cou. Son fond de culotte avait connu les aiguilles à plusieurs reprises et sa perruque méritait un bon brossage.

« Oui, pensa Kate avec un sourire de satisfaction sur ses lèvres minces, Edward Waltham est le genre de lascar que j'imaginais. »

– Que diriez-vous d'un voyage à la campagne, monsieur Waltham ? Il paraît que l'air y est bon pour les poumons, commença lady Katherine, et...

Mais le bruit d'une bûche s'effondrant dans le feu sous une gerbe d'étincelles recouvrit les derniers mots.

Les vallons couverts de prairies qui s'étendaient après les jardins en terrasse de Camareigh étaient devenus roux. Les taillis au-delà du lac sylvestre avaient perdu leurs dernières feuilles. Au loin, les arbres se découpaient sur le fond gris d'un ciel qui annonçait un hiver précoce. L'air était imprégné de pluie ; bientôt de grosses gouttes se mirent à tomber des nuages qui s'assombrissaient à chaque seconde. Un violent coup de tonnerre retentit, couvrant une voix effrayée.

– Rhea ! Rhea Claire ! Tu n'as pas mal ? demanda Francis.

Impuissant, il avait vu sa sœur tomber de cheval. La craintive jument de la jeune fille s'était dérobée au moment de sauter la haie, effrayée par la foudre. Maintenant, Skylark galopait librement et faisait la coquette à travers la prairie, rênes au vent.

Rhea releva le tricorne en velours bleu qui lui était tombé sur les yeux, rassembla sa jupe et se remit péniblement sur ses pieds. Elle était en train d'arranger son gilet et sa veste lorsque ses cousins la rejoignirent à cheval, tirant derrière eux la capricieuse Skylark.

– Tu es blessée, Rhea ? s'enquit Ewan.

La jupe tachée et déchirée de sa cousine lui donnait de l'inquiétude.

– Non, je n'ai rien. Mais je crains une semonce de Canfield lorsqu'elle découvrira l'état de ma tenue d'équitation. Hello ! ma douce, fit Rhea en posant une main apaisante sur les naseaux roses de la jument.

James était descendu de cheval et, avant que ses frères et son cousin aient fait un mouvement pour aider Rhea, il offrit galamment ses mains croisées à la jeune fille pour qu'elle y pose son pied botté. Ensuite il la souleva sur le dos de la bête, en la tenant d'une main ferme.

– Merci, James, dit Rhea avec un sourire charmeur.

Elle savait que son jeune cousin faisait sur elle l'expérience d'un premier amour.

Les yeux gris du jeune homme se voilèrent de stupéfaction et il adressa en retour un sourire empressé à sa cousine.

– Es-tu capable de mener ton cheval, Rhea ? Tu devrais plutôt monter derrière moi, proposa-t-il timidement. En nous dépêchant, nous serons à l'écurie avant la pluie.

– Non, répliqua Rhea avec fermeté. Nous continuons ; il ne va pas pleuvoir tout de suite. De plus, je ne veux pas vous priver de promenade. Et puis, ajouta Rhea avec une lueur malicieuse dans les yeux en désignant la haie, je dois régler son compte à ce taillis.

– Tu ne vas pas sauter, n'est-ce pas, Rhea ? demanda Ewan.

Le jeune homme savait que sa cousine allait recommencer, et que rien ne l'en dissuaderait.

– Rhea... commença George, aussitôt interrompu par le sage Francis.

– Mieux vaut ne pas discuter avec elle, déclara celui-ci avec calme.

Il connaissait suffisamment sa sœur pour ne pas user sa salive en discours inutiles.

– Tu vois, Ewan, lança Rhea avec un rire de triomphe, n'ai-je pas toujours soutenu que Francis avait la tête sur les épaules ?

Un nouveau coup de tonnerre retentit dans les collines, signe que l'orage se rapprochait. Rhea leva les yeux sur les nuages menaçants et tira sur les rênes de Skylark.

– Je crains que votre séjour ne se passe à l'intérieur de Camareigh, chers cousins. Je vais vous faire une sinistre prédiction : plus de pique-niques dans les prés.

– J'en ai peur, approuva Ewan, en observant les nuages sombres.

– Je suis très heureuse que vous soyez là, poursuivit Rhea. Mais pourquoi êtes-vous arrivés plus tôt que prévu ? La fête a lieu la semaine prochaine.

– Tu connais maman, expliqua George. Quand elle a quelque chose dans la tête, elle est comme une mule. Elle voulait absolument être ici rapidement.

– Un de ses pressentiments ? demanda Francis, en suivant des yeux Rhea qui trottinait sur Skylark.

– Un de ses « pressentiments », reprit Ewan, répétant le mot qu'il avait toujours entendu pour désigner les étranges visions de sa mère.

Le jeune homme toutefois respectait ce don. Trop d'étranges événements étaient survenus après que sa mère les eut prédits.

– Elle a peut-être « vu » tes fiançailles avec le comte de Rendale, Rhea, suggéra Francis avec un sourire innocent.

– Quoi ! se récria James, abasourdi par la nouvelle.

– Francis a essayé de plaisanter, mais il a échoué lamentablement, souligna Rhea. (Puis, changeant de sujet de conversation, elle dit :) Nous irons plus vite par le sentier que par les collines. (La jeune fille caressa le superbe cou arqué de sa jument.) Viens, Skylark, chuchota-t-elle, montre-leur comment tu sautes.

Cette fois, Skylark ne se déroba pas. Ses sabots n'effleurèrent même pas la haie qu'elle franchit largement. Un instant plus tard, les quatre autres chevaux avaient rejoint Rhea. Elle s'était engagée dans le sentier, les pattes blanches de sa jument pataugeaient dans la boue, lorsque soudain elle tira sur les rênes.

– Qu'est-ce qui ne va pas, Rhea ? demanda Francis, croyant que sa sœur se sentait mal.

– J'ai perdu mon chapeau ! s'exclama Rhea en fouillant du regard le chemin. Mon Dieu ! Impossible d'affronter Canfield la tête nue.

– Si vous voulez mon avis... commença George qui voulait mettre sa cousine en garde.

Les sourcils roux du jeune homme se soulevèrent de stupéfaction lorsqu'elle l'interrompit rudement.

– Chut ! Vous entendez ? fit Rhea en posant son index sur ses lèvres.

– Entendez quoi ? Ne me raconte pas que tu as un chapeau qui parle, se moqua Francis.

Rhea lui décocha un regard meurtrier.

– J'ai entendu ! s'écria James en sautant les buissons en bordure du sentier.

– Qu'est-ce qu'il t'a dit, James ? continua George avec le plus grand sérieux. Qu'il aurait préféré être un bonnet plutôt qu'un tricorne ?

– En tout cas, déclara Ewan avec bon sens, ça vient du fossé.

– On jette un coup d'œil ? proposa Rhea.

– Une minute, dit Francis, en sautant de son fringant cheval couleur châtaigne. Du calme, le Cid ! ordonna-t-il au fougueux étalon avant de se précipiter derrière Rhea.

Mais celle-ci avait déjà disparu dans le fossé, plantant là James, les rênes de Skylark à la main.

– C'est un sac, ça bouge ! s'écria la jeune fille ; quelqu'un a-t-il un couteau, quelque chose pour trancher la corde ?

Rhea s'agenouilla et se mit à limer la corde qui fermait la toile avec une pierre tranchante que lui tendit James. Au bout de quelques instants, Rhea écarta les bords du sac et découvrit six chiots à moitié noyés et morts de faim.

– Pauvres bébés, murmura-t-elle en prenant l'une des malheureuses créatures. (Elle la posa sur sa cuisse avec d'infinies précautions.) Comment peut-on abandonner des petits chiens comme ceux-là ? C'est cruel de les faire souffrir.

– Nous allons... expliqua Ewan.

Mais il s'interrompit en entendant un fiacre qui s'approchait à grand fracas.

– Il arrive bougrement vite, remarqua-t-il.

Une ride creusa le front du jeune homme. Le sentier était très étroit, et les promeneurs s'y trouvaient en plein milieu.

– Mets-toi de côté, vite, Rhea !

Juste comme l'attelage fonçait au galop sur les cavaliers, Ewan poussa sa cousine. Le jeune homme saisit Rhea par le bras ; elle tenait le sac des chiots étroitement serré sur sa poitrine. Francis siffla le Cid. L'étalon châtaigne se gara au bord du chemin, pendant que George écartait les autres chevaux. Francis remarqua l'eau boueuse du fossé derrière lui : ce ne serait pas drôle d'y tomber. Tout cela s'était déroulé en quelques secondes, le temps que le cocher aperçoive enfin les promeneurs et tire vivement sur les rênes. La voiture se balança dangereusement et s'arrêta à quelques pieds des jeunes gens. En entendant les imprécations qui sortaient de l'intérieur, Francis s'approcha en hâte de la fenêtre, prêt à porter secours à la dame qui proférait de telles injures.

– Allez au diable, j'aurai votre...

La voix s'éteignit dans un souffle. La passagère, une inconnue voilée, venait d'apercevoir les jeunes gens au bord du chemin, un sourire amusé aux lèvres.

Francis s'avança vers la voiture et se pencha à l'intérieur.

– Seriez-vous souffrante, madame ? demanda-t-il, inquiet, en la voyant porter une main à son cœur.

– Non, je me sens parfaitement bien, répliqua l'inconnue d'une voix saccadée.

Lady Katherine, anonyme sous son voile, dévisageait le fils de Lucien Dominick. Ce garçon était forcément un Dominick. Kate avala péniblement sa salive devant ce visage qui, non seulement lui rappelait Lucien, mais Percy. Les yeux étaient différents, mais impossible de s'y méprendre : les traits altiers désignaient un Dominick. Kate regarda une nouvelle fois en direction des autres cavaliers. Ses yeux se rétrécirent à la vue d'une adolescente à la tenue débraillée qui serrait contre elle un étrange paquet. Kate serra les mains au point que ses phalanges blanchirent sous ses gants. Elle aurait juré que cette fille était encore une Dominick. Fait étrange, son incroyable beauté semblait rehaussée par le désordre des vêtements. Ses cheveux défaits ruisselaient jusqu'aux hanches en vagues blondes, encadrant un visage qui aurait pu rivaliser avec les meilleurs tableaux italiens.

– Vous semblez avoir des difficultés, s'inquiéta lady Katherine sur un ton poli en désignant les promeneurs qui avaient mis pied à terre. On dirait que la jeune fille a fait une chute. Serait-elle blessée ? Rocco...

Avant que Francis ait pu expliquer la situation, la dame s'était adressée en italien à son valet.

– Je vous assure, madame, que nous n'avons besoin de rien, plaida Francis en voyant une énorme silhouette se diriger vers sa sœur et ses cousins. Ma sœur est tombée de cheval. (Il tentait de justifier son étrange apparence.) Nous bloquions la voie, je vous prie de nous excuser. Rhea venait de découvrir des petits chiens à moitié noyés.

Francis ponctua ses paroles par une mimique qui rappelait si fortement Percy que Kate eut envie de caresser la joue du jeune homme.

– Je vois, c'est tout à l'honneur de cette jeune fille, répliqua-t-elle. Vous habitez dans les environs pour sortir à cheval par ce mauvais temps ?

Kate s'efforçait de parler avec désinvolture pour maîtriser l'excitation qui lui faisait battre le cœur.

– Je suis Francis Dominick, et voici ma sœur Rhea Claire. Ces jeunes gens-là sont mes cousins germains – Ewan, George et James Fletcher –, expliqua Francis avec modestie, car il n'avait pas décliné leurs titres.

– Bien sûr, chuchota Kate. Vous êtes le marquis de Chandimall, héritier de Camareigh.

Francis leva un sourcil, surpris.

– Vous connaissez notre famille, madame ? Peut-être êtes-vous une amie de mes parents ? ajouta-t-il sur un ton plus réservé.

Une amie ? – Quel mot étrange pour lady Katherine.

– Non, plutôt une vieille connaissance. Oui, répéta-t-elle, car elle aimait ce mot, une connaissance, d'il y a très longtemps...

– Je vois, dit Francis, vous venez en visite à Camareigh ?

Kate fit non de la tête.

– Je me contentais de traverser la vallée, je suis ravie d'y avoir rencontré les enfants de Lucien. Mais où est passé Rocco ? Comme il est fatigant parfois, se plaignit-elle.

En se penchant par la portière, elle aperçut sa brute de valet qui s'attendrissait, comme un paysan rustaud, sur une portée de chiots. Rhea Claire encourageait l'hésitant bonhomme avec douceur. Tout d'abord, la jeune fille avait été surprise en apercevant une paire d'yeux sombres qui la fixaient, suppliants. Pourtant, elle n'avait pas reculé comme le faisaient la plupart des gens confrontés pour la première fois à cette brute épaisse.

– C'est assez étonnant, dit Rhea en s'adressant gentiment au valet qui s'avançait vers elle, ils sont vivants !

Rocco était fasciné par le visage ovale de la jeune fille et ses cheveux blonds. Ses yeux sombres suivirent la main fine qui lui désignait les chiots. Lentement, Rocco tendit le bras, s'arrêtant à mi-chemin dans l'attente d'une interdiction. Au lieu de quoi, la jeune fille déposa un chiot dans la grande patte de Rocco.

– Voilà, c'est bien, fit Rhea ; je vais les apporter à quelqu'un qui en prendra soin. Il aime les chiens et a le pouvoir de guérir les animaux.

Rocco était médusé par la voix de cette créature si douce aux cheveux d'or. Rocco le demeuré, celui que les villageois avaient ridiculisé, insulté...

– Rocco, réponds-moi, espèce d'idiot !

Une voix stridente venait de déchirer la paix apportée par ce sourire de madone.

– Que fait-il ? Il vous importune, ma chère, s'excusa Kate qui essayait en vain d'attirer l'attention de son valet.

– Pas du tout, madame, au contraire.

Rhea rassura la dame ; elle n'aimait pas le ton sur lequel elle s'adressait à son domestique.

– Qu'allons-nous faire de ces bêtes ? fit James.

Il se demandait comment ramener les chiens à cheval.

– Je pensais les apporter chez le vieux M. Taber, à *la Maison sur la colline*, suggéra Rhea.

La grange du vieux Taber était remplie d'animaux malades ou blessés. Depuis que son fils dirigeait la propriété, l'ancien fermier n'avait d'autre tâche que celle de s'occuper des bêtes qu'on lui amenait. La mère de Rhea prétendait que M. Taber avait un don.

– Alors nous ferions mieux de nous dépêcher, conseilla Ewan qui avait senti des gouttes de pluie sur son visage.

– *La Maison sur la colline* se trouve sur le chemin de l'auberge où je loge, déclara Kate en ouvrant la portière de la calèche. Pourquoi ne pas monter avec moi, chère mademoiselle ? Il serait plus raisonnable pour vous et les petits chiens d'éviter l'averse.

– Oh ! vraiment, je ne peux accepter, protesta Rhea. Je suis trop sale pour m'asseoir à côté de vous. Et j'ai peur que ces chiens ne sentent pas très bon, ajouta-t-elle en se pinçant le nez.

– C'est stupide. J'insiste pour que vous montiez, vite. (Kate balaya les objections de la jeune fille.) Croyez-moi, j'ai trop respiré la puanteur des canaux de Venise pour être incommodée par aucune odeur.

– Alors...

Rhea hésitait ; elle commençait à ressentir les meurtrissures de sa chute.

– Vas-y, Rhea, l'encouragea Francis.

Il calculait qu'on gagnerait un temps précieux en transportant les chiots en calèche. En outre, cela éviterait à sa sœur d'être trempée, et à lui-même de se faire sermonner par leur père. Car, bien que d'un an plus jeune, Francis se sentait responsable d'elle.

– Merci, madame, répondit Rhea avec reconnaissance.

Elle se hâta vers la voiture, Rocco sur ses pas, ses yeux noirs fixés sur la fine silhouette.

– Je ramène Skylark, annonça Francis ; nous irons à côté de la calèche.

– Non, il ne faut pas vous retarder, lança Kate en ramassant sa jupe tandis que Rocco fermait la portière. Vous seriez trempés, il commence déjà à pleuvoir. Je vous en prie, passez devant, nous nous retrouverons à *la Maison sur la colline*. Ce n'est pas très loin, mais suffisamment pour attraper un mauvais rhume si vous traînez.

En effet, la pluie s'était mise à tomber dru et descendait en fines rigoles sur le visage de Francis qui se sentait transi sous sa redingote mouillée.

– Très bien, madame, nous vous attendrons là-bas.

Les paroles du jeune homme restèrent sans écho car la calèche avait déjà pris la route. Francis suivit du regard la voiture qui s'éloignait, avec un froncement de sourcils.

– Eh bien ? Viens, Francis ! (George trottinait vers son cousin.) A cette allure, ils arriveront avant nous.

Francis siffla doucement le Cid qui surgit au galop. Le jeune homme enfourcha aussitôt le cheval châtaigne et lui fit prendre la route derrière la calèche. La pluie tombait serré, formant un rideau froid et humide qui s'abattit sur les cavaliers.

– Tu es tracassé, Francis ? demanda Ewan qui chevauchait aux côtés de son cousin.

Le jeune homme eut un petit rire. Il se sentait plutôt gêné, mais répondit avec honnêteté :

– Je ne sais pas vraiment, Ewan : une intuition, rien de précis ; je trouve cette femme étrange.

– Dis donc, si quelqu'un devait avoir des pressentiments, se plaignait Ewan, ce serait bien moi. Après tout, c'est ma mère qui est douée de seconde vue, pas la tienne.

– Il ne s'agit pas de cette sorte de pressentiment, Ewan. C'est idiot, ce malaise que je ressens. Je trouve bizarre... que cette femme soit si bien renseignée sur ma famille. Elle connaît mon titre, alors que je ne l'avais pas mentionné.

Ewan ne semblait nullement impressionné.

– La famille Dominick est connue de toutes parts. Et puis, cette dame n'a-t-elle pas précisé qu'elle était une vieille connaissance ?

– En effet, répondit Francis ; mais je me demande comment elle connaissait *la Maison sur la colline.* Peu de gens sont au courant.

Ewan resta un moment silencieux, puis haussa les épaules.

– Il est vrai que ce n'est pas un nom très courant pour une ferme. Et il est certain que le trio formé par une mystérieuse femme voilée, une grande brute de cocher et une demoiselle en détresse contribue à donner une tonalité lugubre à ce sentier isolé. (Ewan avait déclamé ces paroles sur un ton mélodramatique, la main sur le cœur, comme dans les tragédies.) Ce pays devient passionnant, conclut-il.

– Lady Rhea Claire Dominick, répéta Kate à voix basse. (Elle savourait le prénom de la fille de Lucien, assise tout près d'elle.) Ce n'est pas un prénom répandu.

– Non, en effet. Je crois qu'on m'a appelée Claire à cause de ma grand-mère maternelle. Elle était française, expliqua Rhea en caressant les petits chiens pelotonnés contre ses cuisses.

– Ah, je vois. C'est un joli nom.

Kate complimentait la jeune fille, tout en pressant délicatement sur son nez un mouchoir parfumé à la rose.

Rhea, embarrassée, se mordit la lèvre.

– Je vous dois des excuses pour l'odeur de ces chiots.

– Pas du tout. J'aime le parfum des roses : elles évoquent le souvenir de ma maison.

– Vous êtes anglaise, madame ? interrogea Rhea.

La jeune fille était intriguée par cette femme qui semblait appartenir à deux mondes différents. Elle parlait un anglais sans accent, mais ses vêtements et ses manières étaient ceux d'une étrangère.

Kate approuva de la tête.

– Je suis anglaise, mais je ne vis plus en Angleterre depuis de nombreuses années. En fait, c'est la première fois que je reviens chez moi depuis quinze ans. J'ai été absente trop longtemps, je le crains.

Dans la pénombre de la calèche, Rhea scrutait cette étrange créature. La jeune fille éprouva une pitié soudaine pour cette dame qui semblait tellement solitaire, sans amis sans doute, sans espoir non plus. Elle avait dû subir une grande perte, mais son chagrin semblait aller au-delà du tombeau et de l'amour qu'elle y avait enseveli. On aurait dit qu'elle avait toujours porté le deuil.

Rhea essaya de distinguer les traits sous le voile. Mais le tulle était si épais qu'on n'apercevait qu'une forme vague. Le cœur de la jeune fille, cependant, bondit dans sa poitrine lorsque ses yeux croisèrent ceux de la dame. Les iris bleu pâle brillaient d'une étrange lueur derrière le sombre écran de gaze.

Lady Katherine savait que sa passagère tentait de percevoir son visage. A Venise, le masque n'aurait intrigué personne, mais en Angleterre, dans cette contrée perdue, il faisait sensation.

– Madame ? (Rhea venait de remarquer avec inquiétude les mains crispées de sa voisine.) Vous vous sentez bien ?

– Oui, oui, tout à fait bien maintenant, répondit sèchement lady Katherine. (Ses yeux contemplaient intensément le paysage qui défilait à travers les vitres de la voiture.) Nous approchons, fit-elle d'une voix incertaine. Je me revois, lorsque nous étions enfants, escalader la colline ; elle nous semblait insurmontable. Nous sommes arrivées ! s'exclama-t-elle en apercevant la vieille maison en pierre.

Rocco avait sauté du siège et ouvert la portière avant que la calèche ne soit tout à fait arrêtée. Il se précipita pour aider la jeune fille à descendre.

Comme son nom l'indiquait, *la Maison sur la colline* était située au sommet de la montagne. Elle avait planté ses racines dans le sol bien avant qu'ait été taillée la première pierre de Camareigh. Les Taber, propriétaires de la ferme, cultivaient les terres autour de Camareigh depuis cent ans. Le « vieux » Taber, un petit homme sec, à la crinière blanche, se tenait à l'abri d'une arche en pierre, le corps ratatiné, arqué comme pour lutter contre les vents qui tourbillonnaient autour de la maison. Malgré ses yeux usés, le vieillard avait vu la voiture grimper la colline et était sorti pour accueillir ses hôtes inespérés. Sa démarche n'était plus très alerte, mais sa famille et les gens du village affirmaient qu'à près de quatre-vingt-dix ans il était bien heureux d'être en vie. D'ailleurs, on n'avait jamais entendu le vieillard se plaindre des douleurs et des maux qui le tracassaient sans cesse. Il s'avança, en traînant les pieds, sur le chemin interminable qui conduisait de la maison à la grange. A chaque pas, on aurait dit qu'il avait une année de plus. Sa mémoire recelait des contes et des histoires séculaires, et cette sagesse ancestrale lui avait valu d'être honoré du titre de « patriarche » du village. Il n'oubliait aucun nom, aucun visage et avait un souvenir très vivace de l'ancien temps. De plus, on lui attribuait le pouvoir magique de conjurer la mort. C'est pourquoi il y avait toujours une place pour lui, devant la cheminée de la taverne.

Francis et ses cousins étaient arrivés à la vieille ferme de pierre, une coudée avant la calèche. Le vieux Taber reconnut le cheval châtaigne et la jument aux pattes blanches de lady Rhea Claire. Son visage s'éclaira d'un sourire de bienvenue. Il avait un faible pour les enfants du duc, pour Robin surtout.

– Bienvenue à vous, lord Francis.

– Monsieur Taber, quel plaisir de vous voir aller et venir !

En effet, le pauvre homme avait été cloué au lit une quinzaine de jours par une crise de rhumatismes.

– Faut pas s' plaindre, lord Francis, répondit-il. Où est lord Robin ? Je ne le vois pas parmi vous.

Tout en parlant, le vieillard cherchait des yeux une tête brune bouclée.

– Il est à Camareigh en train de manigancer quelque mauvais coup, expliqua Francis comme s'il s'agissait d'une chose banale, tant il avait l'habitude des frasques de son jeune frère. Quand il apprendra que nous sommes venus vous voir sans lui !...

Le vieux Taber eut un rire entendu, puis parcourut les environs du regard.

– J'aperçois la jument de lady Rhea Claire ; je me demande ce que votre sœur a encore trouvé...

Francis fit la grimace et désigna la voiture d'où Rhea descendait, aidée par le zélé Rocco. Les frères Fletcher entouraient la jeune fille, tout en surveillant l'énorme valet qui collait Rhea comme une ombre grotesque.

– Lady Rhea Claire ! s'écria Taber en s'approchant.

Ses yeux usés n'avaient pas manqué de remarquer le paquet que la jeune fille serrait contre elle. Au moment où le vieil homme arrivait tout près, Rocco s'interposa, menaçant. Ses pupilles rétrécies allaient et venaient du vieillard à la jeune fille aux cheveux blonds.

Le vieux Taber s'arrêta net. D'instinct, il avait perçu la méfiance de l'énorme bonhomme. Ses yeux humides rencontrèrent ceux de Rocco et, du geste avec lequel il amadouait les bêtes sauvages et les apaisait, il posa sa main doucement sur le bras du valet. Ce contact eut un effet extraordinaire : l'hostilité de Rocco s'évanouit sur-le-champ !

– Oh ! ils sont bien petits pour être tout seuls, lady Rhea, déclara le vieux Taber en faisant claquer sa langue. (Il saisit les chiots tremblants dans sa main.) Où les avez-vous trouvés ?

– Enfermés dans ce sac ; abandonnés dans le fossé de la grand-route, expliqua la jeune fille.

– Il leur faut un peu de lait chaud. Et que votre jolie tête ne se tracasse pas, miss Rhea, le vieux Taber ne vous abandonnera pas. (Tout à coup, le vieillard aperçut la calèche.) Oh, bonté divine, grogna-t-il en traînant les pieds vers la voiture. (Il se pencha pour mieux distinguer la silhouette floue qui observait la scène par la portière ouverte.) Mes excuses, Votre Grâce, fit-il sur un ton embarrassé, j'ai oublié les bonnes manières.

– Je suis désolée, monsieur Taber, dit Rhea Claire en s'interposant vivement, cette dame n'est pas la duchesse, mais... une voyageuse qui m'a fort aimablement amenée jusqu'ici.

– Ah, bon, c'est vrai que je n'avais pas reconnu l'attelage de Sa Grâce, convint le fermier, gêné par sa méprise. Mais je connais peut-être madame, n'est-il pas vrai ? C'est très gentil à elle d'avoir conduit la jeune demoiselle jusqu'à *la Maison sur la colline*. J'espère que cela n'a pas fait un trop long détour.

– Non, répondit Kate d'un ton sec, l'endroit se trouvait sur mon chemin. Je ne crois pas que nous nous soyons jamais rencontrés, vieil homme... Je traversais simplement la vallée ; par chance, j'ai rencontré ces cavaliers.

– Ah bon, murmura Taber en continuant de scruter l'intérieur de la voiture. (Le doute creusait le front du vieil homme de rides profondes.) Vous êtes certaine que nous ne nous sommes jamais vus ? Je suis âgé et ma vue a bien baissé... mais je n'oublie jamais personne ; je jurerais avoir entendu votre voix, mais où ?

Kate dévisageait ce vieux fouinard avec irritation. Comment était-il encore vivant ? Il était déjà vieux lorsqu'elle était petite fille. « Le bonhomme doit aller sur ses cent ans, pensa-t-elle avec stupéfaction, et il continue à mettre son sale nez dans des affaires qui ne le concernent pas. »

– C'est bon, cela me reviendra un de ces jours, assura le vieillard. Je me fais un point d'honneur à ne rien oublier dans cette vallée.

– Comme c'est gentil, chuchota Kate ; j'espère que vous ne serez pas trop déçu en découvrant votre erreur.

Taber eut un rire cassé ; il trouvait la remarque amusante.

– Je sens que je suis tout près de vous reconnaître. Pour le moment, déclara-t-il en se tournant vers Rhea Claire, je vais emporter ces petits à l'intérieur. Il fait trop froid et humide pour eux.

– Je reviendrai les voir, monsieur Taber, cria Rhea au vieil homme qui hochait la tête d'un air rêveur.

Sa silhouette voûtée disparut au coin de la maison.

– Une accalmie, dit Ewan en montrant une pâle lueur. En nous dépêchant, nous serons à Camareigh avant que l'orage n'éclate.

– Quel sage conseil ! déclara Kate en faisant signe à Rocco de fermer la portière. Je commence à sentir le froid. Je serais très heureuse de vous offrir encore ma voiture, chère mademoiselle, proposa-t-elle poliment à Rhea.

– Non, merci infiniment, dit la jeune fille.

– C'est bien, répondit Kate.

Elle souhaita aux jeunes gens un bon après-midi, puis

se laissa aller contre le dossier du siège. La voiture s'éloigna de la ferme, Rocco se retourna pour avoir une dernière image de la jeune fille aux cheveux d'or qui lui avait souri.

– Tu as fait une conquête, remarqua Francis en aidant sa sœur à monter à cheval. Une étrange paire, ces deux-là.

– Ils font plutôt pitié, rectifia Rhea, alors que les cavaliers prenaient la direction opposée à celle de la voiture. Ils semblent si malheureux.

– Tu ne t'attends tout de même pas à ce qu'une femme en deuil manifeste de la joie ? remarqua Ewan en venant se placer à côté de sa cousine.

Les sabots de son cheval éclaboussaient de boue la jupe de Rhea.

– Non, Ewan, reconnut la jeune fille ; c'est plus profond que cela, il y avait en eux une sorte de mélancolie. C'est difficile à expliquer. Et puis, ajouta-t-elle, se rappelant un détail, n'avez-vous pas trouvé étrange ce parfum de rose qui émanait de cette dame ?

– Qu'a-t-il d'étrange ? se récria Ewan. Les femmes se parfument toujours.

– Oui, mais pas de cette façon, heureusement ; j'ai cru m'évanouir dans la voiture. C'était tellement écœurant... Je...

Rhea s'interrompit, mal à l'aise.

– Je ? la pressa Francis, curieux de connaître les impressions de sa sœur concernant l'inconnue.

– Eh bien, vous allez me croire folle, continua Rhea, j'avais la sensation de me trouver dans un cercueil rempli de roses. Je vous permets de rire, dit-elle comme pour se défendre.

La jeune fille trouvait stupide d'avoir révélé ses sinistres pensées.

– Je ne ris pas, Rhea, protesta Francis avec gravité.

– Je dois admettre que tout cela est bizarre, surenchérit Ewan.

Sur cette impression désagréable, les cinq cousins accélérèrent l'allure. Vingt minutes plus tard, ils étaient devant les grilles de Camareigh, juste au moment où le ciel déversait un déluge sur leur tête. Heureusement, la maison protégée par des grilles centenaires était à l'abri des violentes rafales de pluie qui tambourinaient contre les fenêtres à meneaux. L'allée de marronniers n'avait jamais paru aussi longue aux cavaliers qui luttaient contre l'averse et le vent. Les constructions basses en pierre des écuries leur semblèrent merveilleusement accueillantes. Les portes ouvertes des boxes se balançaient au gré du vent lorsque les jeunes gens passèrent les grilles sous les voûtes de pierre. L'écurie était le royaume de Butterick, homme à qui le duc de Camareigh, pourtant très compétent, avait confié les soins et l'élevage de ses pur-sang. Butterick passait pour un tyran dans son domaine. Il faut dire que Sa Grâce possédait des chevaux de race qui faisaient l'envie de tous les seigneurs d'Angleterre. Mais le bon goût du duc ne se limitait pas aux chevaux ; jadis, il avait découvert une petite duchesse tout à fait ravissante... Butterick, plongé dans ses réflexions, regarda d'un œil paternel les cinq promeneurs qui venaient se réfugier dans la tiédeur de l'écurie. Tout trempés qu'ils étaient, ils trouvèrent le moyen de plaisanter en descendant de leurs montures, leurs jeunes voix apportant comme un souffle printanier. Lord Francis était devenu un fin cavalier et ferait l'orgueil du duc, son père. Il était heureux, pour Camareigh, que lord Francis fût l'aîné et l'héritier du titre car lord Robin, Dieu le bénisse, était un petit diable. D'un œil professionnel, Butterick inspecta les chevaux et poussa un soupir de soulagement en constatant que ses protégés n'avaient subi aucun dommage. Tandis qu'il ordonnait qu'on desselle, brosse et nourrisse les chevaux, il demanda :

– Vous avez fait une chute, lady Rhea Claire ?

Rhea et Francis sourirent. Rien n'échappait au regard d'aigle du palefrenier. James poussa un sifflement admiratif. C'était de la magie !

– Comment le savez-vous, monsieur ?

– C'est simple, mon garçon, si on sait se servir de ses yeux, lui répondit Butterick.

Le palefrenier se réjouissait de sa plaisanterie. Le jeune homme examina attentivement la jument. Il se trouva bien stupide en découvrant une énorme tache de boue sur le flanc et la cuisse de l'animal. Butterick s'avança vers le cheval et lui flatta l'encolure. Puis, avec délicatesse, il ôta une brindille accrochée à la queue.

– Qu'est-ce que Sa Grâce va dire en vous voyant dans cette tenue, miss Rhea ? demanda-t-il en hochant la tête.

– Je ne regrette rien, lança la jeune fille en se précipitant vers la maison.

– Tu n'as rien à craindre, approuva Ewan en la suivant. Tu as accompli une bonne action ; comment cela te porterait-il préjudice ?

Les jeunes gens passèrent sous le blason de la famille Dominick. La devise disait à tous ceux qui pénétraient à Camareigh : « Ne pas se soumettre. Vérité, bravoure. » Tout à coup, Francis poussa un sifflement discret. Tous levèrent la tête et aperçurent le comte de Rendale qui descendait le grand escalier. Le jeune homme arborait un splendide vêtement bleu royal. Sa tenue était immaculée, ses bas de soie bien tirés ; il portait des escarpins aux boucles étincelantes, et sa perruque était poudrée à la perfection. La somptuosité de ses vêtements se reflétait dans son expression ravie. Par hasard, il vint à baisser le nez et aperçut le groupe des jeunes gens débraillés et sales.

– Mon Dieu ! s'écria-t-il, horrifié.

– Décidément le comte n'est jamais à court de bons mots ! s'exclama Francis avec une grimace moqueuse.

Une flaque d'eau s'étalait autour de ses bottes et sa culotte mouillée devenait franchement inconfortable. Mais, surtout, il appréciait peu de se trouver là, chez lui, sous le regard de Rendale habillé en grande pompe.

– Qu'est-il arrivé ? interrogea Cawton en descendant en hâte les dernières marches.

— Nous avons pris l'averse ; seriez-vous assez aimable pour nous laisser passer ?

Francis avait parlé avec une politesse inhabituelle. Cependant le comte n'était pas assez subtil pour le remarquer et restait là, son grand corps bloquant tout accès à l'escalier. L'expression hautaine de Rendale se changea en désespoir à la vue de Rhea échevelée, les vêtements chiffonnés.

— Lady Rhea Claire ! Que vous est-il arrivé ? Vos cheveux ? Votre tenue de cheval ? s'écria-t-il en examinant la jupe maculée de boue et la manche déchirée jusqu'à l'épaule.

— J'ai fait une légère chute, c'est tout, expliqua Rhea.

La jeune fille se mit à battre du pied pour montrer son impatience. Les narines aristocratiques du comte se pincèrent imperceptiblement.

— Mais où êtes-vous tombée ?

Malgré ses bonnes manières, il n'avait pu s'empêcher de poser cette question indiscrète. Une forte odeur de laine mouillée, de chien et de cheval lui chatouillait le nez.

— Cela n'a aucune importance, Wesley, répondit Rhea.

Elle ne tenait pas à révéler ses activités de l'après-midi. Mais Francis, qui ne tenait à rien du tout, éclaira le comte, non sans malice.

— Nous venons de sauver une nichée de petits chiens à moitié noyés dans un fossé ; ou, plus exactement, ajouta-t-il avec une lueur moqueuse dans ses yeux bleus : Rhea les a sauvés.

— Sauvés ? (Le comte n'en croyait pas ses oreilles.) Mais pourquoi, mon Dieu ?

Francis cacha un sourire de satisfaction à la vue de la mine déconcertée de Wesley.

— Pour poser une telle question, dit Rhea froidement, il faut que vous n'ayez rien compris. (Malgré sa voix calme et posée, la jeune fille grelottait dans ses vêtements humides. D'un air plus altier encore que celui que le comte s'efforçait de prendre, elle déclara :) Cher

Wesley, nous ne vous attendions pas si tôt à Camareigh : la fête n'a lieu que dans quelques jours.

Rendale devint cramoisi ; il venait d'enfreindre les règles de l'étiquette. Or, rien ne lui répugnait plus que les mauvaises manières.

– J'ai accompagné sir Jeremy et sa fille, expliqua-t-il, mal à l'aise.

Rendale séjournait souvent à Winterhall, la propriété de sir Jeremy, un grand ami du duc ; le jeune homme avait donc fait coïncider son arrivée à Winterhall avec le départ de sir Jeremy pour Camareigh.

– Caroline est ici ? demandèrent en même temps Francis et Ewan en échangeant des regards amusés.

– Nous n'étions pas sûrs que sir Jeremy vienne ; il a eu une nouvelle crise de goutte. Vous savez combien il souffre, expliqua Rhea. Lui qui d'habitude est si jovial devient vite grincheux quand son orteil commence à enfler et à battre comme un cœur. J'espère que la voiture ne l'aura pas trop secoué sur ces routes cahoteuses et qu'elle n'aura pas aggravé son état. Même en temps normal, sir Jeremy et Caroline sont de piètres voyageurs.

Sur ces paroles, la jeune fille grimpa en courant les escaliers, abandonnant le comte médusé aux mains de Francis et des frères Fletcher. Tout à coup, George éternua violemment. Rendale fit un écart qui libéra le passage ; Francis et ses cousins en profitèrent pour s'éclipser.

– Bien joué, George !

Francis complimentait son cousin dont il connaissait l'astuce ; George avait parfois usé de ce stratagème lorsque les jeunes gens s'étaient trouvés dans des situations délicates.

– Pourquoi as-tu fait allusion aux chiots ? Je n'ai pas compris.

Ewan interrogeait son cousin tout en l'escortant dans les longs couloirs qui conduisaient à l'aile où logeait le futur duc. Ewan observait Francis avec curiosité, attendant un éclaircissement.

– Et pourquoi pas ? demanda Francis en toute innocence ; je voulais éclairer Rendale sur le caractère de Rhea. Le comte souhaitait une réponse. Je ne le ménagerai pas, lança-t-il tout à coup. Je ne l'apprécierais pas comme beau-frère. Je n'ai rien contre le personnage : simplement, il n'a pas sa place dans notre famille. (Le jeune homme ponctua cette dernière phrase d'une mimique d'horreur.) Je tiens à préserver le cœur de Rhea ; elle est beaucoup trop sensible, et j'ai peur que le comte ne l'utilise pour se « placer ». Bien, je crois que nous ferions mieux de nous presser ; je meurs de faim. Rendale a une bonne demi-heure d'avance sur nous, et vous savez combien il aime la tarte aux groseilles ! Si nous ne nous dépêchons pas, il ne nous restera plus le moindre gâteau.

Et, joignant l'acte à la parole, Francis traversa en courant le couloir silencieux.

Dans l'aile opposée, Rhea se dépêchait elle aussi. Elle enfila le long couloir conduisant à son appartement en pensant à Caroline Winter. Aucun doute, elle était sûre de trouver la jeune fille dans sa chambre. La porte était entrouverte ; Rhea eut une expression ennuyée en découvrant Caroline Winter en train de fureter dans ses robes avec une curiosité fébrile. Pourtant, elle éprouva plus de pitié que de colère. Bien que Caroline possédât tout ce qu'elle voulait, elle n'était jamais satisfaite, et ne le serait jamais. Sir Jeremy n'était pas d'une nature à s'opposer aux désirs de son enfant chérie. Avec les plus louables intentions, il lui avait prodigué un amour éperdu et une dévotion destinés à remplacer la perte d'une mère. Le résultat avait été catastrophique : Caroline était devenue une jeune fille égoïste et capricieuse.

– Hello, Caroline, tu cherches quelque chose ?

– Oh ! (Caroline avait poussé un cri d'effroi en entendant la voix moqueuse de son amie.) Tu m'as fait peur ! (Elle se plaignait, nullement embarrassée de s'être laissé surprendre en train de fureter.) J'ai frappé ; mais comme tu n'étais pas là, je suis entrée. J'espère que cela ne t'ennuie pas, je voulais juste m'assurer que tu avais aussi cette soie ravissante que papa m'a rapportée de Paris. (Tout à coup, la jeune fille s'aperçut de l'aspect débraillé de Rhea. Incrédule, elle ouvrit tout grands ses jolis yeux.) Diable, que t'est-il arrivé ? Tu es affreuse.

Rhea sourit hypocritement.

– Merci de ton intérêt. Je suis tombée de cheval, mais je me sens tout à fait bien, assura-t-elle en s'approchant de la cheminée dans laquelle une domestique avait allumé un bon feu.

Caroline examinait lady Dominick de la tête aux pieds. Les coins de sa bouche pincés exprimaient son déplaisir.

– Cette merveilleuse tenue de cheval est fichue ; quel dommage !

– Tu n'as pas à t'inquiéter, la rassura Rhea, j'en ai une autre absolument identique. Maman a adoré ce tissu ; elle a fait faire deux vêtements semblables.

– Quelle idée extraordinaire ! s'extasia Caroline, qui trouvait la duchesse très ingénieuse. Nous sommes de la même taille, n'est-ce pas ? demanda-t-elle, pleine d'espoir.

En même temps, ses yeux scrutaient la penderie à la recherche du deuxième habit. Rhea connaissait bien cette intonation de voix.

– Non, Caroline, répondit-elle avec fermeté. (Elle espérait de tout cœur que la servante viendrait préparer son bain, ce qui lui permettrait d'éconduire poliment l'intruse.) C'est ma tenue préférée, et maintenant que j'ai abîmé l'autre, je n'aurai plus que celle-là. Je suis désolée, Caroline.

Miss Winter préféra changer de conversation.

– Je n'ai plus de parfum et j'adore le tien, soupira-t-elle en jetant un regard mélancolique sur le délicat flacon de son amie.

– S'il te plaît, prends-le, Caroline, proposa Rhea en espérant la faire partir ; ce n'est pas celui que je préfère.

– Vraiment ? fit Caroline, déçue.

Malgré tout, de ses doigts avides, elle s'empara du

cadeau, le serrant sur son cœur. Mais, en se regardant dans le miroir, son bonheur s'évanouit : bien qu'elle eût le teint de Rhea, ses yeux clairs et ses cheveux blonds, elle devait reconnaître avec désespoir que les yeux de son amie étaient d'un mauve incroyable et ses cheveux d'un or sombre incomparable. Caroline se mit à jouer avec un écrin en argent incrusté de pierres précieuses qui contenait une brosse et un peigne assortis. Les toilettes variées de Rhea étaient très semblables à celles que possédait Caroline à Winterhall. Mais, aux yeux jaloux de la jeune fille, les affaires de Rhea semblaient plus élégantes, et surtout plus coûteuses. Caroline parcourut du regard la jolie chambre et son ressentiment pour sa belle amie augmenta encore. Ce n'était pas juste, Rhea avait tout. Et, bien qu'elle fût de trois ans plus jeune qu'elle, Rhea se marierait certainement la première.

– Wesley nous a conduits ce matin, annonça-t-elle soudain avec un sourire de triomphe. Il a insisté pour que nous empruntions sa calèche. Il est si prévenant, ajouta-t-elle en resserrant le ruban de sa manche. Je crois vraiment que Wesley a un penchant pour moi. Je ne serais pas étonnée s'il demandait ma main à papa. (La jeune fille chuchota sur un ton confidentiel, comme pour se convaincre elle-même :) Bien entendu, je devrais réfléchir. Tu imagines ce que j'éprouverais si, après avoir dit oui à Wesley, un duc voulait m'épouser ? Tu sais, j'ai songé à ton oncle Richard.

Cette fois, Rhea fut franchement choquée.

– Il est marié, et sa femme va avoir un bébé, rappela-t-elle sèchement à son amie.

– Je sais, répliqua Caroline. D'ailleurs, je trouve indécent qu'elle se montre en public dans son état.

– Tu préférerais peut-être qu'on l'enferme à clef dans sa chambre pendant neuf mois ?

La porte s'ouvrit sur deux servantes. L'une portait des couvertures moelleuses, l'autre se précipita vers le feu pour ajouter une bûche.

Après s'être déshabillée, Rhea resta devant le feu en jupon et chemisette, ses vêtements humides et tachés de boue abandonnés à terre.

Puis, s'enveloppant dans une chaude couverture, elle s'installa devant le feu pour démêler ses cheveux. Elle fit une petite grimace de douleur en tirant sur une mèche. A ce moment-là, une autre domestique entra avec un plateau et deux tasses fumantes d'un sombre breuvage. Rhea ne le connaissait que trop.

– La potion de Mme Taylor, grogna la jeune fille avec une moue de dégoût.

Elle avait reconnu l'odeur désagréable.

– Ce sont les ordres de Sa Grâce la duchesse, annonça la domestique avant que sa jeune maîtresse ait pu faire une objection.

– Très bien, dit Rhea en capitulant. Tu bois aussi, Caroline ?

– Moi ? se récria la jeune fille. (Elle faisait une horrible tête en reniflant la potion « diabolique ».) Ça sent affreusement mauvais. Qu'est-ce que c'est ? Du poison ? s'écria-t-elle en repoussant la tasse.

La main de la servante, abîmée par les travaux ménagers, la lui tendit à nouveau.

– Sa Grâce la duchesse a donné l'ordre que miss Caroline boive le reconstituant de Mme Taylor. Sa Grâce dit que Mademoiselle s'est plainte du voyage long et fatigant depuis Winterhall. Sa Grâce sait que Mademoiselle a une santé délicate.

Rawley, la domestique, avec un air plein de sous-entendus, approchait l'infect breuvage du petit nez retroussé de la jeune lady. Les lèvres tremblantes, Caroline finit par accepter la potion.

– Qui diable est cette Mme Taylor ? interrogea-t-elle en avalant la moitié du liquide avec une horrible grimace.

Rhea prit un air respectueux.

– Mme Taylor est une vieille amie de ma mère. Elle habite tout près de Verrick House, son ancienne maison.

Maman prétend que Mme Taylor est la meilleure cuisinière au monde.

– Et Sa Grâce fréquente les gens du peuple ? s'étonna miss Winter, avec hargne.

On aurait dit que sa mauvaise humeur lui remontait de l'estomac.

– Mère l'aime beaucoup. Elle aime surtout ses deux fils, les frères Taylor ; ils tiennent une taverne.

– Et qu'en pense le duc ? demanda Caroline. Il n'approuve certainement pas cette familiarité avec... avec de simples aubergistes.

Caroline entendit rire Rhea mais, comme elle lui tournait le dos, elle ne put voir son visage. De leur côté, les servantes préparaient le bain de leur maîtresse, mélangeant eau chaude et eau froide dans un baquet devant le feu pétillant.

– Père apprécie énormément les Taylor...

Rawley interrompit la jeune fille :

– Maintenant, miss Caroline, vous devriez aller prendre votre thé ; vous n'aimeriez pas qu'il soit aussi froid que le bain de lady Dominick, n'est-ce pas ?

– Très bien, marmonna Caroline en se dirigeant vers la porte, Wesley doit me chercher partout ; j'espère qu'il ne s'inquiétera pas trop. (Elle lança avec coquetterie une dernière phrase par-dessus son épaule.) Ma chère, Wesley et moi te verrons plus tard, j'imagine.

Miss Caroline quitta la chambre dans un bruissement de soie, non sans avoir lancé un regard glacial à l'intrépide Rawley.

La domestique renifla de mépris en refermant la porte derrière la silhouette rondelette de la suffisante Caroline.

– Quelle robe vais-je sortir pour miss Rhea Claire ? Celle en soie bleu foncé est très belle, vous pourriez la porter avec...

Rhea poussa un soupir d'aise ; l'eau délicatement parfumée du bain calmait les douleurs et les peines de la journée et la plongeait dans un rêve agréable. La voix de Rawley débitait d'un ton monotone des mots de plus en plus indistincts. Un parfum entêtant de rose se répandit soudain. Rhea pensait à la mystérieuse femme voilée dans sa calèche. Etait-elle enfin arrivée à destination ?

5

De retour à la nouvelle auberge où elle avait pris pension – une demeure de style Tudor baptisée *le Dragon vert* par les autochtones –, Kate retrouva son poissard d'acolyte en train de caresser une bouteille d'excellent cognac. Le sacripant chauffait ses pieds aux bas reprisés devant un feu d'enfer.

– V'zavez apprécié la prom'nade, m'lady ? demanda-t-il sans réelle curiosité.

Il avait du mal à articuler. Mais ce qui excédait le plus Kate, c'était sa manière pompeuse de prononcer « m'lady ».

– Oui, elle a été très édifiante, répondit sèchement Kate sans se soucier de l'attitude irrespectueuse du bonhomme. Et vous, vous avez fait une exploration intéressante de votre bouteille ?

– Ouais, c'tait l' paradis, m'lady, répondit-il avec un renvoi sonore.

– Si vous aviez dû la payer, répondit Kate, sarcastique, vous l'auriez trouvée sacrément chère.

Lady Katherine approcha ses mains glacées du feu. La lumière des flammes vacillantes dansait sur son voile. Hypnotisée, elle regardait le feu dévorer les bûches.

– Je suis affamée, annonça-t-elle tout à coup. (Elle se sentait étrangement heureuse de sa journée.) Je vois que vous avez déjà dîné, remarqua-t-elle devant la table encombrée d'assiettes grasses et de verres vides.

– Ouais, c'tait pas mal, ç'vait pas un trop sal' goût.

C'était là le compliment de Teddy Waltham !

Lady Katherine, cette fois, perdit son sang-froid. Elle se leva et arpenta la salle à manger, son voile noir flottant derrière elle. Ses hauts talons martelaient en cadence le plancher. Lady Katherine ne cachait pas sa nervosité ; elle se tapotait la main avec ses gants de chevreau.

– On dirait qu' v' zêtes toute renversée, m'lady. Un' p'tit' gorgée ?

Généreusement, Teddy Waltham lui offrait sa bouteille presque vide.

– Renversée ? glapit Kate, incrédule. Pas le moins du monde. Je réfléchissais, tout simplement. (En fait, elle était obsédée par les charmants visages des enfants de Lucien.) Otez-vous de là, mon vieux, je ne vous paie pas pour vous chauffer comme un lézard.

Edward Waltham se redressa sur ses pieds déchaussés. Il avait compris qu'il valait mieux ne pas se faire mal voir de la « dame » qui pouvait se révéler une ennemie dangereuse.

– Les désirs de m'lady sont des ordres, déclara Waltham en s'inclinant avec galanterie.

Avec un soupir de soulagement, Kate prit la place d'Edward devant le feu. Le sang recommençait à circuler sous l'effet de la chaleur et lui procurait des picotements dans les mains. Rocco montait son habituelle garde devant la porte. Kate éprouvait un sentiment bizarre vis-à-vis de lui ; l'espace d'un instant, elle craignit pour la vie de ce géant à l'esprit innocent. Elle chassa ses craintes imaginaires pour jouir du feu. Elle se tenait toujours devant la cheminée lorsque Waltham s'approcha avec un plateau de rafraîchissements. Teddy fit sauter le bouchon d'une nouvelle bouteille de cognac, prit un verre propre et alla se réfugier sur une chaise près de la fenêtre d'où il pouvait contrôler la situation.

– Ah ! Monsieur Higgleton, vous êtes très aimable, roucoula Kate au propriétaire du *Dragon vert* qui venait d'entrer dans la chambre ; le service est excellent et votre cuisine exceptionnelle.

Le patron, satisfait de ces compliments, se retirait discrètement lorsque lady Katherine le rappela :

– Monsieur Higgleton, j'ai rencontré des jeunes gens cet après-midi au cours de ma promenade. Ils se nomment Dominick. Les connaissez-vous, par hasard ? demanda-t-elle sur un ton innocent.

– Pour sûr, ce sont les enfants du duc de Camareigh. Des jeunes gens très bien, affirma le propriétaire d'un air entendu.

– J'ai fait la connaissance de lord Francis et de sa sœur lady Rhea Claire.

– Ah oui, fit M. Higgleton avec un hochement de tête. Lord Francis est un vrai gentleman, le duc en est très fier. Lady Rhea Claire... ajouta le bonhomme avec un soupir. Ah ! quelle beauté, et quel cœur pur ! Elle tient cela de sa mère. Une grande dame, la duchesse.

– Une famille très unie, n'est-ce pas ? demanda doucement Kate.

– Oh oui, très unie. Jusqu'à la naissance des petits, la jeune demoiselle Rhea Claire était l'unique fille du duc. On a toujours un faible pour les aînés, confia M. Higgleton que cette conversation réjouissait. Sa Grâce traite la jeune lady comme une reine. Je n'ai jamais entendu une parole désagréable contre lady Rhea.

– Ainsi, lady Rhea Claire est chérie par Sa Grâce, semble-t-il ? (Sous son masque, Kate eut un sourire méchant.) Comme c'est intéressant, murmura-t-elle pour elle-même. (Puis à haute voix :) Pardonnez-moi de vous retenir, cher monsieur, mais j'ai également rencontré un vieil homme – nommé Taber, je crois.

– Vous voulez parler du vieux Taber de *la Maison sur la colline* ? Des gens disent que c'est lui qui a posé la première pierre du *Dragon vert*.

– Un vieillard à l'esprit agile, précisa Kate. Est-il vrai qu'il n'oublie jamais rien ni personne ?

– C'est un vieux renard ; il se souvient de tous les visages et de tout ce qui arrive au pays. Il y a toujours une chope de bière et une place au coin du feu pour lui à la taverne.

M. Higgleton était fier que son auberge soit fréquentée régulièrement par l'homme le plus âgé des environs. Cela faisait marcher le commerce quand des clients friands d'histoires s'asseyaient autour de lui pour l'écouter tout en buvant un verre.

– *La Maison sur la colline* était plutôt tranquille, quand j'y suis passée hier, remarqua Kate. Cet homme vit seul ?

– Non ! Il a son fils, sa belle-fille et des tas de petits-enfants.

– Je vois, fit Kate en tendant ses mains vers le feu.

– En ce moment, ils sont allés rendre visite à leur mère aux bains.

– M. Taber est donc seul, nota Kate.

– Pas vraiment, expliqua M. Higgleton. Une de ses petites-filles lui fait la cuisine et trait les vaches. D'habitude la ferme est pleine de monde, vous savez. (Le propriétaire du *Dragon vert* se souciait visiblement du bien-être du vieillard.) Le vieux Taber vivra encore cent ans ou je ne m'appellerai plus Horacio Higgleton ! Maintenant, je vais m'occuper de votre dîner, milady.

Après le départ du propriétaire, un silence de mort s'abattit sur la pièce. Une bûche, en tombant dans le feu avec un bruit sourd, donna l'occasion à Waltham de délier sa langue. Son esprit embrumé par l'alcool ne lui avait pas pour autant ôté sa vigilance. Il tenait à faire part de ses doutes.

– Qu'est-c' qu' vous avez à voir avec un duc puissant et riche ? demanda-t-il en levant un menton agressif. Et qu'est-c' qu' c'est tout' ces questions sur les enfants d' Sa Grâce et sur l' vieux ? A Londres, vous m'aviez pas causé d'un duc. (Waltham s'adressait sur un ton accusateur à la femme voilée dont le silence persistant l'exaspérait.) Jouer des tours à un duc, ça, vous l'avez jamais raconté à Teddy Waltham !

– J'avais négligé ce léger détail ? s'étonna Kate avec désinvolture. (Ses doigts tambourinaient sur la table avec un bruit exaspérant.) En êtes-vous sûr ? Je suis certaine de vous en avoir parlé ; peut-être étiez-vous saoul ce soir-là, comme toujours !

Waltham ne se laissa pas impressionner.

– Je m'en souviendrais, dit-il. Mais vous n'avez rien dit peut-êt' ben parc' que vous saviez qu' j'étais pas assez bêta pour rôder autour d'un grand seigneur.

Kate pinça son nez de dégoût. Cet ignoble débauché en train de pleurnicher sur sa bouteille...

– Ce qu'il vous faut, Waltham, c'est une bonne rasade de courage et non du cognac.

Teddy Waltham fit rouler ses yeux injectés de sang.

– J'ai accepté l' boulot parce qu' j' vous aurais jamais crue assez fol' pour fricoter avec un duc. Teddy Waltham tient trop à sa tête ! Il tient pas à s' coller au billot. J'ai ben apprécié c' séjour à la campagn', m'lady, mais j' commenç' à avoir l' mal du pays ; ça m' manqu', la poussièr' et la suie d' Londres. Aussi...

Kate donna un ordre à Rocco en italien. Waltham comprit néanmoins qu'il le concernait. Et en effet, l'instant d'après, il était soulevé à un pied du sol, empoigné au collet par le géant.

– Lâch' moi, espèce' d' gros bœuf ! hurla-t-il.

Son visage rougissait au fur et à mesure que son col l'étranglait.

– Rocco n'obéit qu'à mes ordres, monsieur Waltham, déclara Kate en s'abandonnant dans son fauteuil. Cher Waltham, très cher Waltham, je vous ai engagé pour une tâche et j'exige que vous l'exécutiez ; vous devriez vous soucier du châtiment que je vous ferai subir en cas d'échec.

Teddy donnait des coups de pied inutiles dans le vide. Il n'était pas de taille à lutter avec le monstre. Il se mit à tousser, essayant de parler tandis que le monde vacillait autour de lui.

– Lâchez-moi ! J' ferai c' qu' vous voudrez. Lâchez-moi avant d' vous r'trouver avec un pendu sur les bras !

Kate fit un geste. Rocco laissa retomber Waltham à

demi étranglé sur le sol. Le vaurien se frotta le nez puis se risqua à relever la tête.

– Il fallait vous montrer plus conciliant, lança Kate d'une voix qui fit monter un frisson le long de la colonne vertébrale de Waltham. J'ai établi mes plans. Nous retournons à Londres demain après-midi. Cela vous convient-il, Waltham ?

Teddy acquiesça de la tête, en tâtant son cou douloureux. Oui, songeait-il, cela lui convenait parfaitement. Bientôt il retrouverait les rues pavées familières de la capitale, et il se libérerait de cette folle. Il espérait qu'il n'était pas trop tard pour sauver sa peau.

Un pâle croissant de lune fendait les nuages argentés, lorsque deux cavaliers pénétrèrent dans la cour de *la Maison sur la colline.* Il était tard, trop tard même pour des visiteurs. Mais ceux-ci n'avaient pas été invités et ils ne venaient pas par amitié.

Kate descendit de cheval et scruta les ténèbres. Ses yeux furent attirés par un rai de lumière qui filtrait à travers une fenêtre à petits carreaux, enfoncée dans l'épaisseur du mur en pierres de taille.

– *Silenzio !* chuchota Kate.

Rocco marchait lourdement derrière elle, ses pas résonnaient sur les pierres du chemin. Kate poussa un soupir exaspéré. Elle aurait de beaucoup préféré laisser son valet à la pension et venir seule. Mais, en cas de difficultés, sa force de taureau pourrait être utile. Kate saisit fermement le bras puissant de Rocco et se dirigea vers la fenêtre éclairée. Elle préférait savoir où était son garde du corps.

Le vent soufflait en rafales glacées sur la silhouette de Kate revêtue d'une cape. Lorsqu'elle scruta l'intérieur de la maison, avec son visage voilé elle ressemblait à une branche d'arbre poussée par le vent. Kate revint sur ses pas, contourna la maison en surveillant les alentours. Dans la cuisine, éclairée par la chaude lueur du feu qui brûlait dans l'âtre, était assise une jeune fille endormie. Dans son giron, immobile, sommeillait un petit chien. Les autres chiots rescapés de l'après-midi dormaient à ses pieds dans un grand panier. Lady Katherine devina que cette adolescente était la petite-fille de Taber. Mais où était le vieil homme ? Il valait mieux ne pas déranger la gamine...

Soudain, elle entendit siffler. Quelqu'un sifflotait une mélodie portée par le vent. Kate regarda vers la grange, de l'autre côté de la cour. Un sourire diabolique étira ses lèvres ; un mince trait de lumière se dessinait sous la porte mal ajustée. D'un pas décidé, Kate traversa la cour en se laissant guider par le rai lumineux. Elle maudissait le vieil homme dont l'indiscrétion l'obligeait à agir ; mais tout serait perdu s'il se souvenait d'elle et colportait la nouvelle à travers la vallée. L'attention du duc de Camareigh serait attirée et lady Katherine devait préserver son anonymat à tout prix. Elle se glissa donc dans la grange, sa silhouette noire confondue avec les ombres qui peuplaient le local obscur. Kate s'arrêta en apercevant un corps penché en avant, éclairé par la lueur d'une lanterne.

– Je n'en ai plus pour longtemps, Janey, lança le vieil homme par-dessus son épaule. (Il avait senti un courant d'air froid.) Retourne à la maison, il gèle ici.

Pendant qu'il parlait, ses mains noueuses s'activaient à mesurer différents liquides dans une bouteille d'ambre foncée.

– J'aurai préparé ce liniment pour le taureau de Haverstoke avant que tu sois revenue au coin du feu.

Comme le silence persistait, que personne ne répondait, M. Taber leva les yeux pour fouiller l'obscurité. Un pli profond se creusa sur son visage ridé ; il fixait la silhouette floue qui s'approchait.

– Janey ? C'est toi ? interrogea-t-il en bouchant le flacon de liniment. (Puis il s'essuya les mains à un chiffon graisseux.) Je te le demande, insista-t-il, c'est bien toi ?

Il répéta sa question, mais cette fois en saisissant le pommeau de sa canne.

– Ce n'est que moi, monsieur Taber, répondit Kate dans un souffle.

– Ah ! fit le vieillard en poussant un soupir de soulagement et en relâchant son étreinte. Lady Katherine !

Kate en eut le souffle coupé. Elle n'aurait jamais cru... Il se souvenait...

« Qu'il soit maudit », jura-t-elle à voix basse.

– Eh oui, ricanait le vieil homme, vous ne pensiez pas que je me rappellerais, hein ? Je vous l'avais dit, je n'oublie personne, ajouta-t-il avec fierté. Ainsi, vous êtes l'étrangère du *Dragon vert* ? J'ai entendu parler de vous.

– Vraiment ? demanda Kate en se rapprochant.

– Eh oui, un rien étrange. Je me demandais pourquoi vous ne séjourniez pas à Camareigh. Je sais bien que vous êtes en froid avec le duc. Je ne vous mentirai pas, milady : autrefois, je ne vous portais pas dans mon cœur, vous et votre frère. (Le vieux M. Taber hocha sa tête blanche.) Vous ne supportiez pas d'être contrariée, vous n'en faisiez qu'à votre idée avec lord Percy ; d'ailleurs, j'ai toujours pensé que c'était vous qui le poussiez à la méchanceté. Souvenez-vous quand vous vous en êtes prise à lord Lucien ; vous lui avez fait une belle entaille, pas vrai ? Je n'ai jamais cru à un accident comme le prétendait le vieux duc ; c'était cruel de faire ça.

– Mon cousin s'est vengé, vieil homme, répondit Kate d'un ton sévère.

Sa jupe bruissait tandis qu'elle avançait à pas lents.

– Il y a longtemps qu'on ne vous avait pas vue dans la vallée, poursuivit le vieux Taber. Etrange, votre retour. Le duc n'a jamais fait allusion à vous. Tout à fait étrange.

– Pauvre monsieur Ta-ta-ta, vous ne savez pas tout. Il y a des secrets que votre long nez n'a pas encore dénichés. Vous avez vécu trop longtemps, malheureux vieillard, et vous vous imaginiez tout connaître ?

– J'en ai vu suffisamment pour être satisfait, milady. Vous avez raison, j'ai vécu trop longtemps, je sais que mes jours sont comptés.

Courbé par le poids des ans, le visage tout ridé, M. Taber gardait cependant une incontestable dignité.

Kate eut un sourire mauvais.

– Vos paroles sont prophétiques, vieil homme, mais vous allez mourir plus tôt que vous ne le pensiez, murmura-t-elle en s'emparant d'un maillet qui se trouvait sur une étagère.

M. Taber de *la Maison sur la colline* ne vit pas le coup qui le frappa ; il n'entendit pas le gémissement de plaisir de sa meurtrière.

Kate sursauta et jeta un regard étonné à Rocco qui se tenait à côté d'elle.

– Pourquoi diable pleurniches-tu ? gronda-t-elle en italien en entendant un reniflement.

Le géant avait les yeux pleins de larmes.

– Dieu de miséricorde, tu es fou de gaspiller tes pleurs. Tu ignores que ce vieux bouc nous aurait envoyés à la potence comme un rien. Allez, viens, rentrons à la pension avant que notre distingué Waltham ne découvre notre fugue. Je ne veux pas qu'il m'échappe au moment où j'ai le plus besoin de lui. Nous avons du travail à faire, demain sera un jour magnifique, promit Kate en dissimulant le maillet ensanglanté sous un épais tas de paille.

Le jeudi matin, salué par le chant joyeux du coq, une aube radieuse se leva sur Camareigh malgré les nuages sombres qui menaçaient à l'horizon. Des communs s'élevait le bruit grandissant des domestiques, qui, à peine tirés de leur sommeil, commençaient les préparatifs pour la fête. A l'office, dans un vacarme assourdissant de pots et de casseroles, Mme Peacham, la cuisinière en chef, donnait ses ordres aux aides encore mal réveillées. On avait allumé des feux dans les immenses cheminées de la cuisine. Des pots noirs accrochés au-dessus des flammes montaient des glouglous appétissants. Deux énormes bouilloires docilement soumises à la chaleur crachaient des jets de vapeur blanche. On avait soigneusement choisi les ustensiles pour les préparatifs du déjeuner : casseroles en cuivre rouge et jaune aux solides queues de bois ; marmites à potage, poissonnières, moules à pudding, poêles à frire. Des braseros étaient maintenus allumés pour que les plats restent chauds.

Bientôt les arômes délicieux du café chaud, des saucisses frites et des œufs se mêlèrent aux odeurs alléchantes des tartes et des *buns* sortis du four. Un demi-veau tournait à la broche au-dessus des charbons ardents pendant qu'un gros jambon cuisait dans le four. L'immense table, placée au milieu de la cuisine, était couverte de légumes lavés, pelés et coupés en morceaux, destinés à accompagner les viandes. Parfois on distinguait le délicat tintement de la porcelaine et du cristal. Une heure plus tard, les invités de Camareigh prenaient leur petit déjeuner dans leurs chambres avant de se préparer pour le grand repas. La famille Dominick, elle, s'était retrouvée dans la salle à manger. La duchesse tenait à voir ses enfants avant qu'ils ne soient accaparés par leurs occupations et leurs jeux quotidiens.

– Vous auriez dû m'attendre, protesta lord Robin, la bouche pleine d'œuf. J'aurais bien aimé voir ce valet. Il mesurait réellement deux mètres ?

– Robin, ne parle pas la bouche pleine.

La duchesse réprimandait son fils tout en faisant manger Arden, la petite jumelle.

– Désolé, maman, mais je ne savais pas qu'on pouvait être aussi grand, poursuivit le gamin après avoir dégluti.

– Je te jure qu'il l'était, affirma James.

– Non, rectifia Ewan, ce n'était pas tellement sa taille qui était colossale, mais sa force.

– D'où vient-il, selon vous ? demanda Richard avec intérêt.

Il regrettait quelquefois de ne plus être assez jeune pour courir la campagne. En tant que futur père, il devait se montrer réservé. Ce qui ne signifiait pas pour autant qu'il renonçait à la curiosité.

– D'Italie, affirma Francis.
– De France, déclara George en même temps.
– Ils parlaient italien, j'en suis certain, rétorqua Francis ; la femme était timbrée.
– Francis ! Ce n'est pas une façon de parler, s'indigna la duchesse.
– Si, elle l'était, insista le jeune homme : tout habillée de noir avec un voile épais. Je ne lui ai pas vu le visage une seule fois.
– Il n'y a rien de bien étrange à cela, Francis, répliqua le duc.
Lucien de Camareigh dégustait son café ; il aimait particulièrement ces moments paisibles en famille.
– Cette dame était en deuil. Les gens ont d'étranges comportements lorsqu'ils souffrent.
– Elle prétend être une de tes anciennes « connaissances », père, lança Francis avec une pointe de curiosité.
– Vraiment ? répondit le duc d'un air songeur en échangeant un regard amusé avec son épouse.
– Quel est le nom de cette dame ?
– Elle ne me l'a pas dit, mais elle semble nous connaître très bien.
– Hum ! Hum ! fit la duchesse en clignant de l'œil. Je disais bien, Lucien, qu'une de vos anciennes maîtresses réapparaîtrait un jour. Mon cher, votre passé vous rattrape.
– Chère Sabrina, je crains que ce ne soit le vôtre qui le fasse, répondit gaiement le duc en se tournant vers le général.
– Je vous en prie, je suis trop vieux pour ces jeux-là. Je ne veux pas avoir d'autre souci que celui de passer un après-midi pluvieux en famille, fit avec bonne humeur Terence Fletcher en terminant de déjeuner.
– Tu n'es pas vieux, oncle Terence, protesta Rhea Claire qui venait d'entrer. (Elle embrassa le front buriné du général et montra sa place restée vide à la table, en adressant à ses parents un regard navré.) Je suis désolée

d'être en retard. Impossible de trouver ma tenue d'équitation ; elle semble s'être volatilisée.

– Je demanderai à Canfield, peut-être l'a-t-elle prise pour la vérifier avant que tu ne la mettes, suggéra la duchesse.

– Où pars-tu si tôt, Rhea ? demanda Robin, toujours aussi indiscret.

– Rendre visite à M. Taber et aux petits chiens. Il m'a envoyé un mot pour que j'aille voir comment ils se portent.

– Je viens aussi, s'écria spontanément Robin.

Il adorait se rendre à *la Maison sur la colline*, véritable asile pour animaux abandonnés.

– Moi aussi, trompetta Stuart en couvrant de sa voix celles de Maggie et d'Anna.

– Que faites-vous de la pièce de Shakespeare que M. Ormsbée vous fait préparer ? demanda la duchesse en fixant les petits visages. Vous y tenez tous un rôle, et votre précepteur s'est donné beaucoup de peine pour que chacun de vous apprenne son texte.

– J'espère que vous connaissez parfaitement vos rôles ? s'enquit Richard en regardant les enfants un par un.

Leurs visages reflétaient une parfaite innocence... Au bout d'un moment, James osa prendre la parole.

– Moi, ça ne me plaît pas de faire le pitre dans cette pièce, protesta-t-il.

Son orgueil d'adolescent s'accommodait mal du rôle ridicule qu'on lui avait assigné.

– Tu te crois dévalorisé, répliqua Francis avec une grimace. Moi, on me fait jouer le rôle du gros chevalier, sire Toby !

Francis gonfla ses joues, se fit un double menton et déclama quelques phrases sur un ton bouffon :

– « Bienvenue, âne bâté. Nous allons faire une prise. Feu et soufre ! fuyons ! » M. Ormsbée m'a même affublé d'un coussin en guise de panse !

– J'aurais bien aimé qu'on ne répète pas ce matin, s'obstina Robin en regardant le soleil qui entrait par la fenêtre. C'est le premier jour de beau temps depuis une semaine. Et puis, ce n'est pas juste, Rhea sort se promener et moi pas. Pourquoi est-ce qu'elle ne répète pas, elle aussi ?

– Parce que ce matin nous allons essayer nos costumes, expliqua Francis ; Rhea a déjà essayé le sien.

– C'est merveilleux, s'extasia Anna d'un ton rêveur sans remarquer les regards écœurés que lui adressaient ses frères et ses cousins. Maman se sentira-t-elle assez bien pour venir nous voir, papa ?

La fillette avait une voix anxieuse.

– Elle va mieux, chérie, dit Terence Fletcher pour rassurer sa fille. Maman a mal dormi cette nuit, elle se repose ce matin, c'est tout. Elle se lèvera vers 9 heures.

La duchesse se mit à fixer ses mains. Elle était inquiète, sachant ce que signifiait l'absence de sa sœur. Lucien sentait que Sabrina se faisait du souci, mais qu'aurait-elle pu lui dire ? Que Mary avait eu des visions incompréhensibles ? Qu'une catastrophe allait arriver, qu'il ne s'agissait que d'une question de temps et qu'on ne pourrait rien y changer ?

Lady Mary Fletcher se tournait et retournait dans son lit. Les draps de soie avaient glissé sur le côté. Les longs cheveux roux de la jeune femme retombaient sur ses épaules, tandis qu'elle écartait la tête, luttant avec un adversaire invisible. Des gouttes de transpiration perlaient à son front, lui coulaient le long des tempes. Elle frissonnait, en proie à un immense trouble intérieur.

Soudain, elle poussa un cri qui l'éveilla. Mary s'assit et se passa une main tremblante sur la joue comme pour se protéger. Ses yeux encore remplis d'ombres regardèrent le miroir qui lui renvoya un visage décomposé.

– Mon Dieu, souffla lady Fletcher.

La crainte de l'inconnu la rendait folle.

Elle se laissa retomber sur l'oreiller de plume, s'efforçant de calmer sa respiration et de se ressaisir. Cependant les images tenaces de son rêve l'assaillaient et lui faisaient battre le cœur.

« J'ai très froid », pensa-t-elle en tirant la couverture sur ses épaules. Autour d'elle rôdait la mort.

– De l'eau... de l'eau profonde. Je vois du bleu... des ombres, l'océan, une tenue d'équitation bleue, murmura-t-elle avant de sombrer dans un sommeil agité.

Caroline Winters se contemplait dans la glace. L'habit bleu était ridiculement étroit et lui comprimait la poitrine, la gênant pour respirer.

– Vous allez faire craquer les coutures, miss Caroline, l'avertit sa servante en secouant la tête avec désapprobation.

– Cette tenue me va à la perfection, répliqua Caroline qui se refusait à admettre que lady Rhea Claire était plus mince qu'elle. Elle me va comme un gant, ajouta-t-elle.

La servante jeta sur sa jeune maîtresse un regard pensif ; elle avait serré les lèvres lorsque miss Winter avait « emprunté » l'habit de son amie. Bizarre comme tout ce qui appartenait aux autres finissait par devenir la propriété de miss Caroline.

– Es-tu certaine d'avoir entendu dire que Rhea Claire allait faire une promenade à cheval ce matin ? demanda Caroline à la femme qui ajustait une manche trop étroite.

– Je l'ai entendu de mes propres oreilles. Elle doit sortir après le petit déjeuner, répéta la servante. Je l'ai appris par le valet de lord Rendale.

Caroline rectifia la plume de son chapeau.

– Donne-moi mes gants, vite, ma bonne ; pour rien au monde je ne voudrais manquer cette promenade.

Après s'être mirée une dernière fois dans la glace, sa silhouette empâtée s'éclipsa.

– La voici, lady Rhea Claire. (Butterick lui présentait la monture pour qu'elle l'inspecte.) Aussi jolie et guillerette que cette belle matinée.

– Magnifique, dit Rhea en caressant le cou de Skylark.

Elle lui fit croquer un quart de pomme. Mi-sérieux, mi-plaisantin, Butterick la mit en garde :

– Attention, lady Rhea, ne me gâtez pas cette beauté, je lui fais suivre un régime strict, et...

Butterick fut interrompu par un appel impérieux du comte de Rendale. Celui-ci réclamait sa monture. Sur ses talons venait miss Winter, dont la longue plume dodelinait à chaque pas.

Rhea poussa un soupir. « Bon, je ne manque pas de compagnie », pensa-t-elle.

– Bonjour, Wesley, bonjour, Caroline.

Elle les accueillit avec un sourire de bienvenue qui dissimulait poliment sa déception. Finie la promenade tranquille...

Butterick serra les dents en s'approchant de lord Rendale. Le comte savait se tenir à cheval, comme tous les gentilshommes, mais le palefrenier ne lui faisait pas confiance. Quant à la demoiselle... il n'avait jamais rencontré personne qui aimât si peu les juments. C'était presque un crime, pour Butterick, de permettre à miss Winter de monter ces splendides animaux.

– On m'a dit que vous partiez en promenade, Rhea Claire, lui dit le comte en guise de salut. (Un large sourire éclaira son visage.) J'ai pensé vous accompagner, si cela ne vous dérange pas. Où allez-vous ? demanda-t-il avec politesse. Du côté du lac peut-être ? Le temple du Soleil est divinement beau malgré l'hiver proche.

– Je me rends à *la Maison sur la colline*, pour faire une visite aux six petits chiens, lui lança Rhea avec un regard moqueur. Etes-vous certain de toujours vouloir m'accompagner ? C'est à une bonne distance.

Le comte de Rendale cacha sa déception et approuva avec empressement :

– Bien sûr, lady Rhea Claire.

– Je viens moi aussi, annonça Caroline qui désirait détourner Wesley de Rhea.

Mais l'attention du comte était tout à son cheval ; il donnait de sévères instructions pour le seller.

– Puisque vous êtes là, naturellement...

Rhea n'acheva pas sa phrase. Elle venait de remarquer que Caroline portait sa tenue. Voilà donc pourquoi elle l'avait tant cherchée. Tout s'expliquait. Un éclair de colère zébra les prunelles mauves de la jeune fille. Elle ne dit pas un mot, mais ses yeux étincelants signifièrent à Caroline que cette fois elle était allée trop loin. Miss Winter recula instinctivement et s'immobilisa, mal à l'aise, devant son amie, dans l'attente de la semonce.

– Elle est un peu juste, n'est-ce pas ? fit calmement Rhea, avant de s'éloigner avec un regard méprisant.

La jeune fille monta Skylark, ruminant sa colère en silence. Cela n'aurait servi à rien de s'énerver contre Caroline. Elle méritait davantage d'être plainte que ridiculisée. Il eût été tellement facile, pour Rhea, de l'humilier. En outre, un silence désapprobateur était beaucoup plus dur à supporter qu'un affrontement. Miss Winter serait plus touchée par le mépris que par une humiliation publique.

– Nous partons, annonça Rhea en faisant un salut à Butterick.

Le palefrenier se plaça devant les portes ouvertes de l'écurie et suivit des yeux les trois cavaliers qui bientôt disparurent derrière les arbres.

L'air vif de l'automne sentant bon la pluie et la fumée fut comme un baume apaisant sur les joues brûlantes de Rhea. Sa colère s'évanouit lorsqu'elle lança Skylark au galop sur l'étroit sentier. Les buissons et les ronces se faisaient plus drus à mesure qu'on s'éloignait des terres cultivées de Camareigh. Après un tournant, les cavaliers aperçurent un fiacre qui s'avançait lentement à leur rencontre. Aussitôt Rhea se rappela comment, la veille, Francis et ses cousins avaient failli être renversés par un attelage sur ce même sentier.

Les promeneurs ralentirent le pas pour ne pas gêner

la voiture, mais celle-ci s'arrêta soudainement en travers du chemin, bloquant le passage.

– Que se passe-t-il donc ? s'exclama le comte de Rendale en tirant sur les rênes de sa monture.

Son cheval se cabra et laboura l'air de ses sabots.

– Quel parfait imbécile ! se plaignit-il à l'adresse du cocher.

Au moment où le comte allait donner une leçon à cet impudent, son attention fut attirée par la porte de la voiture qui venait de se rabattre violemment sur deux hommes. Ceux-ci sautèrent sur le chemin. Caroline poussa un hurlement et tomba de cheval. Si Rendale ne savait trop à quoi s'attendre, il n'imaginait certainement pas qu'un individu vêtu d'un grand manteau de velours rouge râpé allait pointer un pistolet sur sa poitrine. Le comte n'était pas lâche ; comprenant le danger, il lui fallut moins d'une seconde de réflexion pour atteindre son pistolet. Lors de ses déplacements, il le portait toujours dans la poche de son gilet immaculé. Le contact familier de la crosse le rassura. Rendale sortit l'arme avec l'intention d'abattre le premier bandit, puis de tirer l'épée contre le second, caché derrière son complice. Mais le gentilhomme n'en eut pas le temps. Un coup de feu retentit dans la campagne. Le comte eut une expression de peur incrédule avant de tomber de sa selle, avec un bruit mat, dans la boue, aux pieds de son cheval.

– Qu'il soit damné ! jura l'homme qui avait tiré.

Dans sa chute, le blessé lui avait éclaboussé ses bas et sa culotte. Le bandit traversa aussitôt la route en direction des deux jeunes filles. Rhea était descendue de cheval et se tenait debout sur ses jambes flageolantes à côté de Caroline évanouie. Instinctivement, elle se plaça entre son amie et l'homme qui s'approchait et attendit avec appréhension ce qui allait se passer. Le brigand tira de sa redingote une petite bouteille et un mouchoir. Il fit un nouveau pas en avant et imbiba le tissu de liquide. Rhea enjamba alors le corps de Caroline et se mit à courir ; mais sa course fut entravée par sa lourde jupe et par la boue glissante. Une main lui attrapa la cheville, lui faisant perdre l'équilibre. Le cri de la jeune fille fut étouffé par le mouchoir pressé sur sa bouche et son nez. Elle suffoqua, fut prise de nausée, avant de s'enfoncer dans un immense trou noir.

Teddy Waltham souleva sa victime sans effort : elle était tellement légère. « Quelle beauté », songea-t-il avec regret, en découvrant la chevelure dorée et le doux visage innocent. Il la transporta vers la calèche en se félicitant de l'aisance avec laquelle tout s'était déroulé. Il aurait préféré ne pas avoir à tirer ; c'était là le seul ennui de l'affaire, d'autant qu'il devait s'agir de quelqu'un d'important pour être en compagnie de la fille d'un duc. Bon, maintenant c'était fait. Teddy Waltham ne pouvait redonner la vie aux gens. Tout à coup le bandit s'arrêta ; il venait de se rendre compte qu'une deuxième jeune fille gisait sur le chemin boueux. Il éclata de rire.

– Que trouvez-vous donc de si amusant ? demanda une voix stridente dans la voiture.

– Il y a deux filles, expliqua Waltham en ricanant. M'lady ? (Le bonhomme haussa le ton pour être sûr qu'on l'entende.) S'il vous plaît, m'lady ?

– Dieu, qu'y a-t-il encore ? interrogea la même voix.

– Ça s'rait mieux si vous veniez ici, m'lady.

Teddy Waltham insistait.

Lady Katherine quitta la voiture confortable et se fraya un chemin dans la boue. Teddy Waltham aurait donné une fortune pour entrevoir le visage de sa patronne lorsqu'elle découvrirait les deux jeunes filles inanimées ; il se délectait à l'avance de sa réaction.

– Bon sang !... jura lady Katherine.

– Y'aurait com' un problème ?

Teddy Waltham ne pouvait résister au plaisir de se montrer sarcastique.

– Vous savez très bien où il est, cracha Kate en joignant ses mains gantées.

Elle continuait à regarder, médusée, les deux jeunes

filles si semblables. Comment distinguer l'enfant de Lucien ?

– Laquel', m'lady ? interrogea Teddy Waltham.

Kate ne répondit pas.

– Quel dommage qu'elles soient évanouies, lança-t-il avec un sourire machiavélique. Autrement, on aurait pu leur d'mander laquel' il fallait kidnapper, pas vrai ?

– Eh bien, je ne suis pas voyante, grommela Kate au comble de la frustration. Nous pourrions les prendre toutes les deux ; je ne saurais dire laquelle est la bonne.

Teddy Waltham secoua énergiquement la tête.

– Non.

– Non ? répéta Kate incrédule.

Elle avait les nerfs affreusement tendus.

– J'ai été engagé pour une femel', pas pour deux. Laquelle ? répéta-t-il d'un air têtu.

Kate poussa un soupir exaspéré ; tout à coup, elle éclata de rire sous son voile.

– Celle-là, bien sûr ! s'écria-t-elle sur un ton triomphal en désignant Caroline Winters. Je me souviens de ce costume bleu. Pourtant, je dois l'avouer, j'aurais plutôt choisi l'autre ; ses traits me sont familiers... Je ne suis pas sûre... Mais je suis certaine qu'elle portait cette tenue. Je veux celle-ci ; débarrasse-toi de l'autre : il ne faut pas qu'on puisse nous soupçonner tant que nous n'aurons pas quitté la vallée.

– La première chose sensée qu' j' vous entende dire, approuva Waltham qui était loin d'apprécier ce travail.

Au moment où il soulevait Caroline Winters, il aperçut l'énorme valet de pied qui traversait le sentier à pas pesants, la chemise éclaboussée du sang du comte. Le dégoût de Waltham se transforma en terreur. Rocco accélérait le pas dans sa direction. Teddy Waltham avala sa salive et réussit à articuler :

– Sois un bon typ', port' cet' fill' dans la voiture.

Le bonhomme croyait sa dernière heure venue et voulait sauver sa peau.

– Un ange blessé, répétait Rocco avec égarement.

– J' vais met' celle-là au bord du chemin, annonça

Waltham en montrant la jeune fille habillée en vert. Y faudra un bon moment avant qu'elle s' réveille, elle est complèt'ment sonnée. D'ici là, on s'ra loin.

– C'est bon, approuva Kate.

Elle imaginait déjà la scène qui allait détruire la paix à Camareigh : Lucien découvrant la disparition de son enfant.

– Non, Rocco, fit Teddy Waltham, prends celle en bleu, pas l'autr'.

Le bandit essayait de convaincre le valet qui s'obstinait à tourner autour de l'adolescente vêtue de vert.

– Blessé, un ange blessé. Rocco va porter secours à l'ange, murmura-t-il en italien.

Le géant regarda Waltham avec malveillance et fit un pas en avant ; le bandit se mit aussitôt hors de portée.

– Elle va bien, Rocco, elle fait qu' dormir.

Il essayait de raisonner le valet.

– Qu'est-c' qu'y a qui va pas ? demanda-t-il à l'adresse de lady Katherine.

Kate observait avec intérêt l'étrange comportement de son domestique. Elle répondit, avec un accent de doute :

– Je me le demande.

– Vous vous d'mandez quoi ? s'impatienta Waltham.

Rocco ne cessait de dodeliner de la tête en prononçant des paroles rauques. Il souleva la jeune fille en habit vert ; ses mains se firent incroyablement douces lorsqu'il la serra contre sa poitrine.

– Il a pris la mauvaise ! se récria Waltham.

– Je ne crois pas, répliqua Kate en regardant Rocco déposer avec d'infinies précautions son fardeau dans le fiacre.

– Vous prétendiez qu'el' portait un habit bleu, et vous suivez son avis ?

Waltham n'en croyait pas ses yeux.

– Rocco était comme un agneau avec la petite, hier : il n'avait jamais eu une conduite aussi étrange, expliqua Kate en s'arrêtant devant la portière de la voiture. J'ai décidé de lui faire confiance. Il a reconnu Rhea Claire.

Comme je ne peux jurer de rien, je risque ma chance, monsieur Waltham.

– C'est bon, m'lady, approuva Teddy Waltham qui avait envie de liquider l'affaire le plus tôt possible.

Le bonhomme préférait garder ses réflexions pour lui. Il s'empara de miss Winter et la jeta dans le fossé, de l'autre côté du chemin. Il ne restait qu'un cheval, les deux autres s'étaient enfuis au galop, effrayés par le coup de feu. Teddy Waltham agita le bras en criant pour faire peur à l'animal qui s'éloigna, crinière au vent, et disparut dans le tournant. Le mercenaire regagna le fiacre au moment où il s'ébranlait. Teddy claqua la portière et s'installa au fond du siège, essayant de se détendre. De temps à autre, il jetait des coups d'œil furtifs au géant qui, silencieux, se tenait dans le coin opposé.

– Faut' espérer qu' la fill' va pas mourir, marmonna Waltham.

La respiration difficile de Rhea l'inquiétait. Le bandit fixait, hypnotisé, la grosse main de Rocco. Elle écarta doucement une boucle du front de la jeune fille.

– Pourquoi diable vous en soucier ? s'étonna Kate.

– Parc' qu', m'lady, si jamais ça s' produisait, j' parie qu' tous les deux y faudrait filer en vitess'. Vot' romantiq' valet aurait tôt fait d' nous ôter la vie si on v'nait à perdre son « ange ».

Kate remarqua à nouveau l'incroyable tendresse avec laquelle Rocco serrait dans ses bras la jeune fille évanouie.

– Bon sang ! Ne dirait-on pas « la Belle et la Bête » ? dit-elle en riant. Non, Rocco m'est tout dévoué, il m'obéit comme un chien.

Après ce bref échange de paroles, Kate reporta son attention sur lady Dominick. Elle effleura d'une main curieuse la joue satinée de Rhea. Elle était tellement douce, tendre et pure, la fille de ce cher Lucien...

– Sa progéniture, cracha Kate, qui s'attira un regard gêné de la part du nerveux Waltham. (Lady Katherine poursuivit à voix basse :) Je te tiens maintenant, ma chérie. Oh ! voir le visage de Lucien lorsqu'il découvrira ta disparition. De quelles angoisses il souffrira, mais jamais autant que moi lorsque j'ai perdu Percy. Lucien vivra enfin les tourments de l'enfer. (Sous le voile et le masque fendu, les yeux bleu pâle de Kate brillaient d'un éclat morbide.) L'orgueilleux duc de Camareigh regrettera le jour où il nous a bannis, Percy et moi, nous privant de nos droits d'héritiers. Que je tombe en enfer si je ne le détruis pas, lui et sa chère famille. Je le jure sur ce que j'ai de plus cher : mon cousin me demandera grâce, un jour.

Lady Katherine faisait cette promesse solennelle devant une enfant de son propre sang et que pourtant elle n'hésiterait pas à tuer.

Tout à coup, Kate aperçut l'éclair d'un brillant à la main de sa nièce. Elle souleva le doigt fin qui portait un anneau orné de diamants et de saphirs. Une bague que Lucien reconnaîtrait certainement. Tout en observant Rhea, lady Katherine réfléchissait en silence. Finalement, l'anneau serait une trop faible torture pour Lucien. Elle devait trouver un objet plus personnel.

Kate eut un ricanement qui donna la chair de poule à Teddy Waltham. Glacé, il la vit sortir son poignard de l'étui incrusté de pierreries qu'elle portait à la taille. D'une main caressante, Kate effleura une mèche de cheveux qui s'était échappée de la coiffure de Rhea, puis, lentement, elle la coupa. La chevelure dorée s'enroula autour de ses doigts, vivante. Le visage de la jeune fille avait la pâleur et la rigidité d'un masque de cire.

– Tue-la, Rocco, ordonna lady Katherine en italien, sur un ton si anodin que Teddy Waltham ne comprit qu'il s'agissait d'un ordre qu'en voyant le valet sursauter. J'ai dit : tue-la, répéta Kate.

Rocco, penché sur Rhea, contemplant son visage endormi, méprisait les injonctions de sa maîtresse.

– Maudit bonhomme, fais ce que j'ordonne ou je t'envoie rôtir en enfer. Tue-la ! redit Kate pour la troisième fois.

Elle était folle de rage. Rocco la fixait avec son expression hébétée habituelle.

Teddy Waltham observait et écoutait en silence. Recroquevillé dans un coin du fiacre, il aurait voulu disparaître.

– C'est bien, tu ne perds rien pour attendre, lança Kate à l'adresse de son valet.

Malgré les exhortations de sa maîtresse, il persistait à secouer la tête à gauche et à droite. Alors Kate se tourna vers son mercenaire avec un geste autoritaire.

– Tuez cette fille et débarrassez-vous du cadavre. On ne doit pas le retrouver avant des semaines, des mois même ; maintenant qu'elle a été kidnappée, nous ne devons pas la garder vivante.

– Non, répondit simplement Teddy Waltham.

– Non ? répéta Kate, incrédule. Vous refusez vous aussi ? Comment osez-vous ! Pourquoi croyez-vous que je vous paye ?

– M'lady, répliqua Teddy sûr de lui, j' s'rais pas payé du tout si j' tentais d'enl'ver la p'tit à' c' géant. Si vous voulez la voir morte, chargez-vous vous-même d' la besogne ! (Teddy Waltham s'enhardissait. Il secoua la tête.) Not' ami Rocco sembl' avoir un faibl' pour la p'tit' femel' aux ch'veux d'or. Je me méfierais à vot' plac'. Bien entendu, j' vous donn' qu'un conseil ; ne la tuez pas. Les cadavr' ont la sal' habitud' de réapparaît' queq' fois.

Kate fulminait en silence ; pourtant elle capitula.

– Très bien, dit-elle, faites ce que vous voulez de la gamine, mais arrangez-vous : qu'on ne la retrouve pas, sans quoi vous risqueriez de sentir le bourreau vous serrer la corde autour du cou.

Teddy Waltham se détendit un peu ; au moins il ne tuerait pas la fille d'un duc et n'aurait pas à affronter Rocco. Les aristocrates pouvaient devenir des ennemis mortels, et Camareigh était un homme impitoyable.

– Ce n'est pas le sang du cheval, Votre Grâce.

Les paroles de Butterick résonnèrent comme un tocsin à travers l'écurie silencieuse. Les regards du palefrenier et du duc se croisèrent. Butterick se tenait, les bras le long du corps, dans une attitude impuissante. Si seulement il n'avait pas eu à faire cette révélation, songea-t-il avec un intense sentiment de désespoir. La situation devenait grave, vraiment grave, personne n'avait la moindre idée de ce qui s'était passé. Lady Rhea Claire et le comte de Rendale n'étaient pas rentrés.

Le duc de Camareigh poussa un soupir ; il n'était pas surpris, il s'y attendait même. Qu'était-il arrivé ? La pensée terrifiante d'un acte crapuleux lui traversa l'esprit ; mais cela n'avait pas de sens. Aucune personne raisonnable de Camareigh ou des environs n'oserait lever la main sur Rhea. Tout le monde savait qu'elle était sa fille. Alors, que s'était-il passé ?

– Si seulement la jeune demoiselle pouvait parler, Votre Grâce, gémit Butterick en fixant d'un regard impatient la grande maison où l'on avait transporté Caroline Winter sans connaissance.

Lorsque les trois chevaux étaient rentrés sans cavaliers à Camareigh, Butterick avait envoyé une calèche, des valets et des garçons d'écurie à la recherche des disparus. A ce moment-là, il n'était pas vraiment inquiet, car Rhea Claire et le comte de Rendale étaient tous deux d'excellents cavaliers. Il avait donc fait prévenir le duc de l'incident et attendait ses ordres, lorsqu'un domestique lui avait rapporté des nouvelles alarmantes. Le palefrenier ne s'attendait pas à découvrir, en ouvrant la porte de la calèche, miss Caroline Winter en train de délirer, dans son habit bleu tout maculé de boue et déchiré. Le duc en personne avait transporté la jeune fille commotionnée dans la maison. Elle n'avait pas dit un mot depuis qu'on l'avait découverte, hébétée, sur le chemin. Une sombre meurtrissure gonflait ses yeux. Combien de temps Caroline avait-elle erré ? D'où venait-elle ? Personne ne le savait. Seule miss Winter était en mesure de répondre à ces embarrassantes questions, mais pour l'instant, elle était plongée dans les ténèbres. On avait appelé le médecin, mais il n'était pas encore arrivé ; il n'y avait plus qu'à attendre.

– Rhea et le comte étaient en route pour *la Maison sur la colline,* expliqua le duc avec une lueur de doute dans le regard. Je me demande s'ils y sont allés.

– Oui, ils sont partis voir le vieux Taber au sujet des petits chiens, ajouta Butterick d'un air songeur.

– Rhea a reçu un message du vieillard lui demandant de venir. Bien entendu, elle a accouru, répondit le duc.

Une expression attendrie adoucit son visage. Hélas, la nature généreuse de sa fille, sa bonté allaient peut-être lui coûter la...

– Vous avez dit : un mot de Taber ? demanda Butterick en interrompant le duc.

– Je n'en suis plus absolument sûr. En y réfléchissant je trouve étrange que ce message soit parvenu de si bonne heure au château.

– En effet, mais le plus intéressant, Votre Grâce, confia Butterick, est que le vieux Taber ne sait ni lire ni écrire.

– Peut-être quelqu'un de sa famille a-t-il écrit à sa place ?

Le duc décida que l'inquiétude de Butterick était dénuée de tout fondement. Et puis n'avait-il pas la réputation d'adorer le mystère ?

– Taber est seul avec sa petite-fille, expliqua le palefrenier ; c'est une enfant, elle ne sait pas lire non plus.

– Selle mon cheval, Butterick, ordonna le duc, et prépares-en un pour le général.

Un silence accablant s'était abattu sur la chambre d'invité où Caroline Winter était étendue. La duchesse et sa sœur la veillaient avec un étrange calme. Leurs craintes allaient bien au-delà du souci qu'elles se faisaient pour la jeune fille évanouie. Toutes deux se souvenaient de la vision du début de l'été. Une vision qui allait peut-être devenir réalité. Ni Sabrina ni Mary n'avaient révélé les idées troubles qui agitaient leur esprit. Il n'en était pas besoin. Chacune savait ce que l'autre pensait. La duchesse regarda attentivement Mary toucher la tenue bleue salie de Caroline. Elle appartenait à Rhea, elle en était sûre. Il était incompréhensible que Caroline la porte. Un instant, lorsqu'on avait ramené la jeune fille à la maison, Sabrina avait cru qu'il s'agissait de Rhea. Son cœur avait tressailli de joie – Dieu lui pardonne – quand elle avait reconnu Caroline. Sabrina était rassurée, ce n'était pas sa fille qui gisait là, blessée. Sabrina avait regardé la porte, s'attendant à voir Rhea apparaître à tout moment ; mais elle n'était pas revenue. Personne ne savait où elle se trouvait. Rhea et le comte de Rendale avaient disparu sans laisser de traces. Les yeux mauves de Sabrina revinrent à la forme évanouie qui ressemblait tant à son enfant. Si seulement elle reprenait conscience et parlait. La duchesse avala sa salive pour chasser la boule qui lui serrait la gorge. D'innombrables pensées lui traversaient l'esprit... Non, elle refusait d'avoir des idées sombres. Tout irait bien, il le fallait.

Un gémissement monta du lit. La duchesse et lady Mary retinrent leur souffle, en attendant avec anxiété d'autres signes. Mais les yeux bleus de Caroline restèrent clos, et ses lèvres fermées.

Sir Jeremy se laissa tomber sur une chaise, les jambes coupées. Il souffrait horriblement, la duchesse le savait, mais elle ne trouvait rien à dire pour le soulager. Le malheureux homme était assis, les yeux bordés de rouge, et regardait son unique enfant.

– Nous ferons tout notre possible pour la secourir, Jeremy, chuchota la duchesse pour le rassurer. Le médecin sera là d'un instant à l'autre ; et puis nous avons Rawley, ajouta-t-elle en montrant la servante qui attendait, tristement, au pied du lit. Elle est versée dans la médecine, poursuivit Sabrina en s'efforçant de sourire : vous ne pouvez imaginer, Jeremy, combien de bosses, de coupures et de coups elle a soignés. Et pas seulement chez mes enfants : chez ceux de Mary aussi.

– Votre Grâce dit vrai, reconnut Rawley. Tiens, je me rappelle encore... lorsque le jeune lord Robin a dégringolé les escaliers, il avait le crâne tout ouvert. Mais, pour miss Caroline, le meilleur remède après un coup sur la tête, c'est de dormir.

Sir Jeremy parut soulagé. Il examina de plus près le visage de sa fille inconsciente.

– Vous croyez vraiment ? On dirait qu'elle respire mieux, Rawley, qu'elle est moins congestionnée.

– Ça ira, je vous l'assure. Nous allons la garder bien au chaud et, quand elle s'éveillera, je lui administrerai la potion de Mme Taylor...

La duchesse et lady Mary quittèrent la chambre sur la pointe des pieds, abandonnant sir Jeremy et sa fille aux mains compétentes de Rawley.

Elles traversèrent la maison en silence jusqu'au vestibule, se tenant par le bras comme lorsqu'elles étaient enfants. La duchesse sentait les muscles de Mary contractés ; elle lui serra délicatement le coude.

– Excuse-moi de te le dire, commença Sabrina, mais tu ne dois te faire aucun reproche au sujet de ce qui est arrivé.

– De ce qui va arriver, Rina, se lamenta Mary. J'ai beau essayer de ne pas m'étonner lorsque mes rêves prémonitoires se réalisent, chaque fois je suis atterrée.

– Tu as eu une nouvelle vision la nuit dernière ?

– Oui, répondit Mary. Des images fugitives. Mais, ce matin, c'était terrible : j'ai aperçu l'habit bleu. Mes visions concernent toujours notre famille. Pourquoi ai-je vu le destin de Caroline ?

– Parce qu'elle portait le vêtement de Rhea, j'imagine, expliqua la duchesse qui n'avait pas perdu sa présence d'esprit.

Mary mordilla ses lèvres tremblantes.

– Alors...

– Alors, cela signifie que Rhea est en danger, et non Caroline. Caroline se trouvait seulement sur le chemin.

Cela n'explique pas ce qui est arrivé à ma fille, conclut la duchesse avec une voix pleine de colère et de peur. Dis-moi, Mary, qu'as-tu vu d'autre ?

Lady Fletcher poussa un soupir.

– Les images habituelles, confuses. De l'eau, l'océan je crois. Des yeux bleus. Que te raconter ? Ah oui, un détail : j'ai cru que je me noyais ; une sensation très pénible, toute cette eau qui m'entourait.

– Nous pouvons au moins être rassurées sur un point, dit la duchesse avec un petit rire.

Mary fronça les sourcils, perplexe.

– Sur quel point ?

– Rhea sait nager. Lorsque nous allions à Verrick House, je l'emmenais avec Francis au bord du petit étang où je me baignais lorsque nous habitions la maison.

La duchesse ne put retenir un sourire à l'évocation de ce passé agréable.

– Rhea et son frère barbotaient comme des poissons. Ma chérie, ce n'est pas ma fille que tu as vue se noyer ; cela me réconforte et je t'en remercie.

– J'aurais aimé t'apprendre autre chose, Sabrina, répondit Mary tandis que les deux sœurs entraient dans le salon.

Toute la famille y était rassemblée dans l'attente des nouvelles. Caroline allait-elle mieux ? Avait-on retrouvé Rhea ?

La conversation s'arrêta net à l'arrivée des jeunes femmes. Tous les yeux se braquèrent sur elles.

– Caroline dort calmement, je crois, annonça la duchesse en refusant la tasse de thé que lui tendait Anna Fletcher.

La jeune fille jouait l'hôtesse en l'absence de sa mère et de sa sœur.

– Non merci, chérie, fit la duchesse en adressant un sourire d'encouragement à sa famille.

Sabrina s'affaissa sur le sofa et tendit ses mains glacées vers le feu.

– Caroline n'a pas repris connaissance ? demanda le général en changeant sa jambe raide de position.

– Non, Terence ; j'ai fait de mon mieux pour rassurer sir Jeremy, mais il est très éprouvé. Il voue un tel amour à sa fille... Je ne sais ce qu'il deviendrait si elle venait à disparaître.

– Elle ne va pas mourir ? interrogea Richard dont les lunettes renvoyaient la lumière du feu.

– Non, mais il est difficile d'apprécier la gravité d'une blessure à la tête, expliqua la duchesse avec une note de désespoir dans la voix. Terence, vous qui avez vu des blessés de guerre, qu'en pensez-vous ?

Le général, dans un geste inconscient, toucha l'ancienne blessure de sa cuisse. Il songeait à tous ces jeunes hommes morts sur le champ de bataille...

– Caroline a reçu un coup sur la tête, mais je pense que le problème est ailleurs. D'après ce que j'ai pu entendre, miss Winter est une demoiselle très impressionnable – un peu... « hystérique ». Bien sûr, il ne s'agit là que d'une supposition, mais je ne crois pas m'égarer en prétendant qu'elle a été assommée. Lorsqu'elle a repris connaissance et s'est retrouvée sur un chemin de campagne isolé... revenir à Camareigh avec une blessure à la tête, pour une jeune fille à la constitution fragile, a dû provoquer un choc.

Mary avait réussi à persuader sa sœur de boire une tasse de thé, lorsque la porte du salon s'ouvrit violemment sur le duc. Il avait les traits crispés. Les visages interrogateurs tournés vers lui, et surtout les yeux violets de sa femme ne facilitaient pas sa tâche. Les époux ne se cachaient rien.

– Je pars à cheval pour *la Maison sur la colline*. C'est là que se rendait Rhea. Peut-être le vieux Taber nous renseignera-t-il ? Caroline a-t-elle parlé ? demanda Lucien.

– Non, elle dort toujours, répondit Mary à la place de la duchesse qui dévisageait Lucien avec une expression d'angoisse.

– Je vous accompagne, Lucien, annonça le général en se levant.

Dès qu'il fallait passer à l'action, l'ancien soldat oubliait sa jambe raide.

Le duc eut un sourire reconnaissant.

– Je comptais sur vous, j'ai demandé à Butterick de seller votre cheval. (Le duc, voyant sa femme quitter précipitamment le sofa, prévint son mouvement :) Non, Sabrina, tu ne nous accompagnes pas.

– Va au diable, Lucien ! s'exclama Sabrina. Rhea est aussi ma fille, j'ai les mêmes droits que toi.

La duchesse avait prononcé ces paroles d'une voix ferme ; la détermination brillait dans ses yeux. Le duc saisit les mains de sa femme et les posa un instant sur son cœur.

– Je voulais t'épargner, ma chérie.

– Nous avons toujours tout partagé. Ne me rejette pas maintenant.

– Je viens aussi, père, s'écria hardiment Francis.

– Moi aussi, entonna Ewan.

Sa proposition fut reprise en écho par George et par James. Richard, lui, s'était déjà avancé. Il n'avait pas besoin d'offrir son concours. Tous savaient qu'il ne resterait pas à Camareigh pendant que toute la famille partait sur les traces de Rhea et du comte de Rendale.

Le duc leva la main pour imposer le silence.

– Je ne veux pas que toute la maisonnée parcoure la contrée au hasard. Votre bonne volonté me touche infiniment mais nous devrions, je crois, orienter nos recherches. Si vous acceptez, Terence, dit le duc en s'adressant au général avec déférence, vous êtes le plus compétent pour diriger les opérations.

– Je vous remercie, Lucien. Je ferai l'impossible pour retrouver Rhea. Voilà, je propose que Francis et Ewan partent dans des directions opposées, dit le militaire, retrouvant le ton du commandement. Ewan, tu prends le chemin sur la droite, et toi, Francis, sur la gauche. De cette manière, nous couvrirons un maximum de terrain. Nous nous retrouverons à *la Maison sur la colline*. Ainsi nous saurons précisément quels endroits nous aurons explorés, et nous circonscrirons le lieu où Rhea s'est déplacée. Approuvez-vous cette stratégie, Lucien ?

Le général demandait l'approbation de son beau-frère ; il ne voulait pas usurper l'autorité du duc dans sa propre maison.

– Comme vous voudrez, répondit le duc en effleurant sa femme du regard. Si tu insistes pour nous accompagner, Sabrina, je tiens à ce que tu chevauches à mes côtés. Richard ?

Richard enlaça la taille de sa sœur.

– Je vais avec vous. Sarah ? ajouta-t-il en se tournant vers sa jeune épouse. Tout ira bien ?

– Je n'agirais pas autrement à ta place, Richard. Ne t'inquiète pas, je ne donnerai pas naissance à ton héritier en ton absence.

– Et moi... et nous ? rectifia Robin au moment où Stuart se pressait contre lui. Je veux aider à rechercher Rhea.

– Je préfère que tu restes à Camareigh, mon fils, répondit le duc avec la plus grande fermeté.

– Mais...

– Il n'y a pas de mais, Robin. Il faut quelqu'un ici avec tante Mary et Sarah. Et si nous avions des nouvelles de Rhea, qui nous les communiquerait ?

Le duc remarqua avec attendrissement les lèvres tremblantes de Robin. L'enfant, désappointé, essayait courageusement de se contrôler. Le duc prit le menton du petit garçon dans sa main et le regarda dans les yeux.

– Je compte sur toi, mon fils, pour veiller sur Camareigh.

– Oui, père, répondit Robin d'une voix rauque ; je m'occuperai de tante Mary et de Sarah, vous pouvez me faire confiance.

– Je n'en doute pas une seconde, Robin, répondit Lucien en ébouriffant la tête bouclée. (Puis le duc s'adressa aux volontaires qui l'entouraient :) Très bien, ne nous retardons pas davantage.

Lorsque le groupe de cavaliers entra dans la cour de *la Maison sur la colline,* tout était calme. De la cheminée, sur la droite de la ferme, s'échappait un panache de fumée bleue qui s'élevait lentement dans l'air frais de l'automne. Tout semblait normal. La grosse porte à double battant de la grange était ouverte. De la bouse fraîche jonchait le sol : quelqu'un venait donc de mener le troupeau au pâturage. D'ailleurs on entendait distinctement le bruit des vaches en train de paître.

Butterick se précipita pour aider la duchesse à descendre de cheval, avant même que le duc et lord Richard aient mis pied à terre.

– Tout semble normal, constata Richard en jetant un coup d'œil alentour.

– Il ne faut pas confondre ce qui est et ce qui semble, déclara Butterick sur un ton sentencieux, c'est très différent.

Lord Richard se contenta de regarder le palefrenier sans répondre. Le petit groupe attendait en silence dans la cour ; tout à coup, la voix claire d'une adolescente s'éleva, toute proche, derrière le mur :

– C'est à la Saint-Martin, quand tombent les feuilles, que John Graeme, qui habitait l'Ouest, tomba amoureux de Barbara Allan... Oh !

Le chant se transforma en un cri d'effroi.

La jeune fille, après avoir contourné la maison, se trouva face aux cinq cavaliers dans la cour. Un deuxième cri succéda au premier, mais, cette fois, c'était de surprise. La paysanne venait de reconnaître le duc et la duchesse de Camareigh. Très vite, elle esquissa une révérence puis, rouge de honte, baissa sa jupe retroussée jusqu'à la taille sur son jupon, pour la préserver de la boue.

– Vos... Grâces, bégaya-t-elle en roulant des yeux étonnés.

– C'est la petite Janey, l'arrière-petite-fille du vieux Taber. N'est-ce pas, Janey ?

Butterick présentait la jeune fille qui ne devait pas avoir plus de treize ans.

– Non, monsieur, répondit timidement la gamine, je suis son arrière-arrière-petite-fille.

– Janey, dit la duchesse avec un sourire chaleureux, nous sommes venus saluer ton arrière-arrière-grand-père. Est-il ici ? Peut-être à l'intérieur ?

Janey secoua sa tête de boucles blond filasse.

– Non, Votre Grâce, il est sorti très tôt ce matin ; vous savez, il ne reste pas en place.

– Sais-tu où il est allé ? Nous voudrions lui parler ; il devait voir lady Rhea Claire, la fille du duc et de la duchesse, expliqua Butterick.

– Je sais pas, monsieur ; je n'ai même pas aperçu mon grand-père ce matin, il a quitté la maison avant que je me lève. Je ne l'ai pas vu la nuit dernière non plus, avoua la fillette d'un air confus. Je me suis endormie au coin du feu en m'occupant des petits chiens. C'est bien lady Rhea qui les a apportés à mon arrière-arrière-grand-père ? Elle est jolie, ajouta-t-elle d'un air rêveur.

Le duc leva une main impatiente.

– Janey, nous voudrions parler à M. Taber, c'est important. As-tu une idée de l'endroit où il est ?

– No... non, répondit faiblement la fillette, très impressionnée par la cicatrice qui barrait la joue du duc. Il est peut-être de l'autre côté de la vallée si l'envie l'en a pris.

Le duc poussa un soupir ; il évita le regard inquisiteur de son épouse.

– As-tu, par hasard, aperçu lady Rhea Claire ce matin ? Ou le comte de Rendale ?

– Non, Votre Grâce ; j'étais occupée, j'étais en train de... (La fillette tentait de se justifier en sachant que sa réponse décevrait des gens si importants.) ... de traire les vaches.

– Lucien ! Richard !

Terence Fletcher appelait de la grange. Pendant l'interrogatoire, le général était parti à la recherche de traces, de signes : empreintes de sabots, de pas, tout ce qui attirait son attention.

La duchesse se précipita vers son beau-frère avec une expression alarmée.

– Qu'est-ce qui ne va pas, Terence ? questionna-t-elle en s'arrêtant à côté du général.

La duchesse fouilla du regard la grange obscure.

– Empêchez la fillette d'entrer, conseilla le général à Lucien. Sabrina, à votre place, je sortirais.

Le conseil de Terence était inutile, la duchesse rejoignit son beau-frère. Lucien haussa les épaules – il était habitué au caractère entêté de sa femme – et la suivit.

– Là... (Terence indiquait un point dans un coin obscur du local.) Le vieil homme est mort, annonça-t-il en s'écartant pour laisser voir la scène.

Le vieux Taber gisait dans la paille, les bras ouverts comme s'il avait essayé de se retenir en tombant. Sa nuque aux cheveux argentés portait une tache sombre de sang séché.

– Pauvre homme, murmura Sabrina avec tristesse.

– Il a dû trébucher et se cogner la tête au coin de la table, supposa Terence en remarquant du sang sur le bois.

– Quel malheur ! C'était un brave homme, gémit Sabrina en songeant à la bonté du vieillard envers les animaux malheureux.

– Il était très vieux, Sabrina, ajouta Lucien gentiment. M. Taber était un personnage légendaire à Camareigh, il nous manquera.

– Pour sûr, Votre Grâce, il était âgé, intervint durement Butterick, le visage rouge de colère, mais c'est pas une raison pour mourir comme ça.

Terence Fletcher jeta un regard étonné au palefrenier.

– De quoi parlez-vous, mon vieux ?

– Ce n'est pas une mort naturelle ; le vieillard a été assassiné, répondit Butterick d'une voix assurée.

– Bon Dieu, mon brave, vous rendez-vous compte de ce que vous affirmez ? gronda le général.

– Oui, répliqua Butterick avec calme.

Il refusait de se laisser intimider par le ton quasi militaire de l'ancien officier.

– Je vous ferai une autre révélation, à moins que vous n'ayez déjà remarqué... si vous êtes aussi méfiant que moi...

– De quoi s'agit-il ?

– Le vieux Taber est mort cette nuit, annonça-t-il avec un grand calme. Il est déjà raide, il ne peut donc pas avoir écrit à lady Rhea.

Cette terrible vérité tomba comme un couperet dans le silence accablant de la grange. La duchesse ne pouvait détacher du cadavre ses yeux horrifiés.

– Je ne comprends pas, balbutia-t-elle. Pourquoi vouloir sa mort ? Mon Dieu, Lucien, il avait presque cent ans ! Quel mal un brave vieillard comme lui aurait-il pu faire ?

– Ce que je ne comprends pas, dit Terence, soucieux, c'est la relation entre le meurtre du vieil homme et la disparition de Rhea et du comte de Rendale. Et qui, bon sang, a écrit ce satané mot ?

La duchesse, qui flageolait sur ses jambes, s'éloigna du cadavre en titubant. Elle ferma les yeux et appuya son front sur une étagère. Aussitôt, elle sentit les bras de Lucien se refermer autour d'elle ; alors elle s'abandonna contre la large poitrine rassurante de son époux.

– Lucien, murmura-t-elle d'une voix brisée par les larmes, qu'allons-nous faire ? Qu'est-il arrivé à notre fille ?

Lucien obligea sa femme à lui faire face et plongea son regard dans ses yeux humides. Il ne s'était jamais senti aussi impuissant de sa vie.

– Rina, je te promets de retrouver notre enfant. Je te le jure sur ma tête.

Teddy Waltham jetait des coups d'œil furtifs autour de lui en avançant à travers les allées et les ruelles tortueuses de Londres.

Il estimait qu'il avait, en compagnie de milady, regagné la capitale dans un temps record. Le bonhomme se sentait bien depuis qu'il avait retrouvé et reniflé la ville où il était né. Lady Katherine et Waltham étaient retournés au *Messager du Roi*, lieu bien connu d'un certain nombre d'habitués qui savaient pouvoir y trouver Teddy Waltham. Ce dernier avait d'ailleurs passé la plus grande partie de ce jour pluvieux et froid à parcourir Londres à la recherche de vieilles connaissances. Il était à présent certain de recevoir quelques réponses. C'est pourquoi d'ailleurs il se retrouvait dehors par ce mauvais temps. Il avait un rendez-vous une heure plus tard. Teddy aurait bien aimé s'arrêter un tout petit peu dans un café qu'il connaissait, juste au coin, mais il pensa qu'il devait garder les idées claires pour traiter avec lady Katherine. Il aperçut enfin la masse sombre de son coupé et entendit les chevaux souffler. Teddy Waltham s'engouffra dans la voiture, happé par l'obscurité, tandis que la portière se refermait sur lui.

– Eh bien ? demanda Kate avec impatience.

Le froid humide qui pénétrait à travers son manteau de velours, sa jupe et son jupon, la faisait claquer des dents.

– Dans un' heur', m'lady, annonça Teddy Waltham. (Il ne se sentait pas très communicatif et se blottit dans un coin. Brusquement, il renifla l'air saturé ; sa bouche se tordit de façon inquiétante.) Vous lui avez administré un' nouvel' dose ?

– N'est-ce pas avisé ? demanda Kate sarcastique, du coin de la calèche. Elle s'éveillait. Auriez-vous aimé vous retrouver avec une jeune fille hystérique dont les cris auraient attiré l'homme de garde ?

En fait, lady Katherine ne laissait pas le choix à son homme de main.

– Je ne veux pas qu'elle meure, c'est simple, m'lady, répondit Waltham en regardant la forme enveloppée dans une cape que Rocco serrait d'un geste protecteur sur sa poitrine.

– Cette affaire ne va pas mal tourner, j'espère, rétorqua lady Katherine. (Son intonation laissait peu de doute sur son opinion concernant la compétence de Waltham.) Cette Farguhar a des soupçons au sujet de la gamine. Je suis sûre qu'elle n'a pas cru à mon histoire de nièce. Je suis sûre qu'elle ne m'a pas crue non plus quand je lui ai dit que la jeune fille souffrait de migraine, et que je devais garder la chambre obscure et silencieuse. Cette femme nous soupçonne de tremper dans des affaires louches. Je l'ai surprise en train d'écouter à la porte la nuit dernière. J'aurais mieux fait de ne pas ramener la gamine à l'auberge.

– C'est cet' nuit ou jamais pour elle, mais vous avez pas b'soin d' vous tracasser pour vot' chérie. J'ai parlé à un ami, il est intéressé par la marchandise. Il n'y aura pas d' problème.

– Je te le conseille fortement, mon brave, lança Kate, peu impressionnée par les affirmations de Teddy Waltham. Qui est notre homme ?

– Un subrécargue ; il navig' à bord d'un navire marchand qui fait la navette ent' Charles Town et les colonies. Le typ' fait des bénéfices avec le commerce des servantes en apprentissage. Il pense pouvoir prend' un' passagère en plus à c' voyage. Le bateau lèv'ra l'ancre avec la marée. J' me suis chargé d' lui aiguiser l'appétit, en n'oubliant pas d' décrir' not' jeun' beauté très excitante. Il compt' déjà en tirer profit en la vendant aux colonies.

Waltham sursauta en entendant lady Katherine applaudir.

– Les colonies ! (Elle triomphait.) Mon Dieu, quelle idée splendide ! La fille d'un grand duc de Camareigh vendue comme une vaurienne !... Ha ! Ha ! (Les épaules de Kate étaient secouées de rire, cette fois.) Monsieur Waltham, vous vous êtes surpassé.

Teddy Waltham se contenta de froncer les sourcils.

– On va retrouver mon ami dans un endroit qu' je connais près d' la rivière.

– Parfait, répondit Kate en tapant sur le toit de la voiture ; indiquez la direction au cocher.

– Oh ! fit Teddy Waltham, comme si quelque chose lui revenait en mémoire, j' voulais dir', c'est vous qu'allez vendr' la fille à not' ami. Après tout, vous savez y fair' avec lui.

– En effet, monsieur Waltham, répondit Kate d'une voix assurée, il n'y aura aucune difficulté, je vous le promets.

Mais l'intonation de sa voix déplut au brigand.

Enfin, Kate et Waltham abandonnèrent le fiacre, un peu plus bas, sur le chemin – là où il risquait le moins d'attirer l'attention des passants –, et poursuivirent à pied dans la rue pavée. A un moment donné, ils s'enfoncèrent dans une allée étroite encombrée de détritus. Teddy Waltham soufflait dans ses mains pour les réchauffer, mais il ne pouvait empêcher le crachin et le brouillard qui montaient du fleuve de pénétrer ses vêtements.

Des pas tout proches alertèrent le mercenaire ; il s'avança jusqu'au bout de l'allée, abandonnant un instant lady Katherine et Rocco avec son fardeau dans les bras.

Waltham avait un sourire de doute : m'lady ne convaincrait pas si facilement son valet de se séparer de la fille. Tout à coup, une détonation le fit sursauter ; il se retourna et aperçut avec stupéfaction l'énorme valet s'écrouler comme un arbre déraciné. Waltham resta quelques instants le souffle coupé ; lorsqu'il eut un peu repris ses esprits, il s'avança vers la silhouette immobile et voilée.

– Vous êt' folle ! siffla-t-il en jetant des regards anxieux aux alentours.

Par bonheur, aucune fenêtre ne s'ouvrit, aucune tête curieuse ne se montra. Le coup de feu avait été recouvert par les rires et les chants de la taverne proche.

– Bon sang, pourquoi vous avez fait ça ? pesta Waltham.

– Il a refusé de me donner la petite et a continué son chemin, précisa Kate au comble de l'exaspération. Je lui ai ordonné de s'arrêter et... il m'a trahie, il m'a trahie, répétait Kate, la voix tremblante d'indignation et de colère, pour cette fille au visage d'ange.

Teddy Waltham avala péniblement sa salive ; il avait la gorge nouée. Si cette femme pouvait tuer de sang-froid un homme qui l'avait servie, avec une loyauté fidèle, Dieu seul savait combien de temps, que ne ferait-elle pas lorsque son mercenaire aurait accompli sa tâche et qu'elle n'aurait plus besoin de lui ?

– Teddy Waltham ? Teddy Waltham ? Es-tu là ? demanda une voix sortant des ténèbres. Réponds-moi.

– Te voilà, vieux loup de mer ! répondit Waltham en reconnaissant la voix de son ami. (Aussitôt, il enjamba le cadavre du valet et se précipita vers le nouvel arrivant.) Daniel !

Waltham accueillait l'homme comme une vieille connaissance. Ce dernier se rapprocha et désigna Kate.

– C'est la f'melle ?

– Quel dommage qu' ta prièr' puiss' pas êtr' exaucée, soupira Waltham. (Il imaginait déjà un océan entre lui et sa milady.) Non, c'est cel' qu'est par ter'. On l'a droguée, comm' ça elle risqu' pas d' causer des ennuis, expliqua-t-il à Daniel en s'agenouillant près de la forme immobile.

– J' veux voir c' qu' j'achèt' ; on va pas payer pour une tête de cochon ou un moricaud !

Daniel Lewis prenait des précautions. Il jeta un regard plein de suspicion sur la silhouette revêtue d'une cape, qui ressemblait à une statue.

– N'aie pas peur. Est-c' qu' Waltham a déjà laissé tomber un ami ?

Teddy alluma une petite chandelle qu'il portait dans la poche de son gilet et l'approcha du visage innocent de lady Rhea Claire Dominick, fille du duc de Camareigh. Daniel Lewis en eut la respiration coupée.

– Bon Dieu, c'est un' beauté. Comment as-tu eu ent' les pat' un' aussi douc' chose ?

Waltham ne répondit pas à la question.

– Elle part aux colonies, ou j' trouv' un aut' acheteur ?

Daniel Lewis se releva et plongea la main dans la poche de sa redingote. Il se balançait sur ses talons, hésitant.

– Allons, nous n'allons pas y passer la nuit, fit Kate.

Ces hésitations inutiles l'impatientaient ; elle savait que Lewis prendrait la fille.

Waltham lui jeta un regard meurtrier.

– Combien ? demanda carrément Daniel.

Soudain, il avait peur dans cette allée sombre, avec ces formes qui rôdaient çà et là. Le bonhomme se mordit la langue ; il aurait pu faire baisser la somme proposée par Waltham, mais il la doublerait, la triplerait même, en vendant aux colonies une aussi jolie fille. Il renonça donc à marchander et accepta la première offre.

En rentrant au *Messager du Roi*, le fiacre parut étrangement vide à Kate et Teddy. Un silence oppressant tenait chacun des deux complices recroquevillé dans un coin de la voiture. Ils ne dirent pas mot, chacun ignorant l'existence de l'autre. La première, Kate brisa le silence :

– Nous avons fait un travail admirable ce soir, annonça-t-elle d'une voix suffisante.

Teddy Waltham devinait l'expression de lady Katherine sous le voile qui la recouvrait.

– Ouais, c'était pas un' mauvais' affaire, reconnut-il sans enthousiasme.

Kate éclata d'un rire joyeux.

– Je dois l'admettre ; contrairement à ma première impression, je commence à vous apprécier, Teddy. (Lady Katherine ajouta, au grand désarroi du mercenaire :) Oui, vraiment, nous ferions d'excellentes affaires ensemble.

Waltham avait la gorge dans un étau.

– Eh bien, m'lady, j' vois ça aut'ment. J'ai bien fait mon boulot, n' vous imaginez pas qu' j' vais continuer.

– Oh, Teddy, fit Kate en riant, notre farce commence à peine.

Le bandit secoua la tête dans l'obscurité, sans comprendre.

– Teddy, continua Kate, d'une voix douce. (Elle imaginait déjà une nouvelle offensive contre le duc de Camareigh.) Je me sens merveilleusement bien, je n'ai plus de craintes, plus de doutes. Rocco est perdu, mais je vous ai maintenant.

Le bonhomme se fit tout petit dans son coin en entendant ces paroles. Rester attaché à cette folle était bien la dernière chose qu'il eût souhaitée.

– Ah, Teddy, poursuivit Kate, nous allons faire la fête ce soir. Que diriez-vous de commander à Farguhar son fameux pâté de pigeon ? Vous pourrez l'arroser avec tout le rhum qu'il vous plaira. Oui, ce soir est jour de célébration, ricana Kate. Par contre, je doute qu'ils fassent une fête à Camareigh. Croyez-vous, Teddy, qu'ils auront reçu mon petit présent ?

Teddy Waltham n'eut pas besoin de voir le visage de lady Katherine pour savoir qu'elle riait.

– Je ne supporte plus cette nourriture insipide, soupira la duchesse en jetant un regard sur le maître d'hôtel qui annonçait le repas. De plus, je dois me comporter comme si de rien n'était : chaque fois que je lève la tête, je sens une douzaine d'yeux apeurés braqués sur moi. Parfois, je suis désespérée à en pleurer, mais je me retiens à cause d'eux. Je me refuse à détruire tout espoir chez ces enfants. Je n'accepte pas la défaite, Mary, je ne plierai pas devant un ennemi inconnu, dit avec véhémence Sabrina à sa sœur.

Mary eut un petit sourire triste ; elle avait les yeux cernés. Ces deux derniers jours avaient sonné le glas pour elle et pour sa sœur.

– J'ai toujours admiré en toi, Rina, le fait que tu ne renonces jamais, que tu continues à lutter. Il y a des années et des années, mais je m'en souviens encore, je priais pour avoir un peu de ta force et de ton esprit ; je pensais et je pense toujours qu'ils sont indestructibles.

La duchesse caressa la main de son aînée.

– Douce Mary, murmura-t-elle d'une voix pleine de tendresse, tu trouves toujours les paroles dont j'ai besoin. Mais tu me fais honte, je me sens si lâche au-dedans de moi.

Il y avait peu de gens à qui la duchesse pût faire cette confidence.

– Seuls les imbéciles ignorent la peur, Rina.

– Je ne suis sûrement pas une imbécile, concéda la duchesse avec un sourire las. (Elle avala une gorgée de sherry.) Si seulement je ne restais pas là à ne rien faire ; comme je voudrais être avec Lucien en ce moment, ajouta-t-elle avec impatience.

– Peut-être auront-ils découvert quelque chose, dit Mary, exprimant tout haut ses prières silencieuses.

– Je ne crois pas, répliqua sans ambages la duchesse ; ils courent après la lune, comme on dit.

– Tu ne crois pas à l'histoire de Caroline ?

– Je n'en crois pas un mot, répondit la duchesse avec une lueur de colère dans ses yeux mauves. Des gitans ! lança-t-elle avec dédain. (Son mépris ne s'adressait pas aux bohémiens, mais à la jeune personne qui avait inventé ce conte à dormir debout.) Nous n'avons pas vu de bohémiens depuis quinze jours à Camareigh. Je doute même qu'il s'en trouve dans la vallée. Pourquoi auraient-ils kidnappé une jeune Anglaise ? Lucien, comme son grand-père avant lui, les a autorisés à établir leur camp sur les terres de Camareigh. Il prétend qu'ils portent bonheur. Nous n'avons pas eu le moindre ennui avec eux. De plus les gitans connaissent Rhea ; jamais ils ne nous auraient trahis, Lucien et moi. Je ne crois pas à l'histoire de miss Caroline Winter.

Mary poussa un soupir d'incompréhension.

– Pourquoi Caroline mentirait-elle ? C'est affreusement méchant. Je ne comprends pas qu'on soit assez cruel pour agir ainsi.

D'émotion, Mary se trompait dans les points de sa broderie.

– Tu vois toujours le bon côté des gens, Mary, et

jamais tu ne doutes comme moi. Tu me demandes la raison pour laquelle Caroline mentirait. Eh bien... je la soupçonne de vouloir attirer l'attention sur sa petite personne, affirma la duchesse. Ces jours derniers, on l'a entourée de soins constants ; le pauvre Jeremy est resté au chevet de son lit jusqu'à ce qu'elle reprenne connaissance. La disparition de Rhea et de Wesley les plaçant dans une situation plus intéressante que la sienne, que fait-elle ? Elle invente une histoire de bohémiens, elle satisfait ainsi son égocentrisme. Je t'assure, Mary, je dois me retenir pour ne pas étrangler cette fille, chaque fois que je la vois.

Sabrina parlait-elle sérieusement ? Mary elle-même n'aurait pu le dire.

– Je me demande quand Lucien et Terence seront de retour, fit lady Fletcher. Ils ont dû aller loin pour retrouver le campement des gitans.

– Peu importe la distance, rétorqua la duchesse ; je crois qu'ils feraient mieux de chercher autour de Camareigh. Voilà deux jours qu'ils errent en vain ; ils ont fouillé toute la région mais... (la voix de Sabrina laissa percer un doute) j'ai le sentiment qu'ils s'obstinent pour rien. C'est pourquoi cette satanée histoire de Caroline me rebute tant : elle nous fait perdre un temps précieux.

– Quand enterre-t-on le vieux Taber ? interrogea Mary, changeant adroitement de sujet de conversation.

– Demain. On attend le retour de son fils des Bains. Lucien et moi assisterons aux obsèques. Ce vieil homme était trop charitable pour mériter une pareille mort. Il n'a jamais fait de mal à personne.

Brusquement, la porte du salon s'ouvrit. Sir Jeremy entra avec une Caroline épuisée qui s'appuyait lourdement sur le bras de son père. Sir Jeremy salua la duchesse et lady Fletcher ; Caroline essayait vaillamment de sourire, tellement absorbée par elle-même qu'elle ne remarqua pas les regards échangés par les deux sœurs. Elle sollicita l'aide de son père pour s'installer confortablement sur le sofa. Il lui posa une couverture de fourrure sur les jambes. Quelqu'un frappa alors à la porte et entra.

– J'ai pris la liberté, Votre Grâce, expliqua avec déférence Mason, le maître d'hôtel, d'apporter des rafraîchissements pour sir Jeremy et miss Caroline. Il y a aussi du café pour vous et du thé pour lady Mary. J'ai eu le pressentiment que Votre Grâce retarderait le repas jusqu'au retour du duc et...

– Excellente idée, Mason, approuva la duchesse ; vous avez vu juste, sir Jeremy meurt de soif.

– J'ai toujours affirmé que Lucien avait eu une sacrée chance de vous trouver, Sabrina, déclara sir Jeremy avec une admiration sincère.

Sur ce, il se versa un bon verre de cognac.

Caroline choisit un assortiment de gâteaux, tartelettes et autres douceurs, présenté par un domestique en livrée. L'attention de la jeune fille se trouvait momentanément détournée de ses problèmes. Et le fait d'avoir frôlé la mort ne diminuait en rien son appétit.

– Caroline, racontez-moi encore, commença la duchesse sur un ton glacial. Ces bohémiens qui, selon vous, vous auraient accostés...

Miss Winter faillit s'étrangler avec son thé et essuya un peu de crème au coin de sa bouche. Elle se sentait mal à l'aise sous le regard pénétrant de Sabrina.

– Votre Grâce, je déteste repenser à tout cela, protesta-t-elle en agitant les mains avec nervosité ; je sens que je vais m'évanouir...

– S'il vous plaît, Caroline, faites un effort.

La duchesse insistait poliment, mais, pour la conscience coupable de la jeune fille, cette demande était un ordre. Caroline toussota et jeta un regard implorant à son père ; mais sir Jeremy, qui s'était endormi, ronflait paisiblement.

– Eh bien... c'était horrible, commença Caroline, les yeux humides de larmes. Ils avaient des regards vicieux et... ils parlaient une langue étrangère. Oh ! et leurs vêtements... fit-elle avec un petit rire en croisant le regard incrédule de la duchesse... c'est indescriptible !

– Oui, j'imagine combien c'est difficile à décrire, murmura Sabrina. Je vous en prie, continuez.

Miss Winter se mordit la lèvre inférieure.

– Ils... ils... Oui ! Ils faisaient danser un ours. Quelle horreur ! Je m'attendais qu'il attaque le pauvre Wesley ; il m'a défendue si bravement. Oh ! et aussi Rhea, vous savez, oui... (La jeune fille commençait à s'embrouiller...) Oh ! c'est trop terrible, terrible, Votre Grâce, gémit-elle.

Des larmes roulaient sur son visage, la comédienne avait tellement bien joué son rôle qu'elle s'effrayait elle-même. A ce moment précis, la porte du salon fut ébranlée par un coup violent. Caroline regarda dans cette direction et poussa un hurlement à glacer le sang. Le malheureux père jaillit de son siège comme un ressort.

– Bon Dieu ! Que se passe-t-il dans cette maison ? hurla-t-il en se tournant pour voir ce qui avait effrayé sa fille. Bon sang... Je ne peux pas... Cela ne peut... Bon Dieu, fit-il d'une voix étranglée.

Sir Jeremy était figé d'horreur. Le comte de Rendale venait d'apparaître, titubant, dans l'embrasure de la porte du salon blanc et or, entouré par une nuée de domestiques. Peu de gens auraient reconnu le gentilhomme qui s'enorgueillissait d'être toujours impeccable. On aurait dit un homme qui revenait des enfers. Wesley Cawton portait une redingote et une culotte déchirées, toutes tachées de boue et de sang. Son beau visage était meurtri et portait des traces de sang séché.

– Wesley ? dit avec douceur la duchesse en s'avançant vers le comte égaré. Wesley, je suis Sabrina.

Les yeux de Cawton se tournèrent lentement vers la forme qui s'approchait ; mais il était incapable de la reconnaître tant sa vue était trouble. Il distinguait seulement dans la pièce plusieurs silhouettes floues et entendait des pas derrière lui.

« C'est bon, pensa-t-il avec une grimace, je vais m'occuper de ces malotrus. »

– Sacrés impertinents ! rugit-il.

Ces mots lui remirent en mémoire l'instant où on

avait braqué sur lui un pistolet. Cette fois, personne ne l'empêcherait... Rendale sortit son arme et l'agita sauvagement.

– Sabrina ! Ne bougez pas ! cria sir Jeremy.

Incapable de bouger lui-même, il soutenait sa fille évanouie et cherchait à la mettre hors du champ de tir.

– Rina, je t'en prie, supplia Mary faisant écho à la mise en garde de sir Jeremy.

La duchesse, sans tenir compte des avertissements, s'avança vers le dément.

– Il est devenu fou, il ne te reconnaît pas, Rina, s'écria Mary tandis que le pistolet visait sa sœur.

– Wesley, Wesley, c'est Rhea Claire. S'il vous plaît, ne me menacez pas, Wesley.

La duchesse s'adressait au comte d'une voix douce pour chercher à l'apaiser. Le comte se rappela une journée d'été. Il était dans le jardin, Rhea Claire paraissait tellement belle...

– Rattrapez-le ! ordonna la duchesse au moment où le jeune homme tombait évanoui.

Heureusement, un valet avait prévenu sa chute, l'empêchant de se blesser davantage.

– Oh ! mon Dieu ! gémit la duchesse en remarquant pour la première fois une tache de sang sur le devant de sa chemise.

» Appelez le médecin, je crains qu'il ne soit mourant.

Immédiatement les domestiques se mirent en action. Ils soulevèrent le comte ensanglanté qui respirait avec difficulté et le transportèrent sur un lit qui risquait d'être son lit de mort. Le blessé resta, cette nuit-là et deux autres encore, entre la vie et la mort. Heureusement, il possédait l'orgueil et la ténacité des Cawton, ce qui le maintint fermement dans le monde des vivants.

La duchesse de Camareigh s'éveilla d'un sommeil agité. Elle avait refusé de se coucher avant l'aube, au moment où une lueur rose colora le ciel du côté de l'est. A la fin, succombant à la fatigue, elle avait pris quelques heures de repos. En fait, elle ne s'était guère reposée et, appuyée contre l'oreiller douillet de son lit, elle se remémorait l'arrivée fracassante du comte de Rendale. Lucien, Terence et les autres étaient rentrés moins d'une heure après l'apparition dramatique de Wesley Cawton. Sabrina n'avait pas été surprise d'apprendre qu'on n'avait retrouvé aucune trace des bohémiens. D'ailleurs, au cours d'une crise nerveuse, Caroline Winter avait avoué son mensonge. La vision du comte mourant avait dégrisé la jeune fille. Pour la première fois de sa vie, elle avait compris combien son attitude pouvait nuire. La duchesse laissa aller sa tête sur l'oreiller bordé de dentelle. Avec ses cheveux défaits et ses épaules lasses, elle semblait très vulnérable.

Il était 9 heures passées lorsque le duc s'arrêta devant la porte de la nurserie. Il hésita à entrer en entendant des voix et des cris joyeux. Un instant, il songea à ne pas révéler son terrible secret à Sabrina, mais, si elle l'apprenait, elle ne le lui pardonnerait jamais.

Le duc tourna la poignée de la porte et entra. Il resta un moment sur le seuil à admirer sa femme assise sur le sol avec les jumeaux. Ses jupons retroussés laissaient voir ses fines jambes aux bas de soie ; dans chaque bras, elle tenait un enfant blond. A un moment, la duchesse s'aperçut de la présence de son mari, tout près de la porte. Elle lui adressa un sourire radieux mais, devant l'expression atterrée de Lucien, la joie de Sabrina s'évanouit. Sans qu'aucune parole n'ait été prononcée, elle comprit qu'il était arrivé quelque chose.

– Rhea, tu as des nouvelles de Rhea ? s'écria-t-elle en se relevant.

Sabrina tira vivement sur sa jupe.

– Rina, ma chérie... commença Lucien. (Mais il s'interrompit devant les yeux mauves qui l'interrogeaient avec angoisse.) J'ai reçu un paquet, envoyé par un inconnu.

A ces mots, Sabrina, suivie des jumeaux sur leurs petites jambes incertaines, traversa la pièce en courant.

– Lucien ! Qu'est-ce que c'est ? Dis-moi.

Le duc fit asseoir Sabrina sur le rebord de la fenêtre et ouvrit une petite boîte.

La jeune femme poussa un cri étouffé avant de toucher la longue mèche de cheveux dorés. Immédiatement, elle en avait reconnu la couleur. La duchesse avait été tellement heureuse que Rhea naisse avec les cheveux blonds de Lucien. D'une main tremblante, elle saisit le délicat anneau incrusté de saphirs et de diamants.

– Tu te rappelles la joie de notre fille lorsque nous lui avons offert cette bague pour son anniversaire ? demanda-t-elle avec une voix étouffée par les larmes. Qu'est-ce que cela signifie, Lucien ? Pourquoi nous a-t-on enlevé Rhea ? Pourquoi ? Pourquoi ?

– Ce n'est pas tout, ma chérie, avoua Lucien. (Le duc se pardonnait mal de devoir blesser sa femme plus profondément encore.) Peut-être ceci a-t-il un sens, mais pour moi il reste incompréhensible.

Sabrina aperçut à travers ses larmes la mince feuille de parchemin que lui tendait son époux.

– Je ne vois rien, Lucien. Lis, supplia la duchesse en serrant Andrew sur sa poitrine.

Lucien fixa le papier quelques instants avant de se résoudre à le lire.

Les roses ont des épines, les fontaines argentées de la [boue.
Des nuages et des éclipses ternissent la lune et le [soleil.
Un chancre répugnant ronge le bourgeon.
Tous les hommes sont coupables.

– Qu'est-ce que ça veut dire ? Pourquoi, mon Dieu, nous envoie-t-on un poème ?

Lucien secoua la tête et caressa du pouce la cicatrice de sa joue.

– Je ne comprends pas ; qui comprendrait l'état d'esprit d'un dément ?

– Oh, non ! Lucien, je t'en prie, ne me laisse pas entendre que notre fille se trouve entre les mains d'un fou.

Le duc se baissa pour prendre Arden dans ses bras. Délicatement, il lissa ses boucles blondes, puis embrassa son petit nez retroussé. Par-dessus la tête de l'enfant, il croisa le regard interrogateur de Sabrina.

– Nous allons recevoir une demande d'argent très prochainement, j'imagine. Pour quelle autre raison aurait-on kidnappé notre fille ? Tu sais, je donnerais Camareigh pour qu'elle revienne saine et sauve.

Lucien avait parlé avec calme, mais une lueur vengeresse brûlait dans ses yeux jaunes. Brusquement, le duc aperçut Francis et Robin qui se tenaient en silence près de la porte. Le visage de Robin était humide de larmes ; l'enfant étouffait ses sanglots, la tête enfouie contre la poitrine de son frère aîné. Francis passa un bras protecteur autour des épaules de son cadet.

Le duc rencontra alors le regard de Francis et découvrit avec stupéfaction que l'adolescent était devenu un homme. Le père et le fils n'eurent pas besoin de parler pour se faire une mutuelle promesse : ils retrouveraient celle qu'on leur avait volée.

A la tombée de la nuit, le navire marchand accueillit sa dernière passagère avant de lever l'ancre ; il allait faire voile vers les colonies. Il n'y eut personne sur les quais pour voir la voyageuse monter à bord, ou lui souhaiter un bon voyage et un prompt retour. Elle fut hissée sur le pont avec aussi peu de ménagements qu'un baril de vin et avec pour tout accompagnement les voix et les rires de la taverne voisine. La cabine de la mystérieuse inconnue se réduisit à un coin sombre et humide, dans l'entrepont empuanti par les odeurs d'eau de cale, de goudron et de peinture. Mais une autre odeur allait envahir le navire : celle de la peur.

6

Les flammes dansantes d'un feu de bois jetaient leur ombre sur le plafond blanc et les murs rouges de la bibliothèque. Une pendule en bois de cerisier chassait le temps de son balancier de cuivre au visage inexpressif, avec une régularité monotone. Au milieu de la pièce, un tapis d'Orient couvrait la surface cirée du parquet ; on en retrouvait la tonalité dans le bleu saphir des tentures de velours et le damas pourpre d'une chaise longue placée devant la cheminée. Dehors, une branche d'arbre dénudée vint heurter les carreaux de la fenêtre, sous la poussée d'une averse soudaine. Ce bruit attira l'attention de l'homme assis devant le feu, les pieds chaussés de bottes et posés sur un chenet de cuivre. Une grosse chatte rousse et tigrée dormait paisiblement sur sa cuisse ; l'homme chercha une position plus confortable ; il eut une crispation légère : le mouvement avait réveillé la douleur de ses côtes fracturées.

Les yeux gris pâle de Dante Leighton se rétrécirent. Il évalua le niveau du baromètre accroché au mur dans sa boîte d'acajou et de tulipier. Mais Dante n'avait pas besoin de regarder la pression pour savoir qu'un orage s'abattait sur Charles Town. Il distinguait nettement les éclairs dans l'obscurité précoce de cet après-midi automnal. Dante avala une gorgée de cognac, espérant que la boisson atténuerait la douleur de ses côtes et lui ferait oublier les heures interminables. Son accident l'avait réduit à l'inactivité. Leighton renversa la tête sur le coussin de velours. Le *Dragon des mers* et son équipage avaient eu de la chance... Entre Charles Town et les Indes de l'Ouest, au sud de Savannah, un grain avait pris le navire sous les voiles et failli le coucher. Avec son gréement cassé, sa voilure déchirée, un de ses mâts passé par-dessus bord, le *Dragon des mers* essayait de regagner le port, lorsqu'une nouvelle tempête s'était abattue. C'est pourquoi Leighton s'estimait heureux de souffrir seulement de côtes cassées et d'une entorse à la cheville. Plusieurs membres de l'équipage avaient été blessés. Barnaby Clarke avait un bras cassé : le quartier-maître était à la barre lorsque l'orage avait éclaté. Seumus Fitzsimmons avait été assommé par un morceau d'espar tombé sur le pont. Les matelots juraient que la pièce de bois ne s'était brisée qu'après avoir heurté la tête dure du bonhomme ! Ainsi le *Dragon des mers* se trouvait à quai pour réparations. On lui refaisait un nouveau mât, un gréement et des voiles. D'ici un mois, le navire pourrait reprendre la mer ; avec un peu de chance, le capitaine et l'équipage gagneraient les Indes de l'Ouest sous un bon vent.

Maintenant, dans la maison de Charles Town, Dante ne pouvait s'empêcher de penser que ce malheureux vent avait modifié son destin. Au fond de lui, il bénissait ses blessures, car sa convalescence était un prétexte pour refuser les invitations dont il était assailli. En outre, la popularité du capitaine coïncidait avec le retour de Londres d'une jeune femme dont la langue débridée avait régalé la moitié de Charles Town de ses aventures dans la métropole. A force de fouiner, elle avait mis au grand jour la vie du capitaine Leighton, mieux connu par ses anciennes connaissances londoniennes sous le nom de marquis de Jacobi. Etrange comme un titre pouvait transformer une réputation aux yeux des gens ! Malgré les refus polis du capitaine, les invitations continuaient à arriver. Leighton avait beau faire comprendre que son accident exigeait du repos et de la tranquillité, il se retrouvait assailli par des gens pleins de sollicitude. La plupart lui enviaient sa position. En effet, s'il l'avait souhaité, le marquis de Jacobi aurait pu facilement prendre une épouse parmi les femmes libres (ou pas libres) de Charles Town. On était persuadé que la bonne fortune de Dante Leighton n'avait pas souffert du dernier voyage, et le bruit courait que le *Dragon des mers* était à la recherche d'un trésor englouti ! Plusieurs personnes prétendaient que le capitaine avait gagné au jeu, à Saint-Eustache, une carte indiquant l'emplacement où avait coulé un galion et son trésor. En définitive, le trésor tant espéré s'était, disait-on, réduit à quelques pièces d'argent corrodées, à des débris de porcelaine, à un astrolabe rouillé et à un compas dans une boîte pourrie. Au lieu d'un bateau chargé d'or, le *Dragon des mers* n'avait retrouvé, prétendait-on, qu'un navire allemand naufragé, sans rien à bord. Dante Leighton eut un sourire mystérieux ; il se rappelait les rumeurs que colportaient Kirby et Alastair au sujet du voyage. On le suspectait même d'avoir fait un pacte avec le diable.

– M'sieur, annonça Houston Kirby, le garçon de cabine, en s'approchant de la chaise du capitaine, vous avez une visite.

Au ton méprisant de Kirby, Leighton comprit que le visiteur en question n'était pas dans les bonnes grâces du matelot.

– Ah ! m'sieur, fit encore Kirby avant que Dante n'ait eu le temps de lui demander le nom de la personne, cette chatte vous a mis du poil plein votre culotte. C'est diablement difficile de le faire partir, gronda-t-il en jetant un regard furieux au félin qui le fixait de ses yeux verts indolents.

– Notre visiteur, Kirby ? (Dante rappelait à l'ordre le vieux garçon de cabine qui lui tenait lieu par la même occasion de domestique.) Tu devrais, je crois...

Leighton ne put poursuivre ; les portes de son bureau venaient de s'ouvrir toutes grandes devant un gros homme jovial qui jaillit telle une tornade.

– Capitaine Leighton, c'est bon de vous revoir. Je

vous ai aperçu sur votre étalon à Tradd Street et je me suis dit : « Il faut que tu rendes visite au maître du *Dragon des mers.* » Vous ne me verrez jamais monter une de ces bêtes, non monsieur ! Bertie Mackay n'est pas un imbécile. Je ne comprends pas comment vous faites, grogna le contrebandier rival. Je me suis dit : « Quand même, Leighton est un sacré commandant et un fin cavalier. » J'ai même entendu dire que vous vous défendiez à l'épée. Vous avez survécu à quelques duels, pas vrai ?

– Capitaine Mackay, je vous en prie. (Dante l'invitait à s'asseoir en désignant, d'un geste ample, une chaise près du feu.) S'il vous plaît, faites-moi le plaisir de boire un cognac avec moi. Kirby, sers le capitaine de la *Annie-Jeanne,* ordonna Dante en ignorant le reniflement de mépris du garçon de cabine.

– Votre hospitalité me touche, capitaine, déclara Mackay avec un large sourire.

Il souleva comme une plume la lourde chaise aux pieds fuselés, l'approcha de la cheminée et y installa son énorme carcasse. Le siège délicat poussa un cri de protestation. Brusquement, le visage rubicond de l'Irlandais perdit sa béatitude en entendant les miaulements sourds de la chatte qui reposait sur la cuisse de Dante.

– Elle a pas l'air de m'aimer beaucoup, remarqua Mackay avec un petit rire nerveux.

D'une pichenette il aurait pu faire valser l'animal à travers la pièce, mais ce félin le rendait mal à l'aise.

– Elle sent que vous n'avez pas beaucoup d'amour pour son espèce, remarqua sèchement Dante qui, d'une main caressante, lissait le poil de Jamaïca.

– Ouais, c'est vrai, il me semble toujours que ces bestioles savent quelque chose que j'ignore. Elles sont trop tranquilles. (Bertie Mackay poussa un soupir de satisfaction. Il avait déjà vidé la moitié de son verre.) Il paraît qu'on est en train de retaper le *Dragon des mers* ; vous auriez pas envie de vous en séparer, par hasard ? (Le capitaine connaissait déjà la réponse de Leighton.)

Non. Je m'en doutais bien. Quel dommage, j'ai toujours eu un faible pour ce bâtiment. Jolie ligne, ce petit vaisseau.

– Je vous remercie, capitaine Mackay ; cependant, je doute que vous soyez venu pour faire les louanges de mon voilier.

Dante avait décidé de mettre fin aux formules de politesse pour obliger son ennemi de toujours à révéler les raisons de sa visite.

Bertie Mackay eut un large sourire reconnaissant.

– Tout à fait vrai ; mais appelez-moi Bertie, comme tous mes amis.

L'Irlandais faisait une étonnante requête pour un rival.

– Que signifierait une alliance entre deux hommes qui se font une guerre ouverte ? interrogea Dante avec désinvolture.

– Vous avez plutôt l'esprit rapide, capitaine, approuva Mackay. Voyez-vous, je veux oublier les rancunes. Je suis un homme qui craint Dieu, un homme qui pardonne. Je ne suis pas de ceux qui gardent rancune, capitaine, ne l'oubliez pas.

Dante Leighton eut une expression amusée.

– Je ne sais ce qui me vaut l'honneur de rentrer dans vos bonnes grâces, capitaine Mackay, mais vous excitez ma curiosité.

L'Irlandais, froissé, leva les bras au ciel.

– Ah ! capitaine ! vous avez une piètre opinion de mon offre généreuse.

– Vous m'intriguez, fit avec hypocrisie Dante, qui était peu curieux de connaître ce que Mackay proposait pour mettre fin à leurs hostilités.

– Voilà, fit le capitaine de la *Annie-Jeanne*, il vaut mieux partager avec un ami qui peut devenir un allié que se battre contre un adversaire et risquer de tout perdre.

Les flammes éclairaient d'une lumière douce les cheveux châtains de Dante Leighton, tandis qu'il s'abîmait dans la contemplation des bûches en train de se consumer.

– Admirable philosophie. Malheureusement, je ne suis pas homme à partager. Quant à ceux que je nomme amis, ils sont peu nombreux.

– Capitaine Leighton, vous me décevez encore une fois. Je me doutais bien que vous étiez têtu. Quel dommage, j'aimais bien nos petits affrontements d'autrefois.

– Vous parlez comme si j'allais quitter ce monde, déclara Dante.

Son expression ne révélait rien de ses pensées.

– Pas du tout, protesta Mackay. Personne n'est sûr de revenir d'un voyage. L'océan est vaste, beaucoup de choses peuvent arriver, des choses... inattendues. J'ai rencontré d'autres commandants au port ; on a pensé à se regrouper en une association. On est des types ambitieux, mais fatigués de faire de la contrebande. Pour être franc, les risques deviennent trop grands. C'est bon, je dois vous laisser maintenant, capitaine Leighton. Bon après-midi.

Après le départ du commandant de la *Annie-Jeanne,* Dante Leighton resta assis devant le feu à réfléchir, les sourcils froncés, aux paroles de son visiteur. Le gant venait d'être jeté...

– Quelque chose va pas, je le sens à une lieue, remarqua Kirby d'un ton sinistre en s'approchant du capitaine.

Dante leva la tête vers son garçon de cabine ; ses narines flairèrent des relents de cognac. Il grimaça.

– Tu as encore bu.

– Je vous assure que je suis assez adroit pour attraper au vol une certaine chatte rousse, assura Kirby en jetant un coup d'œil rapide dans l'espoir d'apercevoir sa victime.

– Jamaïca et toi, vous faites meilleur ménage que tu ne penses : vous détestez tous deux le capitaine de la *Annie-Jeanne.* Tu sais, Jamaïca a fait « tss » à notre homme.

– Elle a fait « tss » à Bertie Mackay ? répéta Kirby un

peu moins agressif. Hum ! je disais bien que les chats étaient pas idiots ; ils repèrent un rat, comme moi.

– Tu as raison, je crois, reconnut Dante ; on ne peut faire confiance à l'Irlandais. Je l'ai mis en garde : qu'il n'essaie pas de mettre la main sur le trésor.

Houston Kirby écoutait en retenant son souffle.

– Il n'a pas cru à cette histoire de navire marchand allemand ?

– Non. Et je m'en doutais. A sa place, j'aurais fait de même. Cependant, ce n'est pas lui tout seul que j'ai cherché à dissuader ; je voulais écarter la meute de chiens qui suivent nos traces.

Dante se rappelait combien il avait détesté devoir mentir à son propre équipage. Mais c'était la seule façon de garder secret l'emplacement du galion espagnol. Beaucoup de marins avaient la langue trop longue lorsqu'ils avaient bu et faisaient la bombe dans le port. Pourtant, Leighton soupçonnait Longacres de connaître la vérité. Le patron du navire avait examiné la carte du trésor au cours de l'escale à Trinidad. Le bonhomme avait trop navigué à travers les Caraïbes pour se laisser gagner par la fièvre. Il s'était borné à étudier la carte. Alastair Marlowe lui aussi était au courant depuis le début. Le subrécargue savait que le navire allemand n'était pas celui qui les intéressait. D'ailleurs, c'était par hasard qu'il l'avait retrouvé, avec Dante Leighton.

Ce jour-là, le *Dragon des mers* avait jeté l'ancre dans les eaux bleu turquoise d'un lagon « sous le vent », tout près d'une île déserte. Après avoir exploré la petite terre plantée de palmiers, Leighton et Alastair avaient regagné à la rame leur navire. C'est alors qu'ils avaient aperçu une forme indistincte nichée dans les coraux. En scrutant les eaux profondes, ils avaient aperçu la carcasse d'un navire échoué sur le sable. Aussitôt, Alastair avait enlevé son pantalon et plongé. De la barque, Dante avait identifié l'épave – un bâtiment du XVIe siècle, dont l'énorme coque était pratiquement intacte. Au bout de quelques instants, Alastair était remonté à la surface et avait lancé dans la barque des objets décolorés. A peine

Marlowe avait-il rempli d'air ses poumons qu'il invitait son capitaine à faire l'inventaire de sa trouvaille.

Le soleil des Indes, implacable, avait éclairé une poignée de doublons d'argent corrodés et une épée rouillée. C'était là l'unique butin que le bateau allemand avait daigné prodiguer. L'épée inutile avait regagné son tombeau aquatique et les pièces avaient trouvé asile dans la poche d'Alastair, en récompense de son exploit.

Cette découverte avait transporté de joie l'équipage du *Dragon des mers*. Plusieurs hommes avaient plongé. Déception ; ils étaient remontés en assurant que ce bateau n'était pas celui qu'ils recherchaient. Toutefois, ils n'avaient guère eu l'opportunité de se désoler longtemps ; rapidement, des contrebandiers rivaux avaient surgi de toutes parts. Ils avaient tiré quelques boulets : leur but était clair. Dante avait aussitôt donné l'ordre de lever l'ancre et fait déployer toutes grandes les voiles. Le *Dragon des mers* s'était échappé, abandonnant le bateau allemand et son chargement inutile aux pirates dupés. Au moment où le voilier s'éloignait, on entendit gronder les canons. Pour autant que la population de Charles Town s'en souvienne, ainsi s'était terminée la quête du trésor englouti. Cependant, au nord-ouest des Bahamas, quelque part dans le chapelet des petites îles, au milieu des bancs de sable et des massifs de coraux, gisait un galion espagnol rempli de malles d'or contenant assez de pièces pour faire la fortune de milliers d'hommes.

– Il en voulait à notre trésor, pas vrai ?

La voix rauque de Houston Kirby tira Leighton de ses réflexions. Le capitaine n'avait jamais eu de secret pour son vieux garçon de cabine.

– Ou bien Bertie Mackay devient un allié, ou bien... (Dante s'interrompit, pensif.) Ou bien le *Dragon des mers* n'aura aucune chance de retrouver le trésor.

– Un maître chanteur, grommela Kirby. Pour qui est-ce qu'il se prend ? jeta-t-il sur un ton belliqueux.

– Pour un homme qui ne prononce pas de vaines menaces.

Dante connaissait le commandant de la *Annie-Jeanne*

mieux que personne. Pourtant, le capitaine du *Dragon des mers* n'était pas homme à se laisser circonvenir. Il pouvait devenir un ennemi cruel et impitoyable. Comme corsaire et contrebandier, Dante Leighton n'avait plus à prouver sa valeur. Ses ennemis lui accordaient leur respect ; aucun n'aurait eu l'inconscience de lui couper la route.

Kirby hocha la tête ; il comprenait parfaitement les sentiments de son capitaine. Il était au service de la famille Leighton avant même que la mère du capitaine ne se marie. Une femme belle et intelligente qui était morte tragiquement.

– Capitaine, commença maladroitement Kirby. Milord, poursuivit-il, trouvant que ce mot sonnait mieux, je me demandais s'il ne vaudrait pas mieux abandonner le trésor, s'il existe. Le laisser reposer en paix dans les bas-fonds.

– Tu crois, Kirby ?

Dante avait posé cette question d'une voix douce, mais son regard métallique rappela son aïeul à Houston, un vieillard autoritaire qui menait son domaine de Merdraco d'une main de fer, cinquante ans plus tôt.

– Kirby, je te soupçonne, déclara Dante avec un sourire malicieux, d'avoir peur que le trésor n'existe. Je ne crois pas que tu manques de confiance en mes capacités ; tu redoutes autre chose. (Dante s'arrêta un instant pour regarder l'homme dans les yeux.) Tu as peur de ce qui arrivera.

Houston Kirby leva ses sourcils broussailleux qui dissimulaient l'expression de son regard.

– Malgré tout, poursuivit Dante Leighton, je peux compter sur toi quoi qu'il arrive.

En effet, le capitaine était assuré de la loyauté de Kirby, même si celui-ci désapprouvait parfois les actes de son supérieur. Dante se mit à sourire, attendri. Tout à coup, ses prunelles reflétaient la tendresse virile qu'il portait au petit homme qui avait toujours lutté bravement à ses côtés.

– Qu'avons-nous pour dîner, Kirby ? demanda-t-il. Brusquement, je me sens une faim de loup.

– Des rognons de veau à la broche, des canards joliment rôtis, sans oublier un gâteau aux pommes qui est en train de dorer dans le four. Vous avez toujours un sacré appétit quand vous manigancez un mauvais coup.

Soudain, le serviteur tourna la tête vers la rue. Il venait d'entendre le claquement d'un fouet et un bruit de roues sur les pavés.

– Une invitée, capitaine ! bougonna-t-il en se retirant de la fenêtre. Je ferais bien de laver une tasse ; la dame restera sûrement pour le thé. Quelle arrogante bonne femme, cette jeune veuve ! Elle se conduit comme une lady, alors qu'elle ne vaut pas mieux que... (Houston Kirby laissa sa phrase en suspens. Le silence de la pièce lui tomba sur la nuque.) Pardon, milord, j'ai pas le droit de dire ça.

Malgré ses excuses, le garçon de cabine ne pouvait s'empêcher de penser au fond de lui-même qu'Hélène Jordane n'était pas assez bien pour le capitaine.

– Ne te tracasse pas pour cette vétille, se moqua Dante Leighton.

Kirby se dirigea vers la porte.

– Je ne recevrai pas d'autres invités aujourd'hui, ajouta le capitaine ; je me sens fatigué, soudain.

Une large grimace détendit le visage de Kirby. Un moment il avait craint que le capitaine ne tombât dans les bras de la jeune madame.

– C'est bon, capitaine, je vais dire à cette lady que vous ne recevez pas. (Puis, se reprenant avec appréhension :) La dame est plutôt têtue. Vous voulez peut-être lui faire dire que vous ne vous sentez pas bien ?

– Raconte ce qu'il te plaira, ordonna Dante, pourvu que tu l'empêches d'entrer. Dis-lui que je prends un bain !

– Oui, capitaine, comptez sur ma discrétion.

En faisant cette promesse, les yeux de Kirby brillaient d'avance de joie ; il aurait le plaisir de mettre l'intruse à la porte.

Dante resta un moment à contempler le feu, jusqu'à ce qu'il entendît le fiacre s'en aller. Alors, il s'obligea à bouger. Il pensa à l'excuse du bain. Se tremper dans de l'eau bien chaude n'était pas une mauvaise idée, après tout. Une demi-heure plus tard, Dante savonnait sa poitrine à la toison brune. La chaleur de l'eau calmait ses côtes douloureuses et allégeait la pression qui pesait péniblement sur sa cage thoracique. Avant d'aller préparer le dîner, Kirby avait disposé des serviettes devant le feu. Le garçon, comme toujours, s'était montré un domestique parfait. Non seulement il avait étalé une culotte et une chemise propres mais, sur la petite table à portée de main, trônait un verre de cognac. Dante soupira de plaisir.

Il plongea sous la surface savonneuse et frotta ses cheveux bouclés avec la mousse parfumée. Il plongea à nouveau pour les rincer, secoua la tête afin de chasser les gouttes qui lui coulaient sur le visage. Tout à coup, il entendit la porte s'ouvrir et se refermer sous la poussée d'une main énergique.

– Kirby, passe-moi la serviette, je me suis mis de ce fichu savon dans les yeux, ordonna Leighton en se frottant les paupières.

Une serviette moelleuse toute chaude tomba sur son bras tendu. Dante lâcha un merci étouffé en s'essuyant le visage.

– Bon sang ! jura-t-il soudain. (Il s'était détendu comme un ressort en sentant un doux baiser sur son front. Il se renfonça aussitôt dans le baquet, éclaboussant la pièce d'eau savonneuse.) Hélène !

Dante examinait sans trop de surprise la jeune femme qui, un moment plus tôt, s'était fait éconduire par les manœuvres habiles du garçon de cabine.

– Dante ! Regarde ce que tu as fait ! (La veuve pleurait presque en fixant avec désespoir sa robe tachée de savon.) Cette toilette a été créée à Londres, tout spécialement pour moi. La voilà perdue ; je l'avais mise pour toi, mon amour, précisa-t-elle en jetant un regard effaré sur le satin rouge humide.

– En vous insinuant dans l'intimité d'un homme, rétorqua Dante avec hargne, vous risquez de récolter plus que vous n'avez semé.

– Serait-ce une promesse ? demanda Hélène avec le sourire séducteur que Dante connaissait trop bien.

Le marquis de Jacobi examinait miss Jordane avec curiosité. Ce n'était pas la première fois qu'elle arborait une nouvelle coiffure à son retour de Londres. Ses cheveux, naturellement noirs, disparaissaient sous une cascade de boucles artificielles poudrées. Comment Hélène parvenait-elle à conserver le menton hautain sous un poids aussi considérable ? Malgré tout, c'était une jolie femme, aux yeux noirs comme l'ébène, au teint d'ivoire. Elle avait une beauté exotique dont elle savait user dans cette région subtropicale. Son statut de jeune veuve la mettait à l'abri des interdits qui frappaient les jeunes filles à marier de Charles Town. Hélène pouvait s'adonner à tous les plaisirs, à condition de rester discrète.

– Eh bien, l'aimes-tu ? demanda-t-elle crûment.

Elle virevoltait autour de son amant pour faire admirer ses jupons qui révélaient ses fines jambes gainées de soie.

– Très jolie, fit Dante.

– C'est tout ? s'exclama Hélène avec un rire pincé. Tu connais le prix de cette robe ?

Dante se contenta de sourire.

– Comment es-tu entrée ? Ce n'est pas grâce aux bons soins de Kirby, je parie ?

– Par la grille du jardin. La serrure est cassée, mais aurais-tu oublié que j'avais l'habitude de passer par là ? Tu m'attendais, n'est-ce pas ?

Hélène interrogeait sur un ton qui ne laissait aucun doute sur l'opportunité de sa venue.

La jeune femme plongea dans les pâles yeux gris de Dante son regard sombre plein de promesses. Puis, collant ses lèvres sur la bouche froide de son amant :

– Pourquoi ne pas te faire monter le dîner ici, dit-elle, nous ne serions pas dérangés. Tu ne peux imaginer combien tu m'as manqué, Dante, chuchota-t-elle d'une voix brisée.

Tout en parlant, sa bouche caressait la pommette saillante du marquis, glissait le long de l'oreille pour en taquiner le lobe avec la langue.

Dante restait insensible à cette démonstration soudaine de passion. Sans aucune précaution, il quitta l'eau tiède, forçant la jeune femme à retirer ses bras.

Hélène se mordit les lèvres, vexée. Les événements ne se déroulaient pas comme elle le souhaitait. « C'est une question de temps », songea-t-elle en regardant sans pudeur le splendide corps de son amant. Ses yeux s'attardèrent sur les muscles ondulants de la poitrine et des épaules. Dante Leighton lui appartiendrait à nouveau, on ne pouvait imaginer plus bel homme. Avec un soupir déçu, Hélène enroula la serviette autour des hanches étroites et viriles. Dante savait aimer une femme, satisfaire ses désirs, et il y avait si longtemps qu'il n'avait pas serré Hélène dans ses bras, la caressant jusqu'à ce qu'elle le supplie de la prendre.

– Dante ! gémit la jeune femme.

Leighton se retourna et la jaugea de ses yeux gris acier.

– Oui ? interrogea-t-il avec politesse.

On aurait dit qu'il s'adressait à une connaissance occasionnelle plutôt qu'à une fiancée ou une amante.

– Nous devons parler, Dante. Mon cher, je t'en prie, je dois t'expliquer, suppliait Hélène d'une voix enrouée par les larmes.

– Nous n'avons plus rien à nous dire, affirma Leighton, peu ému par les pleurs de la jeune femme. D'ailleurs, comme vous pouvez le constater, ma chère, je ne suis pas habillé pour un tête-à-tête.

Leighton faisait allusion à la serviette enroulée autour de sa taille.

– Dante, souffla Hélène.

La jeune veuve refusait la défaite. Elle avait réussi à se trouver seule avec son amant. Depuis qu'ils étaient revenus, lui des Indes, elle d'Angleterre, Dante l'avait évitée.

– Hélène, c'est fini, commença Leighton d'une voix cassante, comme s'il lisait dans les pensées de la jeune femme. Tu as pris ta décision en partant pour Londres. Il est trop tard.

– Non, ce n'est pas vrai !

Hélène se jeta contre le corps tiède de son ami. Elle désirait le contact de sa peau nue. Leighton la repoussa.

– Tu es venue m'annoncer que tu étais enceinte. Tu étais effrayée, désespérée sans raison. Hélène, je ne t'aurais pas abandonnée. Je t'ai offert mon nom, un nom dont je suis fier. (Leighton s'expliquait avec calme, mais ses paroles tranchaient comme une lame. Il poursuivit sans pitié :) Cette proposition, je m'en souviens, ne t'enthousiasmait pas ; mais tu l'as acceptée, n'est-ce pas, ma chère ? Et tu es retournée chez toi avec ton avenir et ta réputation assurés. Nous avons alors commencé les préparatifs du mariage.

Hélène interrompit son ami. La crainte des mots qu'il allait prononcer altérait les traits parfaits de la jeune veuve.

– Dante, je t'en prie, je...

– Non, s'il te plaît, ma chère, permets-moi de terminer. La suite promet d'être intéressante, éclairante même. Tu as donc décidé de partir pour Londres. Mais le fait d'y revenir veuve changeait beaucoup de choses... Que de folles nuits tu as dû passer ! Cependant, tu avais un énorme problème. Comment séduire les hommes, les enjôler, alors que tu étais enceinte ? Impossible de se dénicher un riche mari en portant l'enfant d'un autre homme. C'est alors que tu as décidé de prendre des mesures drastiques, avant ton départ.

– Que veux-tu dire, mon chéri ? demanda Hélène, soudain très inquiète.

Elle pouvait entendre palpiter son cœur affolé.

– Tu ne voulais pas de mon enfant, ma chère, pas plus que de mon nom... jusqu'à ce que tu découvres mon titre. Tu allais devenir la marquise de Jacobi. Je n'étais plus un simple aventurier, un contrebandier.

– Non, c'est faux, Dante ! hurla Hélène. (Des larmes de désespoir ruisselaient le long de son visage défait.) Tu mélanges tout. Oh ! mon amour, comme tu te trompes ; j'ai perdu mon bébé naturellement, je le jure. J'ai méprisé mes sentiments très longtemps, mais lorsque j'ai découvert que je portais ton enfant, eh bien... (Hélène interrompit sa confession ; elle ne trouvait plus ses mots...) Eh bien, je n'ai pas pu supporter cette situation. Je suis venue vers toi, et toi, en gentleman, tu m'as offert ton nom. J'ai éprouvé une joie ineffable.

La jeune femme fixait le feu comme pour mieux suivre le fil de ses pensées. Des pensées troubles à en juger par la ride qui creusait son front.

– Alors, quand j'ai perdu mon enfant, je me suis dit que je ne devais pas t'obliger à m'épouser, avoua-t-elle en éclatant en sanglots.

Dante eut un sourire mauvais.

– Belle performance, ma chère. Tu aurais dû monter sur les planches ; les spectateurs auraient été émus jusqu'aux larmes. Cependant... tu as omis un simple détail.

– Que veux-tu dire ? demanda Hélène avec appréhension.

Personne ne savait, elle était seule à connaître la vérité.

– C'était le jeudi qui précédait la rupture de nos fiançailles. Je revenais des quais et, par hasard, j'ai aperçu ton joli minois derrière la vitre d'un fiacre. Cette rencontre m'a intrigué, je t'ai suivie, avoua Dante sans se troubler.

– Tu m'as suivie ? Quelle délicatesse ! Je l'ignorais.

– Je m'en doute. C'est alors que j'ai découvert que tu étais une créature pleine de ressources. Comment une jeune femme distinguée pourrait-elle, sinon, connaître la Lasomier ? Quelques jours plus tard j'ai reçu ton petit mot m'informant que notre mariage n'était plus nécessaire ; tu partais pour Londres. Tu ajoutais que notre liaison était terminée.

– Non ! Dante, tu te trompes. C'est vrai, je suis allée voir la femme Lasomier, mais pas pour les raisons que tu invoques ; on m'avait dit que Marie Lasomier pouvait faciliter la naissance et donner une bonne santé au bébé.

– Je me demande combien tu as payé cette mégère, fit Dante d'un air songeur. Quel qu'en soit le montant, j'ai dû offrir davantage pour qu'elle me révèle le but de ta visite.

– La vieille a menti ! Elle t'a dit ce que tu désirais entendre, c'est tout ; elle en voulait à ton argent. Oh ! mon chéri, cette dureté est tellement inutile entre nous.

Hélène avait pris une voix tremblante pour tenter d'adoucir son ami.

Dante secoua la tête, incrédule.

– Tu es revenue de Londres parce que tu n'y as pas rencontré tous les ducs et les comtes que tu espérais y trouver. Personne ne t'a demandée en mariage, et tu as découvert avec horreur que l'unique gentleman qui t'avait offert de t'épouser allait te glisser entre les doigts.

C'en était plus qu'elle ne pouvait supporter. Déjà, à sa grande humiliation, Hélène Jordane avait été critiquée par les gens de la ville pour être la maîtresse de Dante Leighton, contrebandier notoire. Qui l'aurait imaginé marquis ? C'est à Londres qu'Hélène avait découvert la véritable identité de son amant. Elle avait eu envie de hurler de rage. Quelle folle elle était ! Dante était riche et noble.

Cette situation fâcheuse n'était due qu'à sa vanité et à son manque de discrétion.

Etonné par tant d'indélicatesse, Dante observait Hélène.

– Le problème, très chère, réside dans le fait que vous me croyez différent. En vérité, madame, je suis toujours le même. Dante Leighton, capitaine du *Dragon des mers.*

Hélène, livide de colère, humecta de salive ses lèvres

sèches. Avec rage, de son escarpin rouge, elle martelait le sol en cadence. La jeune veuve fixait un Dante Leighton apparemment inaccessible, mais elle n'était pas femme à renoncer ou à admettre la défaite.

– Tu me reviendras, Dante, lui jeta-t-elle avec un sourire provocant ; c'est une question de temps, et j'ai toute la vie devant moi.

– Ma chère Hélène, n'est-il pas temps précisément de vous en aller ? suggéra Leighton avec un air faussement inquiet. Je me ferai un plaisir de vous prêter mon fiacre.

Le marquis de Jacobi se donnait des allures généreuses mais ses cils noirs masquaient un regard d'une ironie mordante.

– Oui, je vais dans la cour attendre votre cocher. J'ai... j'ai besoin d'air frais, reconnut miss Jordane.

Sur ces mots, elle alla chercher son manteau sur le lit de Dante et, dans un frou-frou de jupons, s'approcha de son amant, devant la cheminée.

Malgré la simple serviette qu'il portait autour des hanches, il semblait parfaitement à l'aise. Hélène s'arrêta devant lui ; ses yeux sombres reflétaient les flammes du feu. Elle le regarda langoureusement puis, se dressant sur la pointe des pieds, pressa ses lèvres sur celles de son ami. Son baiser ne reçut pas de réponse. Lorsqu'elle se sépara enfin de Dante, elle dut faire un effort considérable pour cacher son dépit.

– Un simple souvenir, mon amour, siffla-t-elle.

Hélène Jordane quitta la chambre en ricanant.

Dante enfilait sa culotte lorsque Houston Kirby entrouvrit la porte avec précaution. Le garçon de cabine se hâta d'apporter les babouches de son maître ; il avait un air satisfait.

– Toutes mes excuses, monsieur, je l'ai pas vue entrer et j'ai bien peur d'avoir oublié la serrure de la grille. A propos, où faut-il servir le dîner ? demanda Houston en ramassant les serviettes humides et en les pliant soigneusement sur son bras.

– Dans mon bureau. Je dois examiner quelques cartes marines.

– Vous dînerez seul, milord ?

– Oui, je dînerai seul ce soir, répondit Dante d'un air absent.

Le capitaine repensait à sa conversation avec Bertie Mackay, au début de la soirée. L'image d'Hélène Jordane s'estompait déjà dans sa mémoire. Dante saisit le tisonnier et repoussa une bûche dans le feu. Les flammes dévorèrent aussitôt le morceau de bois, répandant une douce chaleur dans la pièce. Dante regardait sans les voir les rigoles que formait la pluie en dégoulinant sur les carreaux. Son esprit était ailleurs, à des milliers de lieues au sud de la Caroline. Ce serait bon de retrouver la mer, de la sentir bouger sous la coque du navire ; ce serait bon de revenir chez lui à Merdraco.

Rhea Claire Dominick émergea d'un gouffre noir. Elle fit un effort désespéré pour ouvrir ses paupières lourdes. Il n'y avait pas de lumière ; une obscurité froide l'entourait de toute part. La jeune fille était agitée d'un tremblement incontrôlable ; elle resserra autour de son corps l'ample tissu dans lequel elle était enveloppée. Encore sous l'emprise de la drogue, elle ramena sur elle sa cape de velours et frotta sa joue glacée contre la doublure de la fourrure. Des souvenirs brumeux lui revinrent en mémoire... un parfum de rose.

Un brusque roulis projeta Rhea contre la paroi ; son cri de douleur fut répercuté à l'infini par des voix sans visage dans le noir. Alors qu'elle progressait le long de la cloison, un calme surnaturel lui apprit qu'elle n'était pas seule. Elle écarquilla les yeux dans les ténèbres, en proie à la peur et au désespoir. Elle prit conscience que des gens étaient amassés autour d'elle, dans une cale. Rhea comprit qu'elle se trouvait à bord d'un navire. La peur lui provoqua une nausée. Une odeur écœurante de saumure et d'eau de cale, mêlée à l'aigreur des vomissements, la suffoqua. Son esprit embrumé s'éclaircit, dernière barrière entre le rêve et la réalité. Au-dessus de sa tête, elle entendait le craquement des mâts et le claquement des voiles gonflées par un vent froid. Rhea essaya de se relever, en rampant sur les genoux, mais un nouveau roulis lui fit perdre l'équilibre. Tout à coup, elle sentit quelque chose de chaud sur son visage ; sa main tremblante toucha les larmes brûlantes qui lui coulaient le long des joues. Elle étouffa un cri de désespoir, un gémissement. Des scènes cauchemardesques lui revenaient en mémoire.

Elle était à cheval avec Francis et ses cousins... Non, elle se trompait, c'était la veille. Elle était donc à cheval avec Wesley et Caroline. Oui, ils se rendaient à *la Maison sur la colline* pour voir les petits chiens. Seulement... seulement ils n'étaient jamais arrivés à la ferme. Rhea pressa ses doigts engourdis sur ses tempes battantes. Elle se rappelait la calèche bloquant le chemin. Un cri de terreur échappa à la jeune fille ; elle revoyait Wesley tomber de sa monture, et elle-même s'agenouiller aux côtés de Caroline évanouie. Rhea se souvenait de tout parfaitement. Mais qu'était-il arrivé ? La respiration lui manquait. Cet homme vêtu de rouge qui s'avançait vers elle... Elle était tombée en essayant de fuir... Ensuite elle avait oublié... Ce tissu imprégné d'un liquide anesthésiant appliqué sur son visage... Sur le navire, audessus d'elle, un bruit semblable à une détonation lui rappela le coup de feu qui avait touché Wesley. Il était mort ; elle en était certaine et n'oublierait jamais l'expression douloureuse de son visage lorsqu'il était tombé dans la boue. Soudain, Rhea s'inquiéta du sort de Caroline. Peut-être avait-elle été kidnappée elle aussi, peut-être se trouvait-elle à bord du navire ?

– Caroline ? chuchota la jeune fille.

Le désir d'entendre la voix familière était plus fort que le regret de découvrir son amie dans la même situation périlleuse.

– Vous allez bien ? demanda une voix de femme dans l'obscurité.

Rhea retint sa respiration ; elle s'attendait peu à une réponse.

– Caroline, c'est toi ?

– Non, je suis Alys, Alys Meredith. J'espérais que vous alliez enfin revenir à vous ; j'avais peur que vous ne mouriez.

Brusquement, Rhea éclata de rire ; sa voix sonna étrangement à ses oreilles, comme celle d'une démente.

– Non ! hurla Rhea en entendant quelqu'un traîner les pieds à côté d'elle. Je vous en prie, ne m'abandonnez pas, je n'ai pas perdu la raison, non !

– Je ne vous laisse pas, répondit Alys Meredith, au contraire, je m'approche de vous. Il fait si froid et sombre, ici, comme dans un tombeau.

Rhea percevait la crainte de la jeune fille. Elle tendit une main hésitante, se demandant ce qu'elle allait rencontrer, et elle toucha une épaule maigre qui frissonnait. L'étoffe mince de la cape d'Alys la protégeait mal du froid mordant qui régnait dans les cales.

– Voulez-vous partager mon vêtement ? proposa Rhea. Il est doublé de fourrure, et assez grand pour deux.

Elle était désireuse de ne pas perdre le contact avec cette voix humaine. Les plaintes des passagers malades, mêlées au sifflement étrange du vent dans les voiles, créaient une atmosphère surnaturelle qui inquiétait les sens.

– Je ne suis jamais restée dans le noir, j'ai peur, avoua Alys. Mon père était très gentil, il me laissait une bougie pour m'endormir le soir. Il avait à peine l'argent pour acheter à manger, mais j'avais toujours ma chandelle. Le pauvre, il adorait les livres, mais il avait une mauvaise santé. Un jour, il a attrapé un mauvais froid et en est mort.

Alys parlait à voix si basse qu'avec le bruit de la mer, le bateau, et les gémissements, Rhea l'entendait à peine.

– Vous n'aviez que votre père ? interrogea Rhea.

– Oui, seulement mon père. Ma mère est morte il y a dix ans. On avait un tabac ; on habitait au-dessus de la boutique, un endroit joli et confortable. On vendait toutes sortes de tabacs aux messieurs chics de Londres. Pourtant ils ne payaient pas, et mon père n'était pas homme à réclamer de l'argent. Il a accumulé des dettes importantes et a dû vendre la boutique pour les payer. Après sa mort, les créanciers ont prétendu que je devais encore de l'argent. Ils m'ont fait signer un papier ; sinon j'allais en prison.

La voix d'Alys tremblait de désespoir.

– Que vous ont-ils fait signer ? demanda Rhea qui en oubliait ses problèmes personnels, tout à l'écoute des malheurs de la jeune fille.

– Des papiers de reconnaissance, répondit Alys. Je... je ne voulais pas, mais que faire ? Le créancier était un des meilleurs clients de mon père. Il m'a amenée devant le juge pour signer, et je... j'étais tellement épouvantée...

Alys éclata en sanglots au souvenir de l'homme vêtu de noir qui l'avait menacée de l'envoyer aux colonies : puisqu'elle ne pouvait pas rembourser, elle serait au service d'un maître étranger pendant quatre ans.

– J'ai signé un contrat d'apprentissage, un contrat légal ; c'était la seule chose à faire. Le capitaine m'a achetée. Il s'est engagé à me nourrir et m'habiller. Aux colonies, je suppose qu'il me revendra... De toute façon, ça ne peut pas être pire qu'à Londres. Le capitaine me trouvera une bonne place.

– Et fera un joli bénéfice, sans aucun doute, termina Rhea entre ses dents.

Ses parents l'avaient informée de ce trafic de jeunes filles – une forme d'esclavage. Rares étaient les servantes qui tombaient sur un maître généreux.

Rhea fronça les sourcils en réfléchissant aux révélations d'Alys. Elle avait l'intention d'informer le capitaine du navire de sa situation ; seulement il pouvait fort bien être complice de l'homme qui l'avait enlevée. Si le capitaine était lui aussi impliqué dans la traite des servantes, elle ne devait pas compter sur beaucoup de sympathie de sa part. Elle risquait même de se trouver en danger, car le bonhomme redouterait les accusations du puissant duc de Camareigh. En pleine mer, Rhea prit soudain conscience qu'elle était au pouvoir de cet homme, et que l'influence de son père ne s'étendait pas si loin. Poussée par l'instinct de survie, la jeune fille décida de ne pas révéler son identité à ses kidnappeurs jusqu'à ce qu'elle arrive à destination. Là, elle aurait l'immense plaisir de les voir implorer son pardon. Ils avaient assassiné Wesley Cawton, elle ferait en sorte qu'ils payent leur crime. Le commerce des servantes semblait rapporter énormément, avec des risques infimes. Cependant les prisons de Newgate regorgeaient de brigands, de voleurs qui avaient tenté leur chance aux colonies. Cette fois, les trafiquants s'étaient montrés gourmands : ils s'en étaient pris au duc de Camareigh et avaient commis une faute irréparable.

Rhea ne put s'empêcher de sourire en imaginant leurs têtes lorsqu'ils découvriraient la faute qui les mènerait à la potence. Pour l'instant, en tout cas, une seule chose la préoccupait : la destination du navire.

– Vers où naviguons-nous ?

– Vers une ville appelée Charles Town ; ils disent que ça ressemble à Londres.

Alys donnait ces précisions comme pour convaincre sa nouvelle amie qu'elles ne se retrouveraient pas dans un lieu barbare.

– Il y a longtemps que vous avez signé le contrat d'apprentissage ?

– Je n'ai rien signé, affirma vigoureusement Rhea ; je suis ici contre ma volonté.

Alys resta un moment silencieuse.

– Ah oui ! Je trouvais qu'il y avait quelque chose de pas catholique dans la façon dont vous êtes montée à bord.

– On m'avait droguée, lui avoua Rhea. J'aimerais que vous connaissiez mon histoire, Alys, ajouta-t-elle à voix basse.

Ce bateau risquait bien de devenir un tombeau pour lady Dominick.

– Vous saurez qui je suis, je le veux. Si, pour quelque raison, je ne survivais pas à la traversée, vous pourriez répéter à ma famille ce qui m'est arrivé.

– Ce qui vous est arrivé ? répéta Alys, atterrée.

Elle avait perçu une résignation fataliste dans la voix de sa compagne d'infortune.

– Peut-être ne m'arrivera-t-il rien, mais, de toute façon, je me sentirais mieux si quelqu'un connaissait ma vie. (Rhea tentait de convaincre la jeune servante.) Ecoutez, Alys, je désire autant que vous retourner chez moi, je ne veux pas mourir. On m'a enlevée à une famille que j'adore, et qui doit être plongée dans l'angoisse.

– Je ne connais même pas votre nom, balbutia Alys. Racontez-moi votre histoire, s'il vous plaît.

– Voilà, je m'appelle Rhea. Lady Rhea Claire Dominick, expliqua la jeune fille.

Le son familier de son nom sur ses lèvres la réconfortait étrangement.

– Lady ? (Alys poussa un petit cri incrédule.) Oh la la ! C'est vrai ? Vous êtes noble ? Je n'ai jamais rencontré de lady. Alors votre père est un lord ?

– Oui, il s'agit du duc de Camareigh, précisa Rhea un peu surprise par les exclamations étonnées d'Alys.

– Oh ! (L'importance du titre laissa la jeune fille un instant muette.) Alors, votre mère est duchesse, et vous avez plein de frères et sœurs ? Et je parie que vous vivez dans une grande maison, un château peut-être ? Il y a des tas de domestiques et des rideaux de soie aux fenêtres ?

Alys rêvait à voix haute. Son imagination enfiévrée fuyait momentanément l'horreur de sa prison et son avenir incertain dans les colonies. Ses rêves furent interrompus d'un coup par une brusque plongée du navire.

Alys poussa un hurlement de terreur qui s'évanouit dans le grondement de la mer. Le cargo attaché au voilier avait rompu ses amarres et était venu heurter la coque. Rhea retenait son souffle, horrifiée ; elle avait été projetée au sol et tentait d'approcher la gémissante Alys. Toutes deux allèrent frapper la cloison du bateau, tandis que d'autres corps tombaient les uns sur les autres.

– Oh ! j'ai cru que ma tête allait éclater, grogna Alys. Hé, où êtes-vous ? Tout va bien ?

Rhea était assise adossée à la paroi ; elle se tenait la tête dans les mains, comme si ce geste allait l'empêcher de défaillir. Sur son front, une énorme bosse enflait déjà. La jeune fille avait envie de vomir.

– Si seulement je pouvais respirer de l'air frais.

Rhea essaya de se relever et, chancelante, retomba contre Alys qui tentait d'enrouler la cape en fourrure autour de leurs pauvres corps.

– Où allez-vous ? demanda Alys tandis que Rhea essayait de se dégager. Oh, milady, je vous en prie, que voulez-vous faire ? Asseyez-vous ; vous n'irez nulle part, milady.

– Là-haut sur le pont, souffla Rhea. De l'air frais.

– Impossible de monter, milady, ils l'interdisent. Il faut attendre que la tempête se calme. J'ai entendu dire qu'à cette époque de l'année l'Atlantique est déchaîné.

Ces paroles étaient loin de réconforter Rhea. Elle songeait à tous ces jours, toutes ces semaines interminables qu'il faudrait passer dans la cale, sans jamais apercevoir la mer, sans savoir si le bateau faisait bonne route. Si Rhea avait su combien ses craintes étaient fondées, elle aurait abandonné tout espoir. Bientôt, à force de vivre confinée dans la cale froide et humide, elle perdrait la notion du temps. Reverrait-elle jamais la lumière du jour ?

Du capitaine de la *Dame de Londres*, on ne savait rien, pas plus que de l'équipage occupé sur le pont à hisser les mâts et à orienter les voiles. Le navire peinait dans des eaux lourdes ; sa charpente se tendait contre les vagues gonflées par le vent. Le médecin du bateau, abruti par le rhum, visitait de temps en temps les prisonnières, mais il restait juste le temps de s'assurer que les malades respiraient encore. Nourries de thé léger, de hareng fétide et de patates, les passagères étaient en piètre condition. Leur état empirait chaque jour. Elles ne distinguaient même pas le passage du jour à la nuit, leurs yeux ne voyant aucune lumière, leur peau ne sentant aucune chaleur. Les heures se succédaient dans une uniformité accablante.

Le jour le plus terrible pour Rhea Claire fut celui où elle découvrit que son anneau avait disparu. Elle frottait ses mains l'une contre l'autre pour rétablir la circulation dans ses doigts engourdis, lorsqu'elle sentit son annulaire nu. La perte d'un objet aussi personnel qu'une bague offerte par ses parents pour ses dix-sept ans avait été plus qu'elle n'en pouvait supporter. Rhea avait lutté contre la détestable nourriture qu'elle était obligée de manger pour subsister. Elle avait même lutté contre son pire ennemi, la peur. Mais la perte de sa bague avait éteint sa dernière étincelle d'espoir.

Ensuite, jour après jour, elle était restée assise, apathique, à sangloter, les reins douloureux.

A présent, Rhea flottait dans sa tenue de cheval dont la taille bâillait et dont la veste tombait lamentablement aux épaules. Ses longs cheveux dorés pendaient en mèches désordonnées. Fait étrange, ce fut la jeune Alys Meredith, avec ses rêves fous de châteaux et de rideaux de soie, qui maintint Rhea dans le royaume des vivants. Au début, celle-ci ignorait les demandes persistantes de son amie réclamant des histoires sur la vie à Camareigh. Cependant, Alys avait tellement insisté qu'à la fin Rhea Claire avait satisfait le désir insatiable de la servante.

Dès lors, entre ces deux jeunes filles d'origines si différentes, un lien d'amitié s'était tissé. Né dans l'adversité, il était devenu d'autant plus fort et inviolable. Cette affection avait vu le jour dans l'obscurité de leur prison. Si elles s'étaient rencontrées dans la rue, elles se seraient croisées sans s'arrêter... Aussi, quelle ne fut pas leur surprise lorsqu'elles se découvrirent pour la première fois sur le pont, un jour où on les avait autorisées à sortir.

Si Rhea avait vu sa propre image, elle ne l'aurait pas reconnue. Des mois de privation avaient fait des ravages. Son doux visage ovale s'était ciselé, faisant saillir les pommettes et le menton. Ses grands yeux mauves étaient devenus immenses, son petit nez rose semblait presque translucide et la peau était tirée sur les os. Rhea ne pouvait dissimuler sa maigreur, mais elle avait fait l'effort de coiffer ses cheveux ; elle redoutait d'avoir l'air d'une folle, avec ses mèches qui retombaient en désordre sur ses épaules. La jeune fille avait donc emprunté au maigre bagage d'Alys un peigne et une brosse et, avec l'aide d'une ficelle, s'était fait deux longues tresses.

Alys, elle, était une mince créature qui n'avait rien d'une beauté – surtout en ce moment où ses cheveux couleur de paille pendaient lamentablement autour de son visage squelettique. Dans des circonstances plus normales, sans doute le minois plein de taches de rousseur pouvait-il être agréable et reflétait-il une bonne nature.

– Oh ! la la ! avez-vous jamais vu autant d'eau à la fois, milady ! s'exclama Alys en écarquillant les yeux.

Une mer recouverte d'écume blanche s'étalait à l'infini autour de la *Dame de Londres*. Les embruns caressèrent le visage de Rhea lorsqu'elle le leva vers le ciel. Le soleil était bien pâle et sa chaleur dérisoire ; mais les nuages gris étaient agréables comparés à l'obscurité de la cale, et le vent apportait de la fraîcheur. Rhea sentit son cœur battre à tout rompre lorsqu'elle aperçut la terre. Enfin s'achevait l'interminable voyage. En contemplant la côte brumeuse qui se découpait au loin, Rhea fut submergée par une vague de bonheur. Elle était vivante. Bientôt elle retrouverait sa maison. Tout à coup, quelqu'un lui tapa sur l'épaule. Rhea se retourna et aperçut un étranger. Il n'était pas plus grand qu'elle et avait des cheveux roux. Ses yeux brun-jaune furetaient à la manière de ceux d'un renard.

– Quel dommage, vous étiez une beauté quand on vous a embarquée, remarqua Daniel Lewis.

Il lui faudrait baisser le prix de sa marchandise : il ne pouvait cacher sa déception.

– Bien sûr, vous êtes encore une jolie petite chose, une toute petite chose. Il faudra vous remplumer un peu, mettre des habits propres. Oui, on arrivera quand même à tirer de vous une jolie somme.

Le bonhomme jubilait intérieurement, imaginant à l'avance le profit qu'il allait faire lorsque la *Dame de Londres* aurait accosté. Il lorgnait Rhea. Non, cette gamine ne lui causerait aucun souci.

– Je le sais, petite, vous mourez d'envie de quitter ce bateau ; mais, avant, il faudra signer les papiers. (Daniel Lewis accompagna ses paroles d'un sourire amical pour les rendre persuasives.) C'est le seul moyen de débarquer, ajouta-t-il avec une grimace bon enfant ; je suis sûr que vous ne voulez pas me causer des ennuis, pas vrai ?

– Il vous faudra réfléchir à une autre solution : je ne signerai rien, déclara Rhea avec une lueur sombre dans ses prunelles.

Maintenant qu'elle affrontait l'homme qui l'avait kidnappée, elle retrouvait son assurance de jeune lady.

Sur le coup, Lewis resta frappé de stupeur : cette fille parlait avec une élégance hautaine. Un doute l'envahit... Malgré son aspect pitoyable, la jeune fille gardait une dignité qui le mettait mal à l'aise. Elle lui rappelait, à son grand déplaisir, une certaine société londonienne vêtue de soie et de satin qui, d'un coup d'éventail, pouvait envoyer un brigand à la potence.

– Je suis Daniel Lewis, subrécargue de la *Dame de Londres*. Est-ce que je peux savoir qui vous êtes ?

Le marin avait parlé sur un ton agressif. Il sut, avant même que la jeune fille réponde, que ses craintes étaient justifiées.

– Mon nom est lady Rhea Claire Dominick. Je suis la fille du duc et de la duchesse de Camareigh. Aussi, monsieur le Renard, dit Rhea rassurée par la crainte qui tordait le museau de Lewis, vous êtes impliqué dans une affaire de rapt et de meurtre.

Le marin fut abasourdi par la sentence.

– De meurtre ! protesta-t-il. Je n'ai rien à voir avec un meurtre. Je suis un honnête homme, j'ai juste fait une exception pour ce voyage, un... un...

– Un acte criminel, précisa Rhea.

– Cet homme vous a seulement montée à bord, dit

Alys en venant, par honnêteté, à l'aide du lascar. Vous étiez évanouie. Il doit savoir quelque chose, ajouta-t-elle en faisant un pas vers lui.

– Oui, il serait intéressant d'apprendre qui a tiré sur le comte de Rendale et qui m'a kidnappée, remarqua Rhea.

Le visage livide de Daniel Lewis était agité de tics et, malgré le froid, il transpirait abondamment. Le marin maudissait en silence cet Edward Waltham qui l'avait impliqué dans une affairc de meurtre – et pas n'importe quel meurtre : celui d'un comte. Que Dieu l'aide, l'histoire commençait à sentir mauvais. Pour sauver sa tête, il dénoncerait volontiers Teddy aux autorités.

Lewis se retourna pour examiner la jeune prisonnière, avec son visage émacié et sa cape qui flottait autour d'elle, soulevée par le vent glacé. La fille du duc de Camareigh ! Ce n'était pas très bon...

– La meilleure chose à faire, c'est de parler au capitaine, proposa Lewis à bout d'arguments. C'est pas que je vous croie, mais des fois que vous diriez la vérité. Restez ici, je vais lui en toucher un mot.

Rhea attrapa le marin par le bras et se campa devant lui.

– Je parlerai moi-même à votre capitaine. Viens, Alys, ajouta-t-elle en direction de la jeune servante qui écoutait, médusée.

– Vous seulement, précisa Lewis avec un regard méchant à l'adresse de la pauvre fille.

– Alys m'accompagne, rectifia Rhea. Où allons-nous ?

– Le capitaine n'est pas sur le pont. Il doit être dans sa cabine. Vous voulez lui parler, oui ou non ?

Rhea serra les dents en redescendant dans l'obscurité. Tout son corps se rebellait à l'idée de retourner dans l'enfer des cales. Elle fit un effort pour accélérer le pas et suivre Daniel Lewis. Celui-ci s'arrêta devant une porte et frappa. Une voix dit : « Entrez. » Rhea se redressa pour affronter ce nouvel homme qui pouvait être un ennemi. Le capitaine Benjamin Haskell accueillit les intrus d'un œil malveillant, mais lorsqu'il aperçut son subrécargue, il devint franchement hostile.

– Eh bien ? aboya-t-il. Que veut monsieur Lewis ? Je n'aime pas être dérangé pendant mon repos. Vous désiriez me voir, fillette ? Pourquoi ? Répondez avant que je ne perde patience.

Le capitaine parlait sur un ton de commandement, mais ses yeux noirs émurent la jeune fille. Elle lisait un désespoir profond sur ce visage creux. Ignorant l'examen dont il était l'objet, le commandant s'avança vers ses visiteurs. C'était un géant, aux sourcils noirs et à la poitrine large. Ses bras, d'une longueur démesurée, pendaient gauchement de chaque côté de son corps.

– Vous êtes sourde et muette ?

Sa voix résonnait comme le tonnerre. Rhea dut faire un effort pour se dominer ; personne ne lui avait jamais parlé aussi rudement.

– Non, monsieur ; je ne suis ni sourde ni muette, et je vous entends sans que vous ayez besoin de hurler. Je n'ai pas l'habitude d'être traitée avec un tel manque de courtoisie, mais... (La jeune fille s'interrompit en montrant du menton la silhouette tassée de Daniel Lewis.) ... il faut dire que je n'avais jamais été enlevée auparavant ; que je n'avais pas été témoin d'un meurtre ; que je n'avais pas traversé la mer prisonnière dans un bateau. Aussi, capitaine, je vous demande de me pardonner si je me suis trouvée sans paroles.

La colère du capitaine Haskell tomba d'un coup devant la dignité de cette jeune fille qui ne se laissait guère intimider.

– Mes excuses, fit-il simplement. Pourrais-je connaître votre nom ?

Rhea se demanda comment cet homme qui rugissait comme un fauve réagirait en apprenant son identité.

– Lady Rhea Claire Dominick, monsieur. Si vous êtes un gentleman, je vous demande protection contre ce brigand qui se dit un homme.

Le capitaine Haskell leva ses sourcils noirs pour mieux examiner Lewis, plutôt mal à l'aise.

– Bien joué, milady, vous avez touché au cœur de cette pourriture. Eh bien, monsieur Lewis, qu'avez-vous à répondre à cette demoiselle ? A moins que je n'aie l'esprit obtus, elle vous accuse de rapt.

– Pas vrai, capitaine. Rien à voir avec son enlèvement. Un type me l'a amenée et m'a proposé quelques livres pour l'embarquer sur la *Dame de Londres.* Je parie qu'elle était plus en sécurité à bord qu'en train de flotter dans la Tamise. Vous feriez mieux de me dire merci, protesta le brigand. Cette fille ment : elle est pas la fille d'un duc.

– Assez, Lewis ! rugit le capitaine. Est-il vrai que lady Dominick ait refusé de signer les papiers ? Se trouverait-elle ici contre son gré ? Vous ne tenez donc pas à votre vilaine peau ? Je me suis renseigné sur vos petites combines, figurez-vous ; j'ai constitué un dossier accablant, monsieur Lewis.

– Je ne vois pas de quoi vous voulez parler, crâna le subrécargue.

– Mais si, Lewis, répliqua le capitaine dont les yeux brillaient d'un éclat inhabituel.

Rhea observait avec crainte les deux ennemis en train de s'affronter. Elle n'était pas l'objet de leur différend ; leur inimitié devait être ancienne. Simplement, aujourd'hui, elle était le prétexte qui faisait éclater leurs griefs. Alys, qui avait senti une tension inhabituelle, se rapprocha de Rhea sans quitter des yeux les deux hommes. Elle serra très fort le coude de son amie.

– Je vous expédierai en enfer, Benjamin Haskell, cracha Daniel Lewis.

– Dehors ! hurla le capitaine, livide de rage. C'est moi qui commande ce bateau, souvenez-vous-en. Je suis bien capable de te mettre mon pied au cul, crois-moi. Avec un immense plaisir.

– Cap'taine, d'accord, ricana méchamment Lewis, on verra qui se fera battre une autre fois. (Le bandit se retourna vers les jeunes filles et leur fit une révérence moqueuse avant de se retirer.) Mesdames !...

– Toutes mes excuses pour ce sacripant, bougonna

le capitaine. Il serait plus prudent que vous restiez dans ma cabine, lady Rhea Claire. Une fois débarquée, je vous remettrai moi-même aux autorités.

– Soyez rassuré, capitaine, je proclamerai qui je suis et n'hésiterai pas à m'adresser aux magistrats, affirma Rhea avec un regard qui ne laissait aucun doute sur sa sincérité.

Le capitaine Haskell approuva de la tête. Son regard glissa ensuite sur Alys, pelotonnée contre Rhea.

– Qui est-ce ? Encore une passagère enlevée ?

– Non, répondit vivement Rhea.

Elle sentait les doigts tremblants de la servante lui serrer très fort le bras.

– Alys a signé les papiers, mais je voudrais racheter sa liberté. Elle est devenue mon amie, je ne veux pas l'abandonner à la merci d'un inconnu.

Benjamin Haskell frotta ses yeux injectés de sang avec sa grosse main. La générosité de lady Dominick lui donnait du ressentiment vis-à-vis de lui-même.

– J'avais oublié la tendresse, mademoiselle, vous me rappelez de douloureux souvenirs. Je ne peux vous le pardonner. Je croyais avoir repoussé la douceur des femmes. Mais non, vous êtes ici, sur mon bateau, pour me confronter avec mon âme. Restez dans ma cabine, ordonna le capitaine d'une voix dure.

Il avait retrouvé son air menaçant, balayé quelques instants par l'émotion. Haskell se dirigea vers la porte de sa cabine.

– Capitaine ! appela Rhea, redoutant qu'il ne les laisse, Alys et elle, seules dans la pièce vide. Vous veillerez à ce que nous gagnions le rivage saines et sauves ; vous ne laisserez pas ce bandit nous poursuivre ?

Le capitaine Haskell eut un étrange sourire.

– Je vous le promets, petite. Je vous protégerai, vous avez ma parole.

Et, sur ces mots rassurants, il s'en alla.

Dès qu'il eut refermé la porte, Rhea se mordilla les lèvres – un tic de la duchesse lorsqu'elle était préoccupée. Puis, se tournant vers la servante :

– Un drame va se produire, je le sens, dit-elle.

– Je ne m'attendais pas que vous achetiez ma liberté au capitaine, milady.

– Je sais, Alys, mais il n'y avait pas d'autre moyen, répondit Rhea avec une réelle affection.

– A... alors, ça veut dire que vous m'emmènerez à Camareigh avec vous ?

La gamine hésitait, redoutant une plaisanterie cruelle.

– Oui, tout ce que j'ai affirmé est vrai, dit Rhea pour la rassurer.

Alys poussa un soupir de soulagement.

– J'emprunterai de l'argent, mais je ne retournerai pas en Angleterre sans toi, promit Rhea.

Epuisée par les émotions, Rhea s'effondra sur une chaise ; elle ne tenait plus sur ses jambes tremblantes.

Combien d'heures les jeunes filles passèrent-elles à attendre ? Rhea n'aurait su le dire. Peu à peu, elle sentit ses paupières devenir lourdes et sombra dans un sommeil sans rêves. Elle s'éveilla en sursaut en entendant la porte s'ouvrir avec une lenteur anormale. Rhea se remit sur ses jambes en titubant. Les yeux encore pleins de sommeil, elle découvrit le capitaine qui était revenu pendant qu'elle et Alys dormaient. Il était assis devant la table, la tête appuyée sur ses bras repliés, une bouteille de whisky vide renversée sur le coude. Il avait bu la bouteille avant qu'elle ne tombe car son haleine empestait l'alcool et sa respiration était laborieuse.

Rhea aperçut, dans un même plan, Alys pelotonnée sur la couchette et la tête rousse d'un marin pointer dans l'entrebâillement de la porte.

– Capitaine, capitaine ! s'il vous plaît, réveillez-vous ! hurla-t-elle au moment où Lewis, flanqué d'un acolyte, pénétrait dans la cabine.

– Il n'entend rien, milady, lança le subrécargue avec un plaisir évident ; il est ivre mort.

Rhea se retourna pour faire face, mais le cœur lui manqua : le bandit tenait un revolver.

– A votre place, je me ferais du souci pour ce pauvre

capitaine. (Lewis braqua son arme sur l'épaule de son supérieur ivre.) Il ne causera plus de tracas ; sûrement qu'il ne se rappellera jamais plus votre joli minois, dit-il avec une horrible grimace.

– Qu'allez-vous faire ? demanda Rhea.

Elle savait qu'il était inutile de plaider pour Benjamin Haskell ; une lueur meurtrière brillait dans les yeux du subrécargue.

– M'occuper d'abord de cette fille, fit-il en désignant Alys endormie.

– Qu'allez-vous faire d'elle ? Elle est innocente.

Rhea se précipita sur Alys au moment où le deuxième homme la tirait par le bras pour la mettre debout.

– Milady ! hurla Alys, réveillée en sursaut.

Son visage exprimait la crainte et le désespoir.

– Emporte-la, ordonna Lewis.

– Où ? grogna son acolyte au moment où le pied botté de Rhea lui atteignait le menton.

Alys en profita pour se dégager et se précipita contre son amie, se cramponnant à elle comme si, par miracle, Rhea allait la sauver.

– Lady Rhea Claire, qu'est-ce qu'ils font ? Où est le capitaine ?

Les mains rudes du complice de Lewis tirèrent Alys, l'obligeant à se séparer de son amie.

– Ne m'abandonnez pas, s'il vous plaît ! hurla-t-elle en s'accrochant au cou de Rhea.

Tout à coup, Alys lâcha prise. Rhea essaya de l'agripper, mais Lewis la retint d'une poigne ferme. Elle se débattit en vain. Avec un sanglot, elle fixa le capitaine d'un regard accusateur.

– Vous aviez promis.

Daniel Lewis poussa la jeune fille au milieu de la cabine. D'une main, il lui enserrait le poignet comme dans un étau. De l'autre, il fouillait en hâte les tiroirs et la paillasse du capitaine, à la recherche des documents compromettants.

– Que va devenir Alys ? demanda Rhea.

– Elle sera vendue, milady, pouffa Daniel Lewis. Nous sommes à Charles Town.

C'est alors seulement que Rhea s'aperçut que quelque chose avait changé. Le vent ne soufflait plus dans la mâture, les voiles ne claquaient plus avec un bruit de tonnerre. On n'entendait plus le choc de l'océan contre la coque du navire. Un doux clapotis léchait les flancs du bateau. La *Dame de Londres* avait accosté pendant que les jeunes filles dormaient. On avait atteint Charles Town : si le capitaine n'avait pas été ivre, elles étaient libres.

– Qu'allez-vous faire ? répéta Rhea pour la troisième fois.

– Inquiète, hein ? ricana Lewis en continuant de tordre le poignet de sa victime.

Tout à coup, il pointa son pistolet sur la tempe du capitaine. Celui-ci sortit soudain de sa torpeur et, dans un accès de lucidité :

– Fuyez, ma petite, fuyez ! hurla-t-il en se redressant sur ses jambes.

Pris au dépourvu, Daniel Lewis relâcha son étreinte. Rhea en profita pour se ruer vers la porte. Elle ne voulait pas assister à l'horrible drame qui allait se jouer. Elle entendit une détonation, un silence, un corps qui tombait, un bruit de pas. Daniel Lewis la poursuivait. Il se mit à crier :

– Arrêtez la meurtrière ! Elle a tué le capitaine !

Rhea trébucha sur un rouleau de corde et alla buter contre un tonneau. Méprisant la douleur, elle se releva aussitôt, obsédée par une seule pensée : trouver une cachette. Elle réussit à gagner furtivement une rangée de canots retournés et se dissimula sous la coque de l'un d'eux. Là, dans l'obscurité rassurante, elle put songer au meurtre du capitaine Benjamin Haskell. Il marquait son arrivée à Charles Town d'un sceau fatidique.

Dante Leighton parcourut d'un regard indifférent la salle bondée de la taverne *les Chevaux blancs.* Ses pâles yeux gris se rétrécirent en se posant sur une silhouette vêtue de velours bordeaux. Le rire énorme de Bertie Mackay déferlait dans la salle comme une vague. Le capitaine fit claquer sa grosse main sur le dos d'un compagnon de ripaille qui venait de lancer une bonne plaisanterie. Il y avait presque deux mois que l'Irlandais s'était entretenu, en privé, avec Dante Leighton. Bertie Mackay était un homme de parole. Partout où allait Dante, il sentait la présence du commandant de la *Annie-Jeanne.* Où qu'il aille, Leighton avait toujours une ombre sur les talons.

Dante aperçut le profil familier de l'individu qu'il voyait souvent rôder autour de chez lui. L'homme était en grande conversation avec Mackay.

Dante baissa les yeux sur son assiette à moitié pleine de viande et de légumes baignant dans une sauce grasse.

– Capitaine Leighton ?

Quelqu'un l'appelait sur un ton courtois. Dante n'eut pas besoin de lever la tête pour reconnaître son interlocuteur.

– Capitaine Lloyd, répondit-il avant de lever la tête, prenez donc une chaise. (Leighton indiqua une place vide à sa table.) Prendrez-vous un verre ?

– Merci, capitaine ; je désespérais de trouver une chaise, remarqua l'officier en posant son chapeau à plumes sur la table. Bizarre, tous les sièges sont pris quand un envoyé de Sa Majesté s'avance. On voit de moins en moins d'uniformes rouges en ville.

Lloyd accepta une pinte de rhum avec un sourire ambigu. Il leva son verre.

– A une bonne traversée, capitaine Leighton.

Dante trinqua avec son invité.

– Elle sera excellente, étant donné l'intérêt que toute la ville me manifeste.

– Vous savez, capitaine, dit sir Morgan sur un ton

confidentiel, impossible de garder un secret sur les quais. En outre, ajouta-t-il avec une lueur malicieuse dans ses yeux bleus, mon travail consiste à surveiller les navires qui font escale à Charles Town.

– Je ne l'ai pas oublié, monsieur Lloyd.

– Il paraît que Bertie Mackay rôde dans les parages, lança l'officier britannique sur un ton désinvolte.

– Vraiment ? Cela m'étonne, je le croyais plus malin. Et vous, sir Morgan, quand embarquez-vous ? La tempête s'est calmée.

– Demain avec la marée. Il restera peu de bateaux au port.

– Vous aurez du travail, remarqua Dante en examinant les tables envahies de monde.

Dans cette auberge se retrouvaient capitaines et équipages, autour de chopes de bière ou de verres de rhum. On buvait aussi des vins de France et de Madère. Au-dessus de la fumée de tabac qui montait en nappes épaisses, étaient suspendues des lanternes de bateau. Leur lumière jaune répandait une faible lueur sur leur support en étain. Un feu joyeux chauffait la salle, luttant contre le froid qui s'engouffrait par la porte chaque fois qu'on entrait et sortait. Le tavernier s'activait au bar, remplissant l'une après l'autre les chopes de bière. Il tirait le liquide mousseux d'un énorme tonneau en chêne. La salle résonnait sous les voix fortes et les rires qui dominaient des conversations plus intimes. Quelques hommes formaient de petits groupes isolés ; leurs paroles voilées, leurs regards vindicatifs montraient qu'ils discutaient politique.

– Encore un verre, capitaine ? demanda une serveuse à la poitrine opulente.

Ses formes voluptueuses étaient presque nues sous son corsage bordé de dentelle.

Sir Morgan déclina l'offre :

– Non, pas pour moi. Mais permettez-moi d'offrir à boire au capitaine Leighton ; ensuite, j'irai m'assurer que mon navire est prêt à appareiller. Peut-être aurons-nous l'occasion de trinquer une autre fois, Leighton, lorsque vous serez de retour à Charles Town. Je serais très intéressé de connaître l'issue de votre voyage. (Sir Lloyd parlait sur un ton léger, mais son regard fixait intensément l'imperturbable contrebandier.) Avec Bertie Mackay, vous allez vous battre comme des chiens.

Dante commença par sourire, puis éclata franchement de rire.

– J'ai seulement une chatte à bord !

– C'est pourquoi je parie que vous aurez le dessus avec le *Dragon des mers*. Les chats se débrouillent toujours pour se sortir des situations délicates ; ils ont sept vies, paraît-il.

Dante fit une grimace ironique.

– Ne vous inquiétez pas, capitaine, j'ai l'intention de revenir vivant des Indes de l'Ouest. A vrai dire, je me soucierais plutôt du *Portcullis*, le navire de Sa Majesté, le vôtre ; il pourrait bien croiser ma route...

– Je m'attends à un affrontement, capitaine, grimaça sir Morgan en prenant congé.

Sa haute silhouette, revêtue de la redingote bleue réglementaire, se fraya un chemin à travers la foule.

Apparemment, l'officier ignorait les réflexions désobligeantes que les matelots lançaient sur son passage. L'épée qui se balançait sur sa hanche le protégeait contre toute menace.

Rhea Claire pointa la tête hors de sa cachette. Les cageots et les barils lui offraient une protection suffisante pour qu'elle restât inaperçue. Elle leva les yeux vers les grands mâts sans voile alignés sur le front de mer. De nombreux bateaux étaient ancrés le long des quais, certains chargés de marchandises, d'autres vides. Rhea surveillait les alentours avec crainte. Personne ne l'avait vue se faufiler sous la barque. Personne non plus ne semblait se préoccuper du petit groupe d'hommes qui fouillait le port à la recherche d'une servante. Les marins étaient absorbés à finir leur tâche pour pouvoir rentrer au plus vite se chauffer devant un bon feu. Rhea enfouit ses mains sous la doublure fourrée de sa cape pour les réchauffer ; l'air froid pénétrait jusque dans sa cachette. Elle s'y renfonça en entendant des pas tout proches. Quelqu'un donna un coup de pied rageur dans la coque.

– Bon sang, elle doit bien être quelque part ! Elle s'est pas envolée dans les airs.

Rhea attendit que les ravisseurs aient disparu derrière un entrepôt pour sortir de son abri. Elle se fraya un chemin au milieu de barils plus grands qu'elle. Tout à coup surgit un chien qui lui barra le passage, suivi bientôt d'un second. Rhea les évita en faisant un pas de côté et se retrouva à découvert tandis que retentissait un épouvantable concert d'aboiements. Sans réfléchir, la jeune fille grimpa sur une passerelle, et se retrouva sur le pont d'un navire, hors de vue. Il était temps ; deux voix lui parvinrent aux oreilles, dont l'une, très reconnaissable, était celle de Daniel Lewis.

– Venez, ce n'est qu'un chien ; allons voir là-bas les bateaux.

Rhea risqua un œil par-dessus la rambarde et eut un mouvement de recul. Parmi les hommes qui la cherchaient, deux s'étaient arrêtés pour fumer tranquillement la pipe. Rhea s'assit sur le pont, accablée. Le vent froid qui soufflait de la mer la fit frissonner. Dans le ciel, des nuages gris se rassemblaient – promesse d'un orage proche. Rhea examina avec curiosité le bateau apparemment désert : il offrait un abri sûr. Cette idée était réconfortante. Tout à coup, quelque chose se frotta contre sa hanche. La jeune fille poussa un cri de surprise.

– Qu'est-ce que c'est ? demanda l'un des hommes qui fumaient sur le quai ; on dirait un cri de femme.

– Un rat, certainement, il aura eu peur des chiens.

Rhea aperçut alors des yeux vert pâle qui la fixaient.

Elle poussa un soupir de soulagement et tendit une main hésitante vers une grosse chatte rousse qui la renifla. Rhea sentit un souffle chaud sur sa paume et se mit à rire doucement. Elle chatouilla l'animal sur la tête.

– Alors, chat, tu es de garde ? Personne à bord ? chuchota-t-elle avec une voix de conspirateur.

Pour toute réponse, elle reçut un miaulement non équivoque.

– Ah ! tu as faim ! Pas autant que moi, je parie.

La jeune fille jeta un coup d'œil par-dessus la passerelle. Les deux hommes étaient encore assis à fumer la pipe dans l'air froid de l'après-midi.

– J'ignore tout de toi, commença Rhea, mais je...

Son regard revint à sa compagne à la robe fourrée : elle avait disparu. Rhea poussa un soupir de découragement et se prépara pour une longue attente. Ces deux hommes risquaient de rester là des heures. Par bonheur, la chatte ne l'avait pas abandonnée. Une seconde plus tard, la jeune fille entendit des pas feutrés sur le pont, suivis d'un miaulement agressif. L'animal vint se planter devant la visiteuse et lui adressa un regard quémandeur. Sa longue queue battait l'air pour montrer que l'incompréhension de la passagère l'irritait.

– Alors, tu es aussi affamée que moi, dit Rhea en s'avançant vers la chatte à quatre pattes pour ne pas être vue des quais.

La longue cape entravait ses mouvements. Pourtant, lorsqu'elle sentit des gouttes de pluie, elle se releva et, guidée par les miaulements, se dirigea vers les cabines. La jeune fille rejoignit la chatte qui l'attendait impatiemment devant une porte fermée. Elle se mit à miauler et à gratter le bois avec ses griffes. Rhea hésita, puis ouvrit la porte. La chatte se rua dans la cabine, comme si elle se retrouvait chez elle. Rhea parcourut du regard la pièce obscure, remarquant les boiseries en acajou et le mobilier ciré. Derrière les hublots, la pluie tombait dru. La fugitive s'était immobilisée pour réfléchir à ce qu'elle allait faire lorsqu'une odeur indicible lui chatouilla les narines. Elle croyait rêver : là, devant elle, sur la table recouverte d'une nappe bleue... Rhea avala le peu de salive qui restait dans sa bouche sèche, puis, tendant une main timide, elle souleva... le couvercle du plat. Miracle ! un pilon de dinde trônait dans un plat de porcelaine. Un instant, la vision de Rhea se troubla sous l'effet de la faiblesse, mais son estomac la rappela à l'ordre. Sans hésiter plus longtemps, elle saisit le pilon et planta ses dents dans la chair succulente. Elle avait du mal à avaler assez vite pour satisfaire sa faim. Lorsqu'elle eut terminé, elle mangea encore un gros morceau de fromage, plusieurs tranches de jambon, et du pain beurré. Le repas se termina avec un généreux morceau de tarte aux pommes. « Quel festin », se dit Rhea comme si toute la nourriture lui appartenait. Elle se trompait, oubliant la chatte qui se frottait contre ses jambes avec des miaulements mécontents. L'animal appréciait peu de voir sa pitance disparaître.

– Tiens, ma fille, dit Rhea en lui tendant de la nourriture.

Une fois rassasiée, la jeune fille chercha dans la cabine quelque chose à boire. Elle ouvrit un petit placard contenant des cartes maritimes roulées et du matériel de navigation. Dans un coin, elle découvrit une commode qui, sans doute, ne renfermait rien d'intéressant. Elle se dirigea donc vers un autre meuble à tiroirs. Un sourire de triomphe éclaira son visage : devant elle s'alignaient une douzaine de bouteilles retenues par une barre de fer qui les maintenait solidement en place. Sans réfléchir, Rhea choisit la plus vieille, toute recouverte de poussière, et retourna vers la table avec son précieux trésor. Puis, s'asseyant sur la chaise du commandant, elle entreprit de retirer le bouchon. Il lui fallut user de toute sa force, mais, après une minute d'effort, elle parvint à ouvrir la bouteille. Rhea saisit un verre et commença à verser. Ses yeux s'écarquillèrent de dépit : du sable coulait à la place du vin. Rhea regarda par le goulot et aperçut quelque chose au fond de la bouteille. Elle glissa un doigt à l'intérieur et sortit un morceau de vieux parchemin roulé. Poussée par la curiosité, elle le déroula. Une très belle carte y était dessinée. La légende était écrite dans une langue étrangère – de l'espagnol très certainement. Rhea passa son index sur les splendides lettres décorées de fleurs. Des oiseaux exotiques, des coquillages et des palmes ornaient les quatre coins du dessin. Au milieu, un voilier fendait la mer peuplée de monstres tapis derrière la crête des vagues. Un X dessiné avec une précision rigoureuse barrait une petite île au bas d'un bras de terre plus important. Rhea mourait de soif ; elle commença à enrouler la carte... et s'arrêta un instant, croyant entendre des pas sur le pont. Ce n'était que la pluie. Abandonnant sur la table le parchemin à moitié roulé, Rhea alla chercher une nouvelle bouteille en espérant y trouver autre chose qu'une carte. Elle la plaça devant la lumière pour s'assurer qu'elle contenait du vin. Rassurée, elle ôta le bouchon et se versa un grand verre de liquide rouge sombre. La première gorgée la fit frissonner, mais bientôt une douce torpeur envahit son corps. Rhea s'approcha du hublot et s'assit sur l'étroite banquette. De là, elle apercevait les eaux sombres de la baie. Comme la jeune fille avait besoin de réconfort, elle porta la main au pendentif qu'elle portait autour du cou. C'était là son unique lien avec sa famille durant cet interminable voyage. Il contenait le portrait du duc et de la duchesse de Camareigh. Le bijou avait disparu... La malheureuse étouffa un sanglot ; il avait dû tomber au cours de la lutte avec Daniel Lewis ; ou peut-être sur les quais. Tout à coup, Rhea éclata en sanglots, recroquevillée sur son siège. Elle songeait à tout ce qu'elle avait perdu. Alys... Les cris de la jeune fille retentissaient encore à ses oreilles. Alys qu'elle avait promis de ramener à Camareigh – promesse vaine. Benjamin Haskell, lui non plus, n'avait pas tenu ses engagements. Maintenant, tout Charles Town, sur les accusations de Lewis, croirait que le capitaine de la *Dame de Londres* avait été assassiné par une jeune fille inconnue. Rhea pleurait. Elle était si lasse. Tout ce qu'elle souhaitait, c'était pouvoir retourner chez elle.

Quelque chose lui effleura la cuisse. La jeune fille souleva les paupières et aperçut les prunelles vert pâle de la chatte rousse. Elle attrapa l'animal et enfouit son pauvre petit visage dans la douce fourrure. La chatte se nicha contre sa nouvelle amie. Le vin, le doux roulis du navire plongèrent la jeune fille dans un sommeil agité, peuplé de rêves, des rêves remplis d'images de Camareigh.

Dante Leighton rentra chez lui très tard cette nuit-là. Après le toast porté à sir Morgan Lloyd, il avait quitté *les Chevaux blancs* et s'était rendu dans plusieurs autres tavernes pour jouer aux cartes. Lorsque Dante avait laissé derrière lui la dernière auberge, la lune était haute dans le ciel clair ; l'orage s'était dirigé vers l'intérieur des terres, sur les hauteurs. L'air froid et tranchant dissipa l'engourdissement dû aux punchs. Dante loua un fiacre pour rentrer chez lui. Lorsqu'il pénétra dans sa maison silencieuse, une unique chandelle tremblotait sur un candélabre fixé au mur. Sa faible lueur éclairait à peine la première marche de l'escalier. Dante monta, le col défait, son foulard bordé de dentelle flottant librement sur son gilet de cuir. Il bâilla d'aise. En entrant dans sa chambre, il jeta un regard approbateur sur le bon feu de bois qui crépitait dans la cheminée. Houston Kirby était un homme précieux, il pensait à tout. Dante s'avança vers son lit, se réjouissant à l'avance de se glisser sous les couvertures. Il aperçut alors avec stupéfaction une tête brune qui reposait sur son oreiller, et des épaules nues qui dépassaient du drap. Poussé par une sourde colère, Dante s'approcha pour examiner cet hôte indésirable. Des relents d'alcool et de liqueur flottaient dans la pièce, des cartes à jouer jonchaient le dessus-de-lit et le tapis, des miettes de pain étaient éparpillées sur les draps.

– Hélène ! Hélène, lève-toi. Je suis fatigué de tes caprices, cria Dante d'une voix rauque.

Hélène ne remua pas. Dante la secoua par les épaules.

Mais lorsqu'il entendit des ronflements sonores, il préféra battre en retraite et abandonner la jeune femme entre les bras de Morphée. Dante jeta un dernier regard sur le feu confortable, sur la femme nue endormie, sur le plateau de nourriture froide. Un sourire cruel étira ses lèvres : la tentative de séduction d'Hélène Jordane était bien inutile...

Une seconde plus tard, la porte de la chambre se refermait avec une violence contenue derrière le capitaine Leighton. Il dévala les escaliers qu'il avait montés quelques minutes auparavant et se précipita dans la cuisine.

– Je savais que tu serais là.

Kirby était assis à l'énorme table bien cirée, au milieu de la cuisine ; il tenait dans les mains une tasse de café brûlant. Le domestique leva la tête vers son capitaine ; son visage buriné exprimait une entière approbation.

– J'espérais que vous redescendriez en vitesse. Du café ?

– Tu me connais bien, Kirby, répondit Dante d'un ton sec.

Il accepta la boisson.

Kirby renifla brusquement.

– Cette bonne femme, elle a critiqué mon café et...

– Pour parler d'elle, justement... commença Dante, je vais dormir sur le *Dragon des mers*, cette nuit... ou plutôt, pour ce qu'il reste de la nuit.

– C'est une bonne idée ; là-bas au moins aucune chance d'être ennuyé par une jeune dame. Je parie qu'elle s'est imaginé qu'elle avait qu'à faire les yeux doux pour vous reconquérir.

Kirby avait toujours méprisé les complots de toutes sortes.

– J'imagine que tu ne vas pas tarder à me rejoindre, lança Dante en partant.

Le vieil homme leva des sourcils alarmés.

– Je courrai aussi vite que mes vieilles jambes me le permettront. Je vais pas rester sous le même toit que cette chienne ! Le temps de préparer les affaires et je vous rejoins. Vous imaginez la tête de la dame quand elle s'éveillera dans un lit vide, dans une maison déserte !

– A très bientôt sur le navire, Houston.

Leighton repartit aussi tranquillement qu'il était arrivé, abandonnant le domestique au rangement de la cuisine. Il se hâta dans les rues désertes, respirant à pleins poumons l'air humide ; le froid piquant lui éclaircissait les idées. En approchant d'un chemin étroit qui séparait deux bâtiments, il crut entendre des pas qui faisaient écho aux siens. Le capitaine accéléra pour atteindre le quai où était ancré le *Dragon des mers.*

La cabine était sombre. Il tâtonna pour trouver la mèche de son briquet et allumer la lanterne qui se balançait à une poutre au-dessus de la table. Dante se figea comme une statue : la carte du trésor qui intriguait tout Charles Town était négligemment roulée sur la table. Il y avait même des miettes de pain dessus. Un profond soupir fit sursauter le capitaine. Sa surprise se changea en vif mécontentement lorsqu'il aperçut Jamaïca blottie contre le flanc d'une créature revêtue d'une cape. La chatte ouvrit une prunelle verte : elle surveillait son maître qui approchait à pas de loup. Rhea se réveilla à son tour et ouvrit des yeux ensommeillés. Devant elle se dressait un étranger qui la dévisageait de ses pâles yeux gris. Au fur et à mesure qu'il observait la jeune fille, Dante Leighton se sentait envahi par la colère. Ces chacals ne lui laisseraient donc pas une minute de paix ? A l'extorsion, la tricherie, ils ajoutaient maintenant la séduction féminine. Tout leur était bon pour s'approprier cette maudite carte. Dante continuait à examiner Rhea comme une créature indésirable aux intentions louches. Pour sûr, l'effroi simulé de l'intrigante faisait partie de la mise en scène. Il n'était pas un imbécile ; seul l'intérêt, l'appât du gain lui donnaient une telle audace. Leighton ricana tout bas :

– Dommage, mais je n'ai pas la patience de jouer les naïfs.

– Qui êtes-vous ? demanda la rusée gamine.

Etre à bord du *Dragon des mers* lui donnait donc le droit de poser des questions ?

– Qui je suis ? répéta Dante, incrédule. Qui diable êtes-vous donc ?

Ses paroles avaient du mal à dissimuler sa rage grandissante. Avant que Rhea ait pu faire un mouvement, il l'avait attrapée par les épaules et la secouait rudement, la soulevant de la banquette sur laquelle elle avait dormi. « Quelle petite chose », ne put-il s'empêcher de penser en la tenant devant lui. La fille était plus jeune qu'il n'aurait cru, mais cela ne calmait pas sa colère et ne modifiait aucunement la détestable opinion qu'il avait d'elle. Les gueuses de sa sorte apprenaient leur rôle de très bonne heure et leurs petites mains étaient assez agiles pour escamoter une bourse.

Rhea avait lu la fureur dans les yeux de l'étranger ; elle comprit avec douleur qu'elle venait de se faire un ennemi. Si seulement elle pouvait expliquer sa situation... Elle parviendrait certainement à le convaincre de sa loyauté ; peut-être même lui accorderait-il son aide. Il n'y avait aucune raison pour qu'il ne la croie pas.

– S'il vous plaît, aidez-moi, je suis dans un très grand embarras, commença-t-elle.

Un rire ironique lui imposa le silence.

– Ah, oui, vraiment ?

La réponse de Dante n'avait rien d'une aide.

– Je... je vous explique, je peux vraiment... essaya encore Rhea.

– Vous pouvez vraiment ? Pardonnez-moi, j'en doute. Essayez tout de même, ça pourrait être intéressant. Eh bien ! j'attends, allez-y, je ne vais pas rester là toute la nuit.

Dante se moquait de la jeune fille. Les yeux mi-clos, il essayait de prévenir ses mouvements. A la fin, il desserra son étreinte.

La jeune fille frotta ses bras douloureux puis demeura figée, incapable de trouver une raison à l'hostilité extravagante de cet homme. Lorsque ses yeux rencontrèrent les prunelles grises méprisantes, elle comprit qu'elle ne pourrait pas changer son opinion. Ses épaules s'affaissèrent ; elle s'avouait vaincue. Si seulement elle pouvait s'asseoir, se reposer, et réfléchir à la conduite à adopter...

A nouveau, la voix masculine s'éleva, haineuse.

– A court de belles paroles, ma chère ? Je pourrais peut-être vous rafraîchir la mémoire ? (Leighton proposait son assistance avec un sourire qui n'avait rien d'amical.) Je comprends votre confusion. Les raisons de votre présence à bord du *Dragon des mers* sont troubles, mais je crois les connaître. En tout cas, n'essayez pas de me faire croire à votre soudain attrait pour mes charmes de capitaine.

Rhea pensait avec tristesse qu'il ne croirait jamais l'histoire de Daniel Lewis, à plus forte raison celle de la mort du commandant. Cet homme devait être déjà au courant des accusations lancées contre la meurtrière et ne manquerait pas de la rendre à la *Dame de Londres.* La panique envahissait Rhea ; on ne lui accordait aucune chance de dire la vérité.

– Alors, poursuivit Leighton, considérons une première explication, la plus simple : vous avez appris que j'avais découvert une carte du trésor, et vous vouliez y jeter un coup d'œil ; c'était mal calculé, je suis retourné sur le navire alors qu'on ne m'y attendait pas. Sur le moment, j'étais fou de rage ; maintenant, je bénis une certaine dame de m'avoir envoyé ici.

Rhea observait le capitaine comme s'il avait perdu la raison ; ses paroles n'avaient aucun sens.

– J'ignore de quoi vous parlez, dit-elle sur un ton excédé, croyant avoir affaire à un fou. Laissez-moi partir, je vous prie, je ne vous dérangerai pas plus longtemps.

– Absolument pas, nous avons encore à discuter ! déclara Leighton, les yeux étincelants.

– Je ne vous connais pas, je sais seulement que vous êtes le capitaine de ce voilier. Ce titre ne vous donne pas le droit de me traiter de cette manière. J'ai commis un délit, je le reconnais. Remettez-moi aux autorités de ce pays, je l'exige.

Rhea avait décidé d'affronter son adversaire ; elle préférait être condamnée par le tribunal plutôt que de rester entre les mains d'un dément.

– C'est donc là votre souhait ? releva Dante sur un ton sarcastique. Voici la deuxième explication : vous avez été envoyée pour m'espionner ; vos complices doivent m'attirer dans une embuscade pendant que je vous conduirai au geôlier. On me récompensera de mon zèle avec un couteau dans le dos. Vous n'êtes montée sur le *Dragon des mers* que pour mettre la main sur la carte du trésor.

Rhea ne comprenait rien à ces allusions à un trésor. Son regard se tourna involontairement vers la table où se trouvait le parchemin déroulé.

– Je n'ai pas abîmé votre carte, si c'est ce qui vous met en rage, se fâcha-t-elle sérieusement. J'ai voulu prendre une bouteille de vin ; j'avais soif, figurez-vous.

Un formidable éclat de rire lui coupa la parole.

– Vous aviez soif ? s'esclaffa Leighton, incrédule. Bon Dieu ! C'est extraordinaire !

Il continuait à rire, tandis que ses yeux pâles, animés d'une étrange lueur, examinaient la chétive créature. Tout à coup, il saisit une lourde tresse qui retombait sur l'épaule de la jeune fille et ôta la ficelle avec une moue méprisante. Rhea rejeta en arrière ses cheveux défaits, rouge d'humiliation. Cet homme était un démon.

– Je ne sais rien de votre carte ! J'avais peur, je fuyais : c'est là l'unique raison qui m'a fait monter à bord de votre navire. Je suis terriblement désolée d'avoir dépassé les limites de la bienséance... pardonnez-moi. (Cette fois, Rhea s'adressait au capitaine avec hauteur ; sa voix frémissait de colère et d'orgueil.) Pour moi, tous les bateaux se ressemblent.

– Vraiment ? s'étonna Leighton. Et les capitaines sont-ils tous les mêmes ? Je ne doute pas que vous ayez entendu parler de mes titres. En tant que marquis de Jacobi, je représente une véritable provocation pour les jupons de Charles Town. Des jeunes filles à la réputation sans tache jusqu'aux traînées. Je suis très populaire, vous savez. Ce doit être très excitant pour une petite mendiante comme vous.

Rhea sentit le rouge lui monter au visage ; personne dans sa vie de jeune fille protégée ne lui avait parlé sur un ton aussi insultant et méprisant.

– Bien sûr, ajouta Dante, jouissant de l'embarras de Rhea, je dois vous mettre en garde. Ma chère, la plupart des gentilshommes que je fréquente sont, comme moi, désargentés. Ils sont forcés d'intriguer, tout comme vous, pour se vendre au plus offrant. D'ailleurs, j'ai bien l'intention de dénicher une riche héritière. Cela comblerait mes ambitions – surtout si la jeune fille en question se montrait compréhensive. Les riches doivent souvent acheter leurs désirs, et les gens comme vous et moi sont là pour les satisfaire.

Dante éprouvait un plaisir immense devant la pâleur de Rhea. Ses insultes avaient atteint leur but ; il s'attendait peu à une réplique.

– Vous vous flattez beaucoup, milord, répondit Rhea avec une arrogance égale à celle du capitaine. Si vous êtes tel que vous dites, je vous trouve fort misérable. Bien sûr, on peut tout acheter. (Rhea trouvait le personnage de Leighton si odieux qu'elle doutait qu'il pût être noble.) Monsieur, vous êtes un goujat.

Avec ces mots, Rhea croyait avoir donné le « coup de grâce », mais elle sous-estimait son ennemi. Dante Leighton n'était pas homme à se laisser mener, surtout par une va-nu-pieds.

– Je suis impressionné ; je serais curieux de savoir où vous avez appris ce langage châtié. Dans les cuisines, peut-être ? Ou avec les servantes ?

En parlant, Leighton s'était avancé vers Rhea. Il la saisit par le menton et l'obligea à le regarder dans les yeux. La jeune fille fut obligée de soutenir le regard gris. Pourtant, Dante éprouvait une impression étrange de « déjà vu ». Le souvenir confus d'une autre femme, avec les mêmes yeux d'un mauve incroyable, lui revenait à la mémoire. Il y avait longtemps de cela ; il était alors tout jeune homme et se trouvait à Londres. Le souvenir de ces yeux violets lui faisait vivement regretter le passé. Bizarre, cette évocation d'une femme inconnue. Il n'avait jamais su son nom : un regard par hasard, un sourire partagé, rien de plus. Le temps s'était suspendu devant cette dame qui avait autrefois incarné les rêves d'un jeune noble. Aujourd'hui, il retrouvait étrangement son allure fière dans cette jeune créature. Pourtant, ces deux femmes étaient totalement différentes. L'une était vêtue de soie, l'autre de haillons. L'une était droite et bonne, l'autre obscure et menteuse. Dante secoua la tête pour se débarrasser de l'obsédant souvenir : une folie romantique de jeunesse. Son « idéal » avait dû épouser un homme riche et devenir une matrone avec plein de marmots accrochés à ses jupes. L'idée du destin banal qu'avait dû connaître la femme de ses rêves répugnait à Dante. Il eut une grimace méprisante ; Rhea crut que cette expression lui était destinée. La malheureuse n'eut qu'un désir : s'enfuir. Mesurant les conséquences de son acte, elle échappa au capitaine du *Dragon des mers* et s'empara de la dangereuse carte avant qu'il ait pu faire un mouvement pour l'arrêter. Devant le regard incrédule de Leighton, la jeune fille approcha le parchemin de la flamme de la lanterne.

« Quelle folie, pensa Leighton dans son désarroi : j'ai oublié d'éteindre la lumière... » Il fit un pas vers Rhea.

– Bientôt ce parchemin ne sera plus que cendres ! cria-t-elle, menaçante. Laissez-moi partir ! Ou, je le jure, capitaine, je détruis cette carte à laquelle vous attachez tant de prix.

Dante Leighton évalua la distance qui le séparait de la fille. Il se demandait s'il devait prendre la menace au sérieux – auquel cas le parchemin deviendrait une torche à l'instant même où il l'atteindrait.

– Attention, capitaine ! (La jeune fille, alertée tout à coup par l'immobilité inquiétante de son ennemi, le mettait une nouvelle fois en garde.) Vous avez parlé par énigmes, capitaine ; moi, je serai plus directe. Laissez-moi quitter saine et sauve le navire et je ne touche pas à votre carte.

Heureusement pour Dante Leighton et l'équipage du *Dragon des mers*, heureusement pour lady Dominick, un violent coup de mer secoua le voilier. L'attention de Rhea fut un instant détournée par des pots qui s'entrechoquaient. Dante en profita pour bondir. Il tordit le poignet de la jeune fille au point de la faire crier de douleur. Elle lâcha la carte qui tomba à terre.

– Un avertissement, maintenant, siffla Leighton entre ses dents : ne me menacez plus jamais.

Rhea accusa d'une voix tremblante :

– Si vous aviez écouté mes explications, au lieu de vous comporter comme un sauvage, cet incident malheureux ne se serait jamais produit.

Dante éclata d'un rire machiavélique qui écorcha les oreilles de Rhea. Elle détourna la tête mais il lui saisit le visage et l'obligea à le regarder dans les yeux. Dante Leighton, capitaine du *Dragon des mers*, marquis de Jacobi, maître du domaine de Merdraco, riait à gorge déployée.

– Que vous attendiez-vous à rencontrer à bord de mon navire, petite intruse ? Un gentleman, un marquis peut-être ? (Le rire de Dante s'enfla encore.) Quel désenchantement ! Vous allez être très triste en vous réveillant de vos rêves de richesse. Vous avez mal calculé, je ne suis pas un de ces dandys au teint pâle, vêtus de soie.

Rhea battit des paupières, affolée.

– Vous êtes insupportable ! Qui que vous soyez ou vouliez être, marquis ou savetier, vous êtes l'homme le plus grossier, le plus vulgaire que j'aie jamais eu le malheur de rencontrer.

– Bien joué, très chère ; votre petit numéro de grande dame m'a impressionné. Malheureusement, comment expliquez-vous votre présence dans ma cabine ? (Dante abaissa son regard vers la carte qui se trouvait à ses pieds.) Puisque vous n'êtes pas venue pour me voler ce parchemin, alors vous vouliez me connaître parce que... vous vous imaginiez qu'un marquis... Je vous assure qu'en dehors de mes prouesses personnelles, je suis comme tous les hommes.

Les yeux de Leighton parcouraient de haut en bas la jeune vagabonde. Ses cheveux mous et ses vêtements sales lui répugnaient. Elle était plus jeune qu'il n'aurait cru – quatorze ou quinze ans, peut-être – et si menue. Une chose était certaine, en tout cas : cette gamine avait besoin d'une sévère leçon dont elle se souviendrait. Cette nuit n'incitait pas Dante à la clémence.

– Ainsi, ma chère, vous désiriez me connaître intimement. (Les yeux gris de Leighton s'étaient rétrécis jusqu'à devenir deux fentes aux reflets métalliques.) Vous vous êtes montrée maladroite, et n'avez excité que ma curiosité. Si vous voulez réussir, il vous faudra me faire quelques concessions. Connaître mes goûts et mes aversions avant de me séduire. Je suis très difficile envers les femmes qui couchent dans mon lit. (Dante constatait avec un plaisir extrême l'inquiétude grandissante de l'inconnue ; il poursuivit, sur un ton badin :) On peut remédier facilement à la situation, tant que les désirs des autres n'interfèrent pas avec les miens...

Maintenant, le capitaine se montrait presque amical, mais Rhea ne se laissa pas tromper ; il lui serrait les poignets à les broyer.

– De deux choses l'une : ou vous êtes dur d'oreille, ou vous êtes idiot, déclara-t-elle au comble de la fureur. Votre vue m'est insupportable et je préférerais brûler en enfer plutôt que de partager votre lit. Je ne me soucie ni de vos titres ni de votre nom. Tout ce que je souhaite, c'est vous quitter, vous et votre bateau.

Les yeux de Dante croisèrent les yeux mauves remplis de haine. Il était furieux qu'une fille de la rue, même belle, lui crache au visage. Si elle croyait pouvoir lui échapper sans dommage... Le mépris de l'intrigante se lisait dans chaque fibre de son corps. Pourtant, c'était elle qui avait essayé de le tromper et de le séduire, et c'était lui qui subissait un préjudice, même si elle se comportait en victime de tragédie. Les yeux de Dante suivirent les contours réguliers du visage de la jeune fille. A la fin, il sourit, d'un sourire étrangement beau malgré sa froideur.

Tout à coup, il lâcha les poignets de sa prisonnière et, ramassant la carte, il recula.

– Vous seriez belle si on vous nettoyait de toute cette crasse.

Le capitaine ouvrit la porte. Rhea l'entendit appeler quelqu'un, en prenant soin de bloquer le passage de ses larges épaules.

– Apporte-moi un baquet d'eau chaude, Kirby, et beaucoup de savon. Je vais récurer un rat d'égout.

– Vous voulez un bain à cette heure de la nuit ? protesta Kirby.

Sa voix traduisait son inquiétude : le capitaine serait-il « dérangé » ?

– Obéis, Kirby, ordonna Dante en refermant la porte sur le vieil homme qui bougonnait. Eh bien ? demanda Leighton en se tournant vers sa captive devenue soudain muette, voulez-vous entrer dans le baquet avec vos haillons ? Il serait plus commode pour nous deux que vous les enleviez vous-même. Ce sera un immense plaisir pour moi de laver une petite voyoute. Je me suis fait trop souvent voler ma bourse pour éprouver la moindre pitié.

Tout en parlant, le capitaine s'était rapproché. Il enleva sa redingote, la lança sur une chaise et déboutonna son gilet. Rhea le vit avec horreur retrousser ses manches sur ses avant-bras musclés et tannés.

– Laissez-moi, gémit-elle.

– Pas question de chanter la sérénade, ma chère ; c'est vous qui êtes venue sur ce bateau, et sans y être invitée. Vous vous imaginiez que me duper serait un jeu d'enfant. Très bien, je ne vous décevrai pas, ma chère. Je suis curieux de savoir jusqu'où vont mon entêtement et peut-être ma crédulité. Jetons un œil sur vous, nous découvrirons la séductrice. Comment ? Pas de remarque spécieuse ? (Leighton taquinait Rhea, qui restait sans paroles.) Je vous ai dit d'ôter vos vêtements ; sinon c'est moi qui vais vous peler comme un fruit.

Rhea était toujours incapable de parler, refusant de croire ce qu'elle entendait. Cet homme était fou. Ironie du sort : elle n'était sortie des griffes de Lewis que pour tomber entre les mains d'un aventurier dément. Négligeant toute précaution, elle ne songea qu'à convaincre cet homme qu'elle n'était pas celle qu'il croyait.

– Si vous posez la main sur moi, capitaine, vous vous en repentirez.

Tout en mettant en garde son agresseur, Rhea fit un pas en arrière ; mais lui s'avança, ignorant l'avertissement.

– Je vous ai dit de ne jamais me menacer.

– Vous ne m'avez même pas demandé mon nom, s'écria Rhea en dernier recours.

– C'est vrai. Pardonnez ce manque de courtoisie accidentel. Je suis Dante Leighton, comme vous savez ; et vous, qui êtes-vous ?

Rhea prit une profonde inspiration. Révéler son identité risquait de la mettre en danger.

– Lady Rhea Claire Dominick, fille aînée du duc et de la duchesse de Camareigh. Si vous êtes réellement marquis, vous avez dû entendre parler de mon père. Et, à moins d'être inconscient, vous comprendrez que si vous me touchez, le duc deviendra votre pire ennemi. Songez-y, distingué capitaine, avant de m'approcher.

Un éclair traversa les prunelles pâles de Leighton et disparut aussitôt.

– J'ai quitté l'Angleterre depuis de nombreuses années, mais j'ai entendu parler du duc de Camareigh. Dans ma coupable jeunesse, j'ai même eu le malheur de le rencontrer à une table de jeu. Si mes souvenirs sont exacts, j'ai perdu une somme considérable. Je me rappelle aussi que le duc était un célibataire endurci peu désireux d'aliéner sa liberté !

– Je me moque que vous me croyiez ou non : je suis Rhea Claire Dominick, je le suis ! lui jeta Rhea au visage.

– A vous voir, j'en doute sérieusement. Le fait que vous vous trouviez à Charles Town habillée comme une vulgaire servante ne plaide pas en votre faveur.

– J'ai été enlevée, droguée, emportée sur un navire qui a essuyé une tempête ; on me poursuivait, j'étais morte de faim et...

– Belle histoire, fit Dante pour tout commentaire.

A l'expression ironique de Leighton, Rhea comprit qu'une fois encore il ne la croyait pas.

– Allez au diable ! s'écria-t-elle d'une voix blanche en essayant de s'échapper.

Il la rattrapa aussitôt, avant même qu'elle ait esquissé un pas.

– Je vous ai prévenue, gronda Dante en lui enlevant prestement sa veste et son gilet.

Il réussit aussi à lui ôter son ample jupe. Au moment où il luttait pour lui arracher sa chemise, Kirby frappa. Il reçut l'ordre d'entrer. Le domestique s'avança à pas pesants, avec un baquet et un broc d'eau. En voyant son capitaine, il écarquilla les yeux de stupéfaction. Le marquis de Jacobi était en train de se battre avec une fille que lui, Kirby, n'avait jamais vue. Les regards des deux adversaires étaient rivés l'un à l'autre, dans un affrontement sans merci. Ils n'eurent pas un regard pour le malheureux serviteur qui les fixait bouche bée. En silence, le vieux domestique sortit de la cabine et revint quelques instants après avec deux pots supplémentaires d'eau chaude qu'il versa dans le baquet.

– Capitaine, je... bégaya maladroitement Kirby. Capitaine, qu'est-ce que vous... essaya-t-il encore.

Il fut interrompu par un terrible juron et un cri de douleur. La gamine venait de mordre Dante au poignet ; sa morsure laissait une vilaine marque.

– Dehors, Kirby, lâcha Dante entre ses mâchoires serrées.

Il souleva la fille nue qui se débattait et la jeta sans autre cérémonie dans l'eau chaude. Dans l'élan, elle perdit l'équilibre et poussa un cri d'effroi qui remplit d'aise Leighton. Celui-ci frotta doucement la morsure de sa main.

Kirby n'avait pas obéi à son capitaine, non par insolence, mais parce qu'il était si abasourdi que cela le rendait incapable de bouger. Ainsi vit-il le capitaine saisir à pleines mains la tête de la jeune fille et la plonger sous l'eau. Dante commença ensuite à lui savonner le visage et le cou. Au début, le rude traitement qu'il faisait subir à la tendre chair blanche fit pleurer la malheureuse. Mais lorsque Dante sentit les frêles épaules, il fut envahi de pitié et ses mains se firent plus douces. Ainsi, il ôta à Rhea la crasse de deux mois passés en mer.

– Pauvre petite chose, marmonna le vieux garçon de cabine.

Cette enfant avait quelque chose de pathétique dans son port de tête, dans son cou fragile, qui allait droit au cœur de Houston Kirby.

Pendant ce temps, Rhea restait muette. Le cauchemar finirait-il jamais ? Au début, elle avait cru que le capitaine voulait la noyer ; mais ensuite ses mains étaient devenues douces, presque caressantes. Toute violence avait disparu. Pourtant, Rhea se déroba en sentant les doigts de l'homme sur sa tête. En fait, il voulait simplement défaire ses tresses pour lui laver les cheveux. Quand il eut terminé, il la rinça avec de l'eau claire qui se trouvait dans un seau. Il la lui versa sur la tête en prenant soin de ne pas lui mettre de savon dans les yeux. Rhea retint son souffle en sentant les mains de Leighton glisser sur ses seins, le long de ses cuisses. Il la lava avec un morceau de tissu rugueux. A la fin, il versa un dernier seau d'eau sur le jeune corps frissonnant puis sortit Rhea du baquet et l'enveloppa dans une grande serviette chaude. Comme la jeune fille claquait des dents, le capitaine commença à la frotter jusqu'à ce que sa peau devienne toute rose. Puis, s'asseyant sur la couchette, il la mit debout entre ses cuisses et lui essora les cheveux. Il procédait mèche par mèche, avec une patience infinie.

Le capitaine sursauta en entendant revenir Kirby, qui s'était éclipsé dans la cuisine.

– J'ai pensé que la petite aurait besoin de quelque chose de chaud.

Le vieil homme, écarlate, s'avança avec un bol de bouillon fumant. Il remarqua alors la serviette humide qui glissait des épaules de Rhea. Posant son plateau à la hâte, il se précipita vers la commode du capitaine et, plongeant à l'intérieur, en ressortit une chemise. Il la tendit à Leighton, et se retira discrètement pendant que le capitaine l'enfilait sur le corps grelottant de la jeune fille. Puis, passant son bras autour des fragiles épaules, Leighton souleva Rhea avec délicatesse et la déposa sur la couchette. Avec une énergie nouvelle, Rhea se déroba. Dante serra les lèvres, feignant d'ignorer ce mouvement de mépris. A nouveau, il la serra contre sa poitrine et approcha de sa bouche une cuillère de potage brûlant.

– Mange, ordonna-t-il.

Il fut soulagé que Rhea accepte d'avaler une des meilleures préparations de Kirby. Devant ce pâle visage de jeune fille, Dante était soudain envahi d'une pitié inhabituelle. Il se sentait coupable d'avoir agi ainsi. Lorsque ses mains avaient touché le corps juvénile et frêle, il avait senti sa propre force. Pourtant, cette gueuse l'avait humilié ; or l'humiliation était un sentiment que Dante Leighton ignorait auparavant, et il n'était pas près d'oublier, de pardonner.

– Elle a trouvé la carte, lâcha tout à coup le capitaine pour tirer de son observation admirative Kirby revenu de ses cuisines.

– Mais... mais comment ? bégaya le serviteur à court de mots.

– Elle a affirmé qu'elle avait soif ; j'ai failli la croire, ajouta Dante avec une méchante grimace.

– Qui c'est ? Pourquoi est-ce qu'elle est à bord du *Dragon des mers* ? demanda Kirby. Vous croyez qu'elle est venue à cause de la carte ?

Dante ne répondit pas tout de suite.

– Je n'en suis pas sûr ; mais aussi longtemps que j'aurai des doutes, cette gamine restera sur le navire. (Il secoua tristement la tête.) Elle a nié avoir connaissance de la carte, et même de mes titres ; mais elle ment tellement que je ne puis avoir aucune certitude. Bref, quelles que soient les raisons de son intrusion, cette fille a vu l'emplacement du trésor. Je ne veux pas courir le risque qu'elle vende des renseignements aux sbires de Bertie Mackay.

– Vous vous imaginez qu'elle travaille pour eux ? se récria Kirby, offusqué. (Il refusait de croire qu'une créature aussi fragile ait quelque chose à voir avec ce fripon. Le vieil homme jeta un regard compatissant sur les joues toutes roses de Rhea qui, épuisée, avait fini par s'endormir.) Vous avez perdu votre sang-froid, capitaine. (Kirby fit semblant de ne pas remarquer la lueur mauvaise qui zébra les yeux de Leighton. Il poursuivit, avec une désinvolture étudiée :) Qu'est-ce que nous allons en faire ?

– La garder, répondit Leighton d'un ton sec. Elle ne sera sûrement pas de cet avis, mais elle se trouvera mieux à bord du *Dragon des mers* que dans la rue. Demain matin peut-être parviendrai-je à lui extirper quelques bribes de vérité. Alors nous prendrons une décision. Jusque-là, elle reste notre prisonnière.

Dante se tourna vers le visage délicat de la jeune fille pour admirer les cheveux dorés qui séchaient en vagues épaisses et brillantes. Il s'adossa contre la boiserie de sa couchette, essayant de ne pas la réveiller.

– Je descends, capitaine, dit Kirby. Si vous avez besoin de moi...

Avant de partir, Houston étendit une couverture sur la mince silhouette revêtue de la chemise du capitaine.

Il empila assiettes et verres sur un plateau et sortit de la cabine sans faire de bruit.

Dante s'allongea sur la couchette, à côté de l'inconnue. Elle était si fragile que Dante la sentait à peine contre sa poitrine et ses cuisses. Il poussa un soupir, excédé. Les événements de la soirée défilaient dans sa tête. Dante se demandait ce qui pourrait encore arriver avant que l'aube ne se lève sur Charles Town et ne mette fin à cette interminable nuit. Il ferma les yeux et serra la jeune fille contre lui en appuyant le menton sur ses cheveux blonds. Tout à coup, il ouvrit un œil :

quelque chose venait d'atterrir à ses pieds ; il vit avec étonnement Jamaïca grimper sur la banquette et se nicher contre Rhea, comme si elle la connaissait depuis toujours.

Dans son sommeil, Rhea sentit qu'on la touchait : elle tourna la tête et, les paupières lourdes de sommeil, aperçut un homme allongé à côté d'elle sur la couchette. Elle ouvrit grands les yeux et rencontra son regard dépourvu de toute animosité. Il avait des yeux magnifiques avec de longs cils et des prunelles gris argent qui éclairaient son visage bronzé. Trop épuisée pour résister, Rhea s'abandonna aux lèvres qui se pressaient sur les siennes ; elles étaient fermes et chaudes.

– Vous ! s'écria-t-elle, en reprenant soudain conscience.

Le visage viril s'était transformé en masque terrifiant. Le capitaine du *Dragon des mers* ! Cet individu qui la serrait contre sa poitrine était le fou qui l'avait humiliée, ridiculisée.

– Oui, c'est bien moi. Après tout, vous êtes dans mon lit, lui rappela Dante, et avec ma chemise, ajouta-t-il en fixant ses seins ronds.

L'épouvante de Rhea augmentait, car certains détails du début de la nuit lui échappaient encore. Elle parcourut des yeux la cabine et découvrit, à son grand embarras, une paire de culottes mouillées et une chemise pareille à celle qu'elle portait. Les vêtements semblaient avoir été jetés là négligemment.

Dante suivit le regard de Rhea et leva un sourcil inquisiteur.

– Vous ne vous attendiez pas à me voir dormir en culotte mouillée, ma chère ? lui demanda-t-il avec un ton de surprise feinte. Je serais mort de froid ; ce n'est tout de même pas ce que vous souhaitiez ?

– Si ! je me serais réjouie de cette nouvelle, explosa Rhea, les joues embrasées de colère.

Dante fit la grimace et passa ses doigts dans une longue mèche blonde égarée sur sa poitrine.

– Vous auriez porté la responsabilité de ma disparition. Après tout, vous m'avez trempé jusqu'aux os quand j'essayais de vous donner un bain. Pourtant, vous devriez me montrer de la reconnaissance, murmura-t-il, ignorant le regard incrédule de la jeune fille. Je vous ai facilité la tâche en vous mettant dans mon lit. (Leighton s'arrêta pour poser un baiser sur les lèvres entrouvertes de Rhea.) Vous êtes sur le point de me séduire.

Rhea ne doutait pas de l'authenticité de cette affirmation ; elle-même, malgré sa peur, sentait son corps s'embraser. Honteuse, elle ferma ses yeux remplis de larmes, incapable de résister aux mains qui la pressaient. Elle retint son souffle lorsqu'elle sentit des lèvres sur ses seins et la douce caresse d'une langue. Entre ses paupières, elle aperçut la tête châtain aux cheveux bouclés qui pesait lourdement sur elle. La chair brûlante de l'homme l'électrisait tout entière. La bouche de Dante, en lui effleurant le creux de la gorge, goûta ses larmes chaudes et salées. Il sursauta, déconcerté ; cette partenaire répondait étrangement à sa passion. Il la dévisageait fixement, bouleversé non pas tant par sa réaction à elle que par son comportement à lui. Les yeux mauves étaient si proches qu'il distinguait un cercle primevère autour de la pupille.

Dante se sentait bizarrement mal à l'aise. Malgré la peur de la jeune fille, ses sens ne pouvaient s'empêcher d'être grisés par son odeur. La peau délicate était imprégnée du parfum du savon avec lequel il l'avait lavée. Et puis cette chevelure d'une beauté incroyable... Il enfouit son visage dans les épaisses mèches dorées pour respirer le parfum enivrant de la mer et du santal. Il émanait de Rhea une telle innocence que Dante dut faire un effort pour se rappeler ses mensonges. Elle n'était pas moins coupable maintenant, se répétait-il pour s'endurcir et résister à l'attrait de cet ange. Pourtant, devant les immenses yeux mauves où se perdait son propre regard, ses bonnes résolutions s'évanouirent. Leighton pressa ses lèvres sur celles de la jeune fille ; il voulait qu'elles répondent à son baiser. Cette pensée le bouleversait. Soudain, il sentit un coup douloureux à la mâchoire. Rhea venait de lui donner un coup de tête au menton ; ce n'était pas un accident, mais un geste délibéré. Des dents s'enfoncèrent dans la chair de son épaule. Dante essaya de se libérer. Des ongles aigus lui lacérèrent la peau. Il parvint à éviter de justesse un coup de genou dans le bas-ventre et dut user de tout son poids pour maîtriser cette petite diablesse. Il la fit rouler sous lui, la coinça contre la couchette et immobilisa ses poings qui battaient l'air. Il s'arrêta un instant pour reprendre son souffle. L'homme et la jeune fille luttaient, haletants, avec une violence inouïe. Dante sentait la respiration affolée de son adversaire contre sa poitrine et son ventre.

Ce fut au beau milieu de cette scène intime qu'Hélène Jordane fit irruption. Ses yeux lançaient des éclairs. Il y avait bien eu des conciliabules derrière la porte quelques instants auparavant, mais ni Dante ni Rhea n'y avaient prêté attention.

– Dante Leighton ! Que le diable t'emporte !

Dardant sur son amant un regard fou de rage, la veuve hurlait sa fureur. La cuisse brune et la cuisse blanche emmêlées la fascinaient. Il était évident que le couple était en train de faire l'amour. Le visage de la jeune fille était encore rose de baisers, et sa respiration haletante.

– Hélène ! fit Dante en s'asseyant. (Il remonta le couvre-lit sur ses hanches et s'appuya contre l'oreiller. Puis, jetant un regard ironique à son ancienne maîtresse :) Plutôt inattendue, votre arrivée, dit-il. Je ne vous avais jamais vue avant le soir. Il faut croire que vous avez eu une nuit paisible pour vous lever aussi tôt.

Leighton parlait avec l'aisance de quelqu'un qui se trouve dans une situation tout à fait banale. Par contre, Rhea était devenue cramoisie et tremblait comme si elle était malade. Avec ses traits révulsés par la rage, cette femme qui les affrontait devait nourrir de sérieux griefs contre le capitaine du *Dragon des mers*. Une pensée fugitive mais inquiétante traversa l'esprit de Rhea. Et si c'était l'épouse ? Cette belle furie avait le droit de se mettre en colère si son mari se compromettait avec une autre.

– Je vous souhaite la petite vérole ! cracha Hélène.

Son regard aigu n'avait pas manqué de remarquer la main de Dante qui écartait une mèche blonde de la tempe de sa « compagne ».

– Chère Hélène, vous avez insulté ma fiancée ; vous lui devez des excuses, je crois, déclara-t-il sur un ton doucereux, sans remarquer la consternation qui se lisait sur le visage des deux femmes.

– Ta fiancée ? gloussa Hélène. Bon Dieu ! Tu es fou, Dante. Au fait, je ne connais même pas son nom. Toi non plus ? Alors, son prénom suffira. Tu le sais, peut-être ?

– Elle s'appelle lady Rhea Claire Dominick, déclara Leighton. Vous pensiez que j'aurais oublié, ma chère, chuchota-t-il à l'oreille de Rhea.

– Lady ? ricana miss Jordane. Lady... putain !

– Chère Hélène, tu es idiote. Il s'agit de la fille du duc et de la duchesse de Camareigh. Ma fiancée, je te le répète. Tu as sûrement entendu parler de sa famille au cours de ton voyage à Londres ?

Le doute se lisait sur le visage d'Hélène Jordane. En effet, elle avait entendu parler de Rhea Claire Dominick et avait jalousé la belle héritière, coqueluche du Tout-Londres. Hélène avait aperçu la jeune fille une seule fois. Un ami la lui avait montrée au théâtre, de loin. Tout ce qu'Hélène avait remarqué, c'était sa merveilleuse robe. Pourtant, en examinant les cheveux dorés, elle se rappela que Rhea Claire était réputée pour sa blondeur exceptionnelle. Elle se mordit la lèvre de dépit. Soudain elle se sentait ridicule. Pourtant un doute subsistait encore.

– Ne deviez-vous pas épouser un comte ?

La veuve voulait faire tomber cette intrigante dans le piège qui la trahirait.

Pour éviter une situation délicate, Dante répondit le premier :

– Non, comme vous pouvez le constater.

Pensant prouver ainsi son identité, Rhea l'interrompit avec politesse :

– Vous parlez du comte de Rendale ? Wesley Cawton et moi sommes de vieux amis. Il vient souvent à Camareigh. Seriez-vous l'une de ses connaissances ? Je...

Rhea s'interrompit tout à coup, bouleversée par un douloureux souvenir : Wesley était mort.

Hélène ne releva pas ce silence inattendu. Ces paroles ne lui laissaient aucun doute. Elle était bien en présence de la véritable lady Rhea Claire, riche héritière et fiancée de Dante Leighton.

Le marquis de Jacobi avait lu dans les pensées de son ancienne maîtresse.

– Ne vous avais-je jamais parlé de lady Dominick ? Je l'ai connue petite fille ; j'ai cru la perdre en quittant l'Angleterre, mais je lui avais promis de revenir un jour. (Il rit tout bas en serrant Rhea contre sa poitrine.) Elle était très impatiente de me voir.

– Je suis étonnée qu'elle t'ait reconnu, fit sèchement Hélène.

Tout à coup, elle souhaita voir le navire et son capitaine au fond de la mer.

– Le véritable amour ne meurt jamais, n'est-ce pas, ma chérie ? murmura Dante contre la joue de sa compagne.

– Me permettez-vous d'être la première à vous féliciter ? dit Hélène. (La veuve ne put résister à la tentation de semer le doute dans l'esprit de la jeune fille. Elle ajouta méchamment :) Je vous souhaite bonne chance ; vous en aurez sans doute besoin, ma chère : Dante Leighton est un vaurien, vous regretterez d'avoir croisé son chemin. Sachez qu'il vous épouse pour votre fortune ; il est incapable d'amour, il vous détruira comme tout ce qu'il touche.

Dans un bruissement de jupe, Hélène Jordane se précipita hors de la cabine, laissant derrière elle un silence accablant. Après quelques instants, Rhea bredouilla d'une voix malheureuse :

– Je veux rentrer chez moi ; je suis si lasse.

Soudain, elle éclata en sanglots et enfouit la tête sous l'oreiller pour cacher ses larmes.

Kirby, qui avait entendu la conversation à travers la porte, montra la tête.

– Cette fille, c'est vraiment lady Rhea Claire Dominick ?

Dante haussa les épaules.

– Peu importe, son destin est tout tracé. Elle ira aux Indes à bord du *Dragon des mers.*

7

– Hum, que dis-tu de celui-ci, Teddy ? demanda Kate d'un air songeur : *Ma sœur, cet ange tutélaire.* (« Non, songea lady Katherine en poussant un soupir de mécontentement. C'est trop évident, je le crains. ») Ah ! s'écria-t-elle, je viens de trouver un texte magnifique, exceptionnel. Parfois, je m'étonne moi-même.

Kate ricanait tout bas en trempant sa plume dans l'encrier de cristal de la somptueuse écritoire en argent. Teddy Waltham jeta à lady Katherine un regard morose. Jour après jour, elle restait assise, penchée sur des livres poussiéreux, à prononcer des paroles inintelligibles, à proférer des malédictions. Lady Katherine recherchait des bribes de poèmes qu'elle envoyait, pour les torturer, à ses ennemis de Camareigh.

Depuis deux mois, elle jouait à ce jeu sadique, savourant sa vengeance. Teddy imaginait la réaction du duc lorsqu'il recevrait un nouveau message de la dame inconnue. Heureusement, on avait envoyé la fille kidnappée aux colonies car Londres, ses environs et la campagne avaient été fouillés. On avait même envoyé, dans toute l'Angleterre, et au-delà, des affiches décrivant la jeune disparue et offrant une fortune à qui donnerait des renseignements ou la ramènerait saine et sauve. Waltham avait été soulagé d'apprendre qu'il n'était pas un assassin. L'homme sur qui il avait tiré – un comte – n'était que blessé. Il avait d'ailleurs offert une récompense à qui fournirait des informations sur l'enlèvement de Rhea Claire Dominick et sur l'attentat commis sur sa propre personne.

– Tu sais, Teddy, il est temps d'aller respirer une nouvelle fois l'air de la campagne, déclara Kate en feignant de ne pas remarquer le sursaut de son complice. Trouve-moi quelqu'un pour envoyer cette lettre ; ensuite nous nous préparerons pour notre voyage.

– « Notre » voyage ? répéta Waltham sur un ton de doute. J' suis très bien ici d'vant l' feu.

– J'en suis certaine, là n'est pas la question ; mais Lucien a dû relâcher sa vigilance, il ne doit plus être sur ses gardes. Il ne peut pas toujours rester confiné à Camareigh. J'en croyais à peine mes yeux lorsque nous y sommes allés il y a quinze jours : l'endroit était défendu comme une forteresse. Maintenant, il est temps de passer à l'action ; je veux donner personnellement mon prochain message à Lucien. (Kate allait se venger, sa voix résonnait du plaisir de sa revanche.) Mon Dieu, cela en vaut la peine ! Le bonheur de revoir Lucien ! Teddy ! jeta Kate d'une voix aiguë. Ecoute, j'aimerais que tu contactes tes amis. Maintenant que nous voilà privés des services de Rocco, il nous faudra trouver d'autres gaillards pour m'aider à réaliser mon plan. Je suis sûre que tu connais quelques imbéciles, très heureux de faire une besogne facile. Tu vois le genre.

– Ouais, m'lady, répondit Waltham sans enthousiasme. Mais on est pas mal au courant de mes petit' affair', ce s'ra dur de trouver du mond' en ville.

– Eh bien, fais pour le mieux, n'est-ce pas ? Quel dommage que ton signalement ait été donné partout.

– Ouais, c'est vrai, reconnut sombrement Teddy. Mais c'est pas pir' qu' d'avoir sa têt' mis' à prix.

– Tu devrais plutôt remercier ta bonne étoile de t'avoir remis entre mes mains. (Lady Katherine jeta un regard impatient sur le visage renfermé de son homme de main.) Allons, Teddy. Il ne faut pas rester assis à bouder, nous avons du travail. Ce sera pour moi l'apogée ; j'attends ce moment depuis vingt ans, je ne voudrais pas en être frustrée.

Teddy Waltham hocha la tête puis, se prenant le menton dans la main, se mit à fixer intensément le feu. « Ces fichus sang-bleu sont sacrément difficiles à manier », pensa-t-il. Il avait le pressentiment d'un destin funeste.

La duchesse de Camareigh s'approcha du lit recouvert de damas bleu pâle et argent avec une lenteur inhabituelle. Elle remit soigneusement en place un coussin bordé de dentelles. Satisfaite de ce geste, elle parcourut du regard la chambre déserte où pas un grain de poussière ne traînait. C'est ainsi que Rhea l'avait laissée un matin... La duchesse s'arrêta devant la coiffeuse en bois de rose dont le miroir reflétait sa robe en soie bleu nuit. La dentelle de Valenciennes qui ornait les manches égayait ce vêtement austère, et Sabrina avait remplacé la surjupe blanche brodée qui accompagnait cette toilette par une simple surjupe bleue.

La duchesse avança sa main fine et caressa une brosse en argent ; quelques cheveux blonds y étaient restés accrochés. Elle prit un flacon en cristal et le porta à ses narines pour en respirer le parfum subtil ; Rhea raffolait du jasmin. Les lèvres tremblantes, la duchesse s'avança vers la grande fenêtre pour admirer les jardins en contrebas. Les appartements de Rhea étaient situés dans l'aile sud de la maison, mais les fenêtres donnaient à l'ouest. La duchesse contempla la lumière rasante du jour ; la nuit tombait plus tôt car on approchait de l'hiver.

Sabrina glissa une main dans la poche de sa jupe et sortit une feuille de papier soigneusement pliée. Elle l'ouvrit et plissa les paupières pour lire à la lueur du crépuscule. En fait, c'était inutile : chaque mot était gravé dans sa mémoire. La duchesse récita à voix haute les derniers vers du poème reçu le matin même.

Sabrina fixait désespérément les lignes. Si seulement elle avait pu en comprendre le sens. Dévoileraient-elles l'identité du fou qui se cachait derrière le ravisseur ? Il ne pouvait s'agir que d'un malade mental, car il ne faisait pas de chantage et ne demandait pas d'argent. Jusqu'ici, aucune demande de rançon n'était parvenue. Ces textes mystérieux faisaient-ils référence à l'environnement de Rhea ? La duchesse pensait à l'énigme reçue une semaine plus tôt :

Tout un jour ils ont chassé
Et rien n'ont trouvé ;
Un navire faisant voile
Voguant sous le vent.

Sabrina ferma les yeux en une prière silencieuse. Elle espérait que ses pires craintes n'étaient pas fondées, que l'enlèvement de Rhea n'était pas un acte de démence. Mais alors quel en était le but ? Si c'était provoquer l'angoisse et la souffrance des parents, les tourmenter par ces textes incompréhensibles, le ravisseur avait réussi. Le duc et la duchesse vivaient des agonies d'enfer. Sabrina songeait à une vengeance ; mais quelle vengeance ? Pour une faute commise par elle-même ou par Lucien ? Les époux s'étaient fait de nombreux ennemis avant leur mariage, et Lucien s'était plusieurs fois battu en duel. Jadis, joueur invétéré, il avait plus souvent gagné que perdu. Peut-être le fils ou la fille d'un homme dépouillé cherchait-il à récupérer l'argent perdu ? Mais pourquoi *maintenant* ? s'interrogeait Sabrina. Aucun incident ne s'était produit durant les dernières années. Pourquoi maintenant ? Qu'est-ce qui avait déterminé cet acte insensé ? Et pourquoi kidnapper Rhea Claire plutôt que Robin ou Francis ?

Une des raisons possibles était que Rhea cette année-là avait été présentée à la haute société londonienne auprès de laquelle elle avait remporté un succès fracassant, sa grâce et sa beauté ayant éclipsé celles des autres jeunes filles. Beaucoup de gens avaient remarqué Rhea Claire ; il se pouvait donc qu'un œil malfaisant et envieux se soit posé sur elle... Peut-être le nom de Camareigh avait-il éveillé un monstre qui sommeillait ? Peut-être une haine profonde avait-elle couvé comme une braise pendant des années, attendant l'étincelle qui allumerait le feu dévorant de la vengeance ? Les suppositions de la duchesse se justifiaient en partie car, parmi les vers reçus, l'un disait :

Le tourbillon du temps apporte sa vengeance.

Cette phrase faisait allusion au cycle du temps qui s'écoule avant que justice soit rendue.

– Oh ! Votre Grâce, je ne savais pas que vous étiez ici, souffla Betsie, une jeune servante.

Elle venait d'allumer les bougies dont la flamme vacillante éclaira la silhouette sombre de la duchesse. Sabrina s'éloigna de l'air froid qui s'infiltrait sous les fenêtres.

– J'ai encore manqué le thé, remarqua-t-elle en regardant la pendule sur la cheminée.

La duchesse, absorbée par ses pensées, ne s'était pas rendu compte de l'heure tardive.

– Oui, répondit la domestique, Votre Grâce a oublié le thé.

– Où est le duc ? chuchota la duchesse. Dans son bureau ?

– Non, Votre Grâce. Un valet disait justement que le duc se trouvait dans la grande galerie ; il admire les portraits ; il n'a pas dû s'apercevoir lui non plus qu'il faisait sombre.

– Je vois, merci, Betsie, fit Sabrina en fronçant les sourcils.

Elle salua la femme de chambre et sortit. La duchesse de Camareigh se hâta le long des couloirs qui conduisaient à la grande galerie, éclairée tous les mètres par un candélabre. De nombreux sofas et chaises, éparpillés çà et là, projetaient d'étranges ombres sur le parquet. La duchesse s'avança vers la haute silhouette masculine qui se tenait devant l'un des portraits, plongée dans une profonde rêverie.

– Lucien ? Lucien ? Qu'y a-t-il ? demanda doucement Sabrina en se plaçant derrière son époux.

– Je crois connaître notre ennemi, Rina, dit Lucien d'une voix à peine audible mais empreinte d'une telle terreur que Sabrina souhaita presque mourir.

Elle effleura du regard le portrait de la duchesse de Dowager entourée de ses petits-enfants. Leurs têtes blondes renvoyaient une lumière mate à la lueur du chandelier.

– Tes cousins ?

Lucien les avait mentionnés une seule fois après son mariage ; ensuite, il n'avait plus prononcé leurs noms, oubliant jusqu'à leur existence.

– Qu'est-ce qui te les fait soupçonner, Lucien ? Nous n'avons pas entendu parler d'eux depuis vingt ans. Je croyais qu'ils étaient partis pour le continent ; personne n'a parlé de leur retour à Londres.

Lucien continuait à fixer, hypnotisé, les visages si semblables au sien. Ses cousins, Kate et Percy, les jumeaux qui l'avaient poursuivi de leur vengeance meurtrière.

– Je ne possède aucune preuve réelle. Un pressentiment, Rina.

– Parfois, un simple pressentiment nous met sur la voie, rétorqua Sabrina en posant une main encourageante sur le bras de son époux.

– Tu te rappelles la femme voilée dont Francis a parlé ?

– Oui, nous avions cru qu'il s'agissait de ma bellemère, la « contessa ». Francis avait soutenu qu'elle parlait italien. Pourtant, je ne vois pas la « contessa » jouer ce rôle ; elle est intéressée et égoïste, mais ce n'est pas une meurtrière.

– Je le crois aussi, d'autant plus que Francis était certain que la dame était anglaise malgré son air étranger. Nous manquons de certitudes : l'homme que lord Rendale a vu tirer n'est pas forcément le même que celui qui accompagnait la femme voilée. (Le ton de Lucien se durcit imperceptiblement.) Et pourtant, ces messages dont le sens se dissimule sous d'étranges vers nourrissent mes soupçons. Une coïncidence peut-être ? Le but de ces poèmes n'est-il pas de nous inquiéter en déguisant leur signification ? Comme cette femme qui se cache sous son voile ? Aujourd'hui, nous avons reçu ce texte faisant allusion à des « jumeaux ». Le mot clef, dans les vers, est « jumeaux ». Rina, aurais-tu oublié que Kate et Percy étaient jumeaux ? Juste avant, nous avons reçu une autre énigme qui parlait de cicatrices – de cicatrices morales. (Lucien s'arrêta pour examiner la petite fille blonde du portrait.) Qu'est-ce que cela veut dire, littéralement ?

– Kate porte une horrible cicatrice, rappela Sabrina.

– Oui, mais peut-être le terme a-t-il un double sens ? Peut-être désigne-t-il ma propre cicatrice ?

Sabrina essayait de sonder les yeux bleus et les visages angéliques de Kate et de Percy ; ces têtes de chérubins auréolées de cheveux d'or, emprisonnées pour toujours sur la toile, ne livreraient pas leur secret.

Le duc caressa de son index la balafre de sa joue, souvenir de ses détestables relations avec ses cousins. S'ils étaient les auteurs de l'enlèvement, Lucien pouvait trembler, car leur haine ne connaissait pas de limites. Ils seraient sans pitié, tout particulièrement avec *sa* fille.

Sabrina appuya sa tête sur l'épaule de son mari ; celui-ci l'enlaça et l'attira doucement contre lui. Elle pleurait en silence. Lucien se sentait impuissant à contenir la révolte qui le soulevait. Ses yeux rencontrèrent les prunelles bleues du portrait de la jeune Kate Rathbourne.

Quand le duc de Camareigh affronterait-il à nouveau ses cousins criminels ?

La duchesse de Camareigh berçait dans ses bras sa petite nièce de deux mois. La fille de Richard et de Sarah était venue au monde à l'aube, un jour d'automne. Elle s'appelait Aube Eva Verrick. C'était un bébé débordant de vitalité, avec des cheveux roux tout bouclés sur le sommet de sa petite tête. Cette distinction inscrivait Aube dans la lignée de son arrière-grand-père écossais. La maternité avait réussi à Sarah en lui donnant une nouvelle confiance en elle.

– C'est bon de revoir briller le soleil, déclara Richard en observant avec un intérêt tout paternel les menottes de sa fille s'agiter dans l'air.

– Tu es sorti ? demanda Francis à son oncle. La rivière est plus froide que dans les Highlands en plein cœur de l'hiver.

Richard répondit avec un rire joyeux :

– Tu devrais le savoir, je t'avais prévenu ; et les rochers sont glissants.

– Francis te ressemble, Richard, assura la duchesse ; il lui faut découvrir par lui-même, malgré les risques.

– Un entêtement hérité de ma chère sœur, répliqua Richard.

La duchesse se contenta de sourire et remit le bébé bien emmitouflé entre les bras accueillants de sa mère. Elle s'émerveillait devant la maternité épanouie de Sarah. Sabrina se rappelait combien elle-même était effrayée la première fois qu'elle avait porté Rhea. Maintenant, elle priait pour avoir le bonheur de sentir à nouveau la tête de sa fille contre sa poitrine. Si seulement...

– J'ai reçu une lettre de Mary, annonça la duchesse sur un ton exagérément joyeux. (Elle s'efforçait de chasser Rhea de son esprit.) Ma sœur réclame des nouvelles d'Aube et se demande si elle a les cheveux aussi rouges que ceux de sa tante et...

– Et s'ils deviendront de plus en plus fauves avec les années, termina Richard.

En parlant, le jeune homme fit une grimace comique et loucha vers une mèche de ses cheveux roux.

– Le voyage de retour s'est bien passé ? demanda Francis. Pas d'incidents ?

– Mary dit que le chemin était cahoteux, mais ils

sont allés vite compte tenu de la pluie et du mauvais état de la chaussée. Terence part pour Londres demain. Il doit y rencontrer plusieurs officiers qui ont fait rechercher Rhea en France, en Irlande et au pays de Galles. Un homme a été également envoyé aux colonies.

En effet, sous le commandement de Terence, des troupes militaires avaient battu la campagne. En vain. Lady Dominick avait disparu sans laisser de traces

– Il y a un petit mot de Stuart pour toi, Robin, ajouta la duchesse.

Comme son fils restait impassible, Sabrina baissa les yeux sur la tête brune de l'enfant et fut envahie de tristesse. Robin avait terriblement changé ; il adorait sa sœur et était peut-être plus proche d'elle que de Francis. La disparition de Rhea avait transformé le petit diable espiègle en un garçon taciturne qui ne s'intéressait plus à rien. Robin gardait son chagrin au fond de lui et sa mère désespérait de pouvoir l'aider.

Le petit Andrew trottinait sur ses jambes instables à travers le salon. Au cours de ses explorations, il remarqua avec un intérêt tout particulier les jambes de Robin et fonça droit dessus en babillant. Tout à coup, il perdit l'équilibre et s'accrocha avec ses petits doigts pleins de sucre au genou de son frère. Robin, le regard perdu dans les flammes de la cheminée, fronça les sourcils et le repoussa brusquement. Le bébé tomba par terre avec un hurlement de colère ; son petit visage devint tout rouge.

– Robin ! gronda la duchesse.

Jamais elle n'avait usé de ce ton avec son fils. Robin serra les lèvres et leva un regard honteux vers sa mère.

– Je ne voulais pas le pousser, maman, je... Je ne voulais pas, vraiment. Andy, pardon...

Robin avait beau s'excuser, Andrew continuait à hurler sans comprendre.

– Le thé est servi, Votre Grâce, annonça Mason de sa voix hautaine. (Puis, constatant que les cris du jeune lord Andrew couvraient sa voix, il claironna :) Le thé, Votre Grâce !

A ce moment précis, Andrew, en bébé capricieux qu'il était, décida d'arrêter ses hurlements. Les paroles du suffisant maître d'hôtel retentirent comme un coup de tonnerre. Devant la surprise de la duchesse, Mason, pour la première fois de sa vie, parut embarrassé.

– Mes excuses, Votre Grâce, murmura-t-il, désolé de ses mauvaises manières. (Le malheureux était mortifié de s'être comporté comme un simple garçon de taverne.) Le thé est servi, répéta-t-il en prenant bien soin cette fois de moduler sa voix.

– Merci, Mason, répondit la duchesse en faisant semblant d'ignorer l'incident pour permettre au maître d'hôtel de garder toute sa dignité. (Sabrina fit les gros yeux à Richard et Francis qui étaient à deux doigts d'éclater de rire.) Pourquoi n'irais-tu pas rejoindre ton père, Robin ? suggéra-t-elle.

– Oui, maman, répondit le garçon avec docilité.

Il prit Andrew par la main et le conduisit vers la chaise de sa mère. Le maître d'hôtel avait retrouvé son sourire devant la table à thé.

La porte du bureau du duc était entrouverte lorsque Robin arriva. Il resta poliment dehors en entendant des voix à l'intérieur.

– Votre Grâce, une nouvelle lettre est arrivée. Je vous l'ai apportée directement, expliquait le garçon de courses ; étant donné l'importance des derniers messages, j'ai pensé qu'il ne fallait pas tarder.

– Je te remercie, tu as bien fait, Soamers. Soamers, c'est ton nom, n'est-ce pas ? interrogea le duc.

Il approuvait parfaitement l'initiative du jeune homme. Lucien prit la grande enveloppe posée sur un plateau d'argent, l'ouvrit et commença à lire. Il leva la main pour faire signe au coursier de ne pas se retirer. Le jeune homme eut l'impression d'attendre une éternité. Lorsque le duc de Camareigh releva la tête, les pires craintes de Soamers se trouvèrent confirmées. Jamais le jeune homme n'avait vu regard plus inhumain. Les yeux jaunes du duc brillaient avec une intensité qui donnait froid dans le dos.

– Personne ne doit savoir que tu m'as remis cette missive. J'exige ton silence. Je ne veux pas, notamment, que la duchesse soit mise au courant. Tu ne m'as rien apporté ; me suis-je fait comprendre ?

– Oui, Votre Grâce, vous avez ma parole.

Le garçon, soudain très nerveux, essayait de rassurer son trop sévère maître. Le duc remarqua son expression et, poussé par un mouvement de reconnaissance :

– Tu as bien fait, Soamers, fit-il simplement.

Moins d'un quart d'heure plus tard, le duc avait changé de vêtements et marchait à grandes enjambées vers les écuries.

– Selle mon cheval, ordonna-t-il au premier palefrenier qu'il rencontra.

Le garçon était appuyé contre la porte et mâchonnait un brin de paille. L'apparition inattendue du duc le stupéfia. Habituellement, lorsque Sa Grâce désirait monter en selle, l'ordre était transmis par voie hiérarchique. Le groom se précipita pour exécuter les ordres. Mais Butterick, qui avait toujours un œil sur son royaume, aperçut aussitôt son maître et envoya un autre garçon pour assister le premier.

– Votre Grâce, commenca Butterick sur un ton coupable, je suis désolé pour ce retard. Aucun ordre n'a été transmis.

– Je n'ai donné aucun ordre, répliqua sèchement le duc.

Il était trop préoccupé par le rendez-vous auquel il allait se rendre pour accorder une quelconque attention à Butterick. Avec sa stricte redingote, sa culotte de peau, ses bottes en cuir et son col cravate impeccable, la tenue de Lucien était aussi sévère que son expression. Butterick s'éclaircit la gorge pour cacher son embarras ; il se sentait plutôt mal à l'aise à rester là devant Sa Grâce.

– Butterick ? interrogea le duc à brûle-pourpoint. Est-ce que le vieux Taber connaissait bien mes cousins Kate et Percy ?

Le palefrenier resta d'abord la bouche ouverte.

– Lady Kate et lord Percy ? demanda-t-il, abasourdi.

Personne à Camareigh – pas même le duc – n'avait prononcé ces noms depuis des années.

Butterick se pinça la lèvre ; il comprenait combien la question de son maître était importante.

– Eh bien, le vieux connaissait lady Kate et lord Percy aussi bien que n'importe qui dans le pays. Il n'oubliait jamais personne. Je me rappelle, il venait souvent se plaindre auprès de l'ancien duc, votre grand-père, car la petite Kate maltraitait sa jument.

Le duc ne tenait pas pour l'instant à écouter des critiques.

– Si M. Taber a vu mes cousins, il se souvenait d'eux ?

– Bien sûr, surtout à cause du cheval. Le vieux Taber était tout retourné quand il venait parler de lady Kate au duc. Je m'en souviens très bien, insista le palefrenier en croisant les bras sur sa large poitrine.

Il se rappelait, avec un plaisir manifeste, que les écuries avaient été interdites à lady Kate.

Lorsque son cheval fut prêt, le duc grimpa en selle. Le contact de son épée qui lui effleurait la cuisse était rassurant.

– Mes étuis à pistolets, Butterick.

Le palefrenier envoya un garçon prendre les objets demandés. Alors seulement, il aperçut l'arme sous la redingote de son maître. Butterick attacha lui-même les étuis de cuir au pommeau de la selle. Lucien y glissa encore une paire de pistolets à pierre. Après un bref salut, il quitta l'écurie sur son étalon et prit le galop sans se retourner une seule fois. Si Lucien Camareigh avait jeté un regard derrière lui, il aurait été surpris de voir Butterick, debout sur le pas de la porte, le fixer, mains sur les hanches. Peu à peu l'expression dubitative du palefrenier se transforma en consternation. Il venait de comprendre le but de cette promenade solitaire. Le duc allait affronter lady Kate et son complice et frère, lord Percy.

Robin Dominick se glissa derrière la lourde porte qui protégeait les appartements privés du duc des visiteurs indésirables. Le cœur du garçon résonnait à ses oreilles ; en violant le sanctuaire du bureau, il encourait les foudres paternelles. La duchesse seule osait y pénétrer, et encore prenait-elle la précaution de frapper. Robin jeta des regards inquiets autour de lui ; la pièce était tranquille. Il disposait de quelques minutes pour fouiller. Il avait juste eu le temps de s'enfoncer dans un recoin du vestibule lorsque son père avait quitté le bureau. Robin avait vu avec stupéfaction le duc remonter deux à deux les marches du grand escalier, attraper sa redingote et se hâter vers l'entrée de l'aile sud qui abritait ses appartements.

Robin, après avoir soigneusement refermé la porte derrière lui, examina en détail le bureau. Les murs tapissés de livres, les deux fauteuils en velours de chaque côté de la cheminée.

Une atmosphère masculine, presque austère, régnait dans la pièce. Pourtant, celle-ci ne manquait pas de chaleur ; les boiseries patinées par l'âge, cirées, brillaient doucement à la flamme du feu de bois. Sur le mur, au-dessus de la porte, étaient accrochés des épées et les blasons très anciens des ducs de Camareigh que le jeune Robin aimait tant regarder d'habitude. En ce moment, seul le bureau en acajou de son père l'intéressait. Robin en fixait la surface lisse, comme hypnotisé. Deux chandeliers en argent massif montaient la garde de part et d'autre du portrait de la duchesse qui occupait la place d'honneur.

Robin remarqua plusieurs enveloppes de couleur dont le cachet de cire avait été brisé récemment, mais il savait que la lettre qu'il cherchait n'était pas parmi elles. Retenant son souffle, le petit garçon contourna le fauteuil aux pieds sculptés ; il trébucha contre un barreau. Les lèvres tremblantes de peur et d'excitation, Robin ouvrit le tiroir central dans lequel il avait vu le duc glisser la lettre mystérieuse. Avec un petit rire de triomphe, il brandit une enveloppe jaune.

– Que fais-tu ?

Robin poussa un cri de surprise et buta contre le fauteuil, lâchant la lettre convoitée.

– Francis ! s'écria-t-il avec colère, malgré l'air réprobateur de son aîné.

– Te voilà pris en flagrant délit, Robin, gronda Francis. (Le jeune homme n'éprouvait pas la moindre indulgence pour les écarts de son frère.) Cette fois, tu mérites que père te punisse. Bon Dieu ! tu dois être fou pour fouiller dans son bureau.

– Francis ! cria Robin. (Puis, baissant le ton avec un air de conspirateur :) Tu ne comprends pas, je...

– Si, je ne comprends que trop bien, répliqua Francis en se baissant pour ramasser la lettre tombée des mains de son frère. Ta détestable curiosité t'a conduit trop loin, cette fois-ci, Robin. Je ne t'excuse pas et... franchement, tu me fais honte.

– Ma... ma curiosité comme tu l'appelles, riposta Robin, les yeux remplis de larmes de colère, a quelque chose à voir avec Rhea.

Un peu interloqué, Francis marqua une pause.

– De quoi parles-tu ? demanda-t-il avec calme.

Il venait de remarquer les épaules affaissées de son frère, qui sortait de derrière le bureau en acajou.

– Cette lettre, on vient juste de l'apporter à Camareigh. J'ai surpris père en train de dire au domestique : « Personne ne doit savoir que ce message m'est parvenu. »

Le regard perplexe de Francis allait et venait du visage de son frère à la lettre mystérieuse.

– Et alors ? Père s'occupe de nombreuses affaires qui ne nous concernent pas.

– Père tient à ce que mère ne soit pas au courant, rétorqua Robin ; or, il n'a pas de secrets pour elle.

– C'est sa volonté, nous n'avons pas à nous interroger sur ses raisons, affirma Francis d'un ton sans réplique.

Il refusait encore d'admettre que le comportement du duc était étrange.

– Père est parti à l'écurie.

– Comment le sais-tu ? demanda Francis en glissant un regard de côté sur la lettre qu'il tenait toujours dans la main.

– Je l'ai vu y aller. Il a monté les escaliers et a pris son manteau. Il était très pressé. Je ne l'avais jamais vu aussi en colère. (Robin surveillait nerveusement la porte, s'attendant à voir surgir le duc à tout moment. Il pressait son frère, lui tirant le bras avec insistance :) Lis, Francis, lis.

Francis gardait les yeux fixés sur la lettre jaune clair devenue soudain menaçante. Le jeune homme imaginait les conséquences de la lecture d'une correspondance privée. Il ouvrit l'enveloppe.

Le duc de Camareigh chevauchait en direction de l'est, vers le grand chêne indiqué dans le message anonyme. Ses soupçons concernant l'identité des ravisseurs étaient devenus une terrifiante certitude. Peu de gens connaissaient l'existence de l'arbre centenaire, encore moins l'étroit sentier qui serpentait à travers la vallée jusqu'à l'étang. Là, se dressait le chêne dont les branches racontaient l'histoire de Camareigh. La vallée dans laquelle il avait poussé n'avait pas toujours été un endroit paisible. Le sang des Saxons y avait coulé sous l'épée des Normands sept siècles plus tôt, un après-midi semblable à celui-ci. Poussés par le vent, de grands nuages sombres couraient dans le ciel, empêchant le chêne puissant de projeter son ombre généreuse. Selon une prophétie connue de chaque génération chez les Dominick, le roi saxon agonisant avait juré qu'il serait vengé des Normands. Un jour, sous ce chêne, le sang normand coulerait et se mêlerait à celui des Saxons massacrés. En approchant du chêne, Lucien se souciait peu de cette ancienne malédiction. Il souleva la bande de cuir qui recouvrait ses étuis à pistolets, tout en fouillant du regard la vallée à la recherche de signes insolites. Le duc était certain de se diriger vers un piège. On aurait pu l'accuser de folie ou d'inconscience à vouloir ainsi affronter seul le danger. On aurait même pu le soupçonner de souhaiter la mort. Peu importe : il n'avait pas le choix, il voulait retrouver sa fille vivante. La lettre spécifiait que Lucien de Camareigh devait venir sans escorte s'il voulait revoir lady Dominick en vie. Au cas où on le suivrait, elle serait tuée sur-le-champ.

En approchant du chêne, le duc se douta que ses ennemis avaient prévu chacun de ses actes ; en outre, il ne devait prendre aucun risque, sous peine de mettre en danger la sécurité de Rhea. Il jouait en quelque sorte le jeu de ses adversaires. Malgré tout, le duc de Camareigh n'avait pas envie de mourir pour rien et, avant de renoncer à la vie, il voulait s'assurer que sa fille serait épargnée. Par malheur, il n'eut pas la chance d'apercevoir son assaillant. Un pistolet tira sur lui au moment où il arrivait à quelques pieds du vieux chêne. La balle pénétra profondément dans son bras ; Lucien s'affaissa sur sa selle. Déjà, pour ses trois assaillants, la partie était gagnée : ils avaient trouvé leur ennemi et l'avaient mis hors de combat. Ils s'avancèrent donc vers lui, confiants. Les bandits auraient dû se montrer plus méfiants et prendre le temps de mieux connaître leur adversaire. Le duc de Camareigh n'en avait pas encore fini avec eux, surtout après avoir entendu leur conversation. Teddy Waltham donnait des conseils à ses deux complices :

– Il vaut mieux fair' c' que la dam' a ordonné. C'est la meilleure manièr' d' rester vivants. Cet' fem' a le cœur plus noir que le diabl' lui-même. Plus tôt on en aura fini avec cet' affair', mieux ça vaudra. On va lui apporter son bonhomm' pour qu'elle s'amus' avec. Elle veut l' taquiner au sujet d' sa fill'. Ensuit' rest'ra plus qu'à l' fair' disparaîtr' propr'ment. C'est ça qu'elle a ordonné, ajouta Teddy Waltham. (Le bandit avait hâte de terminer son travail pour pouvoir enfin quitter « la dame folle ».) Venez, les gars, on s'dépêche. Après on ira s'enl'ver le froid d'vant un' bouteill' de rhum.

A une distance raisonnable, dans un fiacre caché par la pente de la colline, Kate vit Lucien s'affaisser sur l'encolure de son cheval. Elle applaudit joyeusement en apercevant Waltham et ses deux acolytes sortir de leur cachette derrière le chêne. Elle aurait aimé se trouver plus près pour lire dans les yeux de son cousin le sentiment que lui inspirait ce guet-apens. Peu importe, bientôt elle aurait l'immense plaisir de voir ses pupilles dilatées par la peur lorsqu'il comprendrait qui était son ennemie.

Francis et Robin avaient quitté Camareigh un quart d'heure après leur père et galopaient pour le rejoindre. Heureusement, ils connaissaient un raccourci qui leur permit d'atteindre l'entrée de la vallée avec quelques minutes de retard à peine. Malgré tout, ils n'avaient pas été assez vite. Empruntant l'étroit sentier, ils aperçurent de l'autre côté du lac leur père couché sur sa selle, blessé. Les garçons distinguèrent ensuite avec terreur trois individus qui sortaient de derrière le chêne mentionné dans la lettre. Dès qu'il vit les ennemis, Francis relança le Cid au galop malgré le chemin caillouteux. Robin lui emboîta le pas. Francis ralentit alors son allure pour maintenir une courte distance entre son cheval et celui, plus léger, de son frère.

– Robin ! s'écria l'aîné par-dessus son épaule. Prends ce pistolet, il est chargé. Peu importe si tu touches l'homme au manteau marron, essaye juste de l'éloigner de père.

Francis se pencha par-dessus la croupe du Cid et lança l'arme dans la main ouverte de Robin. Puis le jeune homme se retourna pour regarder devant lui. Trois individus s'approchaient du duc blessé. Francis crut que tout était perdu. Tout à coup, Lucien se redressa sur sa selle et tira sur ses assaillants, les prenant au dépourvu. L'homme le plus proche porta la main à sa poitrine et s'écroula, mortellement blessé. Les deux autres malfaiteurs – le frère de la victime et Teddy Waltham – roulèrent vers le duc des yeux terribles. Teddy Waltham, troublé par cet accident, n'entendit qu'au dernier moment un bruit de sabots qui se rapprochait. Le duc profita de cette diversion pour lui envoyer une balle dans la jambe. Teddy Waltham poussa un hurlement de douleur et leva le bras ; le canon de son pistolet se déchargea par bonheur au-dessus de la tête de Lucien. Effrayé, le cheval du duc se cabra, et il n'était pas facile de le calmer avec un bras blessé.

Au moment où Robin tirait vers le sol, Francis chargea le groupe ; le poitrail puissant du Cid sépara de ses adversaires le duc tombé à terre. Dans l'esprit de Lucien se grava à jamais l'image de son fils Robin, campé sur ses petites jambes, les deux mains cramponnées à un pistolet aussi gros que son bras.

Le frère du bandit abattu fut le premier à affronter la fureur du duc de Camareigh. Il n'eut que le temps de tirer l'épée ; déjà le choc des lames sonnait comme un glas à ses oreilles. Tom Porter sut, dès la première parade à son attaque, que son adversaire était non seulement imbattable mais qu'en outre il possédait une force surhumaine. Le duc ne faiblissait pas malgré le sang qui traversait sa manche et coulait sur le pommeau de l'épée.

De son côté, Teddy Waltham passait lui aussi un mauvais moment ; il se faisait battre par un gamin qui aurait pu être son fils et qui maniait la lame comme un dieu. Malgré lui, Waltham ne pouvait s'empêcher d'éprouver une admiration grandissante pour ce jeune freluquet hargneux. Il ne pouvait s'agir que du fils du duc de Camareigh. Les choses ne s'amélioraient guère. Un cri retentit, Tom Porter vacilla et s'écroula sur le sol, désarmé. Teddy Waltham serra les dents ; ce gamin qui se battait avec les raffinements d'un duelliste confirmé n'avait pas plus de seize ans. Les parades, les ripostes, les variantes compliquées que Teddy tenta furent aisément déjouées par son adversaire. Le bandit ne fut donc pas très surpris de sentir la pointe de la lame du jeune dandy s'enfoncer dans son épaule. Waltham eut le souffle coupé lorsque le fer pénétra plus profondément. Il recula en titubant, attendant le « coup de grâce », mais le virtuose de l'épée n'était pas avide de sang. Après avoir vaincu son ennemi, il semblait plus préoccupé par le sort de son père que par l'état de Teddy Waltham.

Sur la colline, à l'abri des arbres, Kate poussa un grognement de rage en voyant le deuxième ruffian tomber sur les genoux. Comment cela était-il possible ? Comment ce plan si soigneusement échafaudé avait-il échoué ? Ces mécréants, ces vauriens venaient de ruiner la vengeance qu'elle savourait déjà.

– Qu'il soit damné ! Que son âme aille au diable ! hurla-t-elle en voyant l'intrépide, le valeureux Teddy Waltham prendre la fuite à travers la colline.

Kate frappa rageusement l'arbre de ses poings. Elle regardait s'envoler ses rêves. Lucien lui avait une fois encore échappé. Il parvenait toujours à sortir de ses griffes. A cet instant, il aurait dû être à genoux devant sa cousine, lui demandant grâce. Il était libre. Ces imbéciles avaient tout gâché. Ce n'était pas juste !

Tandis qu'il escaladait la colline, Teddy Waltham ruminait des pensées identiques. Les pieds glissant dans la boue, il s'enfuyait pour toujours. Cette fuite était un acte plus que raisonnable : une heure plus tard, tout Camareigh et le village de Camare étaient en alerte. Les environs grouillaient de monde : valets, jardiniers, portiers, villageois, tous étaient à la recherche des ravisseurs de lady Rhea Claire pour les remettre entre les mains de la justice.

De retour dans son domaine, le duc endurait les soins dévoués de la brave Rawley. De ses mains compétentes, elle avait nettoyé et bandé la blessure. Maintenant, elle grondait son malade et grommelait des conseils.

– Une blessure de pistolet, c'est une blessure de pistolet. Et encore, vous avez bien eu de la chance que la balle touche pas l'os. Le trou est profond et vous avez perdu pas mal de sang. Il ne faut pas écouter ce vieux fou de docteur qui recommande de saigner Votre Grâce. (Rawley poussa un reniflement de mépris :) Il faut pas le croire, c'est pas bon. Et Sa Grâce, qu'est-ce qu'elle pense ? demanda-t-elle en jetant un regard interrogateur à la duchesse qui jusqu'ici était restée silencieuse.

– Bien sûr, Rawley, votre raisonnement est sensé, approuva Sabrina d'une voix neutre.

Le duc était seul à connaître l'émotion de sa femme ; il la savait folle de rage.

– Merci, Rawley, fit le duc en la congédiant. La duchesse va veiller sur moi, j'irai tout à fait bien.

– C'est bon, c'est bon, bougonna la brave femme.

Elle appréhendait de confier son patient à d'autres mains que les siennes, y compris celles de la duchesse. Lorsque la porte se fut refermée sur les pas traînants de Rawley, le duc n'eut pas besoin d'être très perspicace pour comprendre que sa femme fulminait.

– Je te maudis, Lucien, fit-elle avec une voix rauque d'émotion contenue.

Sabrina ne décevait point son époux, comme d'habitude. Rien qu'à sa manière de s'approcher et de s'asseoir sur le bord du grand lit, il savait qu'il aurait droit à une scène.

– Comment as-tu osé me tenir à l'écart ? Comment as-tu osé partir, affronter une mort certaine, sans m'en dire un mot ? (Les yeux mauves de Sabrina étaient brillants de larmes.) Ils auraient pu te tuer, tes cousins diaboliques. Tu serais mort à l'heure qu'il est, sans l'intervention de tes deux fils. Oh ! Lucien, gémissait Sabrina, si tu m'avais laissée, je n'aurais pas survécu. Surtout après avoir perdu Rhea. Comment as-tu pu me mettre dans ce dilemme ? Choisir entre vous deux et, peut-être, vous perdre tous les deux. Je ne sais si je te le pardonnerai jamais, Lucien.

Le duc serrait les lèvres ; il lui était pénible d'affronter une colère provoquée par le chagrin et le désespoir.

Mais il n'avait pas eu le choix. Si Sabrina avait connu ses projets, elle l'aurait accompagné à cheval et aurait dû manier l'épée, comme Francis. Or, Sabrina n'avait pas à se battre. Percy et Kate étaient les cousins du duc, pas ceux de Sabrina. Lucien ne voulait pas impliquer sa femme dans cette situation dangereuse.

– J'ai été obligé d'agir en fonction des circonstances. Je connais Kate et Percy, je les ai affrontés jadis ; ils sont du même sang que moi ; il n'y avait rien d'autre à faire.

– Rhea est ma fille, l'aurais-tu oublié ? J'avais le droit de me trouver en face de ses ravisseurs au même titre que toi.

– Que j'aie bien ou mal agi, c'est du passé maintenant, Rina. Ces bandits n'avaient nullement l'intention de me rendre Rhea. Et s'ils m'avaient révélé son sort, j'aurais vraisemblablement emporté cette information avec moi dans le tombeau. Tu as raison, ajouta Lucien sur un ton différent, sans nos fils, nous ne serions pas là à parler.

Sabrina caressa doucement la joue de son mari, effleura sa cicatrice.

– J'en serais morte ; chaque jour m'aurait pris un peu de mon souffle, Lucien, si tu m'avais laissée seule. J'ai honte ; le désir de te garder est du pur égoïsme. Je déteste me sentir aussi vulnérable, mon chéri, avoua la duchesse en se penchant vers la tête blonde, habituellement si altière, de son époux. Qu'allons-nous faire, Lucien ? Nous n'en savons pas davantage.

Le duc regarda par la haute fenêtre qui donnait sur les terres de Camareigh. Kate et Percy étaient là... quelque part. Sabrina avait raison, ils n'en savaient pas plus qu'avant. Si, maintenant le duc connaissait le visage de son ennemi. Si Kate et Percy étaient responsables du rapt, ils ne tarderaient pas à réapparaître. Le duc ne voulait pas manquer ce moment.

– Malheureusement, je crains qu'ils n'en aient pas terminé avec nous, confia Lucien à sa femme en pressant ses lèvres sur son front.

Les yeux fixés sur le foyer, Lucien songeait au prochain et ultime affrontement avec ses cousins. Il se rappelait aussi les paroles de Waltham. Rhea était-elle déjà morte ? Devait-il donner sa vie pour sauver celle de sa fille ? Quoi qu'il en fût, il ne voulait pas inquiéter Sabrina.

– Père ?

Une voix hésitante leur parvint par la porte entrouverte.

– J'ai frappé, mais je crois que vous n'avez pas entendu. Nous, nous... voulions savoir comment vous allez.

Francis avait des difficultés à parler, ne sachant pas très bien comment il serait reçu.

– Entre, mon fils, dit le duc en tendant la main.

– Robin est là, ajouta Francis.

– Entrez donc tous les deux, répéta le duc, les bras tendus vers ses enfants.

Robin bouscula son frère pour se précipiter vers ses parents. Il se serra contre eux à les étouffer.

– Tout va bien, Robin, mon chéri, dit la duchesse pour le rassurer. Votre père est fier de vous, fier de ses deux fils. Sans toi et Francis, eh bien...

La duchesse n'acheva pas sa phrase.

– Papa, tu ne vas pas mourir, c'est promis ! s'écria Robin, le visage caché contre la poitrine de sa mère.

– Non, je vous remercie. (Le duc croisa le regard de son fils aîné.) Etant donné les circonstances, je peux difficilement vous réprimander pour avoir pénétré dans mon bureau. (Le duc esquissa un sourire ; il savait que Robin se sentait coupable.) Je suis désolé ; je comprends, mon petit, tu veux supporter tout le blâme. Francis n'a fait que participer à la conspiration.

Robin releva son visage mouillé de larmes. Il regarda ses parents et se mit à sourire. Son père ne mourrait pas.

– Je viens de parler avec Butterick, expliqua Francis. Il m'a rapporté que des domestiques avaient repéré des traces de roues dans la colline ; elles vont jusqu'à la route. J'ai pris la liberté, père, d'envoyer des cavaliers à travers la vallée. Peut-être aura-t-on remarqué un fiacre ?

– Tu as bien fait, Francis. (Le duc était heureux de complimenter son fils, mais ses félicitations passèrent inaperçues ; il demanda avec inquiétude :) Quelque chose te tracasse, Francis ?

Le jeune homme hésita à répondre ; il détourna les yeux avec embarras. La duchesse aurait juré qu'ils étaient pleins de larmes. Pourtant, lorsqu'il regarda à nouveau ses parents, ses yeux étaient secs et animés d'une sourde colère.

– Je ne comprends pas comment des êtres de notre chair et de notre sang peuvent agir ainsi. Comment vos cousins Kate et Percy ont-ils pu enlever Rhea ? J'ignorais qu'il pouvait exister des gens aussi monstrueux. Et pourquoi ont-ils agi ainsi avec nous ? Que leur avons-nous fait, père ? Ils font partie de la famille des Dominick, nous avons les mêmes ancêtres, et maintenant ils veulent nous anéantir. Pourquoi ? Et pourquoi ont-ils enlevé Rhea, elle, si gentille et si douce, elle qui n'a jamais fait de mal à personne. Je le jure, père, déclara Francis avec une solennité qui le faisait ressembler au duc : si ces gens ont touché à Rhea, je les tuerai. J'y suis plus que jamais résolu.

Avant que ses parents aient pu répondre à cette provocation, il avait tourné les talons et quitté la pièce.

Robin fixait la porte, la bouche ouverte. Son frère, soudain, était devenu un étranger.

– Qu'ils soient maudits, murmura la duchesse entre ses dents. Tes cousins ont réussi, et d'une façon que je n'aurais jamais soupçonnée. Ils ont volé à Francis son innocence, ils lui ont appris la haine, Lucien. J'ai peur, car ils sont parvenus à toucher notre fils par leur méchanceté diabolique. Qu'auront-ils fait de Rhea ? De cette pureté, de cette beauté étincelante qui lui appartiennent ? Oh, mon Dieu, pardonnez-moi, s'écria la duchesse. Je préférerais qu'elle soit morte plutôt que de la savoir entre leurs mains. Je t'en prie, Lucien, dis-moi que je ne suis pas coupable en faisant un tel vœu et que Rhea nous reviendra intacte.

Lucien Dominick enlaça sa femme et son fils. Il n'avait d'autre réponse à donner que le réconfort de ses bras.

Le domaine de Camareigh était plongé dans le silence. Dans le bureau du duc, les lourdes tentures de velours – protection nécessaire contre le froid de la nuit – avaient été tirées. Lucien fixait d'un regard morose les flammes dans l'âtre. On n'entendait que le bruit régulier de la pendule sur la cheminée et les bûches qui craquaient. Francis ne s'était pas trompé. Quelques heures plus tôt, on avait identifié une calèche qui se dirigeait à vive allure vers un petit hameau au sud-est de Camareigh. Il était plus de minuit ; la poursuite de Percy et Kate durerait jusqu'à l'aube.

Le coude appuyé sur le bras capitonné de son fauteuil, le duc se reposait, le front dans la main. Jamais il n'avait connu un tel désespoir. Il avait gardé pour lui ses angoisses les plus profondes, car il ne voulait pas partager son chagrin avec Sabrina. Il se refusait à détruire les dernières espérances qui l'empêchaient de sombrer dans la folie. Sabrina croyait encore, avec un optimisme qu'elle ne conserverait plus longtemps, que sa fille était vivante. Plus cynique, Lucien, qui connaissait ses cousins, était persuadé qu'elle était morte.

Le duc poussa un soupir et ouvrit ses yeux fatigués.

Une véritable petite armée de domestiques, sous le commandement de Butterick, battait la campagne avec des chiens.

Tout à coup, Lucien entendit des pas tout près de la porte. Il se retourna, croyant que c'était Sabrina, bien qu'il l'eût quittée endormie. Une bûche à demi consumée s'écroula dans le feu, provoquant une vive flambée. Dans la lumière ravivée, une silhouette sombre émergea doucement de l'ombre.

– Kate ! fit le duc.

Il l'avait reconnue, instinctivement.

– Mon cher cousin Lucien, murmura lady Katherine d'une voix brisée par une émotion contenue.

Enfin elle approchait son pire ennemi.

– Comment es-tu entrée ?

Le duc s'entendit poser cette question avec un calme surprenant.

– Lucien... Lucien... sifflait Kate entre ses dents. Lucien – elle savourait son prénom –, Percy et moi, nous t'avons toujours trouvé sur notre chemin. Tu t'es insinué dans nos projets pour les faire échouer. Toujours à conspirer avec la vieille duchesse contre nous. Comme nous t'avons haï, Lucien, mais... (Kate poursuivait soudain avec une voix joyeuse, presque taquine :) Tu me demandais comment j'étais entrée ? Tu vois, bien que tu m'aies tenue à l'écart de cette maison depuis plus de vingt ans, je n'ai pas tout oublié de Camareigh. Je me souviens encore du passage secret. J'ai retrouvé l'entrée, près du balcon de pierre, si astucieusement cachée sous le rosier. Et sais-tu où j'étais ? J'attendais dehors, dans le froid. J'ai attendu des heures à guetter les fenêtres éclairées. Peux-tu imaginer ce que j'ai éprouvé, dehors, à l'affût ? La lumière douce des pièces éclairées parvenait jusqu'à moi. J'écoutais le frémissement des branches, au-dessus de ma tête, qui me disaient : « Tu es revenue chez toi, dans ta maison. » Lucien, retourner à Camareigh après ces années interminables où j'ai enduré les tortures d'une damnée ! Camareigh me revient et, cette fois-ci, je ne laisserai plus usurper mes droits.

Lucien parcourut la pièce d'un regard inquisiteur.

– Où se trouve ton ombre jumelle, Kate ? (Il haussa la voix :) Percy, tu peux quitter les jupes de ta sœur ; approche, ne sois pas timide.

Le rire aigu de Kate interrompit les provocations du duc de Camareigh.

– Si mon frère montrait son visage, ce serait celui du premier fantôme de Camareigh.

– Que veux-tu dire, Kate ? s'enquit Lucien d'une voix cassée.

Il sentit un frisson au creux des reins.

– Percy est mort ! rugit Kate. On l'a retrouvé à Venise flottant dans le canal, un couteau entre les omoplates. Comprends-tu ce que j'ai enduré, Lucien ? J'aurais pu en mourir.

Lucien humecta ses lèvres desséchées. Très vite, il reconstitua la chaîne des événements tragiques. Kate voulait venger la mort de Percy. Lucien hocha la tête avec incrédulité ; la disparition de son cousin lui donnait un sentiment indéfinissable. Le duc jeta un regard étincelant sur la silhouette voilée.

– Tu as enlevé ma fille, Kate, fit-il d'une voix si basse qu'elle l'entendit à peine. Elle ne t'avait fait aucun mal ; c'est moi qui suis ton ennemi, pas mes enfants.

– Ta fille est une Dominick. Si belle, si pure, si innocente aussi.

Kate éclata d'un rire rauque.

– Elle était chère à ton cœur, Lucien ! Tu as souffert jour après jour, depuis sa disparition, n'est-il pas vrai ? Et mes petits messages, ne t'ont-ils pas troublé ? Rhea était...

Lucien n'en écouta pas davantage. Son cœur avait bondi dans sa poitrine.

– Etait, Kate ? répéta-t-il, atterré.

– Etait quoi ? demanda Kate. (Soudain, elle éclata de rire.) Oh ! Tu veux savoir si ta fille est morte ? Pour être honnête, Lucien, j'ignore si la gamine est encore en vie. Tu vois, mon cher cousin, je l'ai envoyée aux colonies. (Kate se mit à ricaner en entendant le souffle court du malheureux père.) J'ai vendu ton précieux rejeton à un trafiquant. En ce moment, elle doit se prostituer dans quelque maison close des Amériques. Je me demande si elle aura survécu à la traversée. Rhea est si pâle, si fragile. D'après ce que j'ai pu observer, tu n'as pas engendré de robustes héritiers. Je suis inquiète pour la descendance des Dominick. Et les colonies sont une contrée sauvage. La dernière fois que j'ai vu ta fille, elle était évanouie. Nous avons dû la droguer ; je me demande si on ne lui a pas administré une trop forte dose de somnifère.

Lucien s'avança, menaçant, vers sa cousine.

– Reste où tu es !

Un pistolet sortit comme par magie du manteau de lady Katherine.

– Je suis étonné, Kate : tu n'as pas tué Rhea ; tu n'as jamais été très patiente pourtant.

– Je t'en prie, ne me remercie pas, lança Kate d'un ton ironique. Ta gratitude serait déplacée. C'est mon imbécile de valet qui a sauvé la vie de ta fille. D'ailleurs, je me suis occupée de lui... Personne ne me trahit impunément. (Kate changea brusquement de sujet de conversation.) Sais-tu, Lucien : j'adore Francis, même s'il a ruiné mes plans cet après-midi. Il ressemble à Percy ; oui, il lui ressemble. Je ne connais pas tes jumeaux, mais il paraît qu'ils ont les cheveux dorés, exactement comme Percy et moi... il y a très longtemps... (La voix de Kate s'affaiblit en un murmure plaintif.) Les années nous changent, n'est-ce pas ? Tu devrais te montrer curieux ; après tout, c'est toi qui m'as défigurée.

D'un geste lent, Kate souleva, d'une main, le voile fin qui flottait sur ses épaules. De l'autre, elle pointait son pistolet sur la poitrine de Lucien. Elle se réjouissait à l'avance du spectacle : voir la répulsion du duc de Camareigh. Elle souhaitait désespérément lire sur son visage un dégoût insurmontable. Quel plaisir suprême !

D'une main qui ne tremblait pas, Kate dénuda son visage, sans quitter Lucien des yeux. A son profond dépit, pas un muscle du visage viril ne tressaillit devant sa beauté détruite.

Le duc de Camareigh dévisageait sa cousine avec son indifférence habituelle, avec ce mépris glacé qui avait le pouvoir de la rendre furieuse. Kate comprit qu'elle ne se libérerait jamais de son cousin.

La duchesse s'éveilla en sursaut et scruta l'obscurité de la chambre. Dans la cheminée, le feu réduit à des braises ne protégeait plus la pièce contre les courants d'air glacé qui s'infiltraient sous les portes. Sabrina tendit instinctivement le bras vers Lucien. Elle s'assit, inquiète : le lit était vide. Elle pensa immédiatement à la blessure. Son mari devait avoir de la fièvre. La duchesse fouilla des yeux l'obscurité. La chambre était vide.

– Lucien ? Lucien ? es-tu là ? appela Sabrina à voix basse.

Un silence accablant lui répondit. Sabrina hésita un instant puis, rejetant la couverture, sortit du lit. Elle glissa les pieds dans ses babouches de soie et, à tâtons dans le noir, chercha son châle en laine moelleuse. « Camareigh semble anormalement silencieux », songea la duchesse en se hâtant le long des corridors. Elle se dirigea d'abord vers la grande galerie, espérant y trouver Lucien absorbé devant un portrait. Il y régnait un silence de mort. La duchesse se reprocha vivement ses terreurs nocturnes. Soudain, la maison lui apparaissait comme un tombeau où la mort la fixait avec réprobation pour avoir violé sa solitude. Tenant d'une main son châle contre elle et de l'autre le candélabre qu'elle venait d'allumer, Sabrina descendit le grand escalier qui menait au bureau de son époux. Prenant garde de ne pas trébucher, elle ne remarqua rien jusqu'à la dernière marche. Elle s'arrêta un instant pour écarter une mèche de cheveux qui lui retombait sur les yeux.

Par la porte ouverte, des voix montaient. D'abord, Sabrina crut qu'il s'agissait d'une servante ; mais une domestique n'aurait pas parlé au duc sur ce ton.

– Cette fois, je tiens ta vie entre mes mains, cher cousin Lucien. Tu aurais dû mourir il y a longtemps.

Une bûche, en tombant, projeta une gerbe d'étincelles dans la cheminée. Kate sursauta puis se remit à fixer Lucien avec haine. La cicatrice de sa joue exerçait sur elle une véritable fascination.

– Mon ami, je vais mettre fin à ton existence maudite.

Lady Katherine crachait son venin comme un animal malfaisant. Elle ne vit pas l'éclair d'une épée décrire une courbe au-dessus de la porte, entre les mains de Sabrina. Lucien le vit, lui. La lame glissa vers le poignet sans défense de Kate et l'entailla profondément. Lady Katherine poussa un cri d'effroi, le pistolet tomba de sa main palpitante. Elle se retourna et regarda avec incrédulité la petite femme aux cheveux sombres qui se tenait dans l'embrasure de la porte, une épée sanglante à la main. Instinctivement, Sabrina recula, terrorisée par l'affreux visage. Kate poussa un cri démoniaque qui résonna épouvantablement à travers la pièce. Lucien connaissait sa cousine. Il ne commettrait pas l'erreur de la sous-estimer ; malgré sa blessure, elle restait dangereuse et assez folle pour attaquer la femme qui lui avait ravi sa dernière chance de tuer le duc de Camareigh.

Mais Kate était poussée par un instinct de bête blessée prise au piège. Ses pâles yeux fouillèrent la pièce à la recherche d'une arme. Son pistolet avait glissé loin d'elle. Soudain, elle se jeta sur le bureau et saisit un énorme chandelier en argent. Avec un cri rauque, elle lança la lourde pièce à la tête de Lucien. Ce dernier fit un pas de côté, le chandelier alla s'écraser dans un craquement de bois contre le panneau sculpté au-dessus de la cheminée. Entre-temps, Kate avait pu s'échapper, poussant Sabrina dans les jambes de son mari. S'embarrassant dans sa longue robe d'intérieur, la duchesse trébucha et tomba à genoux. Lucien essaya de la retenir et alla cogner contre la porte. Il se redressa lentement, en frottant son bras blessé.

– Tout va bien, Rina ? demanda-t-il avec inquiétude.

Il hésitait à abandonner sa femme pour poursuivre sa cousine dans le sombre vestibule.

– Oui. S'il te plaît, Lucien, rattrape-la ! supplia Sabrina en s'appuyant sur l'épée pour se relever. Que s'est-il passé, où est-elle partie ?

– Impossible de suivre sa trace dans l'obscurité, mais

nous la retrouverons. Je doute qu'elle aille loin avec sa blessure.

Lucien guida Sabrina vers un fauteuil, devant le feu, et l'obligea à s'asseoir. Ensuite, il se rapprocha de son bureau, ouvrit le tiroir du milieu et en sortit un pistolet. Il marcha enfin vers la fenêtre, écarta la lourde tenture, et fit feu à travers un carreau. Le bruit résonna dans le silence de la nuit comme un tir de canon.

– Lucien... que... commença Sabrina, tandis que la déflagration se répercutait dans tout le château.

– J'alerte Butterick et ses hommes. Dans quelques minutes, Camareigh brillera de toutes ses lumières. Kate va se trouver en mauvaise posture, les chiens vont renifler ses traces. Si elle est assez folle pour rester dans les parages, ses jours sont comptés, affirma froidement le duc.

– Je n'oublierai jamais son horrible visage et ses yeux fous. J'ai cru voir le diable, gémit Sabrina, en essayant de refouler ses larmes. Elle voulait te tuer.

– Mais elle n'y a pas réussi, ma chérie. Sans toi...

Lucien effleura du regard l'emplacement vide sur le mur. L'arme avait servi une nouvelle fois.

– Viens, ma chérie, sèche tes pleurs, ordonna Lucien en voyant Sabrina essuyer maladroitement ses larmes avec le revers de sa manche. Le pire est passé.

La duchesse refoula ses sanglots. Soudain, son attention se porta sur son mari ; il avait changé d'expression. Cette transformation serait passée inaperçue aux yeux d'un étranger, mais pas à ceux de Sabrina.

– S'il te plaît, Lucien, dis-moi ce qui se passe.

– Ils n'ont pas tué Rhea Claire, Rina, déclara le duc, dont les yeux brillèrent d'un nouvel espoir. (Oubliant le sang de Kate sur ses paumes, Lucien serra les mains de sa femme entre les siennes. Il regarda tendrement le visage aimé qui l'interrogeait.) Kate l'a reconnu, elle n'a pas tué Rhea. Notre fille a été endormie et vendue. Ensuite on l'a embarquée sur un navire pour les colonies.

– Les colonies ?

Sabrina s'affolait, imaginant ces pays lointains, si peu civilisés... Quelles vicissitudes sa fille n'allait-elle pas connaître ?

– Oh, mon Dieu ! pauvre Rhea. Qu'allons-nous faire ? Comment la retrouver ? Lucien ! s'écria la duchesse. (Tout à coup, elle pleurait de joie.) Rhea est vivante, j'en suis certaine, nous avons une chance de la revoir.

– Rina ? Lucien ? De quoi s'agit-il ? Rhea est vivante ? J'ai entendu des coups de feu, je suis arrivé en courant mais j'ai perdu du temps : je me suis tordu une cheville avant de vous trouver. (Richard était là, dans l'ouverture de la porte. Ses pieds nus dépassaient sous sa longue chemise de nuit.) Tout va bien ? fit-il, très inquiet, en remarquant des traces de larmes sur les joues de sa sœur.

– Je me porte à merveille, le rassura Sabrina ; on va nous rendre Rhea, s'exclama-t-elle, incapable de maîtriser sa joie.

– Rina, je ne crois pas... corrigea prudemment Lucien.

Il fut interrompu par l'arrivée de serviteurs, menés par un tonitruant Butterick.

– Vos Grâces sont-elles blessées ? Qui a tiré ? Quelqu'un a-t-il été touché ? Où est le coupable ?

Le brave homme menait son interrogatoire tambour battant. Rien ni personne n'échappait à son regard aigu, pas même Richard en chemise de nuit.

– Lady Kate est ici ; elle est seule mais blessée et dangereuse, dit le duc en mettant Butterick en garde. Elle s'est faufilée par le passage souterrain, elle a dû repartir par là.

– Cette diablesse ! Et lord Percy ? Vous croyez qu'il l'attend quelque part, Votre Grâce ? s'inquiéta Butterick.

Il voulait savoir s'il devait se préparer à affronter un ennemi ou deux. Le duc répondit d'une étrange façon :

– Percy est mort, nous devons nous occuper de Kate.

– C'est bien suffisant, bougonna Butterick.

Au fond de lui-même, il aurait préféré faire face à un taureau furieux.

– J'envoie deux hommes pour surveiller l'entrée du souterrain. J'irai avec deux autres à la sortie. Comme ça, nous la prendrons entre deux feux.

Kate contemplait le visage paisible de l'enfant endormi. Oubliant sa blessure et le sang qui coulait sur le dessus-de-lit matelassé, elle effleura du bout des doigts la soyeuse tête blonde. Kate parcourut la pièce du regard, maudissant l'obscurité ; elle distinguait à peine les traits du petit garçon. Dans la cheminée, la faible lumière du feu accentuait les ombres. Kate avait eu du mal à se diriger dans la chambre et failli tomber en heurtant un cheval de bois. Le choc avait fait un bruit épouvantable ; mais la nourrice, dans son étroit lit d'angle, avait continué à ronfler. Kate regarda par-dessus son épaule l'autre petit lit dans lequel une fillette dormait profondément. Lady Katherine se revoyait petite, innocente, ignorante du destin qui l'attendait. Son regard revint au visage de chérubin de Andrew Dominick. Délicatement, elle enleva l'enfant endormi à la chaleur du lit et le berça en le serrant contre sa poitrine.

– Mon doux Percy, chantonnait-elle en se dirigeant vers la porte. Kate est venue te reprendre.

Un ronflement sonore de la nurse l'arrêta. Dans la pénombre, elle essaya de distinguer la forme sous les couvertures.

– C'est vous, Votre Grâce ? interrogea la nounou en se redressant sur son séant.

Les paroles lui manquèrent lorsqu'elle aperçut, à la lueur de la bougie, un visage mutilé. Le hurlement de terreur de la malheureuse femme poursuivit Kate hors de la pièce et se répercuta à travers les couloirs de Camareigh. Mais, lorsqu'il parvint au frère et à la sœur qui marchaient bras dessus, bras dessous dans le vestibule, ce n'était plus qu'un son étouffé.

– Je comprends pourquoi Lucien souhaite assister à

la capture de Kate, constata Richard. (Le jeune homme grelottait de froid à cause des courants d'air qui s'engouffraient entre ses jambes nues.) Au fond, il a pitié d'elle. Dieu seul sait pourquoi, car ton mari n'est pas un homme compatissant.

– Tu as raison, Richard, mais après tout Kate fait partie de sa famille, répondit Sabrina. Tel que je connais Lucien, je le soupçonne de vouloir s'assurer qu'il n'arrivera rien de grave. La moindre erreur pourrait coûter une vie humaine. Même si cette femme est folle, elle n'en est pas moins une froide meurtrière. Cette fois, je ne crois pas qu'elle échappe à la potence.

Sabrina leva les yeux et aperçut la nurse O'Casey, habituellement si « comme il faut », qui tanguait dans le couloir comme un marin ivre. Richard eut la même vision ; il jeta un regard mauvais à la malheureuse qui, malgré ses pas incertains, approchait à vive allure. Avec un rire gêné, Richard s'exclama :

– Bon Dieu ! Elle ne doit pas avoir les idées claires.

– Oh, Votre Grâce ! Votre Grâce ! Le Seigneur nous vienne en aide. J'ai vu le diable, le diable en personne, sorti des grilles de l'enfer. Dieu ait mon âme, j'ai jamais vu pareil visage.

La nurse coassait, agrippée au bras de sa maîtresse.

– Dieu nous aide en effet, grogna Richard avec un regard de pitié pour la vieille femme qui, apparemment, avait perdu la raison. Tu as bien fait de vouloir jeter un œil sur les enfants, Rina.

Soudain, le jeune homme s'arrêta : sa sœur restait figée comme une statue.

– Désolée, Rina, je ne voulais pas te faire peur ; les jumeaux ne risquent rien, tu sais.

Richard s'excusait presque ; ses dernières paroles avaient dû effrayer Sabrina.

– Kate ! prononça la duchesse avec une étrange lueur dans les yeux.

– Kate ? répéta Richard. Elle a quitté la maison.

– Tu es sûr ? demanda Sabrina, soudain remplie de doute. (La duchesse essaya de se débarrasser de la nourrice agrippée à sa robe de chambre.) Kate rôde dans les environs, Richard, je le sens. Tu comprends, le diable dont parle la nounou, c'est elle. Elle a effrayé la pauvre femme au point de lui faire perdre la tête. Si tu t'étais éveillé avec ce visage défiguré devant les yeux, tu serais devenu fou toi aussi.

Richard hésita un instant ; il fallait prévenir Lucien. Il se précipita, refaisant en sens inverse le chemin parcouru avec sa sœur quelques instants plus tôt. Sabrina le suivit du regard jusqu'à ce qu'il disparaisse dans le couloir sombre.

– O'Casey, attendez-moi ici, ordonna-t-elle à la nourrice épouvantée, je reviens dans quelques minutes. Je vais juste border les jumeaux dans leur lit.

– Mais... mais la diablesse a pris le petit. Elle a volé le jeune lord Andrew ! Je l'ai vu de mes propres yeux.

Sabrina, accablée d'horreur, fixait la pauvre femme sanglotante. Elle se demandait si celle-ci avait eu une hallucination ou si... La duchesse se rua vers la nursery. En entrant dans la pièce, elle remarqua un chandelier éteint ; mais il y avait suffisamment de lumière pour distinguer le lit vide d'Andrew. Sabrina s'approcha et toucha d'une main mal assurée le traversin : il était visqueux de sang. Andrew n'était plus là, et son oreiller était taché de sang. Les jambes tremblantes, Sabrina se précipita vers le deuxième berceau, ignorant ce qu'elle allait y trouver. Elle poussa un soupir de soulagement : sa fille dormait paisiblement. Son sommeil ne semblait pas avoir été troublé. Pourtant, en regardant de plus près le visage innocent d'Arden, la duchesse remarqua une nouvelle tache. Du sang. « Ce n'est pas celui de l'enfant », conclut Sabrina après avoir examiné la tête aux boucles blondes. Avec des doigts maladroits, Sabrina remonta la couverture de laine sur les frêles épaules. Elle songeait avec effroi que Kate s'était trouvée à ce même endroit un peu plus tôt. Arden avait été épargnée, mais Andrew ?

Sabrina tournait en rond dans la chambre. Où Kate était-elle allée ? Pourquoi avait-elle enlevé Andrew ? Elle ne pouvait répondre à ces questions ; il n'y avait qu'à imaginer les pâles yeux de la démente... Après avoir jeté un dernier regard protecteur à sa fille, Sabrina se dirigea vers ce qu'elle espérait être la dernière confrontation avec Kate. Cette fois-ci, si elle se retrouvait face à elle, elle serait impitoyable. La duchesse sortit précipitamment de la chambre et prit la direction opposée à celle qu'elle avait empruntée à l'aller. Elle s'enfonça en courant dans l'aile sud de la maison, loin de la troupe d'hommes qui se rassemblait dans le vestibule pour fouiller la demeure.

La duchesse hésita à l'intersection de deux couloirs, avant de repérer de nouvelles traces de sang. Comment Kate avait-elle pu faire tout ce chemin en étant blessée et en portant Andrew ? Sabrina s'engouffra dans le couloir de droite, consciente que son destin se jouait là. Ses pas la conduisirent à un escalier désaffecté qui descendait dans une cour intérieure. C'était là l'issue empruntée par Kate pour s'évader. Cet escalier était peu connu à Camareigh car la cage, très ancienne, était délabrée et les marches à demi pourries. Comme il était dangereux, Lucien l'avait condamné. En attendant de le réparer, les ouvriers y avaient installé un échafaudage qui constituait un danger supplémentaire.

Sabrina hâta le pas, poussée par un terrible pressentiment. Les phalanges de ses doigts étaient blanches à force de serrer le lourd candélabre. D'une main, elle protégeait la flamme vacillante. Bientôt, la jeune femme parvint au milieu du couloir qui menait à l'escalier sud. Elle entendit un hurlement de terreur, et ne se demanda pas qui l'avait poussé. Dans la seconde qui suivit, un grondement ébranla les murs, accompagné d'un fracas assourdissant. Sabrina n'eut qu'une pensée en entendant le cri d'horreur de Kate : son fils ! Elle imaginait les marches effondrées, la cage écroulée. Cette image la rendait folle, pourtant elle s'approcha et ouvrit courageusement la porte. Un courant d'air glacé lui cingla le visage, éteignant la chandelle et laissant la jeune femme en déséquilibre au bord du trou béant.

Sabrina demeura immobile à scruter les ténèbres silencieuses, tentant de distinguer un objet familier. Elle tendit le bras et sentit s'enfoncer dans la paume de sa main un éclat de bois. Après avoir posé avec précaution le chandelier par terre, Sabrina se pencha dans le noir.

– Andrew ? Andy chéri ? Où es-tu, Andy ? Réponds à maman, Andy. (La duchesse appelait doucement. Un silence de mort lui répondit.) Andy ! cria-t-elle, oubliant sa position instable sur le pas de la porte. Andy, où es-tu ?

L'obscurité malfaisante semblait la narguer en lui renvoyant l'écho de ses appels. L'euphorie qu'avaient suscitée les nouvelles concernant Rhea avait fait place à un désespoir profond. La duchesse se trouvait devant son fils mort. Paralysée de douleur, elle se sentit tomber dans le vide...

Des mains énergiques la retinrent au moment où elle s'effondrait sur les genoux, trop accablée pour lutter plus longtemps.

– Rina ! cria Lucien d'une voix affolée.

La peur de voir sa femme disparaître dans le vide était plus forte que sa colère. Au moment où il atteignait l'escalier sud, la blanche silhouette de Sabrina était apparue, fantomatique, à la lumière des torches brandies par les hommes lancés à la poursuite de lady Kate. Le duc montait le grand escalier lorsqu'il avait croisé Richard porteur de la mauvaise nouvelle. Aussitôt, il avait suivi les traces de sang dans l'aile sud. C'était seulement en approchant du couloir qui menait à l'escalier désaffecté qu'il avait compris. Kate était arrivée à la fin de son voyage. Elle n'avait aucune chance de s'échapper. Richard avait surgi à son tour, éclairé par une torche. Il l'abaissa pour tenter de déceler une silhouette ou un mouvement dans les décombres. Les ombres étaient épaisses, et l'espace conservait son silence de mort.

Lucien serra Sabrina contre lui, l'empêchant de se tourner vers les éboulis sous lesquels était enseveli le corps de leur fils. Richard s'accroupit sur le rebord de l'escalier, sa chemise de nuit soulevée par les courants d'air. Il se refusait à croire que c'était la fin, que son petit neveu innocent était là sous les décombres.

– Lucien ! fit Richard en désignant une forme immobile en bas.

Le duc essaya d'empêcher Sabrina de regarder. Trop tard, la jeune femme avait déjà les yeux braqués sur la scène de cauchemar révélée par la lumière des torches. Kate était morte.

Malgré une fin horrible, la malheureuse, c'était étrange, semblait apaisée. Dans la mort, lady Katherine avait trouvé la paix qu'elle avait, vivante, follement repoussée. Son tourment s'achevait dans une violence inouïe certes, mais le destin avait fini par lui être doux. Aussitôt après qu'on eut découvert le cadavre, Butterick arriva avec sa troupe ; il jeta un œil désolé sur l'échafaudage effondré et l'ancienne cage d'escalier. Puis, hochant tristement la tête, il s'adressa aux silhouettes silencieuses qui se tenaient devant lui comme des statues.

– Il va falloir creuser pour sortir lord Andrew de là-dessous.

Le palefrenier était certain que le petit lord n'avait pas survécu à sa chute.

En entendant ces paroles, Sabrina se dégagea des bras de Lucien et, titubante, alla s'appuyer contre le mur, incapable de supporter le spectacle. Tout à coup, elle entendit tout près d'elle un bruit, un craquement. Elle s'écarta, croyant à une souris ou à un rat. A sa grande frayeur, elle sentit quelque chose saisir sa cheville nue. Quand il entendit son cri, Richard – qui rejoignait les hommes pour la fouille – revint sur ses pas. Il s'avança avec précaution sur le rebord de la cage d'escalier et approcha sa torche de sa sœur. Le jeune homme s'immobilisa derrière Lucien. Vision miraculeuse : ni Lucien ni Richard ne s'attendaient à voir Sabrina, moitié riant, moitié pleurant, bercer son fils dans ses bras. La duchesse expliqua sans attendre :

– Il rampait dans le vestibule, j'ai senti quelque chose... s'accrocher à ma cheville... j'ai poussé un cri...

Les paroles de Sabrina étaient interrompues par les petits cris ravis d'Andrew que sa mère dévorait de baisers. Lucien, lui, n'avait pas prononcé une parole.

– Andrew est vivant ! annonça Richard aux hommes qui continuaient à creuser en bas de l'escalier. (Le jeune homme répondit par un sourire joyeux à la liesse générale. Puis il se retourna vers son neveu, aussi étonné qu'heureux qu'il ait été épargné.) Kate le tenait bien dans ses bras avant de s'élancer dans le vide... (Tout à coup, Richard offrit un visage triomphant à son auditoire.) La porte... elle était coincée !

– Cela me paraît évident, remarqua Lucien.

Les déductions de son beau-frère l'amusaient toujours.

– De quoi parles-tu, Richard ? demanda Sabrina, désorientée. De toute façon, il vaut mieux que tu te mettes à l'abri des courants d'air ; vous allez attraper la mort à rester ici pieds nus.

– C'est très simple, Rina, répondit le jeune homme. La porte est déformée, ça explique tout.

– Je regrette, je ne vois pas...

– Tu ne comprends pas ! dit Richard en interrompant sa sœur avec impatience. Kate a passé un sacré temps avant de l'ouvrir. Et elle n'y serait jamais parvenue, avec sa blessure, si elle avait tenu Andrew dans ses bras. Elle a donc déposé l'enfant par terre pour pouvoir s'attaquer à la porte. Son temps était précieux. Elle s'est affolée : pendant qu'elle tentait d'ouvrir la porte, elle a dû entendre des pas – tes pas, Rina. Ils se rapprochaient. Peut-être même a-t-elle aperçu la lumière de la bougie au bout du couloir ?

Par déduction, Richard reconstituait la scène tragique qui s'était déroulée quelques instants plus tôt.

– Tu imagines, Rina ? Pendant que Kate était aux prises avec la porte voilée, Andrew, libéré, en a profité pour s'éloigner et explorer cet endroit inconnu. Kate se trouvait sans lumière pour le chercher ; d'ailleurs elle n'en a pas eu le temps...

Sabrina se mit à trembler et serra le corps tiède d'Andrew contre elle.

– Partons, ordonna Lucien ; quittons ces lieux et oublions cette nuit. Kate est morte ; elle ne nuira plus.

Lucien prit sa femme par le bras et l'emmena, elle et son enfant, loin des décombres qui avaient mis un terme à la vie sinistre de Kate.

Quelques heures plus tard, à l'est, la lumière de l'aube éclairait l'horizon. La duchesse de Camareigh contemplait les lointaines collines et les cieux dorés qui s'embrasaient d'une teinte pourpre. Sabrina poussa un soupir et se tourna vers le feu pour se réchauffer. Avant d'aller se coucher, au terme de cette nuit de veille, elle préférait attendre le retour de son mari occupé à faire emporter le cadavre de Kate.

Sabrina ouvrit la main et regarda à son doigt l'anneau orné de diamants et de saphirs de Rhea. La duchesse de Camareigh fit un serment solennel : jamais elle ne renoncerait à retrouver sa fille. En attendant, le chagrin allait devenir son compagnon de veille. Lady Katherine triomphait encore.

8

Il y avait quinze jours que le *Dragon des mers* avait largué les amarres et transportait une cargaison de bois, de bitume, de poissons et de bétail. Apparemment, le navire effectuait une traversée tout à fait ordinaire – c'était du moins ce qu'avaient pensé les habitués des quais de Charles Town.

Cependant le capitaine, le subrécargue et le garçon de cabine savaient que ce voyage entre les Indes et la Caroline n'était pas comme les autres. On déchargeait, comme prévu, dans le port de Saint John, et là commencerait l'aventure qui pouvait changer leur destin. L'issue heureuse ou malheureuse de cette quête appartenait au hasard. Mais il fallait tenter la chance, forcer le secret du coffre-fort enterré à Trinidad. Depuis le départ, les matelots n'avaient cessé de rêver... Le jeune mousse Conny Brady était hanté par des histoires de navires mystérieux et de trésors enfouis. Ces rêves puérils exaltaient le gamin avide d'aventures. Houston Kirby observait au contraire une réserve bourrue. Le bonhomme avait tout le temps de réfléchir à l'issue du voyage. De plus, il redoutait que la découverte du trésor ne soit fatidique à Dante Leighton. Parmi les membres de l'équipage, pas un seul n'avait pu interpréter, chez le capitaine, le moindre signe. L'expression sévère de son visage restait immuable, sauf quand Leighton regardait la jeune fille. Alors, il devenait étrangement sombre. A cet instant d'ailleurs, Dante observait Rhea d'un œil morose. Une petite lueur s'alluma dans ses prunelles grises : la passagère chuchotait à l'oreille du jeune Conny Brady. Le rire joyeux du garçon arracha des sourires indulgents aux marins qui, comme par hasard, avaient toujours quelque chose à faire sur le pont chaque fois que lady Dominick y montait. Pour le cynique Dante Leighton, Rhea avait envoûté l'équipage. Les tendres yeux mauves avaient vaincu les vieux loups de mer. Le capitaine jeta un regard courroucé sur les hommes rassemblés autour du gaillard d'arrière. Conny Brady et Rhea y étaient assis, leurs jambes nues se balançant dans le vide. Dante remarqua avec un mécontentement croissant l'expression ravie de Cobbs et de Fitzsimmons, tandis qu'ils écoutaient la douce voix féminine. Même ce vieux baroudeur de Longacres était suspendu aux lèvres de Rhea Claire. Et Mac Donald, assis près d'une cage de poulets caquetants, n'échappait apparemment pas au charme. Il tortillait sa moustache blonde. Lorsque Dante vit Alastair Marlowe offrir à la jeune fille une orange épluchée, la tempête qui grondait en lui éclata.

– Orientez les voiles ! ordonna le capitaine d'une voix plus rude qu'il n'aurait convenu, car le navire avançait régulièrement, ses voiles gonflées par les vents du nord.

Jamaïca elle-même était subjuguée, et se frottait sans arrêt contre les jambes de son inséparable amie. « Elle jetterait son orgueil de félin par-dessus bord pour une simple caresse », pensa Dante avec dégoût. Enfin, le capitaine jeta un regard sans tendresse sur lady Rhea Claire Dominick. S'agissait-il de la même fille qui s'était glissée à bord du *Dragon des mers* quinze jours plus tôt ? Malgré son vêtement vert tout déchiré, elle n'avait plus rien de commun avec la sauvageonne découverte dans la cabine, une certaine nuit. Grâce aux bons soins de Houston Kirby, la captive avait retrouvé des forces. Le régime consistait d'ailleurs en bouillon de poulet et en lait tiède coupé de cognac. Quand Kirby avait estimé que sa malade allait mieux, il lui avait mijoté son ragoût spécial. Au début, nuit après nuit, Dante Leighton avait veillé, dans un hamac accroché entre deux poutres de sa cabine, sur la passagère terrassée par la fièvre. Il s'était souvent interrogé à son sujet : cette fille, qui prétendait s'appeler Rhea Claire Dominick, demeurait une énigme. Pour l'équipage du *Dragon des mers,* y compris pour Houston Kirby et Alastair Marlowe, Rhea était la victime d'un complot machiavélique. Les matelots ajoutaient foi à ses paroles. De son côté, Leighton était pris à son propre piège. En effet, comment faire part de ses soupçons ? Comment révéler qu'il avait trouvé l'intruse en train de fouiller sa cabine. Les marins n'auraient pas manqué de s'étonner que le capitaine s'inquiétât pour une carte du trésor que tous croyaient sans valeur. Circonstance aggravante, l'équipage prenait Leighton pour un saint : il avait sauvé une jeune fille. La réalité était toute différente pour Dante et Rhea. Ils avaient eu des conversations intimes après la convalescence de la passagère. Lorsqu'elle avait demandé à monter sur le pont, Dante se souvenait de ses efforts émouvants pour rester digne dans sa chemise d'homme. Rouerie remarquable. Malgré la vision des petits seins ronds sous la toile de la chemise, Dante avait refusé de se laisser attendrir. L'intérêt en jeu était trop grand pour commettre la moindre erreur. Leighton avait menacé lady Dominick

– Si vous tenez à votre blanche peau, ne dites pas un mot au sujet de la carte. (Dante n'avait pu s'empêcher de ricaner intérieurement devant l'air de surprise innocente de la jeune fille.) Si vous voulez rester dans les bonnes grâces de mes hommes, ma chère, il est préférable que je ne révèle rien. Figurez-vous que votre présence à bord du *Dragon des mers* suscite la curiosité. L'équipage meurt d'envie de connaître mon invitée. Grâce à la verve de Kirby, votre histoire si triste a ému. Je parierais que tous les hommes ont eu la larme à l'œil. Bien sûr, les matelots adorent les contes. Dans votre intérêt, ma chère, je continuerai donc à prétendre que vous êtes l'innocente jeune fille qu'ils imaginent.

Rhea lui avait fait la même réponse :

– Je me moque de votre carte, je suis la fille du duc de Camareigh. On m'a enlevée. Tout ce qui m'intéresse, capitaine, fit Rhea avec mépris alors qu'elle était sur le point de pleurer, c'est de retourner chez moi.

– Qui que vous soyez, ma petite, vous vous feriez infiniment de tort en abordant des sujets qui ne vous regardent pas. Vous pourriez bien alors vous retrouver abandonnée sur une île déserte, sans aucune possibilité de retrouver votre maison. (Le capitaine s'était senti légèrement coupable en voyant la terreur qu'avaient provoquée ses menaces, mais il poursuivit, implacable :) Certaines personnes prétendent, peut-être à juste titre, que la différence entre contrebande et piraterie est infime. En haute mer, la marine de Sa Majesté refuse de les distinguer. Vous ne connaissez pas encore Longacres, un ancien pirate...

– Je ne veux causer de tort à personne. Tout ce que je désire, c'est rentrer à la maison, chuchota Rhea, les yeux brillants de larmes.

Cela se passait une semaine auparavant.

Maintenant, les yeux fixés sur les voiles décolorées par le soleil et qui ondoyaient sous une brise fraîchissante, Dante Leighton se demandait si le *Dragon des mers* garderait cette bonne vitesse qui le poussait vers les Indes. On avait renforcé les vergues et diminué les écoutes pour naviguer en grand largue. Si tout allait bien, la terre devrait être en vue le lendemain au crépuscule.

Les yeux gris de Dante Leighton se posèrent encore une fois sur la jeune fille. Comment réagirait-elle lorsque la vigie crierait terre, qu'elle entendrait les cris moqueurs des mouettes s'élever là-haut, dans les mâts oscillants ?

A quoi pensait Rhea, en ce moment ? Il l'ignorait. Elle baissait sa tête blonde, occupée à confectionner un nœud compliqué avec l'aide du jeune Conny. Cette femme-enfant était imprévisible. Tantôt elle riait et s'amusait avec un abandon puéril, tantôt elle adressait un sourire enjôleur à Alastair Marlowe, ou plongeait son regard dans les yeux sombres de Seumus Fitzsimmons... Mais Dante Leighton avait une certitude : la prisonnière chercherait à s'échapper dès qu'on aurait jeté l'ancre à Antigua. C'était son unique chance de recouvrer la liberté, et elle le savait. Elle savait aussi que le capitaine ferait tout pour l'en empêcher. Pour Leighton, peu importait qu'elle fût une espionne de Bertie Mackay, ou une va-nu-pieds décidée à changer de rang social en devenant la maîtresse d'un marquis. Bien sûr, la situation s'avérerait plus délicate si cette inconnue était réellement la fille du duc de Camareigh. Leighton l'imaginait relatant ses expériences à bord du navire. Elle n'épargnerait pas le capitaine du *Dragon des mers.* Cela deviendrait plus compliqué si la marine de Sa Majesté se mettait à la poursuite de Dante, et bien pire encore si un père, animé d'une fureur vengeresse, duc de surcroît, cherchait à venger son sang. Leighton redoutait un ennemi de cette trempe.

La longue tresse de Rhea brillait au soleil comme celle d'une jeune reine. Dante Leighton eut un rire étouffé qui attira l'attention de Houston Kirby. Celui-ci poussa un soupir de soulagement. Que de nuits sans repos il avait passées à cause de son capitaine ! Une seule fois il lui avait connu des projets aussi dangereux, et ils avaient frôlé le drame. Et maintenant, le capitaine était impliqué dans cette folle course pour retrouver le galion espagnol. C'était parfois comme si le petit homme portait sur ses épaules tout le poids du monde. Dernièrement, la situation s'était aggravée avec cette fille. Houston s'inquiétait ; les relations entre la jeune dame et son capitaine évoluaient dans un sens que lui n'aimait pas du tout. C'est pourquoi il se montra si heureux en surprenant le capitaine en train de sourire en regardant la fille.

– Elle est sacrément jolie, pas vrai ? remarqua-t-il avec un clignement d'yeux quasi paternel. Une vraie beauté, et si douce ; jamais un mot désagréable. (Kirby feignait d'ignorer le mépris du capitaine.) En plus, elle a reçu une bonne éducation. Sa famille, le duc et la duchesse, doivent avoir le cœur brisé et se demander ce qui a bien pu arriver à leur enfant.

– Ce sont aussi mes sentiments, remarqua Dante sur un ton plutôt aimable.

Mais le vieux serviteur ne se laissa pas tromper par la lueur moqueuse dans les pâles yeux gris. Il prit un air soucieux.

– Ah, capitaine, vivement le jour où on arrivera à Antigua. Il faudra remettre lady Rhea aux autorités de Saint John. On va presque regretter de pas l'emmener jusqu'aux Indes. Bien sûr, on n'a pas tellement le choix. Dire qu'elle serait morte à cette heure si on l'avait pas prise avec nous. Seumus Fitzsimmons connaît bien ce chien de Daniel Lewis. Quand on croise le chemin de ce bandit, c'est pour se retrouver avec un couteau dans le dos. Et son capitaine, il vaut guère mieux : le nom de Benjamin Haskell est surtout connu dans les tavernes. Pauvre petite lady Rhea entre les mains de ces vauriens.

– Je ne te savais pas si crédule, Kirby ; je croyais que tu avais réussi depuis longtemps à éviter les pièges des femmes entreprenantes. Ne comprends-tu pas qu'il s'agit d'un complot ? Figure-toi que pendant que tu préparais un de tes fameux potages, cette fille fouillait ma cabine.

Malgré les arguments de son capitaine, Houston Kirby refusait de croire Rhea Claire Dominick capable d'un tel stratagème.

– N'allez pas imaginer... Bertie Mackay n'aurait pas pris le risque d'envoyer une gamine pour voler la carte. Fallait qu'elle quitte le bateau sans se faire prendre, et la première personne sur qui elle est tombée... c'est le capitaine en personne !

– Elle avait une chance – faible il est vrai – de réussir, rétorqua Dante nullement impressionné par les déductions de son serviteur. Aurais-tu oublié que cet Irlandais me poursuit depuis des mois ?

Houston Kirby poussa un soupir exaspéré. Quelle tête de mule, ce capitaine !

– Pourquoi ne pas engager à bord ce Daniel Lewis et lui tirer les vers du nez ?

– J'aurais peur qu'il ne me soudoie l'équipage. La fille, elle, a admirablement réussi à enjôler mes hommes, ajouta Dante avec un regard hargneux en direction des marins rassemblés autour de Rhea. Qui sait quels renseignements elle leur soutire avec ses prunelles mauves ?

Houston leva les yeux au ciel en se frottant le menton.

– Je jurerais que vous croyez la gamine quand elle vous raconte qu'elle n'avait jamais entendu parler de cette carte. La jeune fille est une « demoiselle » de bonne naissance : aucune personne un peu sensée ne peut en douter.

La logique de Kirby était absolument irritante. Dante haussa les épaules, refusant de se laisser convaincre.

– Ah ! capitaine, poursuivit Kirby avec un nouveau soupir, de déception cette fois. Si seulement vous pouviez la croire, ça nous rendrait la tâche plus facile à tous. Comment douter d'une si belle créature ?

– Ah ! Kirby, dit Dante d'un air moqueur, tu t'attendris en prenant de l'âge. Je ne croyais pas qu'un fringant jupon t'aveuglerait à ce point. Quoi qu'il en soit, lady Rhea Dominick ne débarquera pas à Antigua ; elle continuera à naviguer avec nous.

Le ton de Dante Leighton indiquait qu'il ne tolérerait pas de réplique ; pourtant Kirby resta sourd à cet avertissement :

– La vérité, on va en parler : c'est que vous êtes envoûté. Vous croyez que j'ai pas remarqué comment vous regardiez cette petite ? Non, je ne suis pas aveugle. Vous êtes comme un cerf aux abois. Et vous vous imaginez que je n' me suis pas rendu compte des coups d'œil furieux que vous lancez à Marlowe chaque fois qu'il dépasse les limites avec elle ? Vous la considérez déjà comme votre propriété.

Le regard glacial de Dante Leighton aurait impressionné l'homme le plus brave, mais l'intrépide Houston Kirby redressa les épaules et bomba le torse.

– Par exemple ! s'exclama Dante Leighton, je ne savais pas que tu étais aussi ma conscience ; il faudra que je double tes gages.

Kirby cracha un jet de salive noire.

– Vous pouvez vous moquer, capitaine. J'ai fait que dire la vérité ; je parie que vous vous sentez pas la conscience tranquille. Attention, milord, je ne vous blâme pas pour tout ce qui est arrivé jadis : vous n'aviez pas le choix. Le vieux marquis votre père aurait pu être fier de vous. La triste vérité, c'est que le Dante Leighton d'aujourd'hui n'a rien à voir avec le jeune maître de Merdraco. Vous avez changé, milord ; à cause de ça, je vais vous dire : laissez lady Dominick, elle n'appartient pas à votre monde. Si vous l'aviez rencontrée à Londres, vous auriez pu lui faire la cour, l'épouser et lui donner de beaux fils.

Les yeux de Kirby étaient remplis de tristesse en songeant à tout ce que le capitaine avait perdu.

– Va au diable ! jura Leighton.

Les paroles du petit homme l'avaient blessé par leur justesse. Dante fixait, songeur, la figure de proue du dragon grimaçant. Sa langue pendante dévorait l'écume blanche des vagues que l'étrave du bateau creusait dans les eaux vert-de-gris. Au-dessus du voilier, les cieux semblaient écorchés. Une blessure sanglante d'un rouge cru déchirait le ventre bleu indigo de l'azur. A l'ouest, un morne soleil de cuivre trônait sur son perchoir vertigineux. La beauté païenne des Indes de l'Ouest se reflétait dans les prunelles grises de Dante. Kirby avait raison ; mais là, sur le pont en proie aux alizés, Leighton était le maître du *Dragon des mers* plus que celui de Merdraco. Le marquis de Jacobi s'éloignait, pâle silhouette...

– Va au diable ! répéta le capitaine, les yeux plantés dans ceux du courageux petit homme qui, s'il l'avait fallu, aurait donné sa vie pour son maître.

– Oui, vous pouvez m'expédier en enfer ; moi, je vous

comprends, capitaine. Mais la jeune Rhea Claire, milord ? Vous croyez qu'elle sait quel homme vous êtes ? Si vous parvenez à la séduire, à lui faire l'amour, vous la briserez. Si vous faites d'elle une femme contre sa volonté, elle maudira le nom de Leighton.

L'inquiétude marquait de rides le visage parcheminé de Kirby.

– Je n'ai jamais enlevé de femme, fit Dante, sans colère cette fois.

– Il y a d'autres moyens que la force pour coucher une fille dans son lit. Vous voyez ce que je veux dire... Vous charmeriez le diable lui-même si vous le décidiez.

Dante réfléchit avant de répondre.

– Il est peut-être déjà trop tard. Les dés sont jetés.

– C'est pas trop tard, capitaïne. Vous pouvez libérer lady Dominick à Antigua, débita Kirby d'une traite. Elle ne dira rien au sujet de la carte si c'est ce qui vous tracasse. Elle sera tellement contente de retrouver sa maison qu'elle n'aura plus une seule pensée pour le bateau. Laissez-la partir, capitaine, vous ne le regretterez pas.

– Qu'adviendra-t-il, Kirby, si je ne me suis pas trompé sur les desseins de cette fille ? Prendrais-tu la responsabilité, toi, à ma place, de refuser à l'équipage son unique chance de devenir riche ? Courrais-tu le risque de t'être trompé, d'avoir mal jugé cette gamine, de t'être laissé embobiner par ses yeux de violette ?

– Bien, bien, capitaine. Moi, je crois cette demoiselle, conclut Kirby.

– Je vois. Eh bien, en tant que capitaine de ce vaisseau, je suis responsable de la vie de mon équipage. Je ne veux pas courir de risques. Notre avenir dépend de cette traversée, Kirby.

Dante Leighton, fils de John et Elayne Leighton, dernier de la dynastie, avait décidé de risquer sa vie pour relever le défi ; désormais, il n'aurait plus de repos.

Tandis que le capitaine se tenait sur le pont arrière, immobile et plongé dans ses pensées, Houston Kirby l'observait d'un œil inquiet. Peu à peu les tièdes alizés s'étaient transformés en un vent froid qui soufflait une haleine diabolique, comme sur les landes du Devonshire.

– Milord, reprit Houston Kirby, lady Dominick est devenue un défi pour vous, comme ce trésor au fond des mers ! La soif du danger vous fait vivre, vous prenez des risques indignes d'un homme sain d'esprit.

– « Défier pour vaincre », Kirby, déclara Leighton sur un ton sentencieux. (Le capitaine plissa les paupières pour se protéger de la réverbération aveuglante du soleil sur la mer.) C'est le credo de la famille Leighton depuis des siècles, il lui a toujours été d'un grand secours. Je le suivrai, mon incrédule petit ami ; ensuite, nous verrons bien qui a raison.

Kirby connaissait trop son capitaine pour savoir qu'il ne prononçait pas de vaines paroles. Et cela l'inquiétait d'autant plus.

– Vraiment, je te suis reconnaissant, Kirby, pour tes propos remplis de sagesse, ils m'ont donné à réfléchir. Au fait, ne serait-il pas plus sage, et d'une entreprise moins risquée, de me présenter au duc de Camareigh comme membre de sa famille ? L'époux de sa fille bien-aimée !

La stupéfaction du garçon de cabine l'amusait.

– En vérité, Kirby, dit Dante avec une grimace, ton manque de confiance me déçoit. Tu sembles douter de mes capacités à persuader cette fille que je suis amoureux d'elle. Eh bien, j'accepte le défi ; je te prouverai que tu as tort.

Houston Kirby renifla avec bruit pour que le capitaine n'ait aucun doute sur son opinion.

– Il se pourrait bien que ce soit la fille qui vous prouve que vous vous trompez.

Pour l'instant, un vent favorable gonflait les voiles du *Dragon des mers*. Mais Kirby ne voulait pas se laisser bercer d'illusions sur la facilité du voyage. Le voilier allait tourner son beaupré vers le nord. Le destin capricieux risquait de transformer un vent dominant en bourrasque. A l'horizon, une voile pouvait étrangement se multiplier en deux voiles, puis trois...

Rhea Claire Dominick ignorait tout des spéculations faites autour de son avenir. Elle leva la tête vers le ciel embrasé par le couchant, aux prises avec une ficelle emmêlée qu'elle essayait courageusement de dénouer.

– Je renonce, avoua-t-elle avec un sourire désolé à l'adresse des deux marins qui observaient ses efforts inutiles. Je ne crois pas être assez habile.

– Ça viendra avec la pratique, petite, fit Mac Donald sur un ton rassurant. Longacres y mettait deux fois plus de temps.

Seumus Fitzsimmons ricana. Longacres répondit avec un regard par en dessous. Rhea Claire se souvint alors des paroles de Dante Leighton. Il l'avait avertie que Longacres était un ancien pirate. Alastair remarqua le malaise de la jeune fille et lui tapota la main.

– Ne vous inquiétez pas, milady.

– Longacres est un vrai pirate ? demanda Rhea à voix basse.

– Ouais, il y a longtemps de ça. Il aboie mais ne mord pas, ajouta Alastair pour plaisanter, car Longacres avait perdu ses dents de devant.

– Oh ! il raconte des histoires extraordinaires, lady Rhea ! s'exclama la jeune voix de Conny Brady. Longacres a une sacrée mémoire, précisa le mousse qui croyait tout ce que disait son héros. (Le garçon se tourna vers Rhea Claire, plus belle que toutes les princesses des contes. De plus, il pouvait la toucher, elle était bien réelle. Il avança une main timide, puis jeta un coup d'œil sur sa paume calleuse et retira la main.) Pardon, milady, s'excusa le mousse, le visage cramoisi, je ne voulais pas vous offenser.

D'un geste aussi spontané que naturel, Rhea posa son bras sur les épaules de Conny Brady. D'abord, le garçon se raidit puis, rassuré, se détendit et osa presser sa joue contre l'épaisse tresse dorée. « Des épaules si frêles, pensa Rhea, et qui portent déjà des responsabilités d'homme. » Le regard de lady Dominick rencontra ensuite celui d'Alastair. Le marin était d'humeur nostalgique. Sa maison lui manquait parfois, bien qu'il ne l'eût pas quittée dans des circonstances dramatiques, comme Rhea Claire. Après tout, il avait laissé l'Angleterre de son plein gré. Pour Marlowe, se trouvait désormais à bord du *Dragon des mers* une douce jeune fille, une aristocrate, qui avait connu la terreur et la mort en traversant l'Atlantique. Malgré toutes ses épreuves, son moral était resté intact. Alastair éprouvait une immense admiration pour lady Dominick. Si seulement, il avait pu la rassurer... Le matelot s'interrogeait rarement sur les actes de son capitaine, mais, en ce moment, il avait quelques doutes. D'ailleurs, Houston Kirby partageait le même sentiment. Parfois le capitaine se montrait inhumain. Pourtant, Alastair avait toujours accepté son jugement car, si Leighton n'épargnait aucun homme, il s'épargnait encore moins. En ce moment, Dante Leighton avait une obsession et, pour elle, il était prêt à affronter tout ce qui pouvait menacer la réalisation de son projet. Or, dans l'esprit du capitaine, lady Rhea Claire Dominick constituait une menace. D'instinct, Alastair sentait que l'hostilité de Dante à l'égard de lady Rhea provenait d'un malentendu. Quelque chose d'indéfinissable se produisait lorsque les yeux gris et les yeux mauves se rencontraient. Un trouble indicible auquel l'homme et la femme résistaient. Toujours le même bref affrontement où chacun semblait évaluer les forces et les faiblesses de l'autre. Ensuite, la barrière entre les deux ennemis se dressait, plus infranchissable que jamais. Alastair Marlowe fixa le profil distant de son capitaine, puis le visage de lady Rhea Claire. Les souvenirs qui assombrissaient les yeux de la jeune fille et les malheurs qu'avait subis le capitaine les avaient conduits à se méfier l'un de l'autre et à se faire la guerre. Alastair fit un clin d'œil à Cobbs, puis frappa sur sa poche d'un air entendu. Quelques instants plus tard, les notes aiguës d'une flûte s'élevaient dans l'air pur. « Une chanson douce, une chanson qui apaise le chagrin », murmura Marlowe en écoutant Cobbs.

Le roi se tient dans la ville de Dumfer
A boire du vin rouge sombre
Oh ! où trouver un nautonier
Pour diriger mon navire ?

Rhea écoutait la belle voix grave de Mac Donald, l'Ecossais, qui accompagnait la musique. Elle leva la tête vers les grands mâts qui oscillaient très haut dans le ciel et les blanches voiles carrées qui se gonflaient sous les vents. Rhea éprouvait une étrange mélancolie, de la tristesse et de la joie mêlées. Elle se trouvait sur un navire en route pour les Indes.

Hâtez-vous, hâtez-vous, mes joyeux amis
Notre nautonier hisse les voiles à l'aube
Oh ! ne dites rien, cher maître
Je redoute un orage mortel.

« Un orage mortel », répéta Rhea songeuse. Ce voyage était très différent de celui qu'elle avait fait sur la *Dame de Londres.* Parfois elle avait l'impression d'être sortie de la nuit, d'avoir accédé à la lumière. Car, même si elle n'était pas libre, si Camareigh se trouvait à l'autre bout du monde, elle avait au moins la sensation d'être en vie. Sentiment plutôt étrange, étant donné qu'elle était prisonnière d'un équipage de contrebandiers. Rhea sentit quelque chose de doux contre sa jambe ; c'était Jamaïca, sa première amie « de bord ». Elle lui gratta le menton, la grosse chatte se mit à ronronner de plaisir. Rhea Claire Dominick respira à pleins poumons l'air tiède et chargé de senteurs des Caraïbes. Cette brise apaisante sur sa peau, il était dur de ne pas s'y abandonner, surtout parmi des gens qui commençaient à devenir des amis. Comment Rhea ne se serait-elle pas attachée au petit homme qui lui préparait tout spécialement des potages et des ragoûts ? Comment ne pas aimer Conny Brady ? Il lui rappelait Robin quand celui-ci cherchait des jeux pour amuser sa sœur. Et Alastair Marlowe ? Et

Alec Mac Donald, l'Ecossais qui avait combattu à la bataille du Culloden sous les ordres du grand-père de Rhea. En découvrant que lady Dominick était l'arrière-petite-fille du vieux lord Ruaiseart Mac Danavel, les yeux bleus de l'homme des Highlands s'étaient embués. En vérité, Rhea ne devenait triste que lorsqu'elle se rappelait Camareigh, qu'elle s'interrogeait sur sa famille...

Il n'y aurait pas de pique-nique avant le printemps, mais au printemps elle serait de retour. Et Alys ? Le visage épouvanté de la pauvre servante hantait Rhea. Quel avait été son sort depuis qu'elle avait débarqué de la *Dame de Londres* ?

Dès son retour à Camareigh, Rhea parlerait d'Alys à son père et il s'occuperait de la faire venir.

– Lady Rhea Claire !

Une voix rauque et impérative arracha la jeune fille à sa rêverie ; elle sursauta. Dante Leighton répéta sur un ton plus doux, presque aimable :

– Lady Rhea Claire, s'il vous plaît, j'aimerais m'entretenir avec vous.

Instinctivement, la jeune fille chercha le regard rassurant d'Alastair, puis elle se leva en serrant Jamaïca dans ses bras. L'air désolé, elle s'adressa au petit mousse :

– Tu m'apprendras une autre fois, mais je serais étonnée d'être plus adroite demain, Conny.

– Je vous enseignerai un autre nœud, lady Rhea, promit Conny, confiant dans les capacités de son élève.

– Ben oui, cette petite a des doigts de fée, approuva Mac Donald en rejetant un nuage de fumée bleue. On en fera un matelot, ajouta-t-il avec un clin d'œil à Barnaby Clarke qui était au gouvernail.

– Messieurs ? A vos postes, si vous voulez que nous atteignions Antigua sains et saufs.

Le capitaine rappelait son équipage à l'ordre. Il détestait devoir attendre que lady Dominick le rejoigne. D'une main tenant Jamaïca, de l'autre s'appuyant au bastingage, Rhea gravit lentement les marches. Le léger balancement du navire et la présence du capitaine en haut de l'escalier ne l'aidaient pas à avancer. Elle trébucha en marchant sur le bord de sa jupe. Des mains puissantes la saisirent par le bras et la hissèrent sur le pont.

– Merci, dit Rhea sèchement en évitant les yeux gris qui la dévisageaient étrangement. Vous désiriez me dire un mot, capitaine Leighton ? demanda-t-elle avec une politesse enfantine.

Le capitaine eut tout à coup la vision d'une fillette de dix ans. Cela lui déplut, car il se rendit compte que la jeune fille était très proche de l'adolescence. Dante serra les lèvres, mal à l'aise devant tant d'innocence. Peut-être était-ce le regard intense de ces yeux mauves qui l'impressionnait.

– Je crois avoir manqué à mes devoirs d'hôte depuis que vous vivez à bord de mon navire. J'espère que vous pardonnerez la rudesse de mes manières, j'avais des soucis ces derniers temps, expliqua Dante Leighton avec ce sourire qui, d'habitude, lui valait la faveur de toutes les femmes.

Cette fois, il avait échoué : il ne reçut aucune réponse, pas le moindre battement de cils. Lady Dominick se contenta de lui adresser un regard blasé. Pourtant les excuses du capitaine Leighton la surprenaient plutôt, et lorsque la jeune fille détourna le regard, une légère teinte rosée colorait ses joues. Leighton savait fort bien que lady Dominick n'était pas la même avec lui et avec l'équipage. Il était le seul à bord à avoir dormi avec elle, à avoir caressé sa peau blanche, à avoir enfoui son visage dans ses cheveux blonds odorants. Dante avait embrassé la jeune fille et il savait qu'elle n'avait pas oublié ses lèvres.

Rhea se frotta la joue contre la tête de Jamaïca. Elle accordait toute son attention à la chatte pour signifier à Dante Leighton que sa présence lui importait peu.

– Vous savez vous y prendre avec les animaux, les jeunes hommes et même les vieux loups de mer, remarqua Dante.

A ce moment-là, Jamaïca se dégagea des bras de la jeune fille et bondit par terre avant de disparaître au bas de l'échelle. Au même moment, surgit Conny Brady.

– Je voulais simplement montrer les dauphins à lady Dominick, expliqua le capitaine au petit mousse qui s'avançait avec une boisson préparée par Houston Kirby.

– Des dauphins ? Je n'en ai jamais vu, mais les légendes grecques y font allusion, dit Rhea avec intérêt.

– Vous avez lu les légendes grecques ? s'étonna le capitaine.

– Oui, je lis et écris parfaitement, figurez-vous. Si vous avez besoin de quelqu'un pour votre livre de bord, je me ferai un plaisir.

Dante Leighton était stupéfait. Conny Brady sentit la tension monter entre les deux êtres qu'il aimait le plus au monde : son capitaine et sa « princesse ».

– Eh bien, vous êtes une jeune femme accomplie, murmura Dante en regardant la jeune fille de haut en bas. Je me souviendrai de votre offre généreuse, milady. Toutefois, ajouta-t-il avec une lueur malicieuse dans les yeux, j'aimerais savoir si vous vous tiendrez à ma disposition à n'importe quelle heure du jour et de la nuit.

Dante avait prononcé ces dernières paroles si bas que Rhea les perçut à peine. Toutefois, leur signification ne laissait aucun doute. Leighton leva le bras par-dessus le bastingage et montra la mer :

– Aimeriez-vous voir les dauphins ? demanda-t-il sans ironie ni moquerie.

– Oui, s'il... vous plaît, merci, balbutia Rhea, stupéfaite par ce changement d'humeur.

Avec ce mouvement altier du menton caractéristique de la famille Dominick, elle se promit de remettre à sa place cet homme déroutant.

– C'est un heureux présage. Lorsque les dauphins escortent un navire, on peut être certain qu'il arrivera à bon port, expliqua Dante en observant les poissons qui s'ébattaient le long de la proue du *Dragon des mers.*

Leurs cris étranges et leurs sifflements aigus se mêlaient au bruit sourd des embruns, aux craquements des mâts et aux claquements des voiles.

– Vous croyez aux présages, capitaine Leighton ? demanda Rhea, captivée par les longues formes grises qui brillaient à la surface de l'eau.

Leighton se pencha sur la jeune fille pour l'écouter. Leurs visages se touchaient presque. Les yeux de Rhea se trouvaient au niveau des lèvres de l'homme.

– Bien sûr. Je me moque de beaucoup de choses, milady ; jamais de la mer. La mer est comme une femme, affirma Dante en fixant Rhea dans les yeux, elle ne pardonne pas. (D'un geste si naturel qu'elle n'eut pas le cœur de protester, Leighton saisit la lourde tresse blonde qui fascinait Conny Brady et l'entoura autour de son poignet.) Etes-vous de celles qui pardonnent, mon petit ? demanda-t-il d'une voix grave.

Il plongea ses yeux dans ceux de Rhea pour y trouver une réponse, et éclata d'un rire amer. La réponse était facile à lire dans le profil dédaigneux que lui offrait la jeune fille. Leighton tira sur la tresse blonde.

– C'est trop vous demander, vous êtes si jeune !

– Pas suffisamment pour ne pas distinguer le bien du mal, capitaine. Vous m'avez découverte à bord d'un navire sur lequel je n'aurais pas dû être. Vous êtes un contrebandier, habitué aux affaires louches ; de ce fait vous avez naturellement supposé le pire. Pourtant, je vous ai tout expliqué : la bouteille de vin, la carte.

Rhea paraissait si honnête qu'il fallait être aveugle pour la soupçonner. Pourtant le capitaine se contenta de sourire. Cette apparente loyauté l'intriguait.

– Je vous remercie, ma chère, vous me rassurez. Je vous avais imaginée diablesse désireuse de se glisser dans ma couche. Désormais, je n'aurai plus besoin de fermer ma porte à clef...

– Vous pouvez vous moquer, capitaine, je ne dis que la vérité. Je pense à mon père, il pourrait devenir méchant en apprenant que sa fille est retenue prisonnière.

Rhea avait parlé d'un ton hautain qui masquait son trouble intérieur.

– Serait-ce un avertissement ? Une menace, peut-être ?

– Un avertissement, monsieur Leighton. Tôt ou tard, vous devrez répondre de vos actes devant mon père, et le duc est un homme dont peu d'individus souhaitent affronter la colère. Je vais vous faire une proposition, déclara Rhea.

– Vraiment ? Je m'attendais à une conversation intéressante un jour ou l'autre. Vous n'êtes pas dans une position avantageuse pour négocier, chère amie, et je me demande ce que vous avez à m'offrir, à part votre corps d'ivoire.

Dante enroula la tresse de cheveux autour de sa main, jusqu'à ce que ses doigts effleurent la mâchoire de la jeune fille.

– Ma liberté contre votre vie, capitaine ; c'est là un marché équitable, souffla Rhea en se mordant les lèvres pour les empêcher de trembler.

La malheureuse flageolait sur ses jambes ; elle n'avait jamais affronté d'hommes, et surtout pas d'hommes comme le capitaine du *Dragon des mers.*

– Un marché équitable ? répéta Dante en hochant la tête. Je crains que nous ne percevions différemment la situation. Je ne me doutais pas que ma vie était en danger ; merci de m'avoir averti.

– Vous n'avez rien à craindre, *capitaine*, sauf mes paroles, reprit Rhea d'un ton posé. Je ne suis pas une imbécile. Un homme riche n'a pas besoin de faire de la contrebande. Quant à votre titre, il a dû vous offrir une simple cotte de mailles. Vous avez besoin d'argent, capitaine ; je peux vous en fournir.

– Vraiment ! s'exclama Dante. Pardonnez-moi, ma chère, à vous voir...

Lady Rhea Claire Dominick, toute vêtue de haillons qu'elle était, leva un menton arrogant.

– Mon père, le duc de Camareigh, se montrera généreux ; il offrira une récompense, une fortune, à qui me ramènera saine et sauve.

Rhea, là, entre ses mains. Leighton ne pouvait nier son désir de la posséder.

– Et si je ne demandais pas d'argent à votre père, milady... murmura-t-il si bas que ses paroles n'étaient plus qu'un souffle emporté par le vent. Peut-être est-ce vous en personne qui paieriez le prix de votre liberté.

Rhea Claire pensa aux murs couleur de miel de Camareigh, aux prairies émaillées de campanules au printemps. Elle revit Robin galoper sur Shoopiltee le long de la haie qui entourait le lac immobile tacheté de cygnes noirs et blancs.

– Aucun prix ne sera trop élevé pour retrouver ma famille et ma maison, déclara-t-elle.

Dante Leighton fixait le visage orgueilleux de sa prisonnière. Les yeux mauves s'étaient assombris, mais il savait qu'il n'y aurait pas de larmes. Lady Dominick attendrait de retrouver l'intimité de son étroite cabine pour s'abandonner à ses émotions. Pour un être aussi jeune, elle faisait preuve d'une force surprenante. Elle ne mendiait ni pitié ni grâce et restait invulnérable.

Soudain, le bateau piqua dans le creux d'une vague ; la jeune fille fut projetée contre la poitrine du capitaine. Il la sentit se raidir, dédaigneuse et pleine de haine... Cette répulsion mit Leighton hors de lui. Il se vengerait...

– Je me rappellerai vos propos courageux, milady, murmura Dante à l'oreille de la jeune fille. Vous êtes une femme de parole, n'est-ce pas ?

Cette fois, les lèvres chaudes de l'homme effleurèrent la joue de la jeune fille comme une promesse.

– Hum ! Hum !

Leighton se détourna du visage écarlate de Rhea. Le vieux Houston Kirby se tenait en haut de l'échelle avec une tasse de café brûlant. Il la tendit précipitamment, répandant la moitié du liquide sur le sol et évitant de peu la cuisse du capitaine.

– Votre café, milord !

Dante lâcha à regret la tresse dorée et accepta la boisson.

– Je vais vous accompagner en bas, milady, offrit Kirby à la jeune fille avec un large sourire. Je veux que vous goûtiez à mon gâteau au gingembre.

Le serviteur prit sa protégée par le coude et l'aida à descendre l'échelle en veillant à ce qu'elle ne tombe pas. Le rire joyeux des matelots accueillit Kirby et Rhea à l'entrée des cabines. Barnaby Clarke s'avança précipitamment, très heureux de pouvoir faire la conversation. Mais les pensées de Rhea étaient ailleurs. Elle se retira dans le minuscule espace qu'Alastair lui avait aménagé pour son séjour à bord. Lorsque Rhea avait été guérie, Marlowe avait insisté pour qu'elle ait son intimité plutôt que de partager la cabine du capitaine. Le serviteur suivit lady Dominick.

– Eh bien, lança Houston Kirby à Marlowe, un peu de repos ! Le dîner sera prêt dans une heure ; un poulet rôti pour lady Rhea – une de mes spécialités avec ma « spéciale sauce » – et du mouton à la créole. Oh ! mais quand nous serons à Antigua, milady, je...

Houston Kirby s'arrêta net ; l'expression désolée de Rhea en disait plus que toutes les paroles.

– Milady, quelquefois le capitaine n'est pas un homme facile, mais c'est pas un mauvais type malgré son caractère de chien. Il ne pense pas la moitié de ce qu'il raconte ; il ne faut pas vous tracasser, vous n'avez que des amis à bord ; personne ne vous fera de mal.

Le brave Houston Kirby voulait absolument rassurer sa protégée.

– Je vous en prie, aidez-moi à m'échapper quand nous serons arrivés à Antigua, monsieur Kirby, implora Rhea.

– Ah, milady, ça me fait de la peine de vous voir si malheureuse, mais je peux pas faire ça ; j'en mourrais, si je devais trahir le capitaine.

Rhea comprit ce que l'homme voulait dire.

– Je ne vous demande pas de trahir, monsieur Kirby ; je veux être libre, personne à bord ne sera compromis.

– Milady, je suis triste de ce qui vous arrive, vous êtes une personne si gentille, si... mais...

– Vous ne pouvez rien pour moi, continua Rhea, les lèvres tremblantes de colère.

Puis, avec un cri étouffé, elle tourna le dos au malheureux sans même regarder le morceau de gâteau au gingembre qu'il avait posé sur la table. Houston Kirby fixa le dos mince de la jeune fille courbé par le chagrin. Lady Dominick était si jeune, si vulnérable, si seule aussi, assise là dans son vêtement vert râpé... Le cœur sensible de Houston Kirby se brisait. De sa main lourdaude, il caressa l'épaule de Rhea, puis se retira pour la laisser seule à son désespoir.

Dès que la porte se referma sans bruit, Rhea Claire s'abandonna à ses larmes. Elle courut se réfugier sur sa couchette et cacha sa tête dans ses mains.

– Que faire ? (Elle parlait à voix haute dans la cabine silencieuse. Etre libre ! Elle s'échapperait du *Dragon des mers.*) Ils ne comprennent rien, gémit-elle en pensant à la gentillesse des matelots ; d'ailleurs, comment comprendraient-ils ? Ils ne voient pas ce qui se passe devant eux.

Rhea éclata d'un rire cynique qui aurait effrayé le duc et la duchesse s'ils l'avaient entendu. Les tendres yeux mauves reflétaient le désespoir ; la douce voix était empreinte d'amertume. Rhea se frappa la poitrine de coups de poing impuissants.

Ah ! bannir la vision de Dante Leighton, ses yeux d'acier qui la pénétraient, la torturaient. Rhea était séduite, elle désirait s'abandonner à cet étranger qui vivait déjà dans son être. Elle ne comprenait pas ce qui lui était arrivé depuis qu'elle était à bord du navire. Parfois, elle avait l'impression que Dante Leighton lui avait jeté un sort. Lorsqu'elle marchait, parlait, elle n'était plus Rhea Claire Dominick. Elle ne se reconnaissait plus, elle se méfiait d'elle-même. Jamais auparavant elle n'avait éprouvé de désir pour un homme, un désir qui la laissait effrayée et pantelante. Or Rhea aurait préféré faire cette découverte en d'autres circonstances et surtout pas avec un homme comme Dante Leighton. Si seulement il avait été un insupportable bravache, une brute épaisse : elle l'aurait méprisé. Au contraire, c'était un bel homme au visage basané et aux yeux clairs. Et ses manières de gentleman démentaient qu'il fût un dangereux trafiquant.

Rhea roula sur la couchette et se croisa les bras sous la nuque. Puis, levant les yeux au plafond, elle fixa la poutre basse. Il devait y avoir autre chose, quelque chose d'indéfinissable, pour que Dante Leighton ait le pouvoir de l'émouvoir ainsi, malgré la réticence qu'elle éprouvait envers lui. Rien à voir avec Wesley Cawton, le comte de Rendale. Ce dernier était un beau jeune homme, mais jamais il n'avait enflammé Rhea. Le comte était un homme tout à fait « comme il faut ». Leighton, à l'opposé, se souciait peu des conventions. Gentleman fier de ses titres, il n'hésitait pas à monter aux cordages avec les marins. Rhea le revoyait grimpant au mât, ses pieds nus se balançant sur les enfléchures. Dante portait une simple culotte de cuir ; son dos brillait comme du cuivre et ses muscles étaient couverts de gouttes de sueur. Quand il était redescendu à l'aide d'un hauban, Rhea avait vu ses yeux étinceler. Il s'était lancé un défi et l'avait relevé, mais déjà il cherchait un plus grand danger auquel confronter son courage et son intelligence. Dante Leighton bravait le destin, provoquait l'insolite. Parfois on aurait dit qu'il défiait les cieux, dominait le monde, comme Neptune, le dieu de la mer, veillait sur son royaume pendant que les eaux en furie léchaient ses pieds.

Rhea ferma les yeux, bercée par le mouvement du bateau. Elle avait l'impression bizarre de connaître Leighton depuis très longtemps... Maintenant, elle se souvenait... Combien de fois s'était-elle arrêtée dans la galerie aux tableaux de Camareigh devant le portrait de son ancêtre, un pirate qui avait vécu sous le règne d'Elisabeth Ire. Son aïeul et le capitaine se ressemblaient. Rhea eut un sourire amer ; elle venait enfin de comprendre son émoi. Ce portrait qui l'avait subjuguée pendant des années, elle en était tombée amoureuse ; ensuite elle avait transféré cette passion – oui, cette passion – sur l'homme qui lui rappelait le portrait. Rhea n'aimait pas Dante Leighton, mais un pirate qui avait vécu à une autre époque et qui s'était réincarné sur le *Dragon des mers* !

La malheureuse refoula ses larmes et essuya ses joues mouillées. Elle avait l'impression de porter le monde sur ses épaules ; elle devait se débarrasser de l'emprise de Dante Leighton.

Conny Brady apparut dans l'entrebâillement de la porte. Il regarda d'un œil désolé les paupières rougies et les joues humides de la jeune fille.

– Vous avez pleuré, milady ? demanda-t-il sur un ton de reproche.

Le gamin avait du mal à comprendre que l'on puisse être malheureux à bord du *Dragon des mers*, sous les ordres du capitaine.

– J'ai le mal du pays, expliqua Rhea. N'as-tu jamais eu le mal du pays, Conny ?

– Non, répondit le mousse, étonné.

– Je croyais que ta famille te manquait parfois. Je suis sûre que ton père et ta mère se font du souci quand tu es en mer.

Rhea était curieuse de savoir comment Conny Brady était devenu mousse.

– Maman est morte quand j'avais cinq ans. Mon père était marin. Un jour, il est parti et il est jamais revenu.

– D'où es-tu, Conny ? demanda encore Rhea en songeant combien Robin et le mousse avaient des vies différentes.

– De Bristol, mais mon père était irlandais. Je vous ai pas vue pleurer, hein, milady ? dit Conny en changeant brusquement de sujet de conversation.

– C'est notre secret ?

– Ouais, milady, c'est notre secret, répéta-t-il gravement. Je crois bien que ça va vous faire plaisir, ajouta-t-il en montrant un paquet.

– Qu'est-ce que c'est ?

– Ouvrez-le ! s'écria le mousse, les yeux brillants d'excitation. Avec les compliments de l'équipage... on y a tous participé.

Le gamin jubilait en brandissant la jupe et le corsage que Houston Kirby avait cousus pour lady Dominick.

Les larmes montèrent aux yeux de Rhea lorsqu'elle toucha les morceaux de cuir cousus ensemble pour faire un vêtement qui essayait de ressembler à une vraie jupe. La hauteur n'était pas partout la même, selon les différentes bandes de peau. Ce vêtement aurait été parfait pour un bal masqué.

– Elle vous plaît ? demanda Conny, inquiet de voir des larmes briller dans les yeux de lady Dominick. Ce côté à droite, et ce morceau-là, fit-il en désignant une partie constituée par du cuir couleur chamois, on les a faits avec un morceau de ma culotte. Vous n'allez pas pleurer, pas vrai, milady ? répéta le jeune garçon qui ne comprenait pas l'émotion de la jeune fille.

– Oh ! Conny, s'écria Rhea en lui faisant un baiser sonore sur la joue. C'est le plus beau cadeau que j'aie jamais reçu.

La bouche du mousse se fendit d'un sourire jusqu'aux oreilles.

– Alors, Conny, tous les matelots ont renoncé à un morceau de leur culotte ? demanda Rhea.

Conny Brady trouva cette phrase amusante ; il fut pris de fou rire.

– Pour sûr, milady, ça a été un honneur pour l'équipage du *Dragon des mers* de donner un bout de culotte pour que vous portiez un habit décent.

– Le capitaine a-t-il contribué au cadeau ? s'inquiéta Rhea en caressant avec un plaisir manifeste les carrés irréguliers de daim et de cuir souple rassemblés en une harmonie de fauve, de roux et de brun.

– Oui, milady. M. Kirby a dit que le carré du capitaine irait très bien à un certain endroit, j'ai oublié où. De toute façon, tous les marins savent où est leur morceau. Tenez, Mac Donald a fait ça pour vous, ajouta Conny.

Rhea regarda avec curiosité deux morceaux de cuir rigides taillés en forme de semelles. Sur les côtés, on avait passé des lacets verts tressés.

– Ça sera mieux que vos vieilles bottes sans talons, remarqua Conny Brady.

Rhea déplia un corsage de fine toile agrémenté de dentelle autour du décolleté et des manches.

– Qu'il est beau ! murmura-t-elle.

Elle poussa un petit cri de surprise en découvrant un assortiment de rubans de soie enveloppés dans le corsage ; des rouges, des vert émeraude, des jaune safran, des bleu saphir – une harmonie de pierres précieuses.

– Conny, s'extasia la jeune fille, où as-tu trouvé ces magnifiques rubans ?

– Ils viennent de Fitzsimmons, révéla Brady en toute honnêteté. Cobbs a dit qu'il voulait en faire cadeau à une belle de Saint-Eustache.

Les yeux bleus du gamin ne se lassaient pas d'admirer Rhea en train de jouer avec les rubans multicolores dans ses cheveux.

– Oh ! se récria-t-elle avec un sourire en coin, j'espère que M. Fitzsimmons n'aura pas fait un trop grand sacrifice en se séparant du cadeau qu'il voulait faire à son amie...

– Oh ! que non, milady. D'ailleurs, Longacres a dit que c'était pas une « dame ».

– Alors tu remercieras M. Fitzsimmons, dit Rhea en faisant semblant de ne pas comprendre cette dernière phrase.

– Vous pouvez y compter, milady ; maintenant je ferais bien d'aller retrouver M. Kirby, ou il va être dans tous ses états.

– Oh ! Jamaïca, regarde donc, soupira Rhea au comble du bonheur, quand le mousse eut disparu. (La jeune fille passa la main sur la peau douce de la jupe, puis elle choisit un ruban vert et le noua autour du cou de la chatte rousse. Le nœud faisait un peu ridicule.) Désolée, ma douce, s'excusa Rhea en libérant Jamaïca de son collier improvisé.

Lady Dominick avait du mal à contenir son excitation. Pourvu que ces vêtements lui aillent ! Houston Kirby ne lui avait pas pris la moindre mesure. Elle se demanda qui serait le plus désolé, de l'équipage ou d'elle-même, si elle ne montait pas sur le pont en arborant ses nouveaux habits. Elle quitta sans regret la jupe et la veste de velours vert qu'elle portait le jour où on l'avait enlevée. Ses mains tremblaient en défaisant son jupon en piqué devenu inutile sous les tropiques. La veille, elle avait renoncé à ses bottes dont un talon manquait. Debout dans sa fine chemisette et son corset de faille, elle ajusta sa nouvelle toilette autour des hanches. Elle lui prenait bien la taille, soutenue par deux bandes étroites de cuir qu'elle noua sur le devant. La jupe était beaucoup moins ample que celle que Rhea avait l'habitude de porter, et sa légèreté lui donnait une liberté de mouvement surprenante. Elle effleura du bout des doigts le tissu léger du corsage avant de l'enfiler par la tête, puis passa ses bras dans les manches froncées bordées de dentelle. Après avoir ajusté la poitrine, la jeune fille s'aperçut avec embarras que le décolleté très échancré soulignait la rondeur de ses seins à peine dissimulés par la dentelle. La brave Canfield aurait été horrifiée si elle avait vu sa jeune maîtresse.

En tout cas, le vieux serviteur avait l'œil, se dit Rhea en nouant les rubans autour de sa taille. Maintenant, elle se sentait une autre femme... Restaient les cheveux. Des vêtements nouveaux exigeaient une nouvelle coiffure. Rhea sortit le petit miroir qu'Alastair Marlowe lui avait donné. Elle défit sa grosse tresse et, avec une brosse prêtée par Houston Kirby, commença à démêler sa chevelure. Elle divisa la lourde masse en deux, puis chaque partie en six, et fit des petites tresses attachées par des rubans de couleurs différentes. Puis elle rassembla celles-ci par trois, de chaque côté, avec un ruban bleu saphir. Ravie de l'effet, qui aurait été qualifié de « bizarre » selon les critères de la mode londonienne, Rhea secoua la tête pour jouir du plaisir de sentir ses tresses danser. Au moment où elle glissait ses pieds dans les sandales de cuir et nouait les lacets autour de ses mollets, la cloche annonçant le changement de quart retentit. C'était également l'heure du dîner dans la cabine du capitaine.

Rhea prit une grande inspiration et quitta son coin de cabine. Se présenter dans des vêtements neufs la rendait nerveuse ; sensation étrange pour une jeune fille autrefois habituée à se changer plusieurs fois par jour. Jamais auparavant Rhea n'avait été aussi soucieuse de son apparence ; elle redoutait le moment où les pâles yeux gris se poseraient sur elle. Caparaçonnée derrière les sentiments qu'elle croyait éprouver pour le capitaine, Rhea se sentait capable d'affronter le monde entier. Son cœur toutefois était loin de suivre les décisions présomptueuses de son esprit, et il se mit à battre sauvagement lorsqu'elle se retrouva devant la porte de la cabine. De l'intérieur provenaient des rires et des tintements de verres. Rhea maîtrisa sa nervosité et frappa doucement, souhaitant presque qu'on ne l'entendît pas. Après une seconde qui lui parut interminable, des pas s'approchèrent et la porte s'ouvrit sur un Alastair Marlowe éberlué.

– Lady Rhea ! finit-il par dire au bout de quelques instants.

Tout d'abord, la parole lui manqua devant cette apparition. C'était la même fille qu'il avait vue deux heures plus tôt sur le pont !

– Monsieur Marlowe, répondit Rhea en inclinant la tête de côté. Puis-je entrer et me joindre à vous ?

Elle éprouvait une satisfaction toute féminine à attendre la réponse évidente.

Alastair Marlowe, sans répondre, se dépêcha de

conduire cette éblouissante créature devant le capitaine. Ensuite, il referma la porte précipitamment et se tourna vers Leighton pour observer sa réaction.

Le capitaine portait un habit gris avec des boutons d'or, et un gilet assorti. Ainsi vêtu, il avait l'air d'un aristocrate engagé dans une conversation mondaine avant le dîner. Ses cheveux brun-roux, habituellement en désordre, étaient retenus sur la nuque par un ruban de velours noir. Rhea jeta un coup d'œil furtif sur son corsage ! Le capitaine savait-il déjà qu'il lui manquait une chemise de toile de hollande ? Apparemment, il n'avait pas remarqué l'arrivée de la jeune fille. Seumus Fitzsimmons, par contre, écarquilla les yeux de l'air d'un homme qui apprécie un spectacle exceptionnel.

– Ah ! souffla-t-il, les yeux au ciel et les mains jointes. Enfin, ma prière a été exaucée !

– Quelle prière ? s'enquit Alastair Marlowe, observant avec intérêt les différentes réactions de l'équipage.

L'atmosphère de la cabine était de plus en plus tendue.

– Les Néréides, elles existent. J'ai toujours raffolé des histoires de sirènes, mais je n'avais aucune idée jusqu'ici de ce qu'étaient ces créatures enchanteresses. Mon cœur s'est brisé lorsque vous êtes apparue, milady, déclama Fitzsimmons la main sur la poitrine. (Et, remarquant les rubans qui ornaient les tresses blondes, il poussa un soupir à fendre l'âme.) Ah, jeune dame, vous avez daigné accepter le présent d'un malheureux Irlandais ; si vous saviez...

Alastair essaya d'interrompre le flot de paroles de Seumus avant que Rhea ne soit totalement confondue, ou que le capitaine ne se mette en colère, car, bien que Leighton fît semblant de ne s'apercevoir de rien, ses pupilles s'étaient rétrécies d'une façon qui ne trompait personne.

– Fitzsimmons, tu devrais aller prendre l'air sur le pont, le vin te monte à la tête, remarqua-t-il avec flegme en s'avançant vers Rhea.

En réalité, il ne l'avait pas quittée des yeux depuis son entrée.

– Un verre de madère pour lady Rhea, proposa Alastair sur un ton amical, afin de rompre le lourd silence.

Seumus Fitzsimmons regarda son capitaine de travers. Tout le monde savait à bord que Dante Leighton allait faire passer un mauvais moment à lady Dominick. D'ailleurs, les paris avaient été ouverts. Combien de temps le capitaine allait-il encore attendre avant de coucher avec la demoiselle ? L'affaire, d'ailleurs, ne concernait pas uniquement les intéressés, mais tous les membres de l'équipage. Ils avaient échangé des paroles désagréables entre eux, avaient même proféré des menaces. La réputation d'une jeune fille était en jeu : il ne s'agissait ni d'une courtisane ni d'une femme de petite vertu de Charles Town. La situation était d'autant plus délicate que les marins souhaitaient que leur capitaine épouse lady Dominick. Dans leur esprit, Leighton ne trouverait pas plus jolie femme et Rhea Claire ne rencontrerait pas plus distingué gentilhomme. Célébrer les noces, quel rêve ! Mais avec l'approche d'Antigua, lady Rhea Claire qui ne demandait qu'à rentrer en Angleterre et le capitaine qui se comportait comme un tigre en cage, les événements n'évoluaient pas favorablement.

L'Irlandais se disait que si Leighton désirait faire de lady Rhea sa femme, le temps allait lui manquer.

– Fitzsimmons, déclara Dante, je trouve que mademoiselle a, pour la toilette, un goût très sûr.

L'Irlandais sursauta, embarrassé ; le capitaine avait lu dans ses pensées.

– Elle a sacrément bon goût, répéta-t-il avec un large sourire en tendant un verre de madère à Rhea.

– Je voudrais vous remercier pour les rubans, déclara Rhea. Conny m'a dit que vous vouliez m'en faire cadeau ; ils sont magnifiques. Je ne sais trop que vous dire ainsi qu'au reste de l'équipage : c'est tellement gentil et généreux. Il paraît que vous avez tous donné un morceau de vos culottes.

Et, ce disant, Rhea passait la main sur les carrés de cuir de sa jupe.

– Le jeune Conny a la langue trop longue, trancha Alastair avec une grimace éloquente à l'adresse du mousse.

– Je trouve au contraire qu'il n'en dit pas assez, rectifia le capitaine. (Son regard aigu n'avait pas manqué de remarquer une certaine pièce en daim jaune – un morceau de sa propre culotte – sur la hanche ronde de Rhea.) Je crois être le seul à bord à ignorer cette affaire ; fait extraordinaire si l'on considère que mes vêtements ont participé à la confection de la toilette de milady.

– Maintenant, c'est le privilège du capitaine, lança Fitzsimmons.

Ses yeux sombres d'Irlandais clignaient en voyant Leighton effleurer du bout des doigts la dentelle du corsage de Rhea.

– Aucun doute à avoir : Kirby a joué un rôle dans cette affaire ! fit Dante sans attendre la réponse.

Comme s'il était resté caché dans les coulisses, attendant de passer en scène, Houston Kirby entra dans la cabine. Il portait un lourd plateau en équilibre. Conny Brady marchait sur ses pas, les yeux rivés à son propre plateau plus léger. A la vue de Rhea, le serviteur s'immobilisa, le visage éclairé d'un sourire radieux. Le marin était ravi de sa « création ».

Conny, pris au dépourvu, alla buter contre Kirby et faillit renverser la soupe. Heureusement, Leighton attrapa au vol la soupière, l'empêchant de s'écraser sur le plancher.

– Voilà ce que c'est, Conny, que de ne pas regarder devant soi, commenta le capitaine en posant le récipient en sécurité sur la table.

– Vous avez raison, capitaine, reconnut le mousse.

Malgré tout, ses yeux glissaient sans cesse vers lady Dominick.

– Merci, Kirby, dit lady Dominick. (Ses tresses dorées se balancèrent sur ses épaules lorsqu'elle serra contre elle le vieux serviteur cramoisi.) Vous n'auriez pas dû vous donner tout ce mal.

– Je ne me suis pas donné de mal du tout, milady.

Le brave homme avait déjà oublié les nuits passées à coudre à la faible lueur de la bougie et les matinées sur le pont avec le fil et l'aiguille.

– Ce vêtement me va à la perfection, déclara Rhea en tournant autour de Kirby pour qu'il puisse l'admirer. Mais comment avez-vous fait sans les mensurations ?

– Oui, s'il te plaît, éclaire-nous, renchérit Dante en effleurant du regard la douce courbe du décolleté de la jeune fille.

– J'ai pris les mesures sur les vieux vêtements de lady Dominick, protesta Kirby.

Il refusait de se laisser appâter par le capitaine, car il avait des doutes sur la bonne humeur de ce dernier.

– Eh bien, bon voyage de retour à lady Rhea, lança Leighton en changeant brusquement de sujet de conversation.

Le capitaine vida son gobelet ; Rhea porta à son tour son verre à ses lèvres. Elle seule s'était aperçue que Leighton n'avait pas précisé l'époque de son retour. Rhea avala le madère. Aussitôt, ce fut comme si du feu lui coulait dans les veines. Soudain, elle se sentait le courage d'affronter le regard délavé du capitaine du *Dragon des mers* et la force de lui résister. Elle lui adressa un sourire provocant.

Dante remplit son verre en silence et le leva pour porter un toast en l'honneur de son invitée. Il acceptait le défi. Quel qu'il fût, il était certain de le relever bientôt.

Kirby, qui avait remarqué les yeux du capitaine rivés à ceux de lady Dominick, s'empressa d'expédier Conny Brady aux cuisines. Au même moment, Alastair Marlowe et Seumus Fitzsimmons comprirent qu'ils participaient involontairement à un jeu dont ils ignoraient les règles. Leighton, au contraire, les connaissait parfaitement ; il en inventait même de nouvelles.

Alastair s'alarma : le capitaine remplissait à nouveau le verre de lady Rhea jusqu'à ras bord. Le marin n'était pas sûr que la jeune fille se soit aperçue de la manœuvre. Pourtant Dante Leighton se souciait peu d'être dévoilé ; ses yeux gris ne se détachaient pas de la jeune beauté blonde assise à côté de lui. Alastair ne fut pas étonné de voir les doigts du capitaine se crisper sur le pied fragile de son verre en cristal, lorsqu'il aperçut les cheveux de Rhea qui effleuraient la joue de Seumus. Celui-ci était en train de raconter une histoire à lady Dominick. La jeune fille semblait passionnée.

– Oh ! une malle remplie de doublons en or ! s'extasia-t-elle, le menton appuyé sur le creux de la main. Ne trouvez-vous pas cela captivant, Alastair ?

Lady Dominick, avec ses yeux couleur de violette, essayait de séduire le marin. C'était ce que Alastair redoutait, car la jalousie du capitaine ne lui avait pas échappé.

– Eh bien... oui, mais il faut encore le trouver, le trésor, répondit-il avec irritation. J'y crois pas !

Le pauvre homme se demandait à quel jeu jouait lady Rhea.

– Je ne suis pas de votre avis, Alastair, répliqua-t-elle avec une moue coquette. Un corsaire ancêtre de ma famille avait jadis capturé un galion espagnol et lui avait dérobé sa cargaison d'or. (Rhea s'interrompit pour reprendre son souffle ; ses yeux brillaient d'excitation en se posant sur son auditoire tenu en haleine.) Je connais une autre carte, et j'ai vu de mes propres yeux la croix qui indiquait l'emplacement du trésor : un coffre rempli d'or, de bijoux.

– Bon Dieu ! jura Alastair, incapable de se contenir.

Sa main avait heurté maladroitement son verre et le vin rouge se répandait sur la nappe.

Tout à coup, la voix aiguë de Conny Brady s'éleva dans l'air lourd. Alastair frémit d'horreur.

– Nous aussi, on a une carte du trésor, lady Rhea. Le

capitaine l'a gagnée aux cartes à Saint-Eustache. Dessus, il y a des oiseaux, des coquillages...

– Et une mer remplie de dragons, termina Rhea.

Elle était étonnée d'en avoir conservé un souvenir aussi précis. Elle secoua la tête. Elle croyait voir deux cartes au lieu d'une. Mais celle qui l'intéressait était celle de son aïeul Ruaiseart Mac Danavel, grand-père de sa mère et de son oncle Richard. La jeune fille avala sa salive en rencontrant le regard du capitaine. Il s'était rendu compte qu'elle l'avait provoqué. Mais Rhea avait agi sous l'effet du vin ; elle en avait bu beaucoup pendant le dîner. Elle était incapable de raisonner. Subjuguée par Dante Leighton, Rhea retrouvait la sensation de ses lèvres dures et de ses bras autour de sa taille. « Quelle folie », songea-t-elle, proche de la panique. Elle essaya de s'absorber dans la contemplation des riches boiseries en acajou de la cabine. Depuis le début du repas, elle avait soigneusement évité de regarder la couchette ; mais plusieurs fois elle avait surpris un étrange sourire sur les lèvres du capitaine tandis qu'il lançait des regards à la dérobée dans le fameux coin, comme s'il se délectait de certains souvenirs. Jusqu'à ce soir, où ses défenses s'étaient effondrées sous l'effet de l'alcool, Rhea avait refoulé cette nuit-là au fond de sa mémoire. Maintenant, les souvenirs affluaient comme la marée et la faisaient trembler d'émoi. Rhea n'avait pas prévu que la soirée se déroulerait ainsi. Les joues en feu, elle se rappelait le contact des mains de Leighton sur sa peau nue, le poids de sa tête sur ses seins et sa bouche qui avait embrassé sa peau brûlante. Aujourd'hui, elle avait voulu prouver que cet homme n'avait aucun pouvoir sur elle, que sa virilité n'était pas irrésistible. La jeune fille essayait de se convaincre encore qu'Alastair Marlowe et Seumus Fitzsimmons étaient des hommes tout aussi séduisants. Au cours du repas, Dante Leighton, malgré les efforts de son invitée pour l'introduire dans la conversation, s'était contenté d'observer, d'écouter en silence. Rhea, en jouant les coquettes, avait joué avec le feu malgré son instinct qui l'avertissait du danger. Elle avait taquiné, aguiché et même séduit Dante Leighton avec des œillades. Elle était effrayée du résultat : ses effets d'yeux et de bouche avaient ensorcelé Leighton ! Pourtant, elle savait qu'elle n'était pas une femme pour le capitaine du *Dragon des mers*, qu'elle ne le serait jamais. Malgré son numéro de séduction, dans son cœur la jeune fille restait l'adorable Rhea Claire remplie de générosité. C'était là le fond de son être, cette bonté qui dirigeait sa vie. Rhea Claire était comme l'or de ses cheveux, malléable, mais avec une force intérieure qui lui permettait de s'adapter ou de se soumettre, tout en restant fidèle à elle-même. Rhea Claire Dominick se rassura à l'idée qu'elle était encore maîtresse de son destin ; par bonheur elle ignorait que son avenir était déjà tracé par les caprices du hasard.

Ce fut Dante qui rompit le long silence de réflexion de la jeune fille.

– La carte dont parle Brady se trouve quelque part à bord, et j'ai dû la montrer à milady...

Le capitaine s'interrompit en voyant que son invitée avait les paupières lourdes de sommeil. Elle étouffa un bâillement discret.

– Lady Rhea semble épuisée, je propose de remettre cette conversation à demain. Lady Rhea ? appela doucement Dante en lui prenant le bras. (De cette manière, il ne lui laissait guère la possibilité de refuser son aide.) Je vous accompagne à votre cabine, il se fait tard.

– Mes excuses, messieurs, mes yeux se ferment. Cette soirée a été très agréable, et le dîner de M. Kirby divin. Je vous souhaite une bonne nuit, ajouta Rhea.

Elle hésita avant de prendre le bras que lui offrait Leighton et, bien que sa main se fît légère, elle sentit les muscles durs sous ses doigts. Le capitaine referma la porte avec fermeté sur les paroles amicales de Marlowe et de Fitzsimmons. Les deux marins se servirent du cognac en attendant le retour de leur maître. Conny Brady et Houston Kirby avaient disparu dans la coquerie avec les assiettes.

Le couloir silencieux qui menait à la cabine de Rhea lui parut interminable. Lorsqu'elle se trouva devant la porte, sa main se fit plus lourde sur le bras de Leighton.

– Bonne nuit, capitaine, murmura la jeune fille avec un regard timide.

– Bonne nuit ? se récria-t-il. Elle ne fait que commencer, ma chère.

Leighton se pencha par-dessus l'épaule de la jeune fille et ouvrit l'étroite porte. Ce mouvement obligea Rhea à entrer serrée contre la large poitrine. Elle s'arrêta, pensant que Leighton s'arrêterait lui aussi. Mais il s'avança et referma la porte derrière lui.

– Vous n'avez pas encore gagné à ce jeu, Rhea Claire, dit Dante.

Il avait prononcé le prénom de la jeune fille comme une caresse.

– Quel jeu ? demanda Rhea, feignant l'étonnement.

Elle avait du mal à accepter la responsabilité de cette aventure, d'autant que son esprit était embrumé par la boisson.

– Je veux parler du jeu auquel vous vous êtes amusée toute la soirée, chère petite menteuse.

Les yeux gris de Dante allaient et venaient de la tête couronnée de tresses blondes aux pieds chaussés de sandales. Ils se posèrent ensuite sur les lèvres frémissantes dont il se rappelait le goût. Devant lui se tenait une femme-enfant, à la fois sauvage et docile qui redoutait les mystères de l'homme autant qu'elle souhaitait les découvrir. Dante devait maîtriser son propre désir s'il voulait éveiller en sa compagne une réponse passionnée.

– Je crains que vous ne vous abusiez, capitaine, dit Rhea d'une voix tremblante d'émotion.

Leighton était si près d'elle qu'elle sentait sa chaleur et voyait battre sa gorge.

– Non, ma chère, vous vous trompez en croyant avoir gagné. Vous m'avez provoqué ; je réclame mes gages, murmura-t-il en lui enlaçant la taille.

– Laissez-moi, supplia Rhea dans un souffle.

– Oh ! non, ma douce, répliqua Dante en serrant son corps frissonnant contre lui. Vous avez promis aujourd'hui même de vendre votre liberté à n'importe quel prix. N'est-il pas vrai ?

Il prit Rhea par le menton et l'obligea à le regarder dans les yeux. Le désir de Dante augmenta devant l'adorable visage. Il évoquait à ses yeux un jardin ; les joues étaient des roses, les yeux des violettes d'un mauve intense. Dante effleura de la main les tresses dorées rassemblées par le ruban bleu saphir.

– Petite fleur sauvage, murmura-t-il tendrement.

Le visage de l'homme s'était adouci. La jeune fille voulut profiter de son attendrissement pour se dérober.

– Laissez-moi, je vous en prie, supplia-t-elle une nouvelle fois.

– Non, fit-il, vous avez parfaitement joué ce soir ; je vous veux, douce Rhea. Ces yeux mauves-là arracheraient le cœur d'un homme. Vous rendez-vous compte à quel point vous m'avez torturé ? lui demanda-t-il d'une voix redevenue dure.

Dante sentit sa compagne frissonner dans ses bras.

– Non ! s'écria-t-elle.

Le corps arqué, elle essaya de s'arracher au contact de l'homme.

– Inutile de te débattre, Rhea adorable, adorable Rhea, tu désires que mes lèvres se déposent sur les tiennes, les entrouvrent ; tu désires que je te caresse. Tu veux tout cela ; ma bouche, mes mains seules pourront éteindre le feu qui brûle en toi.

Ces paroles pleines de désir sonnaient plus comme une menace que comme une promesse de plaisir.

– Non, répondit Rhea en sachant qu'elle mentait.

– Ne me mens pas, grogna Dante en lui fermant la bouche avec un baiser.

Sa langue chercha celle de sa compagne. Mais celle-ci ne se dérobait plus ; au contraire, une extraordinaire torpeur envahissait son corps, la faisant flageoler sur ses jambes. Elle avait l'impression de suffoquer. La cabine se mit à tourner. Rhea essaya de reprendre son souffle mais aussitôt des lèvres palpitantes emprisonnèrent les siennes. Les baisers de l'homme se faisaient plus ardents et exigeaient une réponse. Rhea sentit une main glisser sur ses hanches. L'autre lui agrippa la nuque, lui maintint la tête immobile.

La respiration de Dante s'accélérait. Il ne parvenait pas à étancher sa soif d'embrasser. Rhea était si frêle, mais si femme. Les sens de Dante se grisaient de son parfum, un mélange d'embrun et de santal. Les mains de l'homme erraient fébrilement sur le corps de sa compagne. Rhea retint son souffle lorsque sa jupe tomba à terre ; l'air froid caressa ses cuisses nues. Au même moment, son corsage défait glissa de ses épaules à la taille. Dante se recula pour admirer la jeune fille en corset et chemisette, dont les seins tendaient le fin tissu bordé de dentelle.

Leighton poussa un grognement de plaisir et souleva Rhea dans ses bras. Il la porta jusqu'à la couchette où il la déposa avec précaution. Rhea ferma les paupières. Elle savait qu'il l'admirait. Son sang lui martelait les tympans.

– Regarde-moi, souffla Dante. Bon Dieu, regarde-moi, répéta-t-il en s'asseyant à côté d'elle.

Il la saisit rudement aux épaules.

Rhea ouvrit les yeux. Leighton était penché sur elle. Il avait enlevé sa veste et son gilet, et desserrait son col.

– Rhea, laisse-moi t'aimer, implora-t-il d'une voix rauque en enfouissant sa tête contre les seins doux et chauds.

– Non, chuchota Rhea au bord des larmes.

A travers l'étoffe de la culotte de cuir, la virilité de l'homme la meurtrissait.

– Rhea chérie, embrasse-moi, comme ça, murmura Leighton.

Ses mains sensuelles bougeaient lentement, décrivaient des cercles de plus en plus fermés sur les hanches de la jeune fille jusqu'à cette partie intime de son être. Leighton savait parfaitement qu'il initiait sa compagne à l'érotisme. Son corps juvénile répondrait malgré la censure de la volonté. Il serait le premier amant de lady Dominick et acquerrait auprès d'elle un pouvoir qu'aucun autre homme n'aurait... Dante refoula les pensées qui affleuraient à sa conscience ; des lèvres cherchèrent les siennes, une langue se glissa dans sa bouche. Il avait réussi à éveiller le désir de sa jeune compagne.

Les mains de Rhea remontèrent timidement le long du dos viril, s'attardèrent dans la toison du torse. L'homme frissonna. Pour la première fois, Rhea découvrait le pouvoir de la femme. La bouche de Dante demandait plus encore, ses mains caressaient avec l'assurance de celui qui se sait désiré.

Tout à coup, Leighton se détacha de sa compagne ; celle-ci entendit un juron sourd. Elle ouvrit les yeux et, à la lumière vacillante de la lanterne suspendue à la poutre, elle vit Dante se redresser. Sa chemise était entrouverte et retombait sur sa culotte. Rhea poussa un cri d'effroi : deux boules d'émeraude la fixaient dans la pénombre.

– Jamaïca ! rugit Leighton.

La grosse chatte vint se réfugier contre l'épaule de Rhea en poussant des miaulements sonores.

– Foutue bestiole ! jura Leighton en touchant son épaule qui portait des marques de griffes.

Il retira sa main, tachée de sang.

– Bon sang, comment est-elle entrée ? demanda-t-il avec colère.

– Elle était dans ma cabine, expliqua Rhea d'une voix enrouée, qui résonnait étrangement à ses oreilles. Elle se trouvait déjà là quand je me suis habillée pour le dîner.

Soudain, Rhea comprenait combien l'intervention de l'animal était bienvenue. Cet homme qui se tenait à côté d'elle, cet homme aux traits parfaitement ciselés sur lesquels la lumière tamisée de la lanterne jetait son ombre, était redevenu un étranger. Il lui faisait peur... Rhea avait failli se donner au capitaine du *Dragon des mers*, un froid aventurier. Leighton tendit le bras pour déloger la chatte qui occupait la meilleure place sur la banquette. Ce geste fit faire un bond à lady Dominick, ses yeux n'exprimaient plus qu'un immense dégoût.

– Ne me touchez pas ! cracha-t-elle soudain.

Rhea était devenue si agressive que Dante s'attendait qu'elle lui plante elle aussi ses griffes dans la chair.

– Votre passion est fugitive, remarqua-t-il. Peut-être avez-vous raison, ma chérie ; le moment est passé... tout au moins pour aujourd'hui, ajouta-t-il avec une lueur moqueuse dans les yeux. (Dante ramassa sa redingote et son gilet sur la table.) Bonne nuit, petite fleur sauvage, lança-t-il en refermant la porte.

Rhea enfouit son visage mouillé de larmes dans la fraîcheur de l'oreiller. Il fallait chasser l'image de Dante Leighton, la sensation de ses mains qui venaient de révéler à la jeune fille les secrets de son être. Rhea toucha ses lèvres meurtries. Elle se sentait faible ; les baisers passionnés lui avaient ôté toute énergie. Elle gardait encore dans la bouche le goût de l'haleine de Dante. Rhea ne put réprimer un frisson ; elle ne se contrôlait plus, le capitaine avait failli devenir une partie de sa chair.

La jeune fille se releva, titubante, et jeta à terre Jamaïca qui poussa un miaulement plaintif. Les jambes en coton, Rhea commença à défaire les lacets de son corset qu'elle jeta négligemment sur la chemise.

Elle resta là, debout, un long moment en silence, puis, d'une main hésitante, effleura ses seins ronds, suivit la courbe de sa taille, caressa ses hanches. Elle découvrait son corps, ses sens éveillés dans une sorte d'engourdissement. Rhea poussa un soupir las et commença à défaire ses tresses, mécaniquement. Ses longs cheveux libres s'étalèrent dans son dos. Elle attrapa une couverture et en entoura son corps frissonnant, puis elle s'allongea sur la couchette.

– Jamaïca, que m'a donc fait ton maître ? Pourquoi essaie-t-il de me détruire ? Qu'ai-je donc fait pour le blesser ? (Lady Dominick se refusait encore à accepter que son corps de femme ait été révélé par un désir d'homme.) Je dois lui échapper, Jamaïca, s'écria-t-elle en serrant désespérément la chatte contre elle.

De ses paupières closes, des larmes brûlantes roulèrent sur les joues de lady Rhea Claire. Mais, peu à peu, bercée par le roulis du navire, elle sombra dans un profond sommeil. Il la délivrerait de ses tourments, pour quelques heures.

9

Les collines d'Antigua plantées de canne à sucre se dessinaient à tribord, émergeant de l'océan, à l'orient, en vagues verdissantes. Le *Dragon des mers* allait faire escale pour la première fois depuis qu'il avait quitté Charles Town. Le voilier glissait dans le port de Saint John comme sur la surface d'un miroir étincelant. La vigie signala le navire dès son entrée dans les hauts-fonds et salua le fort James qui, telle une sentinelle, se dressait à l'entrée de la baie. Le pilote côtier avait guidé le navire à travers les récifs jusqu'au point d'ancrage, et des bateaux en provenance de l'île abordaient maintenant le nouvel arrivant. Les collines qui enserraient le port, plantées de palmeraies, culbutaient dans de profondes et luxuriantes vallées de tamariniers et de cèdres. Le soleil brûlant des Indes occidentales brillait de tous ses feux. Des moulins à sucre – pierres cylindriques nichées parmi les cannes – témoignaient de la prospérité des Caraïbes. Au-dessus des collines vert émeraude d'Antigua, stagnait un amas de nuages blancs duveteux. Une brise légère chuchotait à travers les frondaisons ondoyantes des palmiers, sur des plages de sable fin. Dans ce cadre paradisiaque, le *Dragon des mers* ressemblait à un croissant de lune tombé des cieux. Pour Rhea Claire, qui venait de monter sur le pont après avoir été enfermée dans sa chambre sur ordre du capitaine, la splendeur tropicale de Saint John était une vision surnaturelle.

– L'ami, tu as vu qui a abordé pas loin ? demanda Seumus Fitzsimmons en jetant un coup d'œil hostile à un navire battant pavillon irlandais.

– T'as raison, approuva Mac Donald, peu loquace.

Longacres, lui, ne put résister au plaisir de parler :

– On dirait cette vieille buse de Mackay, fit-il en crachant un jus noir par-dessus la rambarde.

– Bertie Mackay ?

Ce nom parut familier à lady Dominick.

– J'ai déjà entendu parler de cet homme.

– Pour sûr, milady ; il fait le même boulot que nous, expliqua Seumus avec un clin d'œil à Longacres qui regardait le navire accosté non loin dans la baie.

– C'est un ami du capitaine Leighton ? demanda Rhea.

– Pour sûr, ils arrêtent pas de se faire des courbettes et de s'inviter pour le thé.

Longacres pouffa à l'idée du capitaine prenant le thé avec Bertie Mackay.

– Moi, je le dirai d'une autre manière, suggéra Seumus avec une grimace ironique. Avec un ami comme Bertie Mackay, pas besoin d'avoir d'ennemis.

En écoutant les deux matelots tenir sur l'autre capitaine des propos désobligeants, Rhea se conforta dans l'idée que Dante Leighton était un aventurier. De plus, il était en lutte contre un contrebandier rival.

Rhea regarda l'eau miroitante tachetée de pavillons. Certains navires arboraient le drapeau rouge, bleu et blanc de l'Union. « Des bateaux anglais, songea-t-elle avec un renouveau d'espoir, et des bâtiments de Sa Majesté. » Antigua était une colonie britannique. La jeune fille trouverait quelqu'un pour lui prêter secours. Elle poussa un profond soupir. Puisque le capitaine n'avait pas fait part de ses soupçons à l'équipage, et puisque l'équipage se préoccupait du sort de la prisonnière, peut-être parviendrait-elle à convaincre quelqu'un de la conduire à terre ? Les voix des marins rassemblés sur le passavant du navire arrachèrent Rhea à ses pensées. Ils agitaient les bras et sifflaient pour signaler les embarcations. Rhea regarda avec curiosité les barques qui flottaient près de la coque du voilier. Elles étaient chargées de fruits, de légumes, de coquillages et même de fleurs multicolores. Des rameurs noirs maintenaient leurs rames contre le *Dragon des mers* pour garder la bonne distance.

– Mademoiselle ! Mademoiselle ! Vous voulez des jolies fleurs ? Oui ! des jolies fleurs pour la jolie demoiselle, cria une femme assise dans une barque, en voyant émerger la tête dorée de Rhea par-dessus la lisse. La marchande était entourée d'une luxuriance de plantes exotiques. Des bouquets de lavande, de bougainvillées, et des fleurs de frangipanier rose passé, des hibiscus écarlates. L'Africaine tenait une brassée de fleurs en boutons odorantes. Rhea respira le parfum capiteux dans l'air balsamique.

– Du jasmin, murmura-t-elle avec tristesse en admirant les pétales blanc crème de ses fleurs préférées.

Seumus Fitzsimmons remarqua que les yeux de Rhea s'embuaient. Il jeta une pièce à la bonne femme qui lui lança le bouquet de jasmin.

– Milady, fit Seumus en offrant les fleurs à Rhea toute pâle. Elles sont belles, mais pas aussi belles que vous, milady.

Cette fois, les yeux bruns du matelot ne brillaient plus de malice.

Lady Dominick enfouit son visage dans la masse parfumée et respira jusqu'à en avoir la tête qui tourne.

– Merci, Seumus, dit-elle simplement.

Les yeux mauves de la jeune fille exprimaient une amitié sincère ; Fitzsimmons savait qu'il ne devait pas en attendre davantage. Le marin haussa les épaules et rejoignit les matelots en train de rire et de faire des remarques plaisantes à quelques jeunes femmes qui se trouvaient dans les barques.

– Lady Rhea ? demanda le mousse en ouvrant, perplexe, ses immenses yeux bleus. Ce sont les fleurs de Fitzsimmons qui vous rendent triste ? Avant de les respirer, vous aviez l'air contente.

– Ce jasmin me rappelle des souvenirs, expliqua Rhea en se penchant par-dessus le bastingage pour regarder l'eau qui formait, autour du navire, comme une immense prison.

– Camareigh ? demanda Conny, persuadé que son amie regrettait sa famille.

Le mousse détestait voir milady malheureuse.

– Oui, ma famille me manque, Conny, affreusement. Je veux rentrer à la maison ; je dois rentrer ! s'écria-t-elle en tremblant.

Rhea était au bord des larmes ; le souvenir de la nuit précédente lui donnait un sentiment d'étrangeté insupportable. Elle avait besoin de retrouver sa maison, de redevenir la Rhea Claire de toujours.

– Hé ! mad'moiselle ! Vous voulez encore de jolies fleurs pour vos cheveux ? Des jolies couleurs pour la jolie mad'moiselle !

Rhea se retourna vers la marchande de la barque. Soudain elle décida de partir. Tout était tellement simple. Elle secoua la tête d'un air incrédule et parcourut le navire des yeux. Mac Donald rêvassait, oubliant ce qui se passait autour de lui. Quant au reste de l'équipage – cette pensée rassura la jeune fille – il était occupé à flirter avec les marchandes.

Rhea fit signe à un Noir dans son petit bateau, et lui montra l'entrée du port. Puis elle se tourna vers Conny Brady. Avec ses grands yeux innocents, il lui rappelait plus que jamais Robin.

– Conny, je vais regagner la terre dans cette barque ; je ne peux attendre plus longtemps. Tu dois le comprendre, c'est mon unique chance. S'il te plaît, Conny, puis-je te faire confiance ?

– Mais, milady... protesta le mousse, le capitaine, il vous aurait fait débarquer.

– Non, ce que je fais est préférable, crois-moi. J'éviterai des ennuis au capitaine... Oh ! Conny... fit Rhea en hésitant, je n'ai pas d'argent. Aurais-tu une pièce à me donner, juste pour payer le rameur ?

Le mousse fit oui de la tête et sortit deux pièces de sa poche.

– Merci, petit mousse, je n'oublierai jamais. Tu viendras me rendre visite à Camareigh ?

Rhea prit le gamin dans ses bras et embrassa ses joues écarlates. Les yeux de Conny s'emplirent de larmes ; quand il les eut essuyés, lady Dominick avait disparu. Il avait toujours redouté qu'elle ne s'en aille. Conny se sentait incapable de bouger. Que faire ? Il valait mieux ne rien révéler, surtout au capitaine. Lady Rhea s'en était allée sans dire adieu. Ce n'était pas bien qu'elle se retrouve à Saint John toute seule. Où iraitelle ? Conny, très inquiet, se posait des questions. Il s'était rendu dans suffisamment de ports pour savoir que ce n'étaient pas des lieux pour une jeune fille. Conny se mordit les lèvres en voyant le rameur noir pousser la barque loin du *Dragon des mers*, après avoir empoché, avec un large sourire, les pièces que lui avait données la jeune fille.

– Eh bien, capitaine, qu'est-ce que vous allez faire de lady Rhea ?

Alastair Marlowe affrontait Dante Leighton à son poste d'équipage. La détermination brillait dans ses yeux noisette habituellement si doux. Pour la première fois, le marin était décidé à affronter le loup dans sa tanière.

Le capitaine en question prenait tout son temps. Il enfila sa redingote grise, rectifia le bord des manches avec une lenteur irritante.

– Qu'est-ce que je vais faire de lady Rhea Claire, monsieur Marlowe ? répéta Dante en s'avançant vers le bureau pour fermer le livre de bord qu'il venait de vérifier.

Alastair pinça les lèvres ; il ne s'était encore jamais disputé avec son capitaine. Malgré la situation explosive, Marlowe était décidé à parler.

– Capitaine, commença-t-il en se demandant s'il allait poursuivre, ça ne vous ressemble pas d'agir de cette façon. A ma connaissance, vous n'avez jamais profité de personne ; et maintenant, pardonnez-moi, vous allez gagner l'enfer en traitant lady Rhea d'une manière...

– Grossière et brutale, termina Dante, les yeux brillants.

– Oui, c'est ça, cap'taine, approuva Alastair mal à l'aise. Il s'agit d'une jeune fille de bonne naissance ; elle a vécu le bagne avec nous.

– Nous ?

Alastair se racla la gorge.

– Ce voyage, il devient dangereux. Vous croyez que c'est bien d'exposer sa vie parce que cette fille vous a ensorcelé ?

Le front du capitaine se plissa. Alastair prit de l'assurance.

– Vous pouvez pas soutenir le contraire, capitaine ; j'ai vu comment vous regardiez cette petite. Mais elle n'est pas à nous, elle appartient pas au *Dragon des mers*. (Le matelot marqua une pause. Ce qu'il avait à dire était difficile.) On n'est pas des gens pour elle. La voir, pauvrette, pieds nus, en train d'apprendre à faire des nœuds avec un ancien pirate et des vieux loups de mer, c'est pas bien.

– Qu'essaies-tu de me dire avec autant de tact ? demanda Dante à voix basse. Ne serais-je pas un homme pour elle ?

Ses pensées le ramenèrent à la nuit précédente où lady Dominick avait répondu avec passion à ses caresses. Il se souvenait de la douceur de ses lèvres, de ses taquineries. Par contre, il déplorait la façon dont ils s'étaient quittés et ce dégoût qu'il avait lu dans ses yeux, brillants de désir quelques instants plus tôt.

Dante se tourna vers la lumière qui filtrait à travers les fenêtres arrière et commença à compter les pièces empilées sur son bureau.

– Lady Rhea est une jeune fille innocente ; elle possède pas l'art de la séduction comme vous, lança Alastair.

Le dos et les épaules de Leighton se raidirent. Alastair en fut désolé ; il servait le capitaine depuis de nombreuses années, le respectait, le considérait comme son ami. Et maintenant, leur amitié était détruite à cause d'une femme. Mais peu importait, Marlowe se serait détesté s'il était arrivé malheur à Rhea Claire.

Alastair disait vrai, bien entendu, mais était-ce une raison pour lui révéler... quoi ? Le désir que Dante avait de posséder une adolescente, ou presque, jolie et pure ? Pourquoi était-ce si condamnable ? Pourquoi un autre homme prendrait-il celle que Dante Leighton avait initiée et commençait à aimer ? Pourquoi Rhea donnerait-elle à un autre sa passion ? Pourquoi ce bonheur lui serait-il refusé, à lui ? Pourquoi ?

– Sommes-nous capables de contrôler nos sentiments, Alastair ? Peut-on penser avec une froide logique lorsqu'on tombe amoureux ?

– Amoureux ? demanda Alastair.

Les révélations du capitaine le stupéfiaient ; il ne savait pas encore s'il devait se réjouir ou s'alarmer de ce que Dante Leighton aimât lady Rhea Claire. « Dieu nous aide », se dit-il à lui-même. La situation lui apparaissait sous une lumière tout à fait différente.

– Tu as l'air surpris, mon ami. Succomber à l'amour avec une femme comme Rhea Claire ! Nous sommes aussi différents que le jour et la nuit, que l'ange et le diable. Nous nous sommes abordés avec une défiance qui persiste encore, mais peut-être est-ce à cause de la vulnérabilité de chacun. Je me suis montré cruel envers elle, je l'ai effrayée volontairement, j'ai joué avec elle, je l'ai séduite. (Dante baissa le ton.) Mais le jeu a mal tourné, Alastair. Cette fille m'a fait plus de mal que je ne lui en ai fait, je l'aime.

– Et lady Rhea ? interrogea Alastair, étonné d'avoir reçu les confidences d'un homme qui ne se livrait jamais.

– Avec le temps, elle pourrait m'aimer. Elle éprouve quelque chose pour moi, mais elle a peur de ses sentiments et...

Dante s'interrompit brutalement au milieu de sa phrase. Par le hublot, il avait aperçu une petite barque. L'objet de ses préoccupations était assis à l'avant et agitait le bras en signe d'adieu. L'embarcation se dirigeait vers le port de Saint John.

Alastair sursauta en entendant le rire caverneux du capitaine. Il s'approcha du hublot.

– Bon Dieu !

Il venait d'apercevoir la tête dorée de Rhea. La dentelle de sa manche s'agitait au vent tandis que la jeune fille saluait quelqu'un sur le *Dragon des mers*. Une pensée insoutenable traversa comme un éclair la tête de Marlowe. Lady Dominick les voyait et leur faisait des adieux insolents. Alastair resta un moment sans bouger ; jamais il ne s'était senti aussi gêné. Au moment où le capitaine lui parlait de sa « bien-aimée », elle s'envolait sur les eaux.

Dante observait en silence la légère embarcation qui s'éloignait. Ses yeux gris n'étaient plus que des fentes.

– Et maintenant, qu'est-ce que vous allez faire ?

– Ce que nous allons faire, monsieur Marlowe ? Descendre à Saint John comme convenu. Décharger la cargaison. Et, à moins que je ne fasse erreur, lady Rhea Claire n'aura pas la vie facile au port. Elle risque d'être déçue si elle s'imagine qu'on va l'accueillir comme une enfant retrouvée.

– Qu'est-ce que ça veut dire, cap'taine ? demanda Alastair, perplexe.

– Habillée comme elle l'est, sans chaperon, débarquant d'un navire où elle était seule femme à bord... réfléchissait Dante à voix haute, personne ne croira à son histoire de fille de duc enlevée.

Alastair fronça les sourcils avec consternation. Il s'inquiétait de ce qui pourrait arriver à lady Dominick. Sa tenue, en effet, ne manquerait pas d'attirer l'attention, mais dans le mauvais sens du terme.

– Maintenant, déclara Dante en quittant le hublot qui avait vue sur la baie, j'aimerais découvrir comment cette fille a pu monter dans la barque sans que personne l'arrête. A qui disait-elle au revoir ?

Conny Brady se tourna d'un bloc vers l'échelle. Il avait entendu des pas et, s'il ne s'attendait pas à voir réapparaître la tête blonde de la fugitive, il ne s'attendait pas non plus aux boucles brunes du capitaine.

– Monsieur Brady ! appela Dante d'une voix forte.

Il marcha vers le mousse devenu tout pâle. Ses grands yeux bleus lui dévoraient la moitié du visage.

– Avez-vous une idée de l'endroit où se trouve lady Dominick ?

Conny se mordit les lèvres jusqu'au sang.

– Elle est partie, cap'taine, à Saint John, avoua-t-il, les yeux baissés.

– A Saint John ! s'exclama Mac Donald qui, de loin, avait assisté à l'interrogatoire. Capitaine, le gamin vous charrie. A Saint John ? Et comment est-ce qu'elle y serait partie ? Comme un oiseau, en volant ?

– Elle a fait une promenade en barque, répondit Dante à l'Ecossais qui, de stupéfaction, laissa sa pipe s'éteindre dans sa main calleuse.

Il fourragea dans sa crinière argentée. Son regard allait du capitaine à Conny et de Conny à Alastair.

– Vous avez laissé partir cette môme, comme ça ? J'y comprends rien.

En fait, le marin était triste que lady Rhea soit partie sans le saluer.

– Cap'taine, elle a dit que sa maison lui manquait. Elle voulait plus vous causer de soucis ; elle a dit que le mieux c'était de s'en aller.

Les yeux de Conny imploraient le pardon ; d'une certaine façon il avait trahi son supérieur.

– Tu aurais dû m'informer, monsieur Brady, gronda Dante, qui n'éprouvait pas la moindre pitié pour le chagrin du garçon ; tu appartiens à l'équipage, tu lui dois loyauté ainsi qu'au capitaine. De plus, tu as laissé partir lady Rhea sans escorte, sans argent et...

– Je lui ai donné un peu d'argent, avoua Conny en détournant les yeux.

– Je vois, fit simplement Leighton en s'éloignant.

Pour le jeune mousse, le monde s'écroulait. Il avait mis Rhea Claire en danger, et maintenant le capitaine ne voulait plus entendre parler de lui.

– Dis à Longacres de descendre la chaloupe, ordonna Leighton à Marlowe. Nous allons à terre.

– Bien, cap'taine.

– Cap'taine... monsieur, bégaya Conny Brady.

Il prenait le risque de braver la colère de son supérieur. Dante Leighton se retourna et toisa le gamin.

– Je vous demande la permission de vous accompagner. Je peux vous aider à retrouver lady Rhea, monsieur, s'il vous plaît...

– Très bien, Brady. Puisque vous êtes responsable de sa fuite, vous pouvez bien prendre la responsabilité de retrouver cette jeune fille.

Dante avait parlé d'un ton très sec, mais si le mousse avait regardé les yeux de son capitaine, il y aurait lu de la tendresse, ou presque.

Dans le port de Saint John, Rhea Claire connaissait déjà la frustration. Elle était étrangère et ses vêtements paraissaient bizarres. Elle comprenait trop tard que les autochtones ne l'aideraient jamais et qu'ils trouveraient son histoire invraisemblable. Rhea ne s'attarda pas sur les quais, car sa présence solitaire lui avait attiré les quolibets des marins qui déchargeaient les cargaisons et des pêcheurs en train de réparer leurs filets.

A sa première question très polie posée à un homme d'allure respectable, on lui avait répondu par une proposition ignoble. Le personnage ressemblait à un gentleman londonien, mais on n'était pas à Londres, et il ne s'agissait plus de lady Rhea Claire Dominick, fille du respecté duc de Camareigh.

Rhea avançait dans les rues en évitant les cochons à demi sauvages qui couraient à travers la ville. Les habitants bavardaient d'une fenêtre à l'autre, au coin de ruelles étroites. Et, bien que la ville de Saint John ne fût pas très hospitalière, son atmosphère était plutôt cordiale. Rhea passa devant une auberge qui donnait directement sur la rue ; elle y entra, espérant y glaner quelques renseignements. La salle était obscure car le soleil baissait déjà, malgré l'heure peu avancée. Une voix querelleuse arrêta Rhea ; on lui rappela qu'elle se trouvait dans un endroit respectable, où on ne servait que des clients convenables. On la menaça d'appeler un officier de police. A la fin, une femme noire chassa la malheureuse en brandissant un balai. Rhea se retrouva sur la chaussée et bouscula un couple bien habillé. La jeune fille s'excusa et fit une nouvelle tentative.

– Excusez-moi, pourriez-vous m'aider ? Je suis la...

– Vraiment, quelle indécence chez ces gens du peuple ! fit la dame, une femme entre deux âges, manifestant ainsi sa répugnance.

Rhea poussa un soupir et suivit le couple du regard jusqu'à l'angle d'une maison. Ensuite, elle reprit sa déambulation à travers la ville, sa longue tresse lui battant les reins. Fait bizarre, elle regrettait le bercement du navire. Rhea faillit trébucher au bout de la rue : elle venait d'apercevoir une silhouette qu'elle ne connaissait que trop bien. La jeune fille s'enfonça sous un porche et s'appuya contre la pierre fraîche. Le cœur battant, elle observa à la dérobée le capitaine du *Dragon des mers*. Pendant qu'elle restait tapie dans l'ombre, une porte s'ouvrit sur un groupe bariolé de marins tapageurs. Les matelots se dirigeaient vers Leighton. Presque aussitôt celui-ci fut rejoint par Marlowe, Mac Donald, Longacres et plusieurs autres membres de l'équipage. Même Conny Brady était là. Rhea avança la tête avec précaution pour mieux observer les deux bandes de matelots qui s'avançaient à la rencontre l'une de l'autre. Malgré la distance, elle comprit qu'il ne s'agissait pas de retrouvailles amicales, mais d'un affrontement. Après avoir discuté âprement et échangé quelques coups, les marins se séparèrent. Dante se retrouva seul avec un homme corpulent répondant au nom de Bertie Mackay. Rhea avait profité de l'escarmouche pour se rapprocher ; c'est ainsi qu'elle fut témoin d'une conversation étonnante.

Avant de s'adresser à son ennemi, Leighton s'était assuré que ses hommes étaient partis à la recherche d'une jeune fille coiffée d'une longue tresse blonde.

– Maintenant, qu'avez-vous à me dire, capitaine Mackay ? s'enquit Dante avec politesse.

– On pourrait reprendre notre dernière conversation, répondit Mackay en saluant un couple de citadins de sa connaissance.

– Vraiment ? fit Dante.

– Eh bien, je pourrais faire croire aux autres que vous êtes ici pour affaires. Ça serait pas cafarder ; vous êtes venus travailler ; le trésor, faut le chercher !

Dante tourna la tête vers Conny Brady qui remontait la rue en courant.

– Je vous l'ai déjà expliqué, Mackay, il est inutile de poursuivre l'entretien. Le *Dragon des mers* n'a trouvé qu'un navire allemand plein de pièces rouillées. Adieu, capitaine, lança Dante en s'éloignant de Mackay livide.

Au lieu de rejoindre ses hommes, Leighton s'avança vers un homme majestueux habillé de velours. Rhea reconnut l'uniforme bleu et or de la Marine royale britannique. Elle décida de tenter sa chance, sachant que le capitaine du *Dragon des mers* ou ses matelots la retrouveraient d'un moment à l'autre. Elle abandonna donc sa cachette et traversa la rue en courant en direction de l'officier. Elle dut se frayer un chemin à travers la foule compacte qui, tout à coup, avait envahi la rue. Ses vêtements excentriques passaient presque inaperçus parmi les jupes multicolores des femmes noires. La plupart de celles-ci portaient sur leur tête entourée d'un turban en voile ou en soie un panier d'osier blanc. Les hommes étaient vêtus d'amples pantalons blancs. Parmi ces habillements, l'uniforme bleu de l'officier devait être facile à repérer. Pourtant, Rhea le perdit de vue. Emportée par la foule, elle suivit le flot qui se déversait sur la place du marché. Des centaines de Noirs et de mulâtres s'entassaient pour vendre leurs produits – cochons, poulets et toutes sortes de volailles. Des piles chancelantes de patates, de noix de coco, de papayes, d'avocats et de café odorant se côtoyaient. Des enfants tout petits couraient partout, accompagnés de chiens qui aboyaient contre les passants. Rhea essuya son front moite : il n'y avait pas d'uniforme bleu... Elle renonça à chercher et pensa que le mieux était de gagner une boutique ou un café. Là, elle créerait un incident de façon à forcer le ou la propriétaire à faire intervenir les autorités.

Au moment où la jeune fille se frayait un chemin pour quitter le marché, elle aperçut Mac Donald qui venait vers elle. Elle n'eut que le temps de s'accroupir derrière des cageots de volaille. Là, elle attendit que l'Ecossais s'éloigne. Il passa si près qu'elle aurait pu le toucher. Soudain, Rhea eut un besoin impérieux de ses amis les matelots et de ce Highlander qui avait connu son arrière-grand-père. Quand la haute silhouette de Mac Donald se fut fondue dans la foule, la fugitive quitta sa cachette et marcha dans la direction opposée. Elle s'engagea bientôt sur un chemin sinueux qui conduisait hors du marché. Elle le suivit, laissant derrière elle des voix et des rires d'hommes. Au bout de quelques minutes, Rhea entendit des pas ; elle se retourna et constata avec effroi qu'elle était suivie par les marins qui s'étaient opposés à l'équipage du *Dragon des mers* une demi-heure plus tôt. Cette fois, ils semblaient d'humeur à chercher querelle à n'importe qui, homme ou femme. Par malheur, Rhea se trouvait là. Les matelots se lancèrent à sa poursuite, suivant sa tresse blonde comme un phare. La jeune fille enfila un chemin accidenté, trébuchant à deux reprises. Peu à peu, les maisons se firent rares. Rhea se retrouva bientôt dans une végétation tropicale si dense qu'elle était impénétrable. La fugitive était proche de la panique : ses poursuivants se rapprochaient. Elle s'étonna d'éprouver une pareille frayeur en plein jour. Elle chercha désespérément une issue mais les épaisses feuilles vertes se refermaient autour d'elle. Tout à coup, le silence oppressant de la jungle fut brisé par les cris des matelots ivres.

– Pourquoi tu cours, fillette ?

– Dis donc, quelle beauté !

Rhea, pétrifiée, regardait ces démons ; elle éprouvait la même terreur que lorsqu'elle s'était réveillée à bord du navire dans l'obscurité.

– Et votre nom, petite ?

– Regardez donc ces cheveux, c'est comme de l'or. Et ces yeux, la couleur !

Un matelot s'avança, les yeux braqués sur sa proie. Tous les muscles de Rhea tremblaient. Si elle se mettait à courir, elle tomberait, tant ses jambes étaient faibles. Elle assistait, impuissante, à la lente progression de l'homme ivre aux vêtements repoussants de saleté.

– N'avancez pas !

– Ne la touchez pas, fils de pute ! hurla une voix aiguë.

Un gamin venait de se jeter au milieu du groupe, bousculant les matelots par surprise. L'éclair d'une lame fendit l'air, un corps s'effondra. Rhea aperçut avec horreur Conny Brady étendu par terre, blessé. Ses boucles brunes retombaient sur son front pâle, ses grands yeux bleus étaient clos.

– Bon Dieu, c'est un gosse ! beugla le marin.

Rhea poussa un hurlement de terreur.

– Fais-la taire, on risque la potence, siffla un des hommes.

Il attrapa la malheureuse au moment où elle s'agenouillait à côté de Conny Brady. L'agresseur n'eut que le temps d'empoigner les cheveux blonds, une violente douleur l'immobilisa : une balle lui avait traversé l'épaule. C'était un officier du roi qui venait de tirer, celui que Rhea avait cherché en vain. Son pistolet était encore fumant. Dans la main gauche, il tenait l'épée ; il la pointa sur la poitrine du marin. L'officier était seul ; les matelots étaient six. Il était armé, les autres avaient des couteaux.

– Soyez corrects, les gars, retournez à votre bateau ; je retiens votre ami, il devra répondre de son acte devant les magistrats.

L'officier avait adopté un ton amical, mais il ne

quittait pas le groupe des yeux, guettant le moindre mouvement. Il se tourna enfin vers l'homme qui avait reçu la balle ; il avait lâché son poignard. Le capitaine Lloyd eut un sourire en croisant les yeux gris de Dante Leighton qui venait de surgir.

– Merci, fit ce dernier.

Il aperçut alors Conny Brady étendu sur le sol et Rhea qui sanglotait près de lui.

Leighton fusilla du regard les hommes de Bertie Mackay. Malgré leurs esprits embrumés par l'alcool, ils comprirent que le capitaine était capable de tuer. S'il y avait un homme qu'ils ne souhaitaient pas rencontrer dans les parages, c'était bien Dante Leighton !

– Dante ! s'écria Rhea en remarquant une haute silhouette parmi les matelots. (Agenouillée près du mousse, elle le berçait dans ses bras et essayait d'étancher le sang de sa blessure.) Tout est ma faute, gémit-elle.

Ses larmes brûlantes coulaient sur le visage enfiévré de Conny. Les paupières du mousse tressaillirent, puis s'ouvrirent lentement.

– Lady Rhea ?... J'avais peur de ne jamais vous revoir... Je vous ai aperçue, vous traversiez la rue, je vous ai suivie... jusqu'au marché... et puis je vous ai perdue, et... quand je vous ai retrouvée, il y avait ces hommes, il fallait que je vous aide, lady Rhea, dit le mousse entre ses dents.

Il referma les paupières, épuisé.

– Conny ! tu m'as sauvé la vie, s'écria Rhea tandis que ses pleurs redoublaient.

Dante Leighton s'avança, les yeux braqués sur les matelots devenus nerveux tout à coup.

– Dante ! il faut emmener Conny chez un médecin ; il est pâle et si froid, s'écria Rhea.

Mais, pour cela, l'autorisation de sir Morgan Lloyd était nécessaire.

– Vous le connaissez, capitaine ?

Dante répondit sèchement :

– Ce garçon est mon mousse.

– Je suggère de suivre la proposition de la jeune fille. Le gamin nécessite des soins. Nous avons un excellent chirurgien à bord du *Portcullis.*

– Je vous remercie, mais mon serviteur est versé dans l'art de la médecine, il saura quoi faire, répondit Dante en laissant glisser son regard vers les marins silencieux. Qu'allez-vous faire de cette ordure ?

– L'escorter personnellement à la police. Les autres marins n'auront qu'à regagner sagement les quais.

D'un bras, Dante souleva Conny Brady avec d'infinies précautions et, de son autre main libre, aida Rhea à se remettre sur ses jambes.

– Et la jeune fille ? demanda sir Morgan avec une sollicitude intéressée.

La jeune fille l'intriguait ; elle était vêtue comme une fille du peuple mais s'exprimait avec élégance et avait les traits les plus délicats qu'il ait jamais vus.

Le capitaine du *Dragon des mers* ne répondit pas ; il avait décidé que c'était à Rhea de le faire. Elle allait décliner son identité, raconter son histoire, ce qui le condamnerait. Sir Morgan s'empresserait de vérifier les faits et il renverrait lady Dominick en Angleterre.

– Rhea ? appela Dante à voix basse, ses yeux gris rivés à ceux de la jeune fille.

Il lui offrait la liberté. Rhea fixait le visage brûlant de Conny Brady ; le mousse ne cessait de répéter son prénom : « Rhea, Rhea... »

– Conduisez-moi à bord du *Dragon des mers,* capitaine.

– Rhea ! Rhea ! lady Rhea, ne m'abandonnez pas, s'il vous plaît.

– Je suis là, Conny, je ne te laisserai pas.

Lady Dominick pressa la tête du jeune garçon contre sa poitrine.

Soudain, des bras puissants l'emprisonnèrent par-derrière. Dante lui chuchotait des mots éperdus au creux de l'oreille. Rhea voulut se dégager de l'étreinte ;

elle refusait tout réconfort, toute pitié. Elle ne méritait que de souffrir tant que le pauvre Conny délirait de fièvre sur sa couchette.

– Ne vous détournez pas, Rhea, vous n'êtes pas à blâmer.

– Si, j'ai entraîné ce garçon dans mes ennuis ; en profitant de son adoration, je l'ai retourné contre vous. Je lui ai interdit de vous révéler que j'avais quitté le navire. J'étais là en train de respirer du jasmin, je repensais à Camareigh, tout à coup je n'ai plus supporté. Et puis, le souvenir de la nuit où nous nous étions affrontés quand...

Rhea s'interrompit, suffoquée par les larmes.

– Je sais, je ne vous blâme pas, répéta Dante.

Un pli amer étirait ses lèvres. Il était persuadé que les pleurs de la jeune fille étaient provoqués par le souvenir détestable de la fameuse nuit... Leighton contempla la tête dorée. La jeune fille était si frêle contre lui qu'il aurait pu la broyer. Mais il ne désirait que la serrer tendrement.

– Les marins sont contre moi, je le vois dans leurs yeux, fit Rhea d'une voix brisée.

– Non, pas du tout. Mes hommes se préoccupent de la santé de Conny et s'inquiètent pour vous.

Dante essayait de rassurer Rhea. C'était vrai, elle n'était pas responsable de l'accident du mousse. L'équipage était fier de la bravoure du petit qui avait affronté seul des mauvais garçons ! S'il y avait des coupables, c'étaient les hommes de Bertie Mackay, ou Dante, mais pas lady Dominick.

– Je me sens inutile à rester là sans rien faire, avoua Rhea découragée. Houston fait de son mieux, mais peut-être... (Elle hésitait, ne voulant pas avoir l'air de critiquer le vieux serviteur dont les soins assidus semblaient apaiser la douleur du blessé.) Peut-être devrions-nous aller chercher un médecin à Saint John ?

– C'est impossible, je le crains, répliqua Dante sans autre précision.

Rhea crut qu'elle l'avait blessé.

– Je suis désolée.

– Faire venir un médecin d'Antigua n'est pas faisable... (Leighton hésitait. Il regarda à travers le hublot arrière.) Nous avons quitté l'île, nous sommes en mer.

Rhea se libéra de l'étreinte de Dante et aperçut la vaste étendue d'eau. Tout à coup, elle sentait le doux roulis, entendait le bois gémir, les mâts craquer.

Les voiles gonflées par le vent, le *Dragon des mers* filait vers sa dernière quête.

Des courants marins avaient poussé le navire jusqu'au détroit de Floride. Là, le Gulf Stream et des vents dominants l'entraînèrent dans un perfide bras de mer rempli de bancs de sable. Des rafales y soufflaient, qui précipitaient les marins malchanceux sur les récifs de coraux. Par bonheur, le fier *Dragon des mers* était guidé par sa bonne étoile ; il avait contourné sans mal les dangereuses petites îles plantées de palmiers, dépassé des plages de sable blanc léchées par la mer d'un bleu translucide qui virait au vert pâle sous l'ombre des arbres. L'équipage du navire aurait pu croire que son capitaine était inconscient pour longer ainsi la dangereuse côte de Floride. Et il aurait pu penser qu'il était devenu fou lorsqu'il avait ordonné de jeter l'ancre dans une petite crique solitaire avec, pour tout habitant, une bande de flamants roses qui, leurs longs cous tendus, prirent leur envol vers le sud.

Excepté Kirby et Marlowe, l'équipage persistait à croire que la carte du trésor n'avait aucune valeur. Aussi, lorsque le capitaine révéla enfin ses espoirs, un vent de folie souffla sur les matelots : ils se voyaient déjà abandonner la navigation pour une vie plus clémente.

Allongée sur le sable, Rhea Claire Dominick ferma à demi les paupières pour se protéger les yeux. Les eaux ondulantes de la baie reflétaient une lumière aveuglante. Au sud, contre l'horizon, de gros nuages gris s'assombrissaient de minute en minute – promesse d'un orage proche. Rhea glissa ses mains sous sa tête, tout contre le sable tiède. Elle réfléchissait à ce qui s'était passé depuis qu'elle avait mis le pied à bord du *Dragon des mers.* Maintenant, elle comprenait mieux la réaction brutale de Dante Leighton. Il avait cherché à préserver le secret du trésor, son avenir et celui de ses hommes. Rhea devait considérer d'autres faits. Houston Kirby lui avait parlé, non sans réticence, d'une certaine jeune veuve de Charles Town qui avait fait souffrir le capitaine. Rhea avait eu le malheur de croiser la route de Dante au mauvais moment et au mauvais endroit.

Lady Dominick était clémente de nature, ce qui l'inclinait à pardonner aisément. Après tout, Leighton lui avait offert la liberté à Saint John. Rhea contempla paresseusement le ciel encore bleu au-dessus d'elle. Elle serait restée ainsi des heures, étendue sur le sable chaud, bercée par la chanson du vent dans les palmes, brûlée par le soleil des tropiques. Elle étendit la main et rencontra quelque chose de dur. Elle entrouvrit un œil pour regarder sa découverte. C'était un coquillage en forme de cône, enroulé sur lui-même, rose tendre à l'intérieur. Un trésor pour Rhea. Elle pensa à l'équipage en train de chercher le sien un peu plus haut sur la côte.

Tout à coup, Conny Brady surgit d'une crique proche. Rhea agita le bras pour lui faire signe. Le mousse tenait lui aussi un coquillage.

– Lady Rhea, regardez ce que j'ai trouvé ; on entend l'océan. (Le mousse avait les joues roses et les yeux brillants d'excitation.) Ecoutez !

Rhea approcha la lourde coquille de son oreille et fut surprise d'entendre le grondement de l'océan.

– Tu crois qu'ils ont trouvé, Conny ? demanda la jeune fille en regardant vers la baie où le *Dragon des mers* avait jeté l'ancre.

– Vous croyez qu'y a vraiment un trésor ? demanda Conny.

Il lança un œil rêveur vers le récif de coraux où

Alastair et le capitaine avaient plongé pour retrouver le galion espagnol.

Un coup de tonnerre retentit dans le lointain, suivi d'un éclair qui zébra les nuages noirs. La surface de la mer s'agitait ; bientôt les cieux déverseraient des trombes d'eau.

– Viens, Conny, dit Rhea en se relevant. (Elle essuya avec regret le sable de sa jupe et de son corsage.) J'aperçois Longacres qui rame vers nous ; nous rentrons à bord. Il ne faut pas que tu attrapes froid.

La jeune fille s'inquiétait pour le mousse qui, bien que tout à fait rétabli, souffrait encore de sa blessure. Le garçon et Rhea attendirent patiemment que Longacres ait atteint le rivage.

– La fortune, c'est pas pour aujourd'hui, soupira le marin en levant les yeux vers le ciel maussade.

– Pas de chance ! fit Rhea.

Elle était triste pour le vieux loup de mer qui n'avait encore jamais trouvé le trésor de ses histoires de pirates.

– On n'abandonne pas, pas vrai, jeune Conny ?

Longacres aida Rhea à monter dans la chaloupe et l'installa à l'avant. Conny sauta par-dessus bord.

– Personne abandonne, répéta le matelot en bougonnant.

En quelques coups de rame, l'embarcation aborda le *Dragon des mers* qui bourdonnait comme une ruche car les marins étaient remontés à bord après leurs vaines recherches. Rhea elle-même était gagnée par la fièvre du trésor. C'est ce qu'elle se disait en s'habillant le soir pour le dîner. La jeune fille évoqua un instant sa garde-robe de Camareigh encombrée de toilettes dont elle se souvenait à peine. Ici, elle avait le choix entre deux tenues, et chacune avait une signification particulière. La jupe en cuir et le corsage étaient un cadeau de l'équipage du *Dragon des mers*, la robe de ce soir était un cadeau du capitaine. Il l'avait achetée à Saint John et avait dû la payer une fortune. Elle devait faire partie d'un trousseau de mariée, tant le tissu était délicat et le travail fini. La robe était en mousseline blanche aussi légère qu'une plume. De la dentelle ornait le bord des manches qui arrivaient au coude, et les volants superposés du jupon. Cette toilette était exquise. Lady Dominick avait été très étonnée de la trouver sur sa couchette lorsque le bateau avait quitté Antigua. De fins escarpins et des bas de soie complétaient cette tenue de soirée.

Rhea se contempla dans le miroir. Elle aimait le contraste de ses cheveux dorés sur sa peau légèrement hâlée. Elle enroula ses cheveux autour de la tête comme une couronne – coiffure plus élégante que la grosse tresse pendante dans le dos. Le premier soir où elle avait mis la robe blanche, les marins rassemblés dans la cabine du capitaine avaient été aussi surpris que lors de sa première entrée avec la jupe en cuir. Mais cette fois le cadeau provenait de Dante Leighton. La réaction du capitaine n'avait pas déçu la jeune fille : il lui avait baisé la main à la façon d'un gentleman et l'avait complimentée comme si elle était une vraie dame. Elle ne savait pas pourquoi il lui avait acheté cette robe car, lorsqu'elle l'avait remercié, il avait haussé les épaules. Pourtant Rhea était certaine qu'il avait apprécié qu'elle exhibe son cadeau.

Rhea ajusta le profond décolleté carré ; la fine dentelle couvrait à peine ses seins ronds. Après un soupçon de lavande à la base du cou et au creux des poignets, elle entra dans la cabine du capitaine. Alastair Marlowe, Seumus Fitzsimmons et Barnaby Clarke s'y trouvaient déjà. Ce dernier l'accueillit avec sa politesse habituelle.

– Milady, j'espère que l'orage vous fait pas peur.

Rhea remarqua le regard par en dessous qu'il jeta sur son décolleté. Finalement, elle préférait encore l'admiration naïve de Fitzsimmons. Le capitaine se tenait devant le hublot, vêtu d'un habit de velours cannelle qui lui égayait un peu la mine car il avait l'air inquiet et ses yeux gris brûlaient d'un feu intérieur. Il avait les cheveux tirés en arrière et attachés négligemment avec un ruban.

– Ah, milady ! s'exclama-t-il avec une voix qui attira l'attention des marins.

Ils n'avaient pas entendu ce ton sarcastique depuis des semaines. Rhea ne fut pas la seule à se demander ce qui n'allait pas. Heureusement, Houston Kirby se précipita dans la pièce, avec un plateau peu encombré, car il tenait à sa porcelaine. Une odeur appétissante de homard s'engouffra avec lui. Les convives se mirent à table pour goûter à sa fine cuisine. Au-dessus d'eux, la lanterne qui se balançait dangereusement découpait d'étranges ombres sur les visages. La tempête allait éclater. A peine Rhea eut-elle porté son verre de vin à ses lèvres qu'elle eut l'impression que le voilier encaissait toute la furie de l'orage. Le bateau tirait sur son ancre, le vent hurlait dans les cordages et la pluie ruisselait sur le pont dans un tintamarre assourdissant.

– On serait plus à l'abri dans un port, remarqua Alastair en sirotant son cognac.

– T'as raison, approuva Barnaby Clarke à regret.

– Pour sûr, renchérit Fitzsimmons avec un clin d'œil à Rhea. Je pourrais me trouver un joli cœur avec des cheveux blonds et des yeux...

Le capitaine Leighton se leva brusquement de table.

– Messieurs, il est tard et si nous ne voulons pas nous contenter de parler du trésor, il vaudrait mieux prendre du repos. Demain, si l'orage se calme, il y aura du travail. (Puis le capitaine se tourna vers lady Dominick :) Mademoiselle, je vous accompagne à votre cabine. Ce soir, la tempête n'est pas seule à craindre.

Rhea accepta la main de Leighton ; elle se leva et adressa un sourire crispé aux marins silencieux qui échangeaient entre eux des coups d'œil intrigués. Dante s'arrêta devant la porte de la cabine de Rhea, absorbé dans des pensées qu'il était le seul à connaître. Pourtant il ne put résister à l'attrait du décolleté. La dentelle faisait un contraste exquis avec la peau dorée.

– Capitaine, fit la jeune fille. (Elle désirait rompre le silence insoutenable qui s'établissait entre elle et Dante chaque fois qu'ils se retrouvaient seuls.) J'ai entendu l'équipage parler du trésor. (Rhea s'interrompit, gênée ;

elle n'était pas sûre que le sujet soit bien choisi.) Et s'il n'y avait pas de trésor ?

– Il y a fort à parier qu'il existe, répondit Dante.

– L'équipage aura une récompense de mon père, de toute façon, avança Rhea d'une voix incertaine. Je veillerai à ce qu'il paye bien.

La colère s'alluma dans les yeux de Leighton. Rhea n'en comprit pas la raison, elle ne souhaitait que l'aider.

– Votre part sera très importante, capitaine.

Lady Dominick n'en dit pas davantage. Dante l'avait saisie aux épaules. Il la plaqua contre lui.

– Je ne veux pas d'argent. Je vous rendrai à votre père, mais pas contre de l'argent. (La main du capitaine effleura la gorge de Rhea, il sentit son cœur qui battait éperdument.) Je vous ai effrayée, ma chérie ? Souvenez-vous, je veux bien admettre que vous soyez la fille du duc de Camareigh, mais moi je suis le capitaine du *Dragon des mers*. Nous n'avons pas encore accosté en Angleterre.

Leighton termina sa phrase par un baiser sur les lèvres de la jeune fille. Elle frissonna dans ses bras, il s'adossa à la porte pour mieux serrer le corps tiède et doux. Sa bouche chercha tout de suite la courbe des seins. Leighton se sentait désiré, il savait que l'étincelle qui brûlait entre cette fille et lui risquait de mettre le feu à une passion qui les consumerait et changerait leur vie à jamais. Cette pensée refroidit l'ardeur de Dante ; il abandonna brutalement Rhea déconcertée et la poussa dans sa cabine. Il referma la porte entre eux comme une barrière. Lady Dominick resta un moment debout sans comprendre, les lèvres encore chaudes de baisers, puis elle s'effondra sur sa couchette pour pleurer.

Dans sa cabine, Dante Leighton haletait, le bras appuyé contre la porte. Si Rhea avait su combien il lui en avait coûté de la laisser, elle se serait sentie réconfortée. Dante frappa le bois d'un poing rageur mais le bruit fut recouvert par l'orage. Découvrir le trésor était plus nécessaire que jamais. Le désir de vengeance de Dante s'anéantissait devant le désir de posséder Rhea. Mais elle était la fille de Lucien Dominick. Le marquis de Jacobi ne pourrait pas se présenter comme contrebandier et pirate, s'il voulait devenir le gendre du redoutable duc. Il lui fallait acquérir une fortune pour gagner sa fille. C'était la seule façon de la mériter. Dante monta sur le pont, préférant affronter les éléments déchaînés plutôt que de se laisser aller à de funestes pensées.

Une aube resplendissante se leva le lendemain, donnant un nouvel élan à l'équipage pour poursuivre les recherches. Rhea et Conny se rendirent à « leur » plage qui avait été dévastée par l'orage au cours de la nuit. Les arbres étaient déracinés, des trous dans le sable formaient des sortes de lacs. Tout à coup, des cris comme Rhea n'en avait jamais entendu déchirèrent l'air, troublant la paix de la petite crique. Des oiseaux sauvages s'envolèrent en caquetant.

– Ils ont trouvé ! s'écria Conny en sautant comme un cabri. Le trésor ! Le trésor !

Rhea regarda à l'autre extrémité du rivage. Elle aperçut des hommes qui couraient vers un promontoire formant un passage étroit entre la mer et la terre.

Le mousse et Rhea sautèrent dans la barque qui roula dangereusement. Conny rama de toutes ses forces. Au fur et à mesure que le frêle esquif poussé par le vent de la terre approchait, les yeux de Rhea et de Conny brillaient d'une joie anticipée.

– C'est le trésor, monsieur Marlowe ? s'écria le garçon dès qu'il mit pied à terre.

Sans attendre la réponse, il courut sur le sable à la rencontre de Longacres et de Houston Kirby.

Rhea croisa les yeux étincelants d'Alastair et n'eut pas besoin de lui poser de question. Elle se dressa sur la pointe des pieds, lui passa les bras autour du cou et l'embrassa sur la joue.

– Alastair, je suis tellement contente pour vous.

Rhea, tout à son bonheur, avait oublié la mauvaise soirée de la veille

– Et moi, lady Rhea ?

Dante marchait sur la grève lorsqu'il avait découvert

lady Dominick en train d'embrasser le subrécargue. Cette fois, il n'y avait ni colère ni ironie dans ses propos et ses yeux gris étincelaient encore de la joie de l'incroyable découverte.

Alastair fit la grimace et s'éloigna, impatient d'admirer le trésor.

– Félicitations, capitaine, lança Rhea avec circonspection.

Elle ignorait comment le nouveau Dante Leighton réagirait ; son regard était tout à fait différent du regard noir de la veille.

– Mon nom est Dante, Rhea, dit-il en faisant un pas en avant.

Il portait pour tout vêtement sa culotte en cuir. Son torse brun était exposé au soleil et ses bras musclés brillaient de sueur.

– Félicitations, Dante, répéta Rhea.

Devant les yeux gris, une langueur dévastatrice s'empara de tout le corps de la jeune fille, mais cette sensation n'avait rien à voir avec une attirance sensuelle, c'était beaucoup plus dangereux. Le capitaine se tenait devant Rhea, elle voyait la toison bouclée de son torse. Le cœur de la jeune fille s'affola en lisant de la tendresse dans le regard de l'homme.

– N'ai-je pas droit à un baiser, comme Marlowe ? J'aurais cru que le capitaine méritait une douceur particulière, dit Dante sur un ton presque humble.

Pour la deuxième fois, Rhea se dressa sur la pointe des pieds et, appuyant les mains sur la poitrine puissante, déposa un baiser sur la joue de Leighton. Dante regarda la jeune fille avec un sourire gentiment moqueur qui la ravit. Ce changement d'humeur promettait d'autres moments...

– Viens, ordonna-t-il en prenant Rhea par la main, laisse-moi te montrer la trouvaille de l'équipage.

Soudain, c'était comme si on se retrouvait à une autre époque. Là, sur le rivage, témoignage d'un glorieux passé, se dressaient les vestiges d'un prestigieux bateau espagnol. Il avait perdu ses voiles et ses cordages et s'était planté sur le côté, exposant ses ponts défoncés. A tribord, une fissure éventrait le navire ; elle permit à Rhea d'apercevoir des caisses dévorées par les vers.

– Pourquoi ne l'avez-vous pas découvert plus tôt ?

– Il est là depuis des années, répondit Leighton. J'imagine que plusieurs ouragans et tempêtes ont modifié la forme de la crique, comme cette nuit. Le navire était enseveli. Nous avons eu une chance inouïe de nous trouver ici le soir de l'orage. Maintenant, il faut faire vite avant qu'une autre tempête ne recouvre la carcasse sous des pieds de sable. La fortune de mes hommes est faite, déclara Dante en riant. (Il adressa un regard de défi au ciel bleu qui brillait au-dessus de sa tête. Puis, guidant Rhea vers une malle qu'on avait dégagée de l'épave :) Admirez notre trésor.

Le capitaine éventra le bois d'un coup de hache : des pièces d'argent et d'or se répandirent sur le sable.

– C'est une fortune, milady !

Seumus jubilait en se frottant les mains.

Conny arriva en courant, les mains remplies de pièces d'or.

– Lady Rhea ! On est riches ! On a trouvé le trésor.

Rhea resta un long moment à regarder Dante mettre de l'ordre dans la cargaison. Les coffres furent comptés et alignés sur la plage. Alastair établit une liste de leur contenu. Plus tard, on répartirait les richesses du galion.

Les jours qui suivirent, Rhea aida Kirby à préparer les repas et Alastair à classer les objets. Elle nettoya des verres et des carafes de cristal épargnés par l'orage. Rhea vit très peu Dante, occupé à travailler et à surveiller l'équipage.

A la fin de la journée, lorsque Houston Kirby retourna à bord du *Dragon des mers* pour rapporter une bourriche d'huîtres, Rhea l'accompagna.

– Kirby, dit-elle en montrant ses mains noires, et en repoussant une mèche collée sur sa joue.

– Oui, milady ?

– Je me sens si sale que j'ose à peine me toucher. Puisque nous allons faire la fête ce soir, j'aimerais me laver. Voudriez-vous aller chercher mon savon dans ma cabine et me ramener dans ma crique pour que je me baigne ?

– Bien sûr, milady. Attendez-moi, je vais chercher vos affaires. (Lorsque Kirby aborda dans la crique avec le petit canot, il prévint la jeune fille :) Je reviens dans deux heures. Ça va me prendre du temps, le dîner.

– Parfait, approuva Rhea en s'éloignant de l'embarcation.

Elle entendit les rames frapper doucement l'eau tandis que Kirby pagayait vers le voilier. Lady Dominick soupira de plaisir, la plage lui appartenait...

Le soleil était encore haut à l'horizon lorsque la jeune fille marcha sur le sable chaud. Elle se dirigea vers une petite crique qui formait un lagon, endroit privilégié pour le bain. A travers les eaux d'une transparence de cristal, on apercevait le fond sablonneux.

Rhea se déshabilla à la hâte et fit de ses vêtements un petit tas qu'elle posa sur le sable. Après quoi elle pénétra dans les flots bleus en serrant la pierre de savon entre ses doigts. Après s'être enfoncée dans la mer, elle se mit à flotter sur le dos en contemplant rêveusement les cieux. Ses jambes nues s'agitaient dans les eaux peu profondes. Elle ferma les yeux pour ne plus penser, pour sentir les vagues la lécher doucement. Enfin elle plongea la tête pour se mouiller les cheveux et commença la difficile et longue opération du savonnage. Il ne fallait pas trop tarder, pensa-t-elle en réapparaissant à la surface, autrement Houston Kirby s'inquiéterait.

Dante Leighton suivit les traces de pas sur la grève. L'inquiétude se lisait sur son visage ; il avait attendu Rhea plus d'un quart d'heure, l'avait appelée et, voyant qu'elle ne répondait pas, avait décidé de partir à sa recherche. Il finit par trouver le tas de vêtements au bord de l'eau. Leighton ferma les yeux pour se protéger contre l'éclat du soleil tandis qu'il scrutait le lagon silencieux.

Tout à coup il perçut un clapotis ; une tache d'or pâle troubla la surface des flots. Leighton, d'instinct, recula et s'embusqua sous un palmier pour observer. Il n'attendit pas longtemps. Rhea surgit de la mer comme si elle naissait de ses entrailles. Son corps mince brillait sous le soleil. Créature éthérée d'or et d'ivoire, la fragile jeune fille semblait pourtant appartenir à cette nature primitive et sauvage.

« Qu'elle est belle ! » pensa Dante en admirant ses petits seins ronds, dont les bouts roses se dressaient comme des boutons de fleurs. La taille de la jeune fille était si fine qu'elle tenait entre les mains. Les hanches étaient plutôt étroites, le ventre plat. Dante caressa du regard le triangle blond entre les cuisses fuselées. Comme une cape naturelle, les cheveux de la jeune fille se déroulaient en cascades sur ses épaules, jusqu'aux hanches.

Son instinct de femme avertit Rhea qu'elle n'était plus seule ; elle s'arrêta et regarda autour d'elle, inquiète. Ses yeux s'agrandirent de peur lorsqu'une ombre bougea sous le palmier, mais, immédiatement, elle reconnut Dante. Il s'attendait à la voir embarrassée, en colère même, mais elle restait debout, immobile, ses pieds nus caressés par les vaguelettes. Leighton était stupéfait, Rhea lui faisait face hardiment, le visage à peine rosé. Mais ce n'était pas timidité ou pudeur. Lorsque Dante s'avança, Rhea continua de rester impassible. Il se planta devant elle, dévorant des yeux son corps à peine doré. Son cœur d'homme lui cognait dans les veines comme le grondement de l'océan. En hésitant, il leva le bras. Rhea attendait toujours. D'une main, il lui toucha la poitrine et glissa l'autre autour de la taille fine puis, appuyant sa paume au creux des reins, il plaqua le jeune corps contre lui.

Rhea poussa un gémissement ; la bouche de Dante écrasait la sienne, elle entrouvrit les lèvres pour recevoir son baiser, pour sentir sa langue.

– Rhea, ma douce Rhea, murmura Leighton d'une voix voilée par la passion.

Ses mains sur le corps nu et parfumé qui s'offrait à lui se faisaient caressantes. Avec un grognement de plaisir, il souleva la jeune fille dans ses bras et la porta sur le sable chaud. Là, devant elle, il se déshabilla et se dressa, grand et musclé, la poitrine large, les hanches étroites. Tout son corps exprimait le désir de la femme. A nouveau il reprit Rhea dans ses bras, la serra contre lui. Leurs chairs s'embrasaient. Dante couvrit de baisers ardents le fin visage ovale, puis le corps, sans négliger aucune partie ; il désirait tout explorer, il voulait briser les mystères. Sa bouche glissa le long de la gorge douce, ses mains se perdirent dans la nudité de cette fille qui n'avait cessé de hanter ses rêves.

De son côté, Rhea caressait timidement son compagnon. Il lui prit la main, la guida vers la partie qui exprimait le plus son désir d'elle. Dante gémit de plaisir sous la caresse intime et, incapable de se maîtriser plus longtemps, il roula sur sa compagne. Elle se frotta contre lui, l'embrassant avec frénésie. Avec ses hanches dures, il la pressait contre le sable. Peu à peu, sous l'insistance de l'homme, Rhea écarta ses fines cuisses et il pénétra en elle. Rhea se tendit de surprise et de douleur lorsqu'il s'enfonça profondément. Dante s'immobilisa, maîtrisant sa passion ; il embrassa la jeune fille, la caressa jusqu'à ce qu'à nouveau il éveille son désir. Alors seulement il commença à bouger. Rhea poussa un cri étouffé, ses sens s'enflammaient tandis que le corps de son amant allait et venait en elle. Les hanches rivées à son ventre brûlant, Dante la porta jusqu'aux sommets du plaisir.

Le monde explosa en Rhea lorsque Dante déversa sa semence. La flamme du désir et de l'amour venait de naître ; désormais elle guiderait la vie de la jeune femme.

Le *Dragon des mers* avait repris la mer en remontant le Gulf Stream ; il s'était éloigné des côtes de Floride vers le nord. Le capitaine avait fait une seule escale à La Nouvelle Providence, afin de s'approvisionner en eau douce et en denrées alimentaires pour le voyage. Cette fois la traversée serait longue, le navire partait pour Londres. L'équipage resterait avec le capitaine jusqu'à ce qu'on accoste pour la dernière fois dans l'estuaire de la Tamise. Ensuite les hommes se sépareraient avec leur part de trésor. Rhea Claire se tenait à côté de Dante sur l'entrepont lorsque la vigie signala :

– Voile à bâbord !

Longacres grimpa comme un singe au hauban, une longue vue plantée comme un coutelas dans sa large ceinture.

– Bâtiment anglais ; il bat pavillon britannique.

Après des minutes interminables, les deux vaisseaux se rapprochèrent. Les paroles de Mac Donald tombèrent dans le silence.

– C'est le *Portcullis* de Sa Majesté ; il fait signe.

Le capitaine Leighton plissa les paupières. Pourquoi le commandant Lloyd désirait-il l'aborder ? Connaissant sir Morgan, Dante décida qu'il n'y avait rien d'autre à faire qu'à le recevoir. Le commandant du *Portcullis* monta sur le *Dragon des mers* comme on pénètre dans un camp ennemi, poursuivi par les yeux furieux de l'équipage.

– Capitaine ? s'enquit Dante avec une politesse inhabituelle.

– Capitaine Leighton, répondit sir Morgan sur le même ton.

L'officier ne savait pas encore ce qu'il allait dire, car la situation était délicate pour un homme habitué à affronter ses ennemis avec la poudre.

– Que puis-je pour vous, capitaine ? poursuivit Dante en descendant les marches.

D'un coup d'œil, il évalua la distance qui séparait le *Dragon* du *Portcullis*. Les navires étaient si proches que leurs flancs se touchaient presque.

– Je crois que vous avez un trésor à bord, lança sir Morgan en guise de plaisanterie.

Dante leva un sourcil étonné.

– Vraiment, capitaine ?

La distance entre les navires ne permettait même pas de tirer au canon.

– Je possède quelques barils de rhum, rien qui intéresse la Marine de Sa Majesté.

– Je ne suis pas ici pour quelque chose mais pour quelqu'un, rétorqua sir Morgan avec un sourire grimaçant.

– Qui, à bord de mon voilier, interrogea Leighton, est assez illustre pour mériter l'intérêt d'un navire royal ?

– Lady Rhea Claire Dominick.

Sir Morgan avait prononcé le nom de la jeune fille sur un ton tout à fait normal, mais Leighton eut l'impression qu'il l'avait hurlé.

– J'ai un mandat d'arrêt contre vous. Vous avez enlevé cette jeune fille à Charles Town, dit-il en présentant le document officiel.

– Je crains que cette démarche ne vous ait fait perdre du temps, sir Morgan, répliqua Dante sans se soucier du mandat.

– C'est possible, capitaine, mais je dois m'entretenir avec lady Dominick. Je suppose qu'elle se trouve à bord. Si je me souviens bien, je l'ai vue à Antigua ; elle avait manifesté le désir de naviguer avec vous.

– Capitaine, parlez donc à la dame.

Leighton invitait son hôte avec un sourire mystérieux.

Lorsque Rhea apparut, sir Morgan fut frappé par son incroyable beauté. Il avait entrevu la jeune fille à Antigua mais maintenant, en la retrouvant dans la cabine du capitaine, l'officier en avait le souffle coupé.

Rhea portait sa robe en mousseline blanche, et ses cheveux d'or défaits retombaient en vagues épaisses. Elle regarda sir Morgan avec des yeux mauves remplis de curiosité. Par contre la grosse chatte orange qu'elle serrait contre elle ignora l'Anglais avec un mépris félin.

En apprenant qu'un officier venait à bord, lady Dominick avait changé sa jupe de cuir contre une toilette plus décente.

– Milady... commença sir Morgan, vous êtes célèbre dans les colonies. Toutes les villes ont été inondées d'avis de recherche vous concernant. Après avoir été enlevée si brutalement de chez vous... (L'officier s'interrompit pour complimenter la jeune fille.) Je suis heureux de vous voir en bonne santé. J'ai été chagriné à mon arrivée à Charles Town d'apprendre les circonstances très pénibles de votre voyage, ça a dû être horrible.

– Oui, capitaine, répondit Rhea dans un souffle. (Ses yeux s'étaient embués au souvenir de la traversée sur la *Dame de Londres.*) Un cauchemar que je ne suis pas près d'oublier. Il est heureux que vous m'ayez rencontrée à Saint John et découvert que j'étais à bord du *Dragon des mers,* sans quoi vous m'auriez soupçonnée de me cacher. On m'a accusée du meurtre du capitaine Benjamin Haskell !

– Rhea ! intervint Dante en prenant la main de la jeune fille pour l'empêcher de poursuivre.

– Rassurez-vous, capitaine, je ne viens pas arrêter Mademoiselle ; ce qui me tracasse, c'est le mandat que j'ai contre vous.

– Un... un mandat ? bégaya Rhea.

Son regard alarmé allait de Dante à sir Morgan.

– Pourquoi ?

– Pour rapt, milady.

La jeune fille avala péniblement sa salive.

– Je suis ici par ma propre volonté, monsieur.

– Je ne demande qu'à vous croire, mais il faudra convaincre les autorités de Charles Town. Plusieurs plaintes leur sont parvenues. Une certaine Hélène Jordane accuse Dante Leighton d'avoir enlevé la fille du duc de Camareigh. Une deuxième personne, nommée... Alys, je crois...

– Alys ? répéta Rhea incrédule.

– Oui, la jeune servante a réussi à échapper à Daniel

Lewis. Elle s'est rendue auprès des autorités locales et a tout révélé. Elle était morte de peur. Toutefois son histoire était crédible, car la malheureuse possédait une preuve irréfutable, un médaillon.

– Mon médaillon ! s'exclama Rhea, je croyais l'avoir perdu en fuyant sur les quais. Qu'est-il advenu d'Alys ? Je lui avais promis de racheter sa liberté, de l'emmener à Camareigh. Je lui dois la vie, sans elle je n'aurais pas survécu à la traversée.

Sir Morgan eut un sourire de satisfaction évidente.

– Elle profite déjà de Camareigh ; les agents envoyés d'Angleterre pour vous rechercher aux colonies ont pensé que la meilleure façon d'aider le duc était de faire venir cette petite chez lui.

Rhea s'assit sans rien dire, submergée par un immense bonheur. Son amie Alys avait vu son rêve se réaliser.

– Toutefois, Leighton, poursuivit sir Morgan avec un visage sévère, ce que j'ai à vous dire ne va pas vous faire très plaisir : j'ai pour mission de conduire lady Dominick à Londres.

Les yeux gris du capitaine croisèrent les prunelles pâles de sir Morgan Lloyd.

– Je crains que vous ne soyez déçu, cette dame est mon épouse, déclara Dante en venant se placer derrière la chaise de Rhea Claire. (Puis, posant les mains sur les épaules de la jeune femme :) Nous nous sommes mariés à l'église lors de l'escale à La Nouvelle Providence et, bien que nous n'ayons pas eu le consentement du duc et de la duchesse, le mariage est indissoluble.

Sir Morgan fixa Dante Leighton qui jouait avec les boucles blondes de lady Rhea. L'officier avait remarqué les regards amoureux échangés pendant l'entretien. Maintenant, il regardait avec gêne la jeune mariée presser ses lèvres sur la main de son mari.

– C'est bien, je vois. (Sir Morgan hésita un temps.) Les ordres étaient de ramener lady Rhea Claire Dominick en Angleterre mais, puisqu'elle ne s'appelle plus ainsi... les ordres ne sont plus adaptés aux circonstances.

– Merci, sir Morgan, dit Leighton à son ancien adversaire. Accepteriez-vous de rester dîner avec ma femme et moi-même ?

– Je vous en prie, sir Morgan, supplia Rhea.

Le visage sévère de l'officier se radoucit.

– Avec plaisir, fit-il en sirotant le cognac que Leighton venait de lui servir.

– Vous avez eu de la chance de nous trouver en mer, remarqua Dante.

– Bien sûr, mais quelqu'un m'a aidé.

– Oh ! et qui donc ? demanda Dante qui se réjouissait à l'avance de la réponse aisée à deviner.

– Pas loin de la côte, je suis tombé sur cet imbécile de Bertie Mackay qui rentrait à Charles Town ; le bonhomme a été trop heureux de m'indiquer votre direction.

Dante leva son verre pour porter un toast. Sir Morgan se permit une dernière question.

– Capitaine, je suis curieux, votre projet a-t-il réussi ?

– Tout à fait, répondit Dante dans un rire. (Sa main effleura la tête blonde.) J'ai trouvé mon trésor.

Houston Kirby s'assit en souriant sur l'échelle et fit un bond ; quelque chose lui avait sauté sur la cuisse.

– Ah ! Jamaïca, fit le petit homme, une bien belle nuit, pas vrai ?

Très loin, à l'horizon, là où les étoiles et la mer se rejoignent, quelque part sur la côte nord du Devon, se trouvait Merdraco. Kirby jeta un coup d'œil discret sur les silhouettes enlacées qui se tenaient sous les voiles du navire. C'était une nuit de pleine lune ; la proue du *Dragon des mers* fendait les flots vers les rivages d'Angleterre ; la gueule rouge du monstre dévorait les distances.

– Il nous faudra répondre à de nombreuses questions à notre arrivée, dit Dante en enlaçant Rhea d'un bras possessif. Je redoute d'affronter le duc, je l'avoue.

Regarder mon beau-père dans les yeux et lui expliquer pourquoi il n'était pas invité à la noce me terrorise.

– Mon père est merveilleux, Dante, il comprendra.

Rhea rassurait son mari ; elle n'avait aucune crainte. Elle allait revoir sa famille qui lui avait tellement manqué et, en plus, elle lui ramenait un époux.

– Les pères ne sont pas très compréhensifs quand on touche à leurs filles et, puisque tu es à moi, c'est que le duc t'a perdue.

Dante plaisantait ; pourtant il avait éprouvé de la jalousie quand Rhea lui avait parlé des siens. Les liens profonds et durables qui unissaient les Dominick n'avaient jamais existé dans la famille Jacobi.

– Nous sommes ensemble, mon amour, affirma Rhea avec assurance, c'est tout ce qui importe.

Les paroles de la jeune femme résonnaient comme une nouvelle promesse d'épousailles. Dante posa ses lèvres sur le front de Rhea et frotta sa joue contre une boucle blonde.

– Je serai à tes côtés, je suis ta femme, personne ne me séparera de toi.

Dante ferma les yeux, réconforté par la tendre force de son épouse. On atteindrait bientôt les côtes d'Angleterre. Avec Rhea à ses côtés, Dante soutiendrait tous les défis du DESTIN.

Littérature

extrait du catalogue

Cette collection est d'abord marquée par sa diversité : classiques, grands romans contemporains ou même des livres d'auteurs réputés plus difficiles, comme Borges, Soupault, Goes. En fait, c'est tout le roman qui est proposé ici, Henri Troyat, Bernard Clavel, Guy des Cars, Alain Robbe-Grillet, mais aussi des écrivains tels que Moravia, Colleen McCullough ou Konsalik.

Les classiques tels que Stendhal, Maupassant, Flaubert, Zola, Balzac, etc. sont publiés en texte intégral au prix le plus bas de toute l'édition. Chaque volume est complété par un cahier photos illustrant la biographie de l'auteur.

ADLER Philippe	C'est peut-être ça l'amour 2284/3★
	Les amies de ma femme 2439/3★
AMADOU Jean	Heureux les convaincus 2110/3★
ANDREWS Virginia C.	Fleurs captives :
	- Fleurs captives 1165/4★
	- Pétales au vent 1237/4★
	- Bouquet d'épines 1350/4★
	- Les racines du passé 1818/4★
	- Le jardin des ombres 2526/4★
	Ma douce Audrina 1578/4★
ANGER Henri	La mille et unième rue 2564/3★ (avril 89)
APOLLINAIRE Guillaume	Les onze mille verges 704/1★
	Les exploits d'un jeune don Juan 875/1★
ARCHER Jeffrey	Kane et Abel 2109/6★
	Faut-il le dire à la Présidente ? 2376/4★
ARTUR José	Parlons de moi y a que ça qui m'intéresse 2542/4★
AUEL Jean-M.	Les chasseurs de mammouths 2213/5★ & 2214/5★
AURIOL H. & **NEVEU** C.	Une histoire d'hommes 2423/4★
AVRIL Nicole	La disgrâce 1344/3★
	Jeanne 1879/3★
	L'été de la Saint-Valentin 2038/2★
	La première alliance 2168 /3★
AZNAVOUR-GARVARENTZ	Aïda Petit frère 2358/3★
BACH Richard	Jonathan Livingston le goéland 1562/1★ illustré
	Illusions 2111/2★
	Un pont sur l'infini 2270/4★
BALZAC Honoré de	Le père Goriot 1988/2★
BARBER Noël	Tanamera 1804/4★ & 1805/4★
BATS Joël	Gardien de ma vie 2238/3★ illustré
BAUDELAIRE Charles	Les Fleurs du mal 1939/2★
BEAULIEU PRESLEY Priscillia	Elvis et moi 2157/4★ illustré

BENZONI *Juliette*	***Un aussi long chemin*** *1872/4★*
	Le Gerfaut des Brumes :
	- Le Gerfaut *2206/6★*
	- Un collier pour le diable *2207/6★*
	- Le trésor *2208/5★*
	- Haute-Savane *2209/5★*
BEYALA *Calixthe*	***C'est le soleil qui m'a brûlée*** *2512/2★*
BINCHY *Maeve*	***Nos rêves de Castlebay*** *2444/6★*
BISIAUX M. & JAJOLET C.	***Chat plume*** *2545/5★*
BOMSEL *Marie-Claude*	***Pas si bêtes*** *2331/3★ illustré*
BORGES & BIOY CASARES	***Nouveaux contes de Bustos Domecq*** *1908/3★*
BOURGEADE *Pierre*	***Le lac d'Orta*** *2410/2★*
BOVE *Emmanuel*	***Mes amis*** *1973/3★*
BRADFORD *Sarah*	***Grace*** *2002/4★*
BRISKIN *Jacqueline*	***La croisée des destins*** *2146/6★*
BROCHIER *Jean-Jacques*	***Odette Genonceau*** *1111/1★*
	Villa Marguerite *1556/2★*
	Un cauchemar *2046/2★*
	L'hallali *2541/2★*
BURON *Nicole de*	***Vas-y maman*** *1031/2★*
	Dix-jours-de-rêve *1481/3★*
	Qui c'est, ce garçon ? *2043/3★*
CALDWELL *Erskine*	***Le bâtard*** *1757/2★*
CARS *Guy des*	***La brute*** *47/3★*
	Le château de la juive *97/4★*
	La tricheuse *125/3★*
	L'impure *173/4★*
	La corruptrice *229/3★*
	La demoiselle d'Opéra *246/3★*
	Les filles de joie *265/3★*
	La dame du cirque *295/2★*
	Cette étrange tendresse *303/3★*
	L'officier sans nom *331/3★*
	Les sept femmes *347/4★*
	La maudite *361/3★*
	L'habitude d'amour *376/3★*
	La révoltée *492/4★*
	Amour de ma vie *516/3★*
	La vipère *615/4★*
	L'entremetteuse *639/4★*
	Une certaine dame *696/4★*
	L'insolence de sa beauté *736/3★*
	J'ose *858/2★*
	La justicière *1163/2★*
	La vie secrète de Dorothée Gindt *1236/2★*
	La femme qui en savait trop *1293/2★*

	Le château du clown 1357/**4**★
	La femme sans frontières 1518/**3**★
	Les reines de coeur 1783/**3**★
	La coupable 1880/**3**★
	L'envoûteuse 2016/**5**★
	Le faiseur de morts 2063/**3**★
	La vengeresse 2253/**3**★
	Sang d'Afrique 2291/**5**★
	Le crime de Mathilde 2375/**4**★
CARS Jean des	*Elisabeth d'Autriche* 1692/**4**★
CASTELOT André	*Belles et tragiques amours de l'Histoire* 1956/**4**★ & 1957/**4**★
CASTRIES duc de	*Madame Récamier* 1835/**4**★
CATO Nancy	*L'Australienne* 1969/**4**★ & 1970/**4**★
	Les étoiles du Pacifique 2183/**4**★ & 2184/**4**★
	Lady F. 2603/**4**★ (juin 89)
CESBRON Gilbert	*Chiens perdus sans collier* 6/**2**★
	C'est Mozart qu'on assassine 379/**3**★
CHABAN-DELMAS Jacques	*La dame d'Aquitaine* 2409/**2**★
CHASTENET Geneviève	*Marie-Louise* 2024/**5**★
CHAVELET É. & DANNE J. de	*Avenue Foch* 1949/**3**★
CHEDID Andrée	*La maison sans racines* 2065/**2**★
	Le sixième jour 2529/**3**★
CHOW CHING LIE	*Le palanquin des larmes* 859/**4**★
	Concerto du fleuve Jaune 1202/**3**★
CHRIS Long	*Johnny* 2380/**4**★ illustré
CLANCIER Georges-Emmanuel	Le pain noir :
	1- Le pain noir 651/**3**★
	2- La fabrique du roi 652/**3**★
	3- Les drapeaux de la ville 653/**4**★
	4- La dernière saison 654/**4**★
CLAUDE Madame	*Le meilleur c'est l'autre* 2170/**3**★
CLAVEL Bernard	*Lettre à un képi blanc* 100/**1**★
	Le tonnerre de Dieu 290/**1**★
	Le voyage du père 300/**1**★
	L'Espagnol 309/**4**★
	Malataverne 324/**1**★
	L'hercule sur la place 333/**3**★
	Le tambour du bief 457/**2**★
	Le massacre des innocents 474/**1**★
	L'espion aux yeux verts 499/**3**★
	La grande patience :
	1- La maison des autres 522/**4**★
	2- Celui qui voulait voir la mer 523/**4**★
	3- Le cœur des vivants 524/**4**★
	4- Les fruits de l'hiver 525/**4**★

CLAVEL (suite)	**Le Seigneur du Fleuve** *590/3★*
	Victoire au Mans *611/2★*
	Pirates du Rhône *658/2★*
	Le silence des armes *742/3★*
	Tiennot *1099/2★*
	Les colonnes du ciel :
	1- La saison des loups *1235/3★*
	2- La lumière du lac *1306/4★*
	3- La femme de guerre *1356/3★*
	4- Marie Bon Pain *1422/3★*
	5- Compagnons du Nouveau-Monde *1503/3★*
	Terres de mémoire *1729/2★*
	Bernard Clavel, qui êtes-vous ? *1895/2★*
	Le Royaume du Nord :
	- Harricana *2153/4★*
	- L'Or de la terre *2328/4★*
	- Miséréré *2540/4★*
CLERC Christine	**L'Arpeggione** *2513/3★*
CLERC Michel	**Les hommes mariés** *2141/3★*
COCTEAU Jean	**Orphée** *2172/2★*
COLETTE	**Le blé en herbe** *2/1★*
COLLINS Jackie	**Les dessous de Hollywood** *2234/4★ & 2235/4★*
CONTRUCCI Jean	**Un jour, tu verras** *2478/3★ (avril 89)*
CORMAN Avery	**Kramer contre Kramer** *1044/3★*
COUSSE Raymond	**Stratégie pour deux jambons** *1840/2★*
DANA Jacqueline	**L'été du diable** *2064/3★*
	Les noces de Camille *2477/3★*
DARLAN Eva	**Le Journal d'une chic fille** *2211/3★*
DAUDET Alphonse	**Tartarin de Tarascon** *34/1★*
	Lettres de mon moulin *844/1★*
DAVENAT Colette	**Les émigrés du roi** *2227/6★*
	Daisy Rose *2597/6★ (juin 89)*
DEFLANDRE Bernard	**La soupe aux doryphores** *2185/4★*
DHÔTEL André	**Le pays où l'on n'arrive jamais** *61/2★*
DIDEROT	**Jacques le fataliste** *2023/3★*
DJIAN Philippe	**37°2 le matin** *1951/4★*
	Bleu comme l'enfer *1971/4★*
	Zone érogène *2062/4★*
	Maudit manège *2167/5★*
	50 contre 1 *2363/3★*
DORIN Françoise	**Les lits à une place** *1369/4★*
	Les miroirs truqués *1519/4★*
	Les jupes-culottes *1893/4★*
DOS PASSOS John	**Les trois femmes de Jed Morris** *1867/4★*
DUFOUR Hortense	**Le Diable blanc** *2507/4★*

DUMAS *Alexandre*	*La dame de Monsoreau* 1841/5★
	Le vicomte de Bragelonne 2298/4★ & 2299/4★
DUNNE *Dominick*	*Pour l'honneur des Grenville* 2365/4★
DYE *Dale A.*	*Platoon* 2201/3★
DZAGOYAN *René*	*Le système Aristote* 1817/4★
EGAN *Robert & Louise*	*La petite boutique des horreurs* 2202/3★ illustré
ETIENNE *J.-L. Dr* & **DUMONT** *E.*	*Le marcheur du pôle* 2416/3★
EXBRAYAT *Charles*	*Ceux de la forêt* 2476/2★
FEUILLÈRE *Edwige*	*Moi, la Clairon* 1802/2★
FIELDING *Joy*	*Le dernier été de Joanne Hunter* 2586/5★ (mai 89)
FLAUBERT *Gustave*	*Madame Bovary* 103/3★
FOUCAULT *Jean-Pierre & Léon*	*Les éclats de rire* 2391/3★
FRANCK *Dan*	*Les Adieux* 2377/3★
FRANCOS *Ania*	*Sauve-toi, Lola !* 1678/4★
FRISON-ROCHE	*La peau de bison* 715/2★
	La vallée sans hommes 775/3★
	Carnets sahariens 866/3★
	Premier de cordée 936/3★
	La grande crevasse 951/3★
	Retour à la montagne 960/3★
	La piste oubliée 1054/3★
	Le rapt 1181/4★
	Djebel Amour 1225/4★
	Le versant du soleil 1451/4★ & 1452/4★
	L'esclave de Dieu 2236/6★
FYOT *Pierre*	*Les remparts du silence* 2417/3★
GEDGE *Pauline*	*La dame du Nil* 1223/3★ & 1224/3★
	Les Enfants du Soleil 2182/5★
GERBER *Alain*	*Une rumeur d'éléphant* 1948/5★
	Le plaisir des sens 2158/4★
	Les heureux jours de Monsieur Ghichka 2252/2★
	Les jours de vin et de roses 2412/2★
GOES *Albrecht*	*Jusqu'à l'aube* 1940/3★
GOISLARD *Paul-Henry*	*La maison de Sarah* 2583/5★ (mai 89)
GORBATCHEV *Mikhaïl*	*Perestroïka* 2408/4★
GOULD *Heywood*	*Cocktail* 2575/5★
GRAY *Martin*	*Le livre de la vie* 839/2★
	Les forces de la vie 840/2★
GRIMM *Ariane*	*Journal intime d'une jeune fille* 2440/3★
GROULT *Flora*	*Maxime ou la déchirure* 518/2★
	Un seul ennui, les jours raccourcissent 897/2★
	Ni tout à fait la même, ni tout à fait une autre 1174/3★
	Une vie n'est pas assez 1450/3★
	Mémoires de moi 1567/2★

GROULT (suite)	**Le passé infini** 1801/**2★**
	Le temps s'en va, madame... 2311/**2★**
GUERDAN René	**François Ier** 1852/**5★**
GUIGNABODET Liliane	**Dessislava** 2265/**4★**
GUIROUS D. & GALAN N.	**Si la Cococour m'était contée** 2296/**4★** illustré
GURGAND Marguerite	**Les demoiselles de Beaumoreau** 1282/**3★**
HALEY Alex	**Racines** 968/**4★** & 969/**4★**
HARDY Françoise	**Entre les lignes entre les signes** 2312/**6★**
HAYDEN Torey L.	**L'enfant qui ne pleurait pas** 1606/**3★**
	Kevin le révolté 1711/**4★**
	Les enfants des autres 2543/**5★**
HÉBRARD Frédérique	**Un mari c'est un mari** 823/**2★**
	La vie reprendra au printemps 1131/**2★**
	La Chambre de Goethe 1398/**3★**
	Un visage 1505/**2★**
	La Citoyenne 2003/**3★**
	Le mois de septembre 2395/**2★**
	Le Harem 2456/**3★**
	La petite fille modèle 2602/**3★** (juin 89)
HILLER B.B.	**Big** 2455/**2★**
HORGUES Maurice	**La tête des nôtres** 2426/**5★**
ISHERWOOD Christopher	**Adieu à Berlin (Cabaret)** 1213/**3★**
JAGGER Brenda	**Les chemins de Maison Haute** 1436/**4★** & 1437/**4★**
	Antonia 2544/**4★**
JEAN Raymond	**La lectrice** 2510/**2★**
JEAN-CHARLES	**La foire aux cancres** 1669/**2★**
JONG Erica	**Le complexe d'Icare** 816/**4★**
	La planche de salut 991/**4★**
	Fanny Troussecottes-Jones 1358/**4★** & 1359/**4★**
	Les parachutes d'Icare 2061/**6★**
	Serenissima 2600/**4★** (juin 89)
JYL Laurence	**Le chemin des micocouliers** 2381/**3★**
KASPAROV Gary	**Et le Fou devint Roi** 2427/**4★**
KAYE M.M.	**Pavillons lointains** 1307/**4★** & 1308/**4★**
	L'ombre de la lune 2155/**4★** & 2156/**4★**
	Mort au Cachemire 2508/**4★**
KENEALLY Thomas	**La liste de Schindler** 2316/**6★**
KEVERNE Gloria	**Demeure mon âme à Suseshi** 2546/**6★**
KIPLING Rudyard	**Le livre de la jungle** 2297/**2★**
	Simples contes des collines 2333/**3★**
	Le second livre de la jungle 2360/**2★**
	Kim 2598/**3★** (juin 89)
KOESTLER Arthur	**Spartacus** 1744/**4★**
KONSALIK Heinz G.	**Amours sur le Don** 497/**5★**
	La passion du Dr Bergh 578/**3★**
	Dr Erika Werner 610/**3★**

	Aimer sous les palmes 686/2★
	Les damnés de la taïga 939/4★
	Une nuit de magie noire 1130/2★
	Bataillons de femmes 1907/5★
	Le gentleman 2025/3★
	Un mariage en Silésie 2093/4★
	Coup de théâtre 2127/3★
	Clinique privée 2215/3★
	La nuit de la tentation 2281/3★
	La guérisseuse 2314/6★
	Conjuration amoureuse 2399/2★
	La jeune fille et le sorcier 2474/3★
LAHAIE Brigitte	Moi, la scandaleuse 2362/3★ illustré
LAMALLE Jacques	L'Empereur de la faim 2212/5★
LANE Robert	Une danse solitaire 2237/3★
LANGE Monique	Histoire de Piaf 1091/3★ illustré
LAPEYRE Patrick	Le corps inflammable 2313/3★
	La lenteur de l'avenir 2565/3★ (avril 89)
LAPOUGE Gilles	La bataille de Wagram 2269/4★
LASAYGUES Frédéric	Vache noire, hannetons et autres insectes 2268/3★
	Bruit blanc 2411/3★
LAVAL Xavier de	Le songe de Thermidor 2528/6★
LESPARRE Christiane	L'appartement 2126/5★
LÉVY-WILLARD Annette	Moi, Jane, cherche Tarzan 2582/3★ (mai 89)
L'HÔTE Jean	La Communale 2329/2★
LOTTMAN Eileen	Dynasty 1697/2★
	Dynasty (Le retour d'Alexis) 1894/3★
LOWERY Bruce	La cicatrice 165/1★
MAALOUF Amin	Les croisades vues par les Arabes 1916/4★
MACLAINE Shirley	L'amour foudre 2396/5★
	Danser dans la lumière 2462/5★
McCULLOUGH Colleen	Les oiseaux se cachent pour mourir 1021/4★ & 1022/4★
	Tim 1141/3★
	Un autre nom pour l'amour 1534/4★
	La passion du Dr Christian 2250/6★
	Les dames de Missalonghi 2558/3★ (avril 89)
MAGRINI Gabriella	La dame de Kyōto 2524/6★ (fév.89)
MAHIEUX Alix	Coulisses 2108/5★
MALLET-JORIS Françoise	La tristesse du cerf-volant 2596/4★ (juin 89)
MARGUERITTE Victor	La garçonne 423/3★
MARIN Maud	Le saut de l'ange 2443/4★
MARKANDAYA Kamala	Le riz et la mousson 117/2★
MARKSTEIN George	Tara Kane 2239/6★
MARSHALL William G.	La sixième saison 1910/4★
MARTIN Ralph G.	Charles et Diana 2461/6★ illustré

MARTINO Bernard	Le bébé est une personne 2128/3*
MATTHEE Dalene	Des cercles dans la forêt 2066/4*
MAUPASSANT Guy de	Une vie 1952/2*
	L'ami Maupassant 2047/2*
MAURE Huguette	Vous avez dit l'amour ? 2267/3*
MERMAZ Louis	Madame de Maintenon 1785/2*
	Un amour de Baudelaire 1932/2*
MESSNER Reinhold	Défi - Deux hommes, un 8000 1839/4* illustré
MICHAEL Judith	L'amour entre les lignes 2441/4* & 2442/4*
MODIANO P. & LE-TAN P.	Poupée blonde 1788/3* illustré
MONSIGNY Jacqueline	Michigan Mélodie (Un mariage à la carte) 1289/2*
	Les nuits du Bengale 1375/3*
	L'amour dingue 1833/3*
	Le palais du désert 1885/2*
	Le roi sans couronne 2332/6*
MONTLAUR Pierre	Imhotep 1986/4*
	Nitocris 2154/4*
MORAVIA Alberto	La Ciociara 1656/4*
	L'homme qui regarde 2254/3*
MORRIS Edita	Les fleurs d'Hiroshima 141/1*
MURAIL Elvire	Les mannequins d'osier 2559/3* (avril 89)
NASTASE Ilie	Tie-break 2097/4*
	Le filet 2251/3*
NELL DUBUS Elizabeth	Beau-Chêne 2346/6*
	L'enjeu de Beau-Chêne 2413/6*
ORIEUX Jean	Catherine de Médicis 2459/5* & 2460/5*
ORIOL Laurence	Thérèse Humbert 1838/2*
OWENS Martin	Le secret de mon succès 2216/3*
PARTURIER Françoise	Calamité, mon amour 1012/4*
	Les Hauts de Ramatuelle 1706/3*
PAULHAC Jean	Les herbes de la Saint-Jean 2415/5*
PAUWELS Marie-Claire	Mon chéri 2599/2* (juin 89)
PEGGY	Cloclo notre amour 2398/3*
PERRIN Elula	Les femmes préfèrent les femmes 1874/3*
PEYREFITTE Roger	Les amitiés particulières 17/4*
	La mort d'une mère 2113/2*
PIRANDELLO Luigi	Le mari de sa femme 2283/4*
PLAIN Belva	Tous les fleuves vont à la mer 1479/4* & 1480/4*
	La splendeur des orages 1622/5*
	Les cèdres de Beau-Jardin 2138/6*
	La coupe d'or 2425/6*
POE Edgar Allan	Le chat noir et autres récits 2004/3*
POUCHKINE Alexandre	Eugène Onéguine 2095/2*

2569

Photocomposition Assistance
Impression Brodard et Taupin
à La Flèche (Sarthe) le 23 mars 1989
6480A-5 Dépôt légal mars 1989
ISBN 2-277-22569-X
Imprimé en France
Editions J'ai lu
27, rue Cassette, 75006 Paris
diffusion France et étranger : Flammarion